Je te chercherai à jamais

Cameron Capello

JE TE CHERCHERAI À JAMAIS

Traduit de l'anglais
par Isabelle Pernot

roncière

Ce livre est une fiction. Toute ressemblance avec des personnages, lieux, organisations ou évènements existant ou ayant existé ne serait que purement fortuite.

RÉSERVÉ À UN PUBLIC AVERTI :
Abus parental / Abus physiques et mentaux / agression physique / alcool / brûlures / crise de panique / description explicite de blessure / détresse psychologique / drogue / langage grossier / maltraitance / sang / scènes à caractère sexuel explicite / tabagisme / trouble alimentaire / trouble de stress post-traumatique / violence physique.

Je te chercherai à jamais
par Cameron Capello

Ouvrage publié sous la direction de Coline Sorgue

100, avenue de Suffren
75015 Paris – FRANCE
ronciere.rsgp@gmail.com

Illustrations : village italien © Art Studio VN/Shutterstock.com ;
scooter © Ngupakarti/Adobe Stock
Design de la couverture et des tranches teintées françaises : © Studio Vova

---

Composition et mise en pages : PCA

ISBN (broché) : 978-2-38566-135-9
ISBN (e-book) : 978-2-38566-136-6
Dépôt légal : avril 2025

1re édition – 1er tirage

Achevé d'imprimer en République tchèque par FINIDR en mars 2025,
sur du papier issu de forêts gérées durablement.

À mes Quatre Filles
du docteur March. ♥
Merci de m'avoir laissé utiliser
mon imagination.

1

MAGDALEN

Je regarde le vin dans son verre trembler à chaque éclat de rire. Le liquide se rapproche du bord, il a envie de s'échapper, sans doute, mais il retombe inexorablement dans le verre. J'observe ce foutu manège pendant quinze minutes.

J'arrête de me focaliser sur cette image jusqu'à ce qu'elle devienne floue, et me concentre sur ce que j'entends de la fête. Plein de gens que je ne connais pas ont envahi notre tout petit appart. Quelqu'un rit un peu trop fort en tentant de flirter ; un autre débouche délicatement une bouteille. Une troisième personne fait tomber ses clés. Une quinte de toux me sort de ma transe, et j'étire mes chevilles pour qu'elles craquent. Distraitement, je regarde de nouveau la fille au verre de vin, ce qui me rappelle que ce que je tiens dans ma main gauche n'est pas une boisson, mais une lettre. Trop lourde pour contenir une simple feuille de papier, elle se donne des airs importants de par son épaisseur et sa couleur – blanc cassé, forcément. Enfin, oui, elle a une certaine importance, j'imagine. Merde, je suis d'humeur massacrante à ma propre fête.

J'enfonce le coin en carton dans mon doigt, et la douleur aiguë me fait baisser les yeux. Je regarde ma peau enfler et je suis déçue de n'avoir pas réussi à faire couler mon sang.

Le coin ne se plie que mollement, c'est nul. Je voudrais que cette lettre me fasse mal ; au moins, ce serait une excuse pour ne pas la lire. Pour hurler à ma mère : *Ta lettre m'a blessée, alors je ne peux pas répondre, tu penses bien !* Mais la fille au verre de vin vient de me poser une question qui détourne mon attention.

« *Chivasso* », je répète. Mais je sais déjà qu'elle va me demander une troisième fois le nom de la ville d'où je viens.

« Désolée, tu peux répéter ? » marmonne-t-elle.

Son visage a la même couleur que son verre de bordeaux, et je vois bien qu'elle a dépassé depuis longtemps le stade élégant de l'ivresse. Elle n'est pas encore complètement perdue, je le lui accorde. Peut-être qu'un verre d'eau et un *caffè* costaud pourront encore atténuer l'inévitable gueule de bois qui l'attend demain. Elle se frotte le nez avec le dos de la main en me regardant fixement. Elle attend. Son cerveau doit certainement projeter des images tournoyantes et kaléidoscopiques de mon visage. Vu comme ses yeux passent de mes sourcils à ma bouche, je comprends qu'elle me voit en trois exemplaires. J'ai envie de lui dire : *Attends de goûter la grappa,* mais, bien sûr, je me tais. Je me contente de rester assise en silence en attendant qu'elle réunisse les trois images de moi en une seule, la vraie, la seule et l'unique.

Une sonate de Liszt s'échappe d'une enceinte dans la cuisine, immédiatement suivie par Billy Joel. Je lève les yeux au ciel. Sa voix enveloppe les nouveaux diplômés d'Oxford qui jouent à se comparer les uns aux autres. Mélodieusement, elle nous ordonne de *ralentir* parce que *tout va bien*. Mais je me sens déjà particulièrement lente ce soir et je ne suis pas certaine d'avoir été bien un jour.

Je suis sûre que c'est un coup d'Emily. J'adore ma colocataire, mais je n'oublie pas que c'est une étudiante d'Oxford, elle aussi. Seule une personne prétentieuse peut passer de Liszt à Billy Joel pendant une fête. Mes yeux se posent à nouveau sur la fille, et le mot *hébétude* me vient à l'esprit. Je ravale un sourire, heureuse et triste en même temps. L'alcool l'a plongée dans un état d'hébétude confortable. Elle s'humecte les lèvres, gercées d'avoir trop bu. Le regard à moitié vitreux, elle est incapable de se rappeler son propre prénom, alors le nom de ma ville natale, n'en parlons pas. Mais elle cligne des yeux, lentement, et attend patiemment que je le répète. C'est un rituel de fin d'année à Oxford : tout le monde se bourre la gueule. Sur une courte période, les étudiants s'adonnent à tous les excès pour compenser toutes ces soirées à la bibliothèque et ces années passées à écrire leur mémoire.

Je soupire « *KI-VA-SO* » en accentuant délibérément chaque consonne et en allongeant chaque voyelle. Je me renfonce dans le fauteuil en cuir et ramène mes genoux sous mon menton. La lettre que j'ai trimballée partout cet après-midi glisse jusqu'à mes hanches, compressée entre mon ventre et mes cuisses, à l'abri des fêtards et de leurs doigts un peu trop agiles. Quoique ce soit préférable de la donner à l'un d'eux. L'heureux élu y gagnerait un été en Italie, je ne lui demanderais pas grand-chose en échange, juste d'assister au mariage de ma sœur. Je bois une nouvelle gorgée de bière et je m'essuie la bouche avec le dos de la main, comme un cowboy solitaire à la fin d'un vieux western. Le générique défile. La vie continue. Il y aura une suite. Quand est-ce que mon film à moi va enfin commencer ? Je contemple avec indifférence l'appartement dans lequel je viens de passer un an. Je ne désire me souvenir de rien, je veux surtout éviter de me focaliser sur quoi que ce soit. Ce n'est pas normal pour une gamine de 20 ans, pas vrai ?

Le caractère ancien d'Oxford la rend superbe. Nul ne peut nier que les riches s'y connaissent en matière de déco. Les murs imprégnés d'une sombre histoire reposent sur les colonnes puissantes du savoir universitaire. Les visages d'hommes brillants sont sculptés sur les plafonds. Les femmes sont enterrées sous les planchers. Le succès a toujours été différent pour les filles. Les parquets usés de la bibliothèque rappellent à notre bon souvenir tous ces grands esprits qui se sont bousculés entre les rayonnages. Moi-même, j'y ai laissé une trace. Mes pas sont gravés sur ces mêmes parquets, mes cartouches d'encre vides gisent sous les bancs en acajou des salles de cours. Oxford est saupoudré d'une intelligence presque violente qui peut parfois vous submerger.

Mais ce n'est pas mon foyer, bien que ça l'ait été pour ma mère, Vittoria, et mon père, Claudio. Je veux boire encore une gorgée, mais je me rends compte que j'ai fini ma bière.

Le soleil n'arrive jamais vraiment à percer entre les élégants bâtiments. Peu importe la saison, peu importe ma tenue, que je passe une heure dans un bon bain chaud ou que je parcoure le campus à pied, une espèce d'humidité permanente et mélancolique me colle à la peau comme le souvenir d'un pull trempé de pluie que je ne parviendrais pas à enlever.

Mais je n'ai pas le temps de déprimer. La fille bourrée essaie de se redresser trop rapidement de l'autre fauteuil en cuir qui me fait face. J'entends un terrible couinement et je lève les yeux.

« *Oh ! Kaivazo !* » Ses yeux voudraient bien s'illuminer, mais son ébriété ne lui permet qu'un vague hochement de tête. Je souris en regardant ses paupières succomber sous le poids du vin. Elle semble si paisible, sans la moindre crainte.

« Kaivazo ! » répète-t-elle en se tapant le front d'un air cocasse, brusquement sûre d'elle et ravie parce que la structure et les voyelles de ce nom lui évoquent la quintessence de l'Italie, et elle saute sur l'occasion d'associer à ma ville natale tout ce qu'elle sait de mon pays. Ça arrive tout le temps à Oxford ; même ivres, les gens cherchent toujours à prouver quelque chose.

« J'adore l'Italie ! J'ai passé mon dernier semestre à l'étranger et ça a changé ma vie, vraiment. La culture est si… si différente… si libre, tu vois ce que je veux dire ? Pas comme ici, c'est vrai, quoi, les Britanniques sont parfois si… » Elle cherche le mot juste. « *Déprimants.* » Un petit rire idiot s'échappe de son corps, elle est fière de son audace. Impressionnée d'avoir émis un commentaire aussi risqué et peu orthodoxe, elle glousse de nouveau parce qu'elle est elle-même Britannique.

« Peut-être que les Italiens sont trop libres ? » Ce n'est pas très spirituel, mais j'espère que ça suffira à lui donner envie de reprendre les rênes de la conversation. Je récupère ma bière vide et je gratte l'étiquette humide pour la décoller parce que je me sens gênée. Je jette un coup d'œil à la fille bourrée. Les plis autour de sa bouche sont détendus et presque invisibles et son mascara a coulé, mais elle est jeune et amusante, alors elle s'en fout. Ma déprime revient sans crier gare.

Mon incapacité à me détendre et à la rejoindre dans cet état d'hébétude me fait enrager. J'ai envie de me laisser aller ! Mais moi aussi je suis bourrée et malgré tout douloureusement consciente des gouttes de condensation qui coulent sur mon doigt. Je sais aussi que la partie droite de ma chevelure est coincée derrière mon oreille, mais la gauche pend devant mon visage parce que j'ai une tache de rousseur au-dessus de mon sourcil. Je me demande si la fille l'a remarquée, je me demande si quiconque sait que j'ai cette foutue tache.

Je regarde en direction de la cuisine pour voir s'il reste des bières sur le comptoir. Oxford n'est pas mon foyer.

Je suis de nouveau en train de regarder son verre de vin. J'inspire profondément, je ferme les yeux, et les effluves d'alcool me ramènent au musée de Turin, à l'époque de mes 15 ans. Je nous revois, Anika et moi, assises sur la dalle en marbre sous la statue d'Isis, une bouteille de vin ouverte entre nous deux, son rouge à lèvres MAC tatoué sur le goulot. En me concentrant, j'entends encore son père, Dexter, dans le bureau dissimulé derrière la boutique de souvenirs du deuxième étage. Il fait bruisser des documents avec une frustration subtile pour nous rappeler fréquemment de bien nous tenir parce qu'il est toujours là et qu'il peut tout entendre.

On adorait rester après le départ des visiteurs dans l'obscurité humide de notre musée, car il nous appartenait dès que la pancarte FERMÉ était accrochée chaque soir. Les visages des statues inconnues nous contemplaient en secouant la tête et en murmurant : *non, non, non, il sera toujours à nous*. Je me souviens de mes cuisses remuant sur le sol frais pour échapper à la chaleur du musée et d'un insupportable été italien.

« Les statues détestent le froid, avait l'habitude de dire papa. Ça leur rappelle leur mort. »

Personnellement, je pense que les Italiens sont juste trop pingres pour acheter une clim. J'ai étouffé un grognement dû à l'inconfort. Comme j'aurais aimé me rafraîchir, ne serait-ce qu'un instant ! Le vin me donnait encore plus chaud, et j'avais les cheveux collés sur la nuque à cause de la transpiration. J'ai levé les yeux vers Isis en pensant qu'être consciente de sa propre mortalité me paraissait bien pire que de se souvenir brièvement de sa mort. Anika a enlevé ses chaussures et posé ses pieds nus sur le socle de la statue en contemplant la déesse.

« Elle veut me baiser, a-t-elle soupiré en frottant son gros orteil contre le pied sculpté d'Isis avec une lenteur intime. Je le sais. »

On a ri. Anika m'a raconté sa dernière expérience sexuelle. J'ai écouté en sachant que son père nous entendait aussi. Ça m'a fait bizarre, mais je n'ai rien dit.

Perdue dans ce souvenir de jeunesse, je sens la lettre m'échapper. Je me lève d'un bond pour la ramasser. Ce n'est pas la première que ma mère m'envoie. Trois enveloppes identiques et non ouvertes sont en train de prendre la poussière entre mes pulls d'hiver.

Le mariage de ma sœur.

Sans aucun doute, un évènement auquel je devrais avoir envie d'assister. Mais l'idée de cette fête me file des boutons. De nouveau, les souvenirs brumeux de mes aventures pieds nus dans le musée avec Anika me reviennent. Je me crispe en réalisant ce qu'il se passe : j'envisage de rentrer.

Non ! me hurle mon inconscient. *Oxford est ton refuge. Souviens-toi pourquoi tu es partie. Qui tu as quitté. Rappelle-toi comme tu t'es sentie triste pendant très longtemps.* Je soupire. Peut-être que je n'aime pas les fêtes, tout simplement. J'ai tendance à être extrêmement mélodramatique en société, alors j'ai du mal à savoir quand je dois prendre mes pensées au sérieux.

Je balaie l'appart du regard. Le parquet éraflé, le coin ébréché du comptoir de la cuisine, à l'endroit où Emily a ouvert une bouteille de bière sur la céramique. Rien que d'y repenser, je la cherche du regard sans le vouloir. Ses boucles folles s'agitent autour d'elle tandis qu'elle se dispute à propos de tout et de rien avec l'homme qu'elle aime. Un professeur – c'est compliqué. Mais il est tout à fait charmant et semble l'écouter quand elle parle. D'habitude, ça me ferait sourire. Mais là, je contemple toutes ces choses comme si j'étais hors de mon corps. Je les vois, mais je ne ressens rien.

Mes côtes me font mal. La fille bourrée continue de se frotter le nez, à tel point qu'il est tout rouge. Elle n'a pas de nom, elle est heureuse et libre. *Partage un peu avec moi !* lui hurle mon esprit. J'ai envie d'empoigner son insouciance pour l'engloutir, j'ai envie de me rouler dans son hébétude. Mais je ne peux pas.

Je pense aux remparts de Chivasso, immuables et graves du fait de leur âge. Prendre la fuite ne m'a rien apporté, je n'ai fait que traîner ma déprime dans un autre pays. Ma sœur ne devrait pas payer le fait que j'aurais dû régler ce problème il y a des années. La tristesse alourdit l'atmosphère. J'ai l'impression d'être pénible. Mes doigts s'enfoncent dans la lettre.

Pourquoi c'est toujours moi qu'on abandonne ? J'ai peur de tout, mais j'en ai tellement marre d'avoir peur !

Un profond soupir m'échappe, et j'ai la sensation que ma peau se dégonfle à cause de tout l'air que je viens de perdre. Je n'ai pas de robe. Pas de châle pour couvrir mes épaules potentiellement dénudées.

Mon cœur, lui, se serre si douloureusement que je crois mourir. J'attends un moment en essayant de percevoir le mouvement de ma respiration. Je guette un pouls à travers la peau de mon poignet. Un bruit blanc envahit mes oreilles tandis que je contemple la lettre.

Puis je le sens, l'afflux de sang dans mes doigts ; je ne suis pas mourante, juste une froussarde.

Mes ongles brisent le cachet en cire, mes doigts attrapent l'invitation et parcourent le nom de ma sœur en relief. Je me sens égoïste de ne pas avoir envie d'y aller.

Alors je fourre mon mélodrame dans l'enveloppe et je la cachète de nouveau pour l'y emprisonner.

J'ai un mariage qui m'attend.

2

MAGDALEN

Une semaine plus tard, Emily m'en veut encore. Imaginez un peu, ma coloc couche avec un prof, mais elle est en colère contre moi ! Il faut dire qu'on avait déjà acheté nos billets pour le Pérou, et elle ne comprend absolument pas pourquoi je pourrais avoir envie de rentrer *à la maison*. Elle prononce ces mots, « *à la maison* », d'un air dégoûté. Cette expression qui peut signifier tant de choses ne lui inspire que de l'amertume et du ressentiment.

Emily a eu sa dispute annuelle avec sa mère il y a cinq mois ; ce voyage lui offrait une période de trois mois supplémentaires pendant laquelle elle n'aurait pas eu à la revoir.

« Demande au professeur Cal de t'accompagner, proposé-je en gloussant.

— Arrête de l'appeler comme ça.

— Pourquoi ? Il devrait être fier de son éducation. Tu ne l'aides pas à se sentir fier, Emily ?

— Oh, je lui fais sentir bien des choses, crois-moi, répond-elle avec un clin d'œil.

— Beurk ! Sois pas dégueu, il est beaucoup trop tôt pour ça ! »

Elle tombe à genoux devant le fauteuil en cuir – qui colle encore à cause de l'alcool renversé dessus la semaine dernière – et prend mon visage entre ses mains. « Ah, les hommes ! Ils me dégoûtent ! » Sa chevelure noire cascade en boucles folles autour de son visage et projette des ombres sur nos murs. « Toi et ta maison. » Elle plonge son regard au fond du mien et soupire. « Je ne te comprends pas. »

Je frotte ma joue contre sa paume qui me réchauffe. « On est deux, meuf. » Je hausse les épaules. « Je suis complexe.

— Tu es cachottière.

— Pas du tout ! Rappelle-toi quand je t'ai parlé de mon bouton sur la fesse !

— Tu m'en as parlé uniquement parce que tu avais besoin que je le perce.

— Ah, c'est dégueu, Emily ! Je t'ai dit qu'il était trop tôt pour ça ! »

Emily me pince la joue et se lève en faisant la moue. « T'es sûre que je ne peux pas te faire changer d'avis, Maggie ? Pense aux jeunes Péruviens et au vin de là-bas. Pense au Machu Picchu, pense à l'illumination !

— Je n'ai même pas rencontré de jeune Anglais et tu es déjà prête à me livrer aux Péruviens ? » Je ris, soulagée de voir qu'elle me pardonne. C'est toujours si facile avec Emily.

« Maggie, ma chérie, dis plutôt que tu n'as jamais eu de copain. Ce que je n'arrive pas à comprendre. Choisis-en un, couche avec lui et on n'en parle plus. C'est exactement comme se faire vacciner. » Elle se rend à la cuisine en quête d'une bouteille de vin à ouvrir, même si les cloches d'Oxford vont bientôt sonner midi. « Tu es tellement belle, putain, et tellement intelligente, et je parie que tu baiserais comme… »

Je frémis intérieurement. « Ah, *sta' zitto ! La ferme !* » J'enfouis mon visage dans mes mains. Je déteste qu'on me fasse des compliments. Je tiens ça de ma mère.

Emily me regarde en riant. « Tu ne pourras pas te cacher éternellement. » Elle saute sur le comptoir pour essayer d'atteindre sa bouteille secrète. Je la suis jusqu'à la cuisine, mais je reste sous l'arche.

« Quelqu'un mérite de voir à quel point tu es brillante. » Elle grogne en se mettant debout sur le comptoir. Puis elle se tourne vers moi, et je constate qu'elle ne sourit plus. Au contraire, elle fronce les sourcils. J'ai l'impression de pouvoir lire dans ses pensées. Comme toujours, elle se demande pourquoi je suis comme ça.

Je rougis, gênée par sa gentillesse. Je déteste qu'on me perce à jour. Je n'aimerai jamais ça, j'en ai bien peur.

« Venez donc me voir à Chivasso, *Cal* et toi, après vos vacances au Pérou. Je serais ravie de vous faire visiter ma ville. » Je gratte la peinture écaillée du mur de la cuisine. Nous savons toutes les deux que ça n'arrivera jamais, mais ça me paraît important de le lui proposer.

Emily lève les yeux au ciel en voyant comme j'ai habilement réussi à changer de sujet. Puis elle réfléchit deux secondes.

« Oh, et puis merde. D'accord. J'en parlerai à Cal. Je vais aussi devoir annoncer la mauvaise nouvelle à ma chère vieille maman. » Elle se déplace prudemment sur le comptoir pour récupérer un verre et rit amèrement. « Elle va en être malade ! »

En la regardant se dresser sur la pointe des pieds pour atteindre l'étagère du haut, j'éprouve le besoin irrépressible de lui montrer à quel point elle compte pour moi. Dans un élan rare qui ne ressemble pas du tout à la Magdalen Savoy que tout le monde connaît, je traverse la cuisine au sol taché de vin rouge et de vernis à ongles, ce même sol qui a absorbé tous nos fous rires dus à nos sorties du samedi soir et toutes nos larmes dues à nos examens. Je me précipite pour serrer Emily contre moi, mais elle est toujours debout sur le comptoir, alors je passe mes bras autour de ses mollets.

« Qu'est-ce que je ferais sans toi, Emily ? » J'espère que mon désespoir et ma ferveur suffiront à lui montrer à quel point je lui suis reconnaissante. Sans elle, une partie de moi n'existerait pas. Ce sont de sacrés aveux à faire avant midi, alors je fais tout passer dans la tension silencieuse de notre câlin, je presse tout mon amour pour elle dans l'espace entre nos deux corps.

Emily se fige un instant, puis se penche pour essayer de me rendre mon câlin. Elle me presse tendrement les épaules, puis me tapote la tête en soupirant. « Je ne sais pas, mais je parie que tu ne te serais pas envoyée en l'air non plus. »

Elle me pince les flancs, et je couine. « Espèce de garce ! Tu sais que je préfère attendre », je proteste en riant.

Elle rit à son tour et me répond avec l'accent italien le plus moche que j'ai jamais entendu. « Ma chère amie, tu attends que de Vinci sorte de sa tombe pour t'arracher tes vêtements ! Espèce de sale petite...

— N'essaie même pas de finir cette phrase ! »

Elle saute à bas du comptoir et me poursuit dans tout l'appart. On rigole et on braille comme deux gamines. Sans Emily, je n'aurais jamais survécu à Oxford. Je suis certaine que c'est Dieu qui l'a envoyée pour me guider.

Je l'ai rencontrée quatre jours après mon arrivée. Je cherchais la salle de bains pour fuir ma solitude à une fête organisée par quelqu'un que je ne connaissais pas. Je m'étais forcée à y aller après avoir reçu un appel de ma mère, qui m'avait demandé si je comptais sortir pendant ma première semaine. Au ton de sa voix, j'avais compris qu'elle s'attendait à ce que je réponde « non » et qu'elle était prête à me consoler.

« Oui, je vais à une fête. D'ailleurs, je suis déjà en route, avais-je répondu alors que je me trouvais dans mon lit et que mon oreiller était humide de larmes.

— Oh, génial ! Je ne te retiens pas ! » Elle avait raccroché.

Dans la salle de bains, je suis tombée sur Emily, la culotte sur les chevilles, parce qu'elle s'envoyait en l'air bruyamment et de façon grotesque avec un type beaucoup plus âgé qu'elle. (De toute évidence, c'est son genre d'hommes.) Absolument stupéfaite, je me suis figée, incapable de détacher mon regard de leurs corps nus qui se contorsionnaient devant moi. J'étais à la fois hypnotisée et horrifiée, une véritable victime du regard de Méduse.

« Tu veux prendre le relais ? » m'a demandé Emily. Les cheveux collés sur son visage par la transpiration, elle respirait fort par la bouche, mais ses yeux brillaient d'amusement. *Elle trouve ça drôle ?* On aurait dit qu'elle s'attendait à me voir là. Elle n'était absolument pas désolée ou gênée.

« En revanche, je te préviens, sa bite fait super mal », a-t-elle ricané en donnant un petit coup de coude au type derrière elle. Il a poussé un grognement embarrassé qui était sans doute censé passer pour un rire. J'ai repris mon souffle et fermé les yeux bien fort.

« Non, non, tu me parais tout à fait capable de finir toute seule ! » Je n'ai pas pu m'empêcher de rire. « Pense peut-être à fermer à clé la prochaine fois ? »

Je suis vite ressortie en plaquant ma main sur ma bouche. Pas un instant, Emily n'avait eu honte. Moi, rien que d'y repenser, je me sens encore mal à l'aise. Pourtant, ce n'est pas moi qui étais à poil !

Mais Emily a raison. J'ai peur d'une émotion pour laquelle je n'ai pas encore de nom. Je n'arrive même pas à regarder un homme sans avoir de remontées acides. Une douleur brève mais vive me cisaille les côtes. Je ferme les yeux pour la laisser passer. Tout ça me donne la nausée parce que je sais bien, au fond de moi, qu'en dépit des déclarations bienveillantes d'Emily, personne ne voudra jamais s'approcher de moi comme ça. Mon problème n'est pas entièrement physique. Peut-être qu'on ne me trouve pas moche, d'accord. Mais je ne me trouve pas nécessaire. Je suis grande, sans doute trop, et Lorenzo, en cinquième, m'a dit que j'étais plate comme une planche à pain, mais je suppose qu'en fait c'est parce qu'il m'aimait bien. J'ai de longs cheveux bruns qui ont parfois des reflets roux au soleil. Ils ne me dérangent pas. Et j'ai minci pendant cette année en Angleterre, je sais qu'Anika me fera une réflexion à ce sujet. Plusieurs hommes et femmes ont tenté de me séduire dans la pénombre chaleureuse des bars d'Oxford. Si ça n'arrive qu'après la tombée de la nuit, est-ce que ça compte vraiment ?

Il semblerait que mon corps soit juste assez féminin pour qu'on me trouve attirante après minuit.

En vrai ? Je me sens indésirable.

Comment expliquer ça à quelqu'un sans avoir l'air de me dénigrer, sans donner l'impression que j'ai envie de me faire plaindre ? Je me souviens d'un jour où, assise près de la fenêtre, j'ai regardé Anika embrasser un garçon sous la véranda. J'étais ado, à l'époque. Je me suis dit que si quelqu'un s'approchait de mon visage comme ça, je hurlerais.

Voilà ce qu'Emily ne pourra jamais comprendre, cette *chose* qui existe en moi et qui me rappelle quotidiennement que j'ai toujours un métro de retard sur tout le monde.

Quand Emily est sortie de cette salle de bains, toute rouge et rayonnante (« Je ne rigole pas, sa bite était énorme », s'est-elle plainte), elle m'a pris les mains (« T'inquiète, je me les suis lavées ») et m'a demandé : « Tu veux bien être ma colocataire ? La mienne est une connasse absolue. »

Stupéfaite, je n'ai pas répondu.

« Tu m'as déjà vue à poil, donc ce ne sera pas un problème. » Elle m'a dévisagée patiemment, peut-être parce qu'elle savait que j'allais dire oui.

« Ouais, pourquoi pas. » J'ai rougi, ravie qu'elle me trouve suffisamment agréable pour avoir envie de vivre avec moi pendant toute une année. « Tant qu'il ne vient pas habiter avec nous. »

Elle m'a regardée d'un air bizarre, et l'embarras m'a noué la gorge. C'était trop tôt pour faire une blague aussi stupide ! Je ne connaissais même pas son nom de famille.

Alors que j'étais sur le point de m'excuser, Emily a éclaté de rire. « Oh, on ne le reverra *jamais.* » Elle a frissonné en repensant à cet homme mystérieux. Puis elle a glissé son bras sous le mien et, sans transition, s'est mise à me parler de rêves, d'horoscopes et de littérature russe. À compter de ce moment, j'ai senti que j'avais de la valeur à Oxford. Même si je ratais mes exams ou que je ne recevais plus jamais aucune invitation. Je l'avais, elle. Emily, *Emilia* comme je l'appellerais sous le soleil toscan, mon ange gardien.

3

THEO

Bordel de merde, Theo, vas-y !

Elle est là, dans la zone de retrait des bagages de l'aéroport. Elle porte un haut rouge criard sur lequel il est écrit *ROME*. Elle me cherche. L'espace d'un instant, j'ai envie de me cacher. Je sais que la revoir après toutes ces années va dévier ma trajectoire. Mais j'ignore si ce nouveau chemin sera dangereux, regrettable et violent ou si c'est celui que j'aurais dû choisir il y a sept ans. Je tousse, assez fort pour qu'elle m'entende, et elle réagit comme je m'y attendais, en tournant brusquement la tête. Tout excitée, elle saute sur place en battant des mains et en poussant des petits cris.

« Theo ! Ça fait une éternité qu'on attend ! Viens là, vite ! » Anika court vers moi, les bras tendus, dans l'attente d'un câlin.

Je remarque qu'elle est seule. Elle a dit « on » par habitude. Je préfère la voir *elle* plutôt qu'*eux*. J'imagine que l'achat d'un putain de billet d'avion ne fera pas oublier ma disparition digne d'Houdini. Mais je reste bloqué sur ce détail un instant : au bout de sept ans, il n'y a plus qu'elle. Putain, l'été va être long.

« Toi aussi, tu m'as manqué », lui dis-je tandis qu'elle me serre si fort qu'elle me coupe le souffle. Elle sent la crème solaire et le parfum à la figue. Je ferme les yeux pour accueillir la nostalgie qui effleure ma peau et remonte jusqu'à la racine de mes cheveux. J'inspire profondément. L'odeur d'Anika me rappelle notre foyer, qui se trouve à Chivasso depuis que j'ai 7 ans, quand mon père nous a emmenés prendre une glace et nous a annoncé qu'on quittait Édimbourg. Je me souviens que mamma a applaudi en laissant tomber sa cuiller sur la table. Elle était tellement excitée à l'idée de rentrer chez elle et de retrouver Vittoria.

« Je n'arrive pas à croire que c'est bien toi ! » Anika, les bras autour de ma taille, continue de me serrer si fort que ça commence à être douloureux. « J'avais oublié à quel point tu es grand !

— Si tu le dis », je marmonne dans ses cheveux. Je suis ravi de lui avoir manqué à ce point, mais je ne le lui montre surtout pas. Je me sens à nouveau comme un frère, euphorique et désireux de l'impressionner.

« J'ai arrêté de grandir quand j'avais 17 ans. Peut-être que c'est toi qui rapetisses ? » je lui suggère en m'adressant au sommet de son crâne. Anika fait trente centimètres de moins que moi, du coup, c'est facile d'avoir envie de la protéger. Mais jamais je ne le lui dirai. Même pas en rêve.

« La ferme ! Peut-être que si tu étais rentré à la maison de temps en temps, j'aurais pu me faire à l'idée que tu étais devenu gargantuesque ! » Elle s'exprime d'un ton léger, mais en soulignant quand même que je l'ai abandonnée. Elle non plus ne m'a pas encore pardonné. Je ne pensais pas m'en tirer aussi facilement, de toute façon.

Elle me lâche pour mieux me dévisager. Elle me saisit le menton et m'oblige à tourner la tête d'un côté puis de l'autre en m'examinant comme un rat de laboratoire. « Depuis quand tu es devenu un tel *étalon* ? »

Je lui prends la main pour embrasser sa paume. « Je suis venu au monde comme ça, Anika, ne l'oublie pas. » Je lui fais un clin d'œil.

Elle ricane et me donne une tape sur l'épaule. « C'est dégoûtant ! » Puis elle essaie de me prendre mon sac. « Les filles de Chivasso vont s'en donner à cœur joie avec toi, Theo. Fais gaffe, ça reste une petite ville. Si tu couches avec quelqu'un, je le saurai dans les trois ou quatre heures qui suivront.

— Putain, Anika, il est 8 heures du mat' ! Est-ce que ça pourrait ne pas être notre premier sujet de conversation ? » J'éloigne brusquement ma main pour qu'elle ne puisse pas saisir la poignée de mon sac. « Je peux porter mes affaires », j'ajoute, agacé qu'elle ait essayé de me le prendre.

Je serre la poignée avec détermination parce que je ressens le besoin de lui prouver que je suis devenu un adulte depuis sept ans qu'elle ne m'a pas vu. Elle lève les yeux au ciel, mais laisse retomber sa main sans insister.

« Il se passera que dalle, je ne suis pas là pour coucher avec quiconque. » Je préfère préciser parce que je veux qu'elle comprenne que j'ai vraiment appris de mes putains d'erreurs.

« Je te donne trois jours.

— Oh, arrête ! Tu ne m'as pas vu depuis sept ans. Et je ne suis pas un homme de Cro-Magnon, bordel ! » J'espère que prononcer ces mots-là à voix haute les rendra exacts.

« D'accord, mettons quatre.

— Va te faire foutre, Anika.

— Hé, c'est comme si tu n'étais jamais parti ! » Elle sautille devant moi en tournant sur elle-même. Elle se cogne dans les employés de l'aéroport et les gens qui attendent leurs bagages. Tous la regardent d'un air désapprobateur. Elle a les cheveux bien plus longs que dans mon souvenir. Noirs comme ceux de notre mère, ils se balancent lourdement au rythme de ses pas.

En quelques minutes, la tension accumulée pendant le vol se dissipe. Sept ans loin de l'Italie. Quatre à New York. Trois dans le Connecticut. C'était plus facile de ne pas culpabiliser quand je ne voyais pas son visage. Mais maintenant ? Je me force à respirer.

C'était la bonne décision.

Je me sens vraiment con d'avoir considéré cette vie comme le chemin le plus risqué. Con aussi de ne pas avoir appelé plus souvent. Comment déplorer le fait de vivre à Chivasso si Anika en fait partie ? Ma petite sœur. Je serre plus fort la poignée de mon sac. La culpabilité et le regret m'assaillent et me font ralentir.

Une image surgit dans mon esprit. Des couleurs floues, des murmures, le son d'un tissu qui se déchire. Je ferme les yeux pour bloquer ce souvenir. Ce que je veux, c'est montrer à ma sœur que je ne suis pas comme *lui*, que maintenant que je suis adulte je ne deviendrai pas comme lui.

Elle se retourne et me sourit fièrement. Je n'en mérite pas tant. Mais je réalise que je souris aussi. Alors, je regarde au loin et je ravale mon sourire.

« Va te faire foutre », je répète en riant.

Quand je la rattrape, elle a les poings sur les hanches. « Ton accent a disparu », me reproche-t-elle. Puis elle penche la tête et rit en silence, les yeux brillant d'amusement.

« Dis ça à tous les gens de la fac qui ne comprennent absolument rien à ce que je dis.

— D'accord, *va bene,* tu restes un Écossais. » Anika lève les mains en signe de protestation. Écossais, Italien, plongé dans la Ivy League américaine.

On franchit les portes coulissantes de l'aéroport de Malpensa, et la chaleur italienne dépourvue de vent me submerge. En redécouvrant l'atmosphère dorée et séduisante, une vague de tristesse s'abat sur moi. *Je suis à la maison.*

« Je dis juste qu'il y a un peu d'américain dans ton écossais, Theo ! Et tes cheveux ! *Che cazzo !* Ils sont presque aussi longs que les miens ! C'est pour ça que tu es rentré ? Yale n'a pas pu te donner un boulot à cause de ton physique ? » Elle agite les bras, les joues rouges d'excitation.

« Je vis à New York, Anika, les cheveux longs sont à la mode. » Malgré tout, inconsciemment, je ramène mes cheveux derrière mon oreille. Je ne m'étais pas rendu compte qu'ils m'arrivent au menton, à présent.

« Oh, c'est vrai, comment ai-je pu oublier cet appel d'une minute pour nous dire que tu déménageais dans la putain de Grosse Pomme ! » *Nous, encore.* Elle a toujours fait ça. Elle a toujours rattaché ses émotions aux leurs.

« *Tornerò su quell'aereo se non smetti di parlare,* Anika ! » *Je retourne dans cet aéroport si tu n'arrêtes pas de parler !* Voilà, comme ça, ça y est, j'ai parlé italien. Les mots me paraissent rouillés. Elle va sûrement se moquer de moi. Mes voyelles sont trop longues, mon intonation légèrement décalée.

Forcément, elle lève les yeux au ciel. « Je jure que je vais te tuer si tu fais un pas en direction de cet aéroport, Theo ! Il est trop tard pour faire demi-tour.

— Très bien », dis-je en souriant. Maintenant que je suis face à ma sœur, je ne peux plus lui tourner le dos, ça me paraît extrêmement clair. Ce n'est pas elle que j'ai voulu quitter. Elle le sait, évidemment. Mais j'essaie de ne pas y penser, pas maintenant.

Je la suis dans le parking couvert qui nous protège momentanément de la chaleur implacable.

« Tu ferais peut-être mieux de t'en tenir à l'anglais, Theo, se moque-t-elle. C'est vrai, quoi, ton italien est aussi grinçant qu'une craie sur un tableau noir. » Elle fronce le nez d'un air dégoûté. « Tu vas devoir faire un effort, Theo ! On parle *italiano* avec un accent anglais ! An-glais ! » Elle imite cet accent élégant en me lançant un clin d'œil. Anika n'avait que 3 ans quand on a déménagé à Chivasso, alors le seul truc un tant soit peu écossais chez elle, c'est à quel point elle peut être chiante le matin. « *Come questo !* » *Comme ça !*

« Tu réalises que, depuis que je suis arrivé il y a deux minutes, tu as déjà insulté mes cheveux, mon éducation et mon accent ? » Je hausse exagérément les sourcils. J'adore taquiner ma petite sœur, tellement grande gueule et têtue.

Elle me regarde, et je m'attends à une réplique bien sentie, mais ses yeux, sans prévenir, se remplissent d'une émotion sincère, mais indéfinissable.

« Pourquoi maintenant, Theo ? murmure-t-elle. Pourquoi tu n'es pas revenu plus tôt à la maison ? »

J'avale ma salive. Une réponse que je ne peux pas lui donner pèse sur ma langue, et mes mains me paraissent toutes faibles lorsque je replie la poignée de mon sac. J'ouvre le coffre de la voiture en prenant mon temps pour y mettre mon bagage et surtout pour trouver quelque chose à dire.

« Je faisais mes études. » J'ai l'air agacé malgré moi, comme si Anika était pénible de me demander pourquoi je ne suis pas rentré à la maison depuis sept ans. Mon excuse est lamentable, et elle le sait.

Menteur, menteur, menteur. C'est écrit dans le pli de mon front et ça s'entend à ma respiration.

« Mais je suis là maintenant », j'ajoute en espérant que ce sera suffisant.

Je referme le coffre, fourre mes mains dans mes poches pour serrer discrètement les poings et marche jusqu'à la portière côté passager. Comprenant que je n'en dirai pas plus, Anika me dévisage encore quelques instants, puis soupire de nouveau et hoche la tête. Elle accepte le fait que, pour l'instant, je refuse d'en parler.

Malgré nos quatre ans d'écart, quand on était plus jeunes, Anika était bien décidée à me suivre chaque fois que je sortais de la maison. Je protestais toujours pour la forme et je reprenais les arguments qu'à la télé les grands frères donnaient à leurs petites sœurs. Mais, en vrai, je n'ai jamais compris pourquoi je ne voudrais pas l'avoir avec moi. J'étais bien content qu'elle ait ne serait-ce qu'envie de m'accompagner.

Même mes secrets n'étaient jamais rien qu'à moi ; c'étaient toujours les *nôtres*. Sauf un.

Mon départ a été la première trahison. Je sais que ça l'a blessée et que ça a abîmé le lien qu'on avait autrefois. Pour la première fois, elle ne m'a pas suivi.

Mais, pendant toutes ces années, elle ne s'est jamais énervée, elle ne m'a jamais reproché d'être parti. Une partie d'elle sait pourquoi j'ai fait ça, alors elle me laisse m'en sortir avec des mensonges. Mais je crois que l'autre partie s'interroge.

« C'est vrai, tu es à la maison maintenant. Et je ne te laisserai pas repartir, cette fois. » Elle baisse la tête pour s'installer derrière le volant et démarre le moteur. Je respire un bon coup et me tasse dans sa minuscule Fiat orange. Le plafond est couvert de pin's et de badges achetés à des concerts ou en vacances. Il y en a au moins quinze qui proclament que « LE FIL DENTAIRE C'EST FUN ».

Anika. Je ferme les yeux pendant qu'elle fait marche arrière. *Si seulement tu savais à quel point j'ai envie de te parler, à quel point j'ai envie que tu saches.* Ma gorge me brûle. On sort du parking, et je regarde le paysage défiler derrière la vitre. *Bienvenue,* s'exclament les différentes nuances de vert, *on croyait que tu nous avais oubliés !*

4

MAGDALEN

Allongée sur les draps blancs de mon lit d'enfant, je cuis au soleil dans la chaleur de l'après-midi. C'est dur d'expliquer le soleil en Italie. La lumière est différente ici, elle irradie avec une puissance archaïque. Peut-être que Dieu aime les Italiens plus que les autres. La chair bénie par le soleil italien semble irrémédiablement dorée, mais son éclat imprègne la personnalité autant que la peau. Cela étant, la sueur qui dégouline le long de ma tempe est froide. Pour me distraire, je gratte la peinture blanche qui s'écaille sur le cadre en écoutant ma respiration, agréablement paisible. Je savoure le silence. J'ai grandi dans cette maison avec trois autres frères et sœur, autant dire que le calme était rare. Joseph, Luciana et Dante, le trio adoré, savaient toujours comment occuper l'espace. Joseph est l'aîné et le plus sérieux de nous quatre. Il adore parler des derniers développements de la campagne publicitaire du musée. On évite de faire allusion à notre site Internet quand on n'a pas envie que Joseph nous livre sa dernière analyse de l'optimisation du taux de conversion. Luciana, quant à elle, est pratiquement une lumière à part entière. Rayonnante, intelligente, magnifique. La seule qui a suivi les traces de notre père en devenant archéologue. Voilà pourquoi elle sera toujours, à mon avis, la préférée des trois. Voyageuse aguerrie, elle n'a pas peur du noir. La meuf n'utilise même pas d'anticernes ! Si c'était le mariage de n'importe quel autre membre de la famille, j'aurais pu y échapper. Mais pas celui de Luciana ! Chez nous, elle exerce une influence certaine.

Et puis, il y a Dante. Impossible de penser à lui sans sourire. Suivant l'exemple de notre mère, Dante a le chic pour parler de n'importe quoi à n'importe qui. Même les vieilles dames l'abordent au marché pour bavarder avec lui. Il a la peau bronzée et met trop de gel dans ses cheveux. Bien qu'il ait cinq ans de plus que moi, il aura éternellement 17 ans. Grande gueule, il court toujours après un nouveau rêve. Aux dernières nouvelles, Anika et lui comptaient ouvrir un bar à vin dans le Sud de la France. Anika et Dante sont inséparables, peut-être même amoureux. Mais je pense qu'ils ne le savent pas encore. Qui suis-je pour leur gâcher la surprise ?

Quand je pense à mes frères et à ma sœur, c'est difficile de ne pas m'appesantir sur mes différences. Quand est-ce arrivé ? Peut-être quand nous étions enfants, quand nous avons tous été baptisés par la même eau dans l'église de Chivasso.

La ville est suffisamment petite pour savoir tout de tout le monde dès qu'on se présente devant notre *duomo*. Nous sommes des gens curieux, toujours en quête de détails. Nous adorons les drames. Notre porte d'entrée n'a pas de verrou, et les gens entrent souvent dans notre maison quand l'envie leur prend. Ce n'est jamais considéré comme une intrusion ou une nuisance, bien au contraire. Les conversations, spontanées, impromptues, sont chères à leur cœur ; communiquer est une bénédiction. Ma mère est toujours à la maison ; elle coince la porte avec un vieux manuel pour qu'elle reste ouverte et elle attend qu'un étranger vienne frapper. Elle a renoncé à sa carrière après notre naissance à tous les quatre. Elle est restée si longtemps loin de son travail que son confort a étouffé ses ambitions. Le musée, qui l'employait et qui emploie toujours mon père et Jo, ce même musée qui appartient en copropriété aux Sinclair, la supplie chaque année de revenir et d'écrire un autre livre. Mais elle secoue la tête en riant.

Si je ferme les yeux pour mieux me concentrer, je les entends rire en bas, bien que je me sois isolée au deuxième étage. On entend tout dans les vieilles maisons, les bruits de pas discrets dans la cuisine à minuit, le léger grincement du portail à l'aube, les murmures enivrés de Dante et de Jo qui se disputent après une nuit dehors. Même quand tout le monde dort, le silence n'est jamais assourdissant, puisque la maison elle-même veille.

Je rouvre brusquement les yeux et je comprends que je me suis assoupie en voyant le soleil couchant. Il va bientôt être l'heure de dîner. Je m'empresse de me lever. Le miroir de la salle de bains m'attend. J'y jette un coup d'œil furtif. Mon front est pâle et moite et mes lèvres sont gercées. *Morte*. J'enfonce mon doigt dans ma joue. J'ai l'air morte. Je me déshabille devant le miroir en ayant l'impression que ma nudité est un affront. Celui dans la salle de bains de l'appart d'Oxford est fissuré et un peu trop haut, ce qui veut dire que je ne me suis pas vraiment regardée depuis plus d'un an. Soudain, je réalise que personne ne m'a jamais vue comme je me vois à cet instant. Je suis confidentielle. Je tourne sur moi-même pour m'examiner entièrement. Je remarque les fossettes et les marques qui parsèment mon corps. Ces foutues cicatrices. Ce regard si intime que je pose sur moi me fait l'effet d'une intrusion. Est-ce que je veux que cela reste à jamais un secret ?

Y penser trop longtemps me donne la nausée. Comment pourrais-je commencer à me dévoiler ? Mes cheveux sont collés sur ma nuque. Je détourne les yeux du miroir à la recherche d'une brosse. Quand je me retourne, j'ai du mal à soutenir mon propre regard, alors je me focalise sur la pointe de mes cheveux.

5

MAGDALEN

« *Ah, eccola qui ! La regina stessa !* » *Ah, la voilà, la reine en personne !*

J'entre dans la cuisine en rassemblant mon courage pour faire face aux voisins du bas de la rue ou au marchand de légumes de la *piazza* venu livrer des *cime di rapa*[1] qu'il fait pousser lui-même.

Je m'arrête sur le seuil. La pièce est pleine de monde. Ma mère, à table, coupe des légumes sur une planche en bois. Dante et Jo sont assis autour d'elle. Dans un coin, mon père sirote un verre de *grappa*. Et Anika est perchée sur le comptoir. Je ne vois qu'elle.

« Anika ! » Je ne m'attendais pas à tomber sur ma sœur, celle qui n'est pas liée à moi par le sang, mais par l'âme.

« Pourquoi tu ne m'as pas dit que tu venais ?

— C'était supposé être une surprise ! Je croyais que tu dormais, sinon je ne serais pas venue maintenant. » Elle s'essuie le front du revers de la main. « J'étais censée me changer pour être plus belle que toi !

— Tu es parfaite comme ça, idiote ! » Je la serre dans mes bras, et la chaleur de notre étreinte et le parfum de nostalgie

---

1. Légume typique des Pouilles que l'on peut traduire par « brocolis rave ». (N.D.É.)

me font comprendre à quel point j'avais besoin de rentrer chez moi.

« Tu as l'air toute maigre, *non sembra magra ?* » Elle me pince les hanches et je rigole, en dépit de l'élan d'insécurité que sa remarque fait naître en moi. Je devrais lui présenter Emily. J'ai l'impression que j'attire les personnes bruyantes et sûres d'elles, sans doute parce qu'elles ont besoin de quelqu'un pour absorber leurs excès et éviter qu'elles se noient dedans. Je respire profondément, assaillie par une pointe d'anxiété. Dans ce scénario, c'est moi le vase vide.

« C'est à cause du stress des exams de fin d'année ! » J'espère que, grâce à cette explication, tout le monde arrêtera de m'examiner. Mon père étudie mes chevilles de loin. Inconsciemment, je passe mon pied sur mes os qu'on distingue clairement à travers ma peau fine.

« Lo fa, le ho detto che Oxford era troppo stressante per lei. » Je lui ai dit qu'Oxford était trop stressant pour elle, renchérit Dante, le grand frère qui ressemble à un chérubin et qui ne voyait aucun intérêt dans le fait d'aller à la fac.

Anika me fait un clin d'œil et me frotte les épaules en essayant de réprimer un éclat de rire. « Tu vois, *perché non hai ascoltato Dante ?* » *Pourquoi tu n'as pas écouté Dante ?* Elle fait claquer sa langue d'un air désapprobateur tout en me tapotant la tête comme pour s'assurer que je suis bien là.

« D'accord, je suis maigre et stupide, *va bene ?* » Je lève les yeux au ciel et m'empare d'une pomme. « Vous êtes contents ? »

Les bavardages reprennent. Anika et moi échangeons un regard, chacune à un bout de la cuisine. En silence, on décide de se faufiler discrètement dehors pour parler. Il s'agit de notre code secret, développé au fil de nombreuses années passées à esquiver nos dîners familiaux hebdomadaires. Un clin d'œil imperceptible, une courte inspiration, un petit geste du pied. Au bout de douze ans, c'est devenu un art. Je jette ma pomme dans la poubelle tandis qu'Anika se ressert du vin. Puis on sort par la porte de derrière, sans que cela mette un terme aux conversations derrière nous.

« Je n'arrive pas à croire que tu sois à la maison. J'ai l'impression que je ne t'ai pas vue depuis des années. » L'accent écossais d'Anika est indétectable, comparé au reste de sa famille. Ici, on considère les Sinclair, à moitié écossais et à moitié italiens, comme un trésor local. Ce sont les premières personnes extérieures à Chivasso à s'être installées dans cette bourgade tranquille, ce qui leur vaut d'être sous la protection des vieux habitants de la *piazza*. Leur arrivée a tout changé. Dexter Sinclair est devenu le codirecteur du Museo Egizio de Turin avec mon père. Il a fait de cet endroit qu'on ne visitait qu'en temps de pluie un épicentre touristique. Les étrangers ont commencé à affluer rien que pour voir les expositions montées par Dexter. Trop tourné vers le passé, mon papa n'a jamais eu le sens des affaires.

Je contemple les ombres mouvantes des feuilles dans le crépuscule et j'inspire profondément. « Honnêtement, je ne pensais pas rentrer.

— Je suis donc si répugnante ? gémit Anika. D'abord Theo et maintenant toi. L'année qui vient de s'écouler a été une torture, putain !

— Ma pauvre Anika. » Je lui serre le genou et pose ma tête sur son épaule. « C'est pour toi qu'on est revenus, mon chou.

— Super, merci beaucoup. Je n'ai commencé à manquer à Theo qu'au bout de sept ans, c'est génial !

— Mais moi, je suis rentrée au bout d'un an ! Est-ce que ça veut dire que tu m'aimes plus que ton frère ? »

Anika rit et pose sa tête sur la mienne, si bien qu'on est empilées l'une sur l'autre. « Ne me dis pas que tu n'es pas un tout petit peu excitée pour le grand jour de Lucia ? »

Je soupire en prenant le temps d'y réfléchir deux secondes. « Si, si, bien sûr. Mais on n'a jamais vraiment été proches, elle et moi, tu sais. Pas comme Theo et toi.

— Lucia t'adore, Maggie. Bordel, elle aurait été anéantie si t'étais pas venue. T'en as conscience, pas vrai ? »

C'est plus facile de parler comme ça, tête contre tête. « Oui, évidemment. » Je m'empresse de changer de sujet. « Assez parlé de moi. Comment va ta famille ?

— Bien. Mes parents passent leur temps au musée, donc je ne les vois jamais, et je les déçois toujours, donc rien n'a vraiment évolué depuis ton départ ! »

Elle prend une gorgée de vin, puis soupire. « Même si je suis ravie de te voir, tu étais censée partir au Pérou. » Elle relève la tête et me donne un petit coup de coude dans les côtes. Au temps pour le changement de sujet.

« C'est le grand jour de Lucia. Déjà que je ne suis pas la demoiselle d'honneur de ma propre sœur, je ne pouvais pas rater ça. Le Machu Picchu sera encore là l'été prochain.

— Et peut-être que, la prochaine fois, tu pourras m'inviter à faire la connaissance de ton Emily.

— Tu détestes l'avion ! À ma connaissance, tu ne prends que le train.

— Hé, tu pourrais arrêter de te rappeler tout ce que je dis ! Ton cerveau me fait flipper. »

Je relève la tête à mon tour. « Parce que je me souviens que ma meilleure amie n'aime pas prendre l'avion ?

— Oh, tu m'as appelée ta meilleure amie. » Anika boit une autre gorgée de vin et m'enlace. « Tu m'as tellement manqué, espèce de malade ! murmure-t-elle.

— Je te promets que tu m'as manqué encore plus. » Je la serre contre moi. Je me sens en sécurité dans ses bras. « J'avais le mal du pays.

— Sérieusement ? » Anika s'écarte pour mieux me dévisager. « Tu choisis de partir étudier en Angleterre et, une fois là-bas, tu décides d'avoir le mal du pays ? *Madonna*, tu aurais pu rester ici avec Dante et moi ! Ce n'est pas trop tard ! Ne retourne pas là-bas !

— Si ce sont mes deux seules options, je préfère retourner en Angleterre », dis-je en riant. Contrairement à Anika, Dante n'est pas de très bonne compagnie à la longue. On n'a jamais été proches, lui et moi. Ma timidité le mettait mal à l'aise, et il a fini par passer plus de temps chez les Sinclair que chez nous après le départ de Jo et de Lucia.

« Oh, va te faire foutre. » Elle secoue la tête. « Tu as toujours été beaucoup trop maligne pour ton bien. Theo aussi. »

Elle lève les yeux vers le ciel qui s'assombrit et pousse un nouveau gros soupir. « Bordel, mais qu'est-ce qu'il m'arrive ? Hier, j'ai mis du sel dans mon café. Du sel, putain ! Theo a hérité du meilleur de notre patrimoine génétique. C'est totalement injuste ! »

J'essaie d'étouffer mon rire, mais il se transforme en grognement de cochon. Anika me donne une tape sur l'épaule. « Oh, je t'emmerde ! » Elle se lève et se met à faire les cent pas en buvant de plus en plus de vin entre deux invectives. « J'emmerde Theo, j'emmerde mes parents et, tant qu'on y est, j'emmerde les tiens aussi ! Sans toi, autant m'enfuir et entrer au couvent. Tu imagines à quel point Dante est insupportable ? Je n'en peux plus. Il m'a obligée à lui raser le dos le week-end dernier, Maggie. »

Elle continue sur sa lancée, mais je ne l'entends plus à cause de mon fou rire. Finalement, elle se joint à moi. Je suis tombée du banc, et j'ai une main sur le ventre et l'autre au-dessus de la tête. Mes doigts caressent l'herbe fraîche. J'écoute battre mon cœur, prends une grande respiration. Un calme profond m'envahit. Le portail en bois s'ouvre derrière moi, mais on ne s'en rend compte que lorsque des pas font rouler le gravier de l'allée.

6

THEO

Ma mère m'a laissé un mot :

DÎNER CHEZ LES SAVOY.
SOIS LÀ AVANT 20 HEURES.
MAMAN

Il est 19 h 50, il faut que j'y aille. J'ai tourné en rond pendant quelques heures, bu ce qu'il restait du gin de mon père et pris une douche froide. J'ai chaud aux joues et le nez engourdi.

Quand j'arrive devant l'allée, j'entends des rires. Je reconnais la voix d'Anika, mais pas la deuxième, plus grave et plus riche. Comment ça se fait ? Mes sept années à l'étranger me rattrapent au ralenti ; je m'immobilise devant le portail parce que j'hésite à faire intrusion dans la vie que mes proches ont construite en mon absence.

En partant à Yale, je n'ai pas seulement quitté ma famille, j'ai aussi quitté les Savoy. J'ai l'estomac noué à l'idée d'entrer chez eux. Je les entends déjà s'exclamer : « *Ça fait si longtemps qu'on ne t'a pas vu ! Tu nous avais oubliés ?* »

Mais je redoute encore plus les « *Tu nous as manqué* » parce que, en réalité, ils m'ont terriblement manqué eux aussi.

Je tire sur mon col. J'ai du mal à respirer. *Non, Theo. Ne t'avise pas de faire une crise d'angoisse dans l'allée des Savoy. Ressaisis-toi, putain !* J'essaie de compter mes inspirations et mes expirations. Je visualise ce qu'il va se passer. Quand j'entrerai dans la cuisine, mon père ajustera sa montre en faisant semblant de ne pas s'intéresser à moi. Si ses cheveux ont poussé, il les remettra machinalement en place d'une main parce qu'il tiendra un verre dans l'autre.

Le bruit de mes pas sur le gravier fait taire les éclats de rire. Je m'immobilise à nouveau parce que je ne suis pas encore prêt à me montrer. Mais les deux filles m'ont sûrement entendu et vont se demander pourquoi je me suis arrêté, alors j'avance en écrasant les cailloux un peu plus fort, comme pour montrer que j'ai confiance en moi.

« Qui est là ? » demande Anika d'une voix mordante et pleine de défi. Ma sœur, toujours prête à se battre.

« Euh, c'est moi », je réponds bêtement avant même de les voir. J'ai la voix rauque parce que ça fait un moment que je n'ai pas parlé. On dirait que je suis tendu et blasé. Je baisse la tête pour passer sous l'arbre, ce qui me déséquilibre puisque le gin guide mes pas. Quand je relève les yeux pour voir où je mets les pieds, ce n'est pas Anika que j'aperçois. Une fille est allongée dans l'herbe, et sa peau a la couleur du bronze dans la lueur bleutée du crépuscule.

« Salut, Theo, dit-elle.

— Theo, tu es venu ! Je pensais que le décalage horaire te terrasserait ! » Anika, assise sur le banc à l'extérieur de la maison, lève les bras pour un câlin, mais je suis trop loin, alors elle les laisse retomber aussitôt. Je comprends qu'elle est ivre.

« Devo fare pipi ! » Il faut que j'aille faire pipi, marmonne-t-elle en se levant. Elle chancelle un instant avant de s'éloigner.

Je baisse la tête. « Salut, Magdalen. J'ai failli ne pas te reconnaître. »

C'est bien ma Magdalen, la Magdalen de mon enfance. Brusquement, je ne sais plus où poser les yeux ; je n'arrive qu'à contempler ses pieds nus et ses chevilles fines et délicates. Elle porte un combishort en lin déboutonné dont les bretelles retombent sur ses hanches et un minuscule t-shirt blanc qui remonte sur ses côtes, vu comme elle est allongée par terre. Non, ce n'est pas vrai, je n'ai pas remarqué ce détail.

Elle rit pendant que je me frotte l'œil avec le dos de la main.

« Je sais, j'ai pris dix centimètres en un été. La ville n'a parlé que de ça cette année-là. Tu as bonne mine », ajoute-t-elle nonchalamment. Elle a des jambes incroyablement longues.

« Ouais, ben, je ne me sens pas si bien que ça », je réponds un peu trop brusquement. Je regarde de nouveau ses chevilles, parce que c'est mieux que de reluquer ses cuisses. Je me sens comme un géant, dressé au-dessus d'elle comme ça, alors je recule d'un pas pour qu'elle ne croie pas que je cherche à l'intimider. *N'importe quoi ! Est-ce que j'ai toujours été aussi mal à l'aise en société, putain ?*

« Je suis rentrée aujourd'hui, moi aussi, mais mon voyage a été beaucoup moins long. Tu dois avoir soif. Tu veux quelque chose à boire ? » Elle se lève, et son t-shirt retombe sur son ventre tandis que son épaisse chevelure vient encadrer son visage. Elle est presque aussi grande que moi. Non, ce n'est plus la Magdalen de mon enfance. Sa remarque me prend au dépourvu. Est-ce que j'ai l'air déshydraté ?

Putain, Theo ! Je ferme les yeux. *Qu'est-ce qui me rend si susceptible dans ce pays ?*

« Oui, je veux bien, merci. Tout le monde est là ? » D'un coup de pied, je renvoie un caillou parmi les graviers, priant pour qu'Anika revienne vite, que je puisse recommencer à respirer, putain.

« Ouais, ils seront ravis de te voir », prédit-elle en se dirigeant vers la porte de derrière en tirant sur son t-shirt comme si elle se rendait compte qu'il était remonté à un moment donné. Je n'ai pas encore vraiment distingué son visage. D'une certaine façon, c'est un soulagement. Je sais que je le regretterai quand je le verrai. Je ne devrais pas regarder la meilleure amie de ma petite sœur comme ça, avec convoitise. C'est mal. Méprisable. Les railleries d'Anika reviennent me titiller. Non, je ne baiserai pas dès la première semaine. J'essaie plutôt de me concentrer sur ce qui m'attend dans la cuisine. Mais tout ça paraît si loin pour l'instant. Mon envie d'observer Magdalen, de contempler sa peau, est si forte que j'enfonce mon ongle dans ma paume jusqu'à ce que je ne pense plus qu'à cette douleur cuisante. Je me focalise aussi sur ce qu'elle dit, oui, voilà, la distraction asexuée qu'offrent les mots. Excités, a-t-elle dit, enchantés, euphoriques, en liesse. Je m'autorise un sourire parce que son accent rallonge certains sons et fait en sorte que la phrase s'enroule autour d'un seul mot : *ravis*.

On parle anglais depuis toujours, même si les Savoy sont italiens. Je crois qu'à la base, c'était une idée de Vittoria, qui voulait relever le défi de l'enseigner à ses enfants. Il paraît qu'on a gardé notre accent écossais. Les intonations de mon père et nos étés à Perth nous ont marqués.

« Oui, c'est sûr. » Je lève les yeux au ciel. Jamais elle ne dirait une chose pareille si elle savait ce qui s'est passé entre ces murs. On est tous les deux obligés de se baisser pour franchir la petite porte, et la lumière jaune des appliques me fait plisser les yeux. Magdalen entre la première, comme si, sans le savoir, elle servait de bouclier à mon ego fragile.

Quelques instants s'écoulent avant qu'on ne remarque ma présence. J'avale ma salive tant bien que mal en attendant que la luminosité s'atténue et que leurs réactions se manifestent. C'était quand, la dernière fois que je suis venu là ? Le carrelage en terre cuite a toujours la même couleur, profonde et chaleureuse. Les placards aux poignées rustiques sont toujours jaune pâle. La chaise en plastique rouge vif posée dans un coin n'a pas bougé. Ici, le temps s'est arrêté.

« Theodore, le putain de fantôme ! » Dante se lève pour me saluer. Il fait quelques centimètres de moins que moi et semble avoir vidé son pot de gel sur tout son corps tellement il brille. Quand sa tête effleure la mienne, je cache mon rire dans son épaule tellement ses cheveux sont durs. Il n'y en a pas un qui bouge. Il sent le tabac et un parfum coûteux qu'il a sûrement volé. Quand il me serre dans ses bras, je sens son cœur battre vite et de manière erratique. Je lui rends son étreinte du mieux que je peux, en marmonnant : « Je suis là, maintenant.

— Putain, un peu que t'es là, bébé ! »

7

MAGDALEN

La présence de Theo fait réagir nos deux familles : même Dante est au bord des larmes.

Un lien indissoluble unit ces deux-là. Quand Theo est parti, ça a brisé quelque chose chez mon frère. Ses joues, qui s'illuminaient d'habitude d'un sourire, sont devenues ternes et creuses. Theo était sa lumière. Dante a vécu son départ comme un abandon, mais tout le monde à Chivasso savait qu'il disparaîtrait un jour. Bon, d'accord, peut-être pas de manière aussi abrupte. Mais il était tellement brillant, à l'école, en sport, avec les filles, que ça aurait été du gâchis s'il était resté dans la ville qui l'avait vu grandir. Sans le vouloir, il faisait douter les gens de leur propre mérite.

Il y a sept ans, quand Theo Sinclair, sans prévenir, a pris l'avion pour le Connecticut à 4 heures du matin, notre monde a dévié d'un centimètre. Des nuages bas ont recouvert la ville comme pour essayer de l'emprisonner à jamais dans le ciel au-dessus de Chivasso. Les fruits avaient un goût de moisi, Anika ne parlait plus, et Cinzia Sinclair n'a pas quitté sa chambre pendant des mois. Mais c'était aussi le truc le plus banal qui aurait pu se produire ce jour-là, et la vie a suivi son cours sans Theo.

Je le regarde, tout en muscles du haut de son mètre quatre-vingt-quinze, et j'essaie de me rappeler comment il était il y a sept ans. Petit, il faisait une heure de bus tous les matins pour se rendre à Turin dans une école spéciale pour élèves surdoués. Le *genio* de notre petite ville. C'était aussi un sportif qui remportait haut la main tous les tournois de tennis, les matchs de football et les courses d'athlétisme à Chivasso et à Turin. Les gens ont commencé à s'intéresser à lui et à parler de lui dès son plus jeune âge. Même en ayant cinq ans de moins, je savais qu'il était différent. Est-ce qu'il deviendrait médecin, avocat ou joueur de tennis professionnel ? Mais la vraie question, la plus importante, celle qu'on se posait tous, c'était comment Theo Sinclair allait changer le monde, et est-ce qu'il se souviendrait de nous après ça ?

J'ai toujours pensé que c'était pour ça qu'il avait fui. Évidemment. La pression d'être le sauveur d'une petite ville l'a poussé à en trouver une plus grande où il ne serait pas le seul *genio*. Je ne lui en veux pas d'être parti, j'ai suivi son exemple. Sauf que mon avion a atterri en Angleterre, plus près de la maison. Alors que Theo a fait en sorte que personne ne puisse venir le chercher.

Theo projetait une ombre immense, et les gens qui marchaient trop près derrière lui étaient voués à se perdre. Parce que je suis une fille, peut-être, ou parce qu'on ne fait pas attention à ceux qui ne parlent pas beaucoup, personne n'a rien dit quand je suis montée dans le bus de Turin à mon tour. Pendant sept ans, j'ai eu l'impression que nul n'avait remarqué que j'avais intégré la même école pour surdoués. Mais il faut dire aussi que je ne savais pas taper dans un ballon ; ces choses-là comptent pour les Italiens.

Assis dans la cuisine de ma famille après sept ans d'absence, Theo est assailli de questions.

« Oui, j'ai fait des recherches pour le programme d'archéologie monastique de Yale à Sohang. » Il a les oreilles rouges d'embarras. Fascinée, je le regarde parler et je m'autorise à admirer sa beauté. Bronzé et costaud, il a les yeux gris. D'épaisses mèches de cheveux noirs bouclent autour de ses oreilles. Comment quelqu'un d'aussi parfait – en toute objectivité – peut-il se sentir embarrassé ? Mais c'est injuste de ma part de penser ça. Je ne sais rien de lui. J'ignore ce qui le gêne ou ce qui l'intéresse. Son intelligence rivalise avec son physique. C'est terrifiant de se dire qu'il est comme Achille, mais sans le talon empoisonné.

Brusquement, la façon dont j'ai découvert sa réputation de tombeur me revient. Dante, Theo, Anika et moi avions pris le train pour Turin. Anika et moi suivions nos frères comme deux petits chiots égarés. Évidemment, j'allais à l'école à Turin. Mais me rendre là-bas pour le plaisir ?

C'était une première.

En journée, Turin est comme la plupart des villes italiennes, vaste et pavée. Les bâtiments qui abritent aujourd'hui des boutiques indépendantes et des *tabaccherie*[2] contenaient autrefois des divinités romaines. On a du mal à se faire à l'idée que tout est si ancien. Mais, la nuit, les jeunes comme les vieux envahissent les rues et lui influent une énergie nouvelle. Des tables en plastique minables apparaissent sur les trottoirs ; les amis se rassemblent pour danser dans la rue au son d'une musique qui s'échappe de la radio d'une voiture. On jette des bières dans la fontaine. Ce n'est pas un manque de respect, mais un rituel pour préserver l'éternelle jeunesse de l'endroit ; nos villes survivent depuis si longtemps grâce au mystère de cette période nocturne. Quand on sait le nombre de secrets qu'il y a dans ces rues, on se sent très insignifiant – *jeune*.

C'est donc lors d'une de ces soirées que j'ai pris conscience de la réputation de Theo. J'avais 12 ans et je m'étais offert mon premier eyeliner ce matin-là. Anika avait laissé un

2. Bureaux de tabac. (N.D.É.)

exemplaire de *Lei Glamour* sur mon lit ; sur la couverture, Milla Jovovich avait paru me railler avec ses grands yeux bleus. Après avoir feuilleté les pages vantant les mérites du rouge à lèvres rouge et du fard à paupières bleu fluo, j'avais choisi un eyeliner marron parce que, d'après le magazine, c'était cette couleur qui ferait ressortir mes yeux.

Oui, à cette époque de ma vie, je croyais pouvoir séduire les hommes rien qu'avec mes yeux.

Titziana, une fille du même âge que Theo, m'a demandé si je pouvais le lui présenter. « *Che bello !* » *Il est tellement sexy !*

La musique était forte et attractive, et sa question m'a laissée perplexe. « Theo ? ai-je répondu bêtement. *Vuoi parlare con Theo ?* » *Tu veux parler à Theo ?*

Je lui ai demandé ça comme si elle m'avait dit qu'elle voulait coucher avec mon frère et m'obliger à regarder. Pour moi, Theo était indissociable de Dante, alors l'idée qu'on puisse le trouver séduisant me perturbait, et je n'avais aucune envie d'aider cette fille. Mais, quand j'y repense, je comprends ma réaction. C'est tellement évident.

J'avais peur. Avec cette question, Theo avait ouvert la porte de l'enfance, il était entré dans l'âge adulte et il avait refermé à clé derrière lui. Si je lui disais que Titziana le trouvait séduisant, il comprendrait que je savais qu'il était désormais un homme, et ce mot me faisait peur, bizarrement. J'ai remué mon Coca Zéro et répondu à Titziana : « Désolée, je ne le connais pas si bien que ça. »

Par la suite, j'ai appris que mon refus ne l'avait pas arrêtée : un peu plus tard cette nuit-là, on les a surpris en train de s'envoyer en l'air à l'arrière de la voiture de Dexter Sinclair. C'était un comportement habituel chez Theo. Mais comme j'avais 12 ans, que je stressais pour finir les livres que je devais lire cet été-là et que je redoutais que l'orthodontiste me pose des bagues, je n'avais absolument pas envisagé que d'autres filles puissent désirer Theo.

C'était le frère de Dante et donc le mien par procuration. Mais pour le reste de Chivasso ? Theo suscitait le désir chez des filles qui n'étaient même pas encore éveillées sexuellement ; c'était un centaure dans un pré rempli de chevaux. Alors j'ai arrêté de lui parler, terrifiée qu'il puisse imaginer que la moindre de nos interactions indiquait que je le désirais de *toutes* les façons possibles. L'éviter, c'était ma façon à moi de lui dire : *Je ne te demanderai jamais de m'éveiller sexuellement. Je ne te demanderai jamais de me repousser.* J'ignore si ça se sentait dans mon comportement de tous les jours, mais j'ai toujours eu l'impression que oui.

En le voyant à présent, assis sur cette horrible chaise rouge dans notre cuisine, exactement comme il y a sept ans, je comprends que rien n'a changé. Il reste plus grand que moi, mais il a bel et bien grandi et mûri. Ses épaules sont plus larges et durcies par des muscles dont je ne me rappelais pas l'existence. Il est toujours aussi beau. Mais son visage est crispé, comme s'il essayait de rester imperturbable, sauf qu'il n'arrête pas de froncer les sourcils, ce qui le trahit. Quand une personne parle, on voit bien qu'il analyse activement ce qu'elle dit. Les mots sont une monnaie d'échange, et Theo se soucie de leur valeur. La plupart des gens ne s'intéressent qu'à la leur. Une mèche de cheveux retombe sur son front et j'oublie que je suis en train de le dévisager jusqu'à ce que son regard croise le mien.

« Magdalen ? dit-il comme s'il m'interpellait pour la deuxième fois.

— *Scusa*, tu disais ?

— Tu te plais à Oxford ?

— Oh, oui, c'est sympa. C'est dur, mais ça en vaut la peine. J'apprécie le contenu des cours. » Je détourne les yeux sans savoir si ma réponse le satisfait.

Il contemple la table et hoche la tête d'un air compréhensif. « Tu as toujours aimé lire, si je me souviens bien. »

Il prend une gorgée de la boisson que quelqu'un a posée devant lui. J'ai l'impression qu'il veut ajouter quelque chose, mais il se ravise.

« Oui, mais elle déteste parler aux gens », intervient ma mère, ce qui me fait relever la tête. Elle s'exprime sur un ton méprisant. J'ai fait quelque chose de mal ? « À quoi ça sert de lire si on n'a personne avec qui en parler ? »

Debout dans un coin, le père d'Anika contemple le fond de son verre comme s'il cherchait une intervention prophétique. Il se racle la gorge. « Bah, au moins, nos enfants sont rentrés. Ça fait un bail que toute la famille n'avait pas été réunie. Magdalen, tu es devenue une belle femme. Et toi, Theo, tu es devenu sacrément chevelu. » Dexter rit de sa propre blague.

Je me surprends à dire : « J'aime bien tes cheveux. »

Theo se tourne vers moi d'un air surpris. « Vraiment ? » Il prend conscience de la mèche qui s'est égarée et la replace derrière son oreille. « Tu trouves pas qu'ils sont un peu trop longs ? C'est chiant.

— Les cheveux longs, en Amérique, ils trouvent ça sexy. » J'écarquille les yeux en réalisant ce que je viens de dire. « Enfin, c'est tendance, quoi. Je ne suis pas en train de dire que toi, tu es sexy. » J'ai envie de crier : *Tu vois ce qui se passe quand j'ouvre la bouche, maman ?* Putain, je viens de dire que Theo Sinclair est sexy devant toutes les personnes que je connais.

« Tu ne me trouves pas sexy, Maggie ? » Theo se laisse aller contre le dossier de sa chaise, son verre à la main. Une étincelle d'humour brille dans ses yeux, comme s'il me mettait au défi de revenir sur ce que je viens de dire.

Sans me laisser le temps de répondre, Dante intervient. « Putain, Theo, n'oblige pas ma sœur à dire que tu es sexy devant toute la famille. »

Ma mère prend une brusque inspiration. « Pas de gros mots, Dante ! »

Celui-ci frappe la table du plat de la main, sans doute pour défendre son droit à jurer, mais Jo l'interrompt rapidement. « Puisque tu es de retour, Theo, je suis certain que les gars du club vont vouloir te voir.

— Ne crois pas que les filles avec qui tu avais l'habitude de coucher vont vouloir de toi avec ces cheveux-là », ricane Dexter en finissant son verre.

Je souris poliment, mais, après toutes ces années, faire de Theo la cible d'une blague même pas drôle me paraît cruel. D'ailleurs, il ne rit pas. Il ne regarde même pas son père. Cinzia, sa mère, esquisse un pâle sourire, mais semble usée elle aussi par l'attitude de Dexter. Quelques années avant le départ de son fils, elle a démissionné du musée, laissant mon père et son mari en charge des opérations. Assise près de la porte ouverte, elle me paraît plus petite que dans mon souvenir. La peau de ses bras pend mollement sur ses muscles, et ses cheveux grisonnent aux racines.

« Très drôle. On y va ? » Jo ignore Dexter. La tension a envahi la pièce au même titre que la fumée qui s'échappe du four ouvert.

« Ouais, bonne idée », s'empresse de répondre Theo qui se lève en finissant son verre. Je me rends compte seulement maintenant que ce n'est pas moi qui lui ai servi à boire, bien que je le lui aie proposé. *Tu ne dois pas te laisser distraire à ce point, Magdalen ! Ce n'est qu'un homme.*

« Bonsoir, tout le monde, dit Theo chaleureusement. Magdalen », ajoute-t-il en croisant mon regard l'espace d'un instant. Puis il s'en va.

« Ciao, les nazes ! » Dante s'incline, et mes parents lâchent tous les deux une exclamation outrée. La chaleur douillette qui est entrée dans la cuisine avec Theo s'évapore, et je frissonne.

8

THEO

Chacun de nous a peur de parler pendant le trajet jusqu'à Tirumapifort, le tennis club qui fait aussi office de boîte de nuit à la sortie de Chivasso. Jo conduit les deux mains crispées sur le volant, comme pour prouver qu'il est trop concentré sur la route pour démarrer une conversation. Putain, c'est tellement malaisant. Jo, Dante et presque tous les autres membres de la famille Savoy sont connus pour être bavards. Oui, presque tous. Assis à l'arrière, Dante ne s'intéresse qu'à sa cigarette, mais même la manière dont il souffle la fumée est bizarre ; ses expirations sont trop courtes, encore un signe de tension.

« Est-ce que Matilde déconne encore avec ses bracelets jaunes ? » Je demande ça parce que c'est le seul détail dont je me souviens à propos du club : des bracelets jaunes que Matilde serre si fort autour de nos poignets que nos doigts commencent à s'engourdir au bout de quelques minutes. C'est une énergie silencieuse qui oblige les gens à s'en aller avant que Matilde soit obligée de les chasser.

« Matilde est trop conne. Tous les soirs, je prie pour qu'elle se noie dans sa piscine, clame Dante en baissant la vitre pour cracher dehors.

— Ouais, qu'elle aille se faire foutre, cette vieille sorcière », renchérit Jo, qui n'a plus qu'une main sur le volant. Il y a du progrès. Je me détends un peu sur le siège rembourré quand j'entends Dante rire à l'arrière.

Silver Pozzoli beugle dans les enceintes pendant qu'on fait plusieurs fois le tour du parking plein à craquer. Je ferme les yeux en essayant de réfréner mon impatience. Jo coupe le moteur et Dante passe la tête entre les sièges. « Attention, bande de salopards, *il re è tornato !* » *Le roi est de retour.*

Putain, non, il ne va pas s'y mettre lui aussi ! J'ai besoin d'un autre verre, et vite.

La musique qu'on a entendue dans la voiture semble s'atténuer quand on se présente à l'entrée. Curieusement, rien n'a changé ; le gravier rouge est toujours aussi vif que le jour où je suis parti. Sans crier gare, Matilde sort des buissons et se dirige vers nous. C'est vrai qu'elle ressemble à une sorcière, surtout vu la manière dont elle agite les bracelets en plastique en secouant la tête d'un air agacé.

« Hé, gamins, c'est pas parce que vous avez pas trouvé un autre endroit où tremper votre nouille que vous pouvez entrer gratuitement !

— Pardon, Matilde ? Je suis père de famille, maintenant, lui fait remarquer Jo. Je ne suis pas là pour "tremper ma nouille".

— Oui, mais est-ce que tes copains peuvent en dire autant ? » renifle-t-elle en nous examinant pour voir qui l'accompagne.

Elle ne m'a pas encore reconnu. Je m'arme de courage. Matilde me connaît depuis que je suis tout petit ; à l'époque, je courais partout dans le tennis club avec la bouche barbouillée de glace au chocolat. Je grimace en me rappelant aussi qu'une fois, elle m'a surpris en train de sauter Chiara.

« *Ma guarda !* » Elle fourre les bracelets dans la poche de son tablier, en faisant tomber quelques-uns au passage. « Tu es revenu ! »

Presque aussitôt, son visage se rapproche du mien, au point que je distingue les rides profondes sur son front, creusées par l'âge et toutes ces années passées à travailler au soleil.

On a tendance à oublier les gens à la périphérie de nos vies quand on se dépêche de partir. Ceux à qui on commande un café tous les matins, ceux qu'on croise à la salle de sport. Je culpabilise d'avoir oublié Matilde alors qu'elle m'a vu grandir.

Je m'éclaircis la voix. « Uniquement pour toi, Matilde. Est-ce que ça m'autorise à ne pas payer la taxe du bracelet jaune ? » Je dis ça pour détendre l'atmosphère. Putain, l'idée de rendre Matilde triste me donne envie de me coller des baffes.

Elle a la voix rauque. Elle semble déçue. « Tu aurais dû rester à l'étranger. »

Elle me tapote le visage. Je frémis parce qu'elle a la paume rugueuse, mais peut-être aussi parce qu'elle a sacrément raison.

« Allez, Matilde, combien ce soir pour tes trois chérubins préférés ? » Dante commence à déboutonner sa chemise en se dirigeant vers elle d'un pas chaloupé.

Elle nous regarde tous les trois, puis pose sur moi ses yeux larmoyants et iridescents et hoche la tête. Matilde pourrait bien être Dieu à la tête d'un tennis club.

« Pour vous, mes chérubins, 100. Payez pour Theo, aussi. » Matilde me fait un clin d'œil et me dévisage une dernière fois avant de regarder la queue qui est en train de se former derrière nous.

« Merci, mon amour », lui dis-je tandis qu'elle attache le bout de plastique autour de mon poignet. Mais il est si lâche que je manque de le perdre au moindre mouvement.

9

MAGDALEN

La cire chaude des bougies durcit sur mon doigt et je suis tentée de la faire couler sur mes yeux ouverts pendant qu'Anika me parle. Peut-être ai-je trop pris l'habitude d'être seule à la fac. Là-bas, tout le monde s'en fout si je m'enferme chez moi et ne parle à personne pendant six jours. Depuis qu'Emily a rencontré Cal, l'appart est vide la plupart du temps.

« Tu veux retrouver les garçons au club, Mag ? Ou aller manger une glace ? Elles sont comment les glaces en Angleterre ? Horribles, je parie. Mais bon, Fiore essaie encore de me sauter, tu le crois, ça ? Alors, je préférerais éviter le coin, honnêtement. Ou on pourrait fumer, parce que je vois bien que t'es devenue une vraie camée à Oxford. C'est vrai, quoi, on dirait que tu baves d'envie pour un joint. C'est dommage, ajoute-t-elle sans avoir besoin de moi pour poursuivre la conversation. Tu étais si pure avant. Ça arrive toujours aux personnes auxquelles tu t'attends le moins.

— Comme tu veux, Anika. Mais le club est un peu loin, non ? Je suis crevée. » C'est un mensonge. La vérité, c'est que je n'ai aucune envie d'aller là-bas. Entre les types bourrés qui se frottent contre toutes les nanas, les volées et les revers de raquettes, les paris et les boulets de canon dans la piscine, c'est vraiment un endroit où je ne me sens pas à ma place. Certes, il s'agit du haut lieu de la vie nocturne à Chivasso, mais c'est ma première soirée à la maison et j'ai l'impression qu'Anika essaie déjà de me faire regretter l'Angleterre.

« T'inquiète, je vais conduire, ça me dérange pas ! » Elle est tellement excitée. Je ravale un grognement parce que je n'ai pas envie de la décevoir. En mon absence, Anika a passé son temps à faire visiter le musée à des inconnus – normal, puisqu'elle y travaille comme guide touristique – et à boire des cafés avec Dante, ce qui n'est pas franchement excitant pour une fille aussi extravertie. Je lui dois bien ça.

« D'accord, d'accord, mais c'est moi qui prendrai le volant au retour. Je n'ai pas envie de mourir ce soir. » Oups, ce n'était pas gentil, mais je suis incapable de dissimuler mon agacement.

Anika s'en fiche. « Oh, va te faire voir. T'as même pas ton permis. Et je te signale que jamais je ne mettrais ta vie en danger, Mag. Surtout pas alors que je viens juste de te retrouver. »

Elle a la franchise brutale. *Ça ne fait qu'un an,* ai-je envie de protester. *Et je suis rentrée pour les fêtes ! Moi, au moins, j'ai pas attendu sept ans avant de remettre les pieds ici !* Mais je ne l'ai pas appelée. Je n'ai pas non plus envoyé de carte postale, contrairement à ce que j'avais promis. Quand elle m'a écrit un e-mail, j'ai mis quatre semaines pour répondre. Est-ce que je suis quelqu'un de bien, ou est-ce que je ne fais des efforts que lorsque quelqu'un s'apprête à découvrir mon vrai visage ?

« D'accord, d'accord. Et je te rappelle qu'on ne doit pas parler de mon permis. Tu sais que j'y travaille.

— Ça fait cinq ans que tu dis ça, Mag. Il est temps de passer à autre chose. Il est temps aussi de mettre un soutien-gorge », ajoute-t-elle en gloussant.

Je soupire en jetant un coup d'œil au bout de la table, à l'endroit où nos parents sont occupés à fumer et à rire bruyamment de tout et de rien. Dexter frappe violemment le plateau, ce qui arrache une exclamation de stupeur à tout le monde. Ma mère tient l'avant-bras de mon père, qui a posé sa main sur la sienne. De vrais ados.

Pourquoi ça m'énerve de les voir comme ça ? Je devrais me réjouir qu'ils s'amusent. Mais j'ai parfois l'impression qu'ils m'ont volé mes angoisses d'adolescente et que je suis devenue, sans transition, une vieille femme amère et recluse. Ils ne tournent même pas la tête vers nous quand on se lève, ils ne nous demandent pas où on va comme ça à minuit, ils continuent de rire au milieu de la fumée. Je leur fais un petit signe que personne ne remarque. Peut-être que j'ai besoin d'un verre, après tout.

Je décide de me passer de soutien-gorge. J'attache mes cheveux avec un ruban en satin et j'étale une épaisse couche de gloss à la fraise sur mes lèvres. Anika appréciera sûrement l'effort. Je fais les cent pas dans l'allée en attendant qu'elle revienne avec sa voiture. Je savoure la fraîcheur nocturne et le clair de lune soyeux qui lape ma peau. Les hortensias sont en pleine floraison et le vent guide leur parfum de miel jusqu'à moi. Je me sens heureuse, mais ce bonheur est teinté de tristesse. Je ferme les yeux et absorbe ces quelques minutes de solitude en priant secrètement pour ne jamais entendre le bruit des pneus sur le gravier. Peut-être qu'Anika a décidé d'aller se coucher parce qu'elle avait trop bu, ou qu'elle est tombée en panne. Peut-être qu'il y a une invasion extraterrestre à Chivasso. Mais, lorsque je reviens au moment présent, la voiture est devant moi, moteur éteint, et Anika me fixe par la vitre ouverte en tapotant le volant d'un air impatient. Elle me rappelle tellement Emily quand elle me regarde comme ça, avec ce mélange d'inquiétude et d'affection, comme si elles savaient très bien toutes les deux qu'elles ne peuvent rien faire pour moi, à part m'observer de loin.

« Maggie, allons-y. Il est beaucoup trop tard, si ça continue, personne ne va faire attention à nous.

— D'accord. Mais je te préviens, j'ai laissé mes seins en liberté. Je refuse de les emprisonner.

— Quelle surprise. »

« *Questa una festa !* » s'exclame Anika en se garant sur le parking de Tirumapifort. *Ça, c'est une fête !*

Le gravier rouge me rappelle un restaurant à thème où mon père m'emmenait à Turin quand j'étais petite. Le *Marte 2121* ressemblait à un vaisseau spatial. Eh bien, ce soir, on danse sur Mars.

« Je vais donner à quelqu'un l'envie de coucher avec moi et puis je lui cracherai dessus ! » Anika sort d'un bond de la voiture et se met à danser sur le parking en entendant les basses assourdies d'un morceau disco.

« Tu es tellement bizarre, Anika.

— Après, je te forcerai à danser avec quelqu'un.

— Certainement pas.

— Avec ces seins qui pointent ? Chaton, je vais devoir te faire un rempart de mon corps pour te protéger de tous les mecs et toutes les nanas.

— Anika, donne-moi ton soutif. » Je regrette déjà ma poitrine libérée.

« Hors de question, la gravité est mon ennemie.

— Merde. » Je croise les bras au moment où on entre dans le club. « Ça m'apprendra à me rebeller contre toi. »

Tout est resté comme dans mon souvenir. La chaleur de la piscine crée de la brume tout autour du périmètre extérieur, ce qui donne au lieu une atmosphère hantée. Des ados flottent dans l'eau et des vieux jouent à des jeux d'argent derrière les rideaux en perle du salon. Matilde s'avance comme une statue gravée dans le marbre.

« Maggie, *tesoro ! Vieni, vieni, vieni !* Vous êtes de retour tous les deux, quelle chance ! » Est-ce qu'elle parle de Theo ?

Je plonge la main dans ma ceinture pour attraper les billets que j'y ai coincés, mais Matilde lève la main pour refuser. *« Stasera, i fantasmi ballano liberi ! » Ce soir, les fantômes dansent gratuitement !*

Je fronce les sourcils. « Quoi ?

— Ce soir, c'est gratuit pour mes fantômes. »

J'essaie de sourire, mais je me sens étrangement vulnérable. Comment ça, un fantôme ? J'ai des picotements partout. Matilde serait-elle devenue la gardienne entre la vie et la mort ? Si je la touche, vais-je devenir transparente et danser pour l'éternité à *Tirumapifort* ?

Je lui prends la main. « *Grazie mille,* Matilde. Tu m'as manqué aussi. »

Inconsciemment, je porte la main à mon cou pour prendre mon pouls. Ça va, je suis vivante, mon sang continue de circuler. Ma danse ce soir aura un couvre-feu, Matilde !

« Tu es devenue si belle », me lance-t-elle comme on s'éloigne.

J'ai toujours la même réaction quand on me dit ça. Mes muscles se contractent. Rationnellement, je sais à quel point la beauté c'est idiot, à quel point elle fane rapidement.

Mais l'autre partie de mon cerveau, celle qui doute et qui est couverte de toiles d'araignée, a envie de croire que quelqu'un me trouve réellement belle.

« *Grazie,* Matilde. Je danserai pour toi ce soir. »

10

THEO

« Anika ! Tu vas enfin me baiser ce soir ? » crie Dante depuis le vaste bassin où il flotte dans son uniforme habituel, un jean Diesel et un polo Lacoste. Sa tête se balance dans le chlore illuminé par les grands lampadaires postés tout autour. Il se fout complètement de rentrer à la maison trempé. Seule sa main reste au-dessus du niveau de l'eau. Elle tient élégamment une cigarette pour éviter de la mouiller.

« C'est ma sœur, mec, je lui rappelle depuis le transat sur lequel je suis assis.

— Merde, désolé. » Il baisse les yeux d'un air faussement contrit. « Anika, bébé, vas-tu enfin me faire passionnément l'amour ce soir, à m'en faire perdre la tête ? » reformule-t-il.

Je ris parce que je sais pertinemment qu'Anika va lui régler son compte. *Dans tes rêves, D,* lui signifie mon silence.

Presque tous les mecs reluquent Anika, occupée à balayer du regard les rangées de transats. Le tissu de sa robe est à peu près aussi couvrant qu'une cloche à fromage. Tout son corps est visible sous la pitoyable excuse qui lui sert de tenue. Je détourne les yeux, à la fois furieux et impressionné par son audace. Ça ne sert à rien de me disputer avec ma petite sœur à propos d'une micro-robe.

« Dante, jamais je ne te baiserai. Je préférerais encore couper le machin microscopique qui te sert de pénis et le manger ! » réplique-t-elle d'un air désinvolte, mais avec moins de conviction que d'habitude. Elle est distraite. Elle semble chercher quelque chose ou quelqu'un autour de la piscine ; brusquement, je comprends qu'il s'agit de moi. Nerveusement, elle passe ses doigts dans la pointe de ses cheveux et soupire quand elle se rend compte que les grands bruns qu'elle tape sur l'épaule ne sont pas moi. J'ai l'impression de pouvoir lire dans ses pensées ; elle craint que j'aie à nouveau disparu, que je leur aie fait un doigt d'honneur et que je sois retourné séance tenante à l'aéroport sans même dire au revoir.

C'est là qu'elle m'aperçoit. « Frérot ! » Anika se précipite vers moi avec soulagement, mais s'arrête un instant pour enlever les talons aiguilles qui, sans surprise, l'empêchent de courir.

« Putains de chaussures », marmonne-t-elle en empoignant la première personne venue le temps de libérer ses pieds. Le type louche sur ses seins. Elle lui lance un clin d'œil.

« Anika, tu es superbe », lui dis-je avec un manque de sincérité absolue.

Elle lève les yeux au ciel. « Espèce de menteur. » Elle s'assied à côté de moi. Je n'aime pas la façon dont sa robe remonte encore plus sur ses jambes.

« Je peux aller te chercher à boire ? je lui demande pour détourner la conversation.

— Quelle galanterie ! J'ai envoyé Maggie, mais la pauvre a probablement trop peur pour s'approcher du bar. Tu ne bois pas ? » Elle contemple mon verre d'eau avec une déception évidente.

« Non, pas ce soir. Tu sais, le décalage horaire et l'alcool… » C'est pathétique d'essayer d'associer les deux pour expliquer ma sobriété. Je meurs d'envie de boire. Mais le gin de tout à l'heure me pèse sur l'estomac et j'ai peur de ce que je pourrais dire en état d'ébriété. « Je n'ai jamais vu Magdalen ici. » Je préfère changer de sujet, même si je garde le nez baissé sur mon verre d'eau.

Anika sort une cigarette de son sac à main et marmonne : « J'ai été obligée de la traîner jusqu'ici, elle ne voulait pas bouger ses fesses. Elle n'est venue que quelques fois après ton départ. » Elle allume sa cigarette et se tourne vers moi. « Tu sais, tu devrais essayer d'être gentil avec elle. Elle est timide et mal à l'aise. Vous vous ressemblez plus que vous ne l'imaginez. Vous êtes tous les deux sexy et incroyablement intelligents, c'est chiant. La seule différence, c'est qu'elle n'est pas une salope, contrairement à toi. J'ai oublié de lui reposer la question mais, si je ne me trompe pas, elle n'a encore jamais… » Elle secoue la tête pour se retenir d'en dire plus et tire une grosse taffe sur sa cigarette.

« Elle n'a jamais quoi ? »

La fumée ressort par le côté de sa bouche. « Oh, je t'en prie, comme si Dante ne t'en avait jamais parlé.

— Parlé de quoi ?

— Disons simplement qu'elle a suffisamment d'innocence pour tous nous sauver. » Elle fait le signe de la croix et poursuit sur sa lancée. « Tu veux bien aller voir ce qu'elle fout ? Je suis trop sobre pour regarder le visage de Dante en évoquant la sexualité de Magdalen. »

Dante relève brusquement la tête au-dessus de l'eau, sa cigarette légèrement humide. « Hé, j'ai entendu, connasse. N'utilise pas ce mot quand tu parles de ma sœur ! »

Anika m'oublie aussitôt et entreprend d'humilier Dante d'une voix perçante devant toutes les nanas à dix mètres à la ronde.

Je n'ai pas besoin de me le faire dire deux fois pour partir à la recherche de Magdalen. Fuyant Anika, je me fraie un chemin au milieu de la foule. Il y a des gens en maillot de bain partout ; quand ils ne jouent pas au tennis, ils se roulent des pelles ou ils dansent sur les tables. Je plisse les yeux pour mieux voir à travers la brume et la lumière des projecteurs, mais elle n'est pas au bar. Je bifurque en direction du stand du DJ. Peut-être qu'elle est sortie fumer. Mais je ne sais même pas si elle fume, en fait. Je ne sais rien de cette fille. Je me la remémore allongée dans l'herbe, son t-shirt relevé dangereusement au-dessus de son ventre, et je corrige : cette femme. C'est bel et bien une femme désormais.

Je suis sur le point de faire demi-tour et d'aller voir sur le parking quand je l'aperçois. Les yeux écarquillés, elle serre les bras autour de son corps comme pour se protéger et instaurer une distance entre elle et le type avec qui elle parle. Une sensation proche de l'agacement s'éveille en moi lorsqu'il se penche pour murmurer quelque chose à son oreille. Magdalen a un mouvement de recul et lève les yeux au ciel tandis que le type, odieux, éclate de rire contre son épaule. Elle fait mine de s'écarter, mais il pose aussitôt la main sur le mur pour lui bloquer le passage. Cette fois, c'est bon, je suis énervé. Je bouscule les danseurs bourrés qui se dressent devant moi jusqu'à ce que je me retrouve juste derrière lui. *Calme-toi, Theo.* Mais je vois dans les yeux de Magdalen à quel point elle se sent mal à l'aise et peu sûre d'elle.

Nous allons avoir une petite discussion tous les deux sur la manière d'envoyer balader les gens qui nous font chier.

En me voyant, elle s'exclame avec une gaieté forcée : « Tu m'avais promis une danse, Theo ! »

Le type tourne la tête vers moi, et Magdalen, soulagée, ferme les yeux en rougissant. Quand elle les rouvre, on dirait qu'elle vient d'enfiler un masque. « Je venais justement à ta rencontre parce que je me suis rappelé à quel point tu aimais cette chanson. » Elle fait un clin d'œil au type. « C'était chouette de te revoir, Antonio. Profite bien du reste de ta soirée. » Tu m'étonnes que le mec lâche pas l'affaire. Un putain de clin d'œil !

Le dénommé Antonio se penche vers Magdalen au ralenti pour l'embrasser sur la joue, mais elle recule brusquement la tête et lui tapote l'épaule en riant. Puis elle s'avance et m'agrippe le poignet comme si c'était une bouée de secours. Ses yeux me hurlent un *MERCI !* silencieux. Je hoche la tête avec un sourire forcé, un peu en colère devant l'étendue de son malaise. Que se serait-il passé si je n'étais pas intervenu ?

En même temps, quelle personne saine d'esprit adresse un putain de clin d'œil érotique à quelqu'un à qui elle ne veut pas parler ?

Je l'emmène loin de la sortie plongée dans la pénombre et entre avec elle sur la piste de danse éclairée par les stroboscopes. La musique nous entoure et la chaleur poisseuse des corps palpite gaiement. Je m'arrête pour faire face à Magdalen, qui baisse aussitôt les yeux.

« Tu n'es pas obligé de danser avec moi. » Elle continue de me serrer le poignet, et je remarque qu'elle a les doigts fins mais fermes et les ongles recouverts d'un vernis rouge foncé. La colère m'empêche de répondre. Quand elle écarte les lèvres et me regarde avec ses grands yeux verts si doux, je comprends pourquoi Antonio a tenté sa chance. Ils sont dangereux, ces yeux. Lentement, je passe mes mains sur ses doigts. Elle a la peau douce et froide en dépit de la chaleur estivale. Ma paume recouvre la sienne, et je garde sa main un moment en savourant sa délicatesse. Puis je la guide jusqu'à mon épaule.

Les paroles d'Anika titillent mon inconscient. *Assez d'innocence pour tous nous sauver.* « Danse avec moi, lui dis-je en haussant les épaules. Rendons-le jaloux, ce salopard. » Je penche la tête de côté pour essayer de croiser son regard, mais elle refuse de relever la sienne.

En revanche, elle jette un coup d'œil en direction d'Antonio, qui nous observe dans un coin. Il s'humecte les lèvres et se frotte la barbe qu'il n'a pas, comme s'il hésitait à venir nous interrompre. Je serre les dents. Il ne pige donc rien ?

Je pose mes mains sur la taille de Magdalen, son regard trouve le mien, et on reste là à se dévisager. Ses yeux envoûtants brillent malgré la pénombre et elle se mâchonne la lèvre inférieure, oscillant entre la peur et l'envie. Chaque émotion passe si rapidement sur ses traits qu'on pourrait en louper une. Sans le vouloir, je contemple sa bouche. Les reflets colorés de la boule à facettes illuminent son visage en violet et en rose et teintent ses lèvres en rouge profond. Elles sont recouvertes d'une épaisse couche de gloss qui brille dangereusement. Je ne peux m'empêcher de me demander le goût qu'aurait sa langue dans ma bouche. Est-ce qu'elle gémirait si je léchais sa lèvre inférieure si pleine, si appétissante ? Est-ce qu'elle laisserait échapper un petit cri si je la mordais ?

Eh merde. Je ferme les yeux en essayant désespérément d'effacer cette vision. Anika avait-elle raison, en fin de compte ?

Je reviens à la réalité. Magdalen fronce légèrement les sourcils.

« OK. » Elle fait glisser son autre main sur mon torse, et je ravale un grognement. Un désir puissant qui a la forme de sa paume embrase mon être. Je veux sentir ses doigts frais sur ma peau.

La musique inonde le club et oblige pratiquement tout le monde à danser. Même en bikini ou en short de bain ruisselant, personne ne veut rater l'occasion de se frotter contre quelqu'un d'autre. Je ris tout seul. Si j'apprécie autant le moindre geste de la meilleure amie de ma sœur, c'est à cause de l'ambiance qui règne à Tirumapifort. Oui, voilà, ça me va très bien de penser ça. Magdalen adopte avec aisance le rythme de la musique et lance un regard en coin aux filles qui s'écrasent contre leurs partenaires en succombant à la pulsation des basses, les yeux fermés.

« Cette chanson est nulle ! » crie-t-elle en renversant la tête d'un air hilare. Légers comme des plumes, ses avant-bras s'appuient sur mes épaules comme si elle avait renoncé à me laisser mon espace personnel pour mieux savourer le bonheur que vingt mètres de piste de danse peuvent procurer.

Quand elle penche la tête vers mon torse, je murmure, mes lèvres effleurant son oreille : « Je suis dangereux comme danseur, même sur une musique nulle. »

Elle change de position de manière à ce que ma bouche frôle la peau tendre et humide de son cou. « Moi aussi, je peux être dangereuse. »

Oh, bon sang. Nos corps adoptent un rythme lent. Mes mains s'enroulent autour de ses hanches et s'enfoncent légèrement dans la ceinture de sa jupe pour mieux contrôler les mouvements de son corps contre le mien. Vu que Dante est toujours dans la piscine et qu'il y a pas mal de monde entre lui et nous, je serre Magdalen contre moi.

« Tu es contente d'être rentrée ? » je demande, le visage enfoui dans sa longue chevelure. J'inspire malgré moi ; elle dégage un parfum délicieux.

Magdalen ne répond pas tout de suite, et je resserre mon étreinte. « C'est un "non" ?

— C'est un "Je ne sais pas encore."

— Je vois. Qu'est-ce qui te fait hésiter ? »

Une fois de plus, elle ne répond pas.

« Tu ne vas donc rien me dire ?

— Je ne te connais pas bien. Ça me fait bizarre de livrer tous mes vilains secrets dans une boîte de nuit.

— C'est un tennis club.

— Peu importe. »

Je la fais tournoyer et elle lâche une petite exclamation, avec un grand sourire, tandis que ses cheveux auburn volent autour d'elle. En la ramenant vers moi, je proteste : « Comment ça, on ne se connaît pas bien ? On a grandi ensemble. »

Elle soupire et noue de nouveau ses bras autour de moi. Ses doigts effleurent ma nuque, et je réprime un frisson.

« Géographiquement, on était proches, c'est sûr. Mais on ne s'est jamais parlé.

— Tu aurais voulu me parler ? je lui demande avec curiosité tout en jouant avec le ruban soyeux dans ses cheveux.

— J'avais 13 ans quand tu es parti. J'avais bien trop peur pour ne serait-ce que *désirer* avoir une conversation avec toi. » Son emphase sur le mot *désirer* me fait quelque chose. Dire que c'est la même gamine efflanquée qui préparait des gâteaux à la pomme sauvage pour les fées qui vivaient dans notre jardin, d'après Anika et elle. Elles ont hurlé pendant des heures quand elles ont découvert que ces fruits tachaient la peau ; elles ont couru demander de l'aide à ma mère en lui montrant leurs mains orange vif. On m'a envoyé au marché acheter un savon spécial.

« Parce que ta coupe de cheveux était horrible ? »

Magdalen pousse un petit cri étouffé et tente d'enfouir son visage dans mon épaule, mais je lui prends le menton pour l'obliger à me regarder. Sans le vouloir, j'effleure la tache de rousseur au-dessus de son sourcil, ce qui me fait sourire. « En vrai, c'était mignon. »

Magdalen sourit. Serait-elle en train de rougir aussi ? Ma main lui prend de nouveau le menton.

« On aurait dit que je venais d'entrer dans l'armée. »

C'est à mon tour d'en rire en me rappelant à quel point Vittoria l'obligeait à avoir les cheveux très courts. Pourquoi ? Magdalen a raison, elle les coupait avec une précision militaire juste au-dessus du menton.

« Elle avait un sacré coup de ciseaux.

— Dis plutôt qu'elle ne voulait pas que mes cheveux rivalisent avec les siens. »

Je fronce les sourcils. « Elle était jalouse d'une gamine ? » Ma main revient se poser délicatement sur son épaule, avec mon pouce entre sa mâchoire et son cou. Je sens son pouls sous mes doigts.

« Non, non, proteste-t-elle, mais sans réussir à me convaincre. Je ne sais pas pourquoi j'ai dit ça. » Magdalen détourne les yeux. On aperçoit Anika qui vient à notre rencontre. Elle me lâche, et je dois me mordre la langue pour ne pas lui demander une autre danse.

« Merci, murmure-t-elle.

— Quand tu veux. Vraiment. » *Oui, vraiment, Magdalen. Accorde-moi une autre danse, que je puisse passer à autre chose. On peut danser le pasodoble, si c'est ce que tu veux, ou défiler côte à côte dans les rues de Chivasso, je m'en fous. Laisse-moi juste profiter de toi et de la musique pendant encore cinq minutes.*

Je sens encore sa peau sous la mienne et, un instant, je prends peur parce que je convoite tellement plus que ça.

Magdalen fait un geste en direction du bar et Anika acquiesce.

« Je vais réessayer de nous rapporter à boire. Tu veux quelque chose, Theo ?

— Non merci », je lui réponds d'une voix un peu rauque parce que je la sens encore contre moi. Elle hoche la tête et fait mine de s'éloigner. « Mais arrête de faire des clins d'œil aux mecs qui essaient de flirter avec toi, Magdalen. »

Elle tourne brusquement la tête vers moi en ouvrant de grands yeux, comme si elle ne voyait pas du tout de quoi je parle. « Je ne lui ai pas fait de clin d'œil ! s'exclame-t-elle, outrée. *Je n'en fais jamais.*

— Tu souffres d'une espèce d'amnésie ? Tu as bien failli me mettre à genoux avec ce clin d'œil !

— J'aimerais bien voir ça. » Le sang afflue à ses joues, et je dois me retenir de saisir son visage à deux mains pour les lécher afin de découvrir si elles sont aussi sucrées que ses lèvres en ont l'air.

Je hausse les épaules. « Préviens-moi quand tu auras envie de m'avoir sous toi. »

Magdalen ouvre à nouveau de grands yeux. De toute évidence, elle est surprise. Adorable. Confuse. Je me maudis d'être allé trop loin. « C'est noté », dit-elle en reprenant brusquement son souffle. Elle se tourne de nouveau vers le bar, mais reste du côté opposé à celui d'Antonio, cette fois. « Bonne nuit, Theo. Merci pour cette danse.

— Bonne nuit, Magdalen. »

Après son départ, j'enfouis mon visage dans mes mains. « Espèce d'abruti », je murmure, à la fois embarrassé et excité et ne sachant pas quoi faire de toute cette énergie que m'a procurée la conversation avec Magdalen. Je décide de rejoindre Dante mais, quand je me retourne, je découvre Anika derrière moi.

« C'était quoi, ça ? me demande-t-elle d'un air méfiant.

— Putain de merde ! Qu'est-ce que tu as entendu ?

— D'après mes calculs, tu as tenu à peu près douze minutes. Bordel, Theo ! » Elle met les poings sur les hanches d'un air un peu trop satisfait. À côté de nous, deux types commencent à s'engueuler, alors Anika me saisit par le poignet et m'entraîne dans un coin.

« Je sais, je sais. Mais, franchement, tu aurais pu me dire qu'en grandissant, Magdalen était devenue belle comme un ange. Sérieusement, c'est arrivé quand ? Mon absence n'a pas pu durer si longtemps. » Je meurs d'envie de me retourner pour la regarder. Je meurs d'envie de détacher ce ruban rouge dans ses cheveux.

Anika me sourit d'un air triste en observant son amie par-dessus mon épaule. « Tu ne peux pas, Theo. Ce n'est pas son truc.

— Quoi donc ? » Ça m'énerve qu'Anika me croie uniquement capable de sauter une fille et de prendre la fuite après avoir joui.

« Écoute, je vous ai tous les deux auprès de moi pendant, genre, cinq minutes cet été. Aux dernières nouvelles, tu ne cherches pas une petite amie, et Magdalen ne cherche pas de plan cul pour la saison, ce n'est absolument pas son style. Alors, calme-toi, OK ? Appelle Chiara si vraiment t'es en manque. »

J'ai l'impression que quelqu'un a rempli mon corps d'air chaud avant de me piquer avec une aiguille. Je me sens aussi pitoyable qu'un ballon crevé parce qu'Anika a parfaitement raison. Je m'apprête à lui poser d'autres questions puisque, malgré tout, je veux en savoir plus sur Magdalen, même si je ne peux pas l'avoir, quand le fracas d'une table qui se renverse près du bar me coupe la parole. J'entends une voix masculine jurer et une autre, féminine et désormais familière, pousser un hurlement.

« Merde, mais qu'est-ce qu'il se passe encore ? » Anika essaie de me passer devant, mais je fends la foule avant même d'avoir conscience que mes pieds se sont mis en mouvement. J'écarte les gens qui entourent deux idiots bourrés qui se foutent sur la gueule. La joie brille dans les yeux des spectateurs alors même qu'ils voient le sang gicler du nez du premier et qu'ils entendent les jurons incompréhensibles du deuxième. Je lève les yeux au ciel. L'humanité adore le chaos – de loin.

Mais tout ce que j'entends, moi, c'est ce hurlement familier. Paniqué, je cherche Magdalen du regard. Quelque chose en moi me pousse à la rejoindre. Sur ma droite, j'aperçois quelques nanas qui essaient de redresser une table en verre qui a basculé. C'est là que je la vois.

La taille de Magdalen est coincée sous le lourd cadre en métal et des éclats de verre jonchent ses jambes nues et le sol tout autour. Elle a les yeux fermés sous l'effet de la douleur qu'elle n'exprime pas. Elle essaie de se tortiller pour sortir de sous la table. Une petite blonde se penche pour lui demander si elle va bien, et avec un petit air d'excuse, Magdalen hoche amèrement la tête, les dents serrées sur sa lèvre inférieure. Elle est la victime d'un désastre causé par quelqu'un d'autre et pourtant elle est gênée comme si c'était sa faute ? Je repousse les curieux qui restent plantés là et j'ordonne à la blonde de reculer pour pouvoir déplacer la table et libérer Magdalen.

« Je suis désolée », murmure-t-elle quand je me penche pour l'examiner. Une fois de plus, la colère m'envahit tel un torrent furieux. Merde, pourquoi *elle* pense que des excuses sont nécessaires ?

Elle s'assied en dégageant une main tremblante de sous son corps. Un filet de sang cramoisi coule sur sa paume.

« Je croyais que les fantômes ne pouvaient pas saigner », soupire-t-elle avec un faible sourire. Ses doigts sont humides de sang frais et je me demande quelles sont ses blessures les plus graves. Si elle a une commotion cérébrale, je vais tabasser ces deux connards. Une fureur terrible commence à bouillonner en moi, tout ça pour une fille que je ne connais que par-dessus une haie.

Je prends une profonde inspiration. « Tu es loin d'être un fantôme, Magdalen. »

Comme si elle n'avait pas réalisé qu'elle avait parlé à voix haute, elle cligne des yeux d'un air étonné en constatant à quel point je suis proche d'elle.

Ma colère affleure à la surface, mais je ne veux pas la diriger contre elle, alors j'essaie de sourire, mais ma bouche résiste et je suis sûr qu'au final je fais une grimace flippante. Sans prévenir, Magdalen fait basculer tout son poids sur un côté pour se mettre à quatre pattes et se relever, mais elle a bougé trop vite et elle bascule en avant. Le front plissé par l'agitation, elle lève les yeux vers le groupe de nanas qui l'entourent.

« Merde », murmure-t-elle en posant la main sur son front. Il y a du sang sur sa tempe. Je vois bien que ce n'est pas la douleur qui lui a arraché ce gros mot, mais les gens qui la regardent.

« Je suis là. » Je m'agenouille à côté d'elle et passe mon bras autour de sa taille. Son t-shirt est déchiré, et mes doigts effleurent sa peau nue, douce et chaude.

« Je suis tellement désolée, putain. » L'embarras marque toujours son visage. « C'est pour ça que je ne sors jamais danser. » Je vérifie rapidement qu'il n'y a pas de bout de verre planté dans sa chair. L'espace d'un instant, je respire plus librement, mais mon soulagement se dissipe dès que je découvre les entailles sur ses omoplates. Je suis certain qu'il y en a d'autres sous son haut.

« Magdalen, je t'en prie. » Je glisse mon autre bras sous ses genoux et la porte vers la sortie en veillant à ne toucher aucune blessure visible. Quand je passe à côté d'eux, je remarque que les deux abrutis se battent encore.

« Anika va être déçue. » Elle ferme les yeux. Moi, je garde les miens rivés vers le gravier rouge et l'obscurité de la nuit. « Elle aime tellement danser. Déjà que j'ai pas été très sympa avec elle parce que j'avais pas envie de venir.

— Elle comprendra. » On franchit le portail métallique en attirant les regards curieux des gens qui font la queue pour entrer dans la boîte.

« Je déteste les mecs, commente-t-elle en riant tandis que son ruban rouge effleure mon oreille.

— Touché. » Je dissimule mon sourire dans le tissu soyeux en respirant à pleins poumons son parfum sucré et capiteux auquel se mêle désormais l'odeur âcre et métallique du sang. Moi aussi, je déteste les mecs, putain.

« Tu ne rentres pas dans ma définition des hommes en général. » Son haleine me réchauffe l'épaule, et je lutte contre l'envie de la regarder.

« Menteuse, lui dis-je en rigolant.

— Toi, tu es Theo », répond-elle en posant machinalement la tête sur mon bras. Elle prononce mon prénom comme s'il était synonyme de « maison ». Son commentaire innocent se veut un compliment, mais la déception envahit tout mon corps. Ceux qui me connaissent savent à quel point elle a tort.

« Garde les yeux ouverts, petite. » Je commence à angoisser pour cette fille qui est à la fois une étrangère et un membre de ma famille et qui doit à présent, sans que j'aie rien demandé, compter sur moi.

Des bruits de pas résonnent sur le bitume derrière moi, ceux d'une paire de talons aiguilles accompagnée de deux paires de baskets. Je sais de qui il s'agit avant même de me retourner.

« *Cazzo,* Maggie. » Dante écarquille les yeux avec inquiétude en tendant la main pour examiner sa sœur. Anika et Jo le suivent de près. Évidemment, tout le monde harcèle Magdalen pour connaître les détails.

« Tu peux me poser par terre maintenant. » Brusquement, elle se tortille pour que je la libère, alors je fais ce qu'elle me demande en me rendant compte à quel point je la serrais fort. Elle ne titube pas, elle ne vacille pas, mais elle semble impatiente de les rassurer et tire sur sa jupe pour baisser l'ourlet.

« Je vous assure que je vais bien ! Ces deux types se sont mis à se battre et m'ont poussée contre la table ! » Elle s'exprime d'une voix ferme et hausse les épaules comme si ça arrivait tout le temps. À la voir comme ça, on ne dirait pas qu'elle a le dos en sang.

Les trois autres ont l'air stupéfaits et même un peu dépités. Il ne se passe jamais rien à Chivasso, alors être associés d'aussi près à un spectacle pareil et recevoir une réponse aussi décevante, c'est rageant et ils ont du mal à le cacher.

« Par contre, je suis fatiguée et j'ai du sang partout sur moi, alors je pense que je vais rentrer. Mais retournez vous amuser ! Anika, tu ne vas pas gâcher une tenue pareille en restant une heure seulement ! » Magdalen sourit, mais ses yeux expriment une telle fatigue que je me mords l'intérieur de la joue pour ne pas la prendre dans mes bras afin de la soutenir. Les baskets de Jo flottent presque au-dessus du sol, comme s'il se demandait à quel moment il sera acceptable de retourner à l'intérieur. Dante met la main dans sa poche arrière pour prendre une clope et Anika regarde fixement Magdalen.

« Je te jure, ça n'arrive qu'à toi, ce genre de trucs. » Elle secoue la tête, chipe la cigarette de Dante et l'allume avant même qu'il ait le temps de réaliser ce qu'elle vient de faire. « Mais je ne suis pas une garce, alors je vais te laisser filer sans protester. Je sais comment tu es. Theo, ramène-la à la maison. » Elle me lance un regard noir en agitant son index comme si elle s'attendait à ce que je refuse.

« Bien sûr.

— Oh, ce ne sera pas nécessaire. » Magdalen recommence à s'agiter, et je ne peux pas m'empêcher de me demander : *Elle ne veut pas que je la raccompagne ? Elle ne me fait pas assez confiance pour prendre le volant ?*

« Je vais marcher. Vraiment, ça va aller. Comme ça, tu peux garder ta voiture ici, Anika. Tu en as assez fait. » Elle la supplie du regard d'accepter, comme si ma sœur était à la fois le juge, le jury et le bourreau dans toutes les affaires familiales.

« Nan. » Elle tire une autre taffe et me montre de nouveau du doigt. « Il te ramène. Il a bu de l'eau toute la soirée. » Elle laisse tomber le mégot et l'enfouit dans l'abîme rouge d'un coup de talon. Je visualise sa fossilisation soudaine, le souvenir d'une soirée marquée par le sang, les rubans et une danse avec cette fille étrange. C'est aussi le témoin de ces retrouvailles avec Magdalen que j'ai l'impression de découvrir.

La voix d'Anika me sort de ma réflexion. « Je te verrai demain, Maggie ! » Elle se rapproche d'une démarche chaloupée à cause de ses talons aiguilles et prend tendrement le visage de Magdalen dans ses mains pour planter un gros bisou sur sa joue. « Appelle-moi si tu as besoin de quoi que ce soit, d'accord ? » Magdalen lui offre un sourire crispé, mais Anika paraît satisfaite. Elle me lance ses clés de voiture tout en plissant les yeux d'un air méfiant. « Prends soin d'elle. Je ne rigole pas. » Sans me laisser le temps de répondre, elle suit Jo et Dante qui viennent de repartir vers le tennis club. Elle donne même une tape sur le cul de Dante en passant devant lui.

Le lien invisible qui relie Anika et Magdalen se rompt dès que la première a le dos tourné. La seconde manque de s'effondrer sur place. Pas besoin d'être un génie pour voir qu'elle a mal. Elle a l'air tellement fragile dans l'obscurité qui règne sur le parking. Ses genoux tremblent légèrement, alors, sans rien dire, je lui prends le bras. Ce faisant, j'effleure de nouveau sa peau nue. Essayant de ne pas me focaliser sur sa douceur ou mon envie de refermer mes mains sur sa taille, je nous fais avancer tous les deux en direction de la voiture.

« Désolée. » Elle a les yeux fermés, mais je sais qu'ils sont remplis de honte.

« Arrête de t'excuser. » Ma colère n'a pas faibli, au contraire, elle augmente à chaque fois qu'elle s'excuse.

« J'ai gâché ta première soirée ici alors que tu viens juste de rentrer. Ça me donne le droit de dire que je suis désolée, non ? » réplique-t-elle en libérant son bras pour marcher seule jusqu'à la voiture où elle agrippe la poignée de la portière.

Mes mains me paraissent bien vides sans elle. J'étouffe un petit rire en la voyant s'énerver, mais je m'étrangle dès que je découvre son dos. Du sang. Partout. Son t-shirt est trempé. « Magdalen, arrête », je lui demande d'une voix rauque.

Elle se retourne, pâle mais sévère. Des ombres dansent dans les creux sous ses pommettes. « Qu'est-ce qu'il y a ?

— Ton dos. » Je serre les dents. Malgré le nœud qui me serre la gorge, je réussis à ajouter : « Il y a tellement de sang.

— Oh. » Elle mâchonne nerveusement sa lèvre inférieure. « Ça attendra d'arriver à la maison. J'ai juste besoin de nettoyer tout ça. » Sa voix tremble.

« Putain, non ! » Ça y est, je suis de nouveau énervé. « Je t'emmène à l'hôpital. »

Elle recule en ouvrant de grands yeux. « Certainement pas.

— Pourquoi ?

— Il est tard, je suis fatiguée, et ce ne sont que quelques égratignures. Je le jure. On dirait qu'il y a beaucoup de sang, mais ce n'est rien, vraiment. Tu sais à quel point les petites coupures peuvent saigner. Ramène-moi simplement à la maison, s'il te plaît.

— Non. Tourne-toi. »

Magdalen se plaque contre la voiture. « J'ai dit non, Theodore.

— Je ne te laisse pas le choix. Si je dois te clouer à terre pour pouvoir examiner tes blessures, je le ferai. Putain, c'est quoi le problème ? » Je fais un pas elle. « Crache le morceau.

— Mais je n'ai pas... » Elle passe les mains dans ses cheveux. Son ruban rouge n'a pas bougé malgré l'accident, et le vent chaud écarte le reste de sa chevelure de son visage.

« Tu n'as pas quoi ? » Ma patience s'amenuise parce que je sais qu'à chaque seconde, son dos continue de saigner.

Elle contemple ses pieds, qui dessinent des formes abstraites dans le gravier rouge. Sa voix se réduit à un murmure. « Très bien ! Mon Dieu. Je ne porte pas de soutif. Si j'enlève mon t-shirt, je vais devoir, tu sais... » Ses mains volent devant sa poitrine et désignent ses seins. « ... enlever mon t-shirt. »

J'inspire profondément, et mon regard se pose sur ses seins sous son débardeur blanc. Il fait plus frais, si bien qu'ils pointent et qu'on les voit parfaitement à travers le tissu translucide. Ma gorge se noue de nouveau.

« Theo ! proteste-t-elle en se couvrant la poitrine des mains. Je ne t'invitais pas à me reluquer ! »

Je cligne des paupières parce que je ne m'étais pas rendu compte que c'était ce que je faisais. « D'abord, je m'en fous complètement que tu ne portes pas de soutif. J'ai déjà vu des nibards, Magdalen, et je te garantis que les tiens ne sont pas différents de ceux des autres femmes. Deuxièmement, si tu crois que moi et tous les autres mecs présents dans le club, on n'avait pas remarqué ton absence de soutif, tu sous-estimes complètement le regard masculin. Troisièmement... » Je respire profondément, car ma colère enfle de nouveau. « ... si tu ne me laisses pas voir ton dos dans les cinq prochaines secondes, je jure devant Dieu que je vais arracher ce pitoyable bout de tissu, bordel ! »

Une lueur blessée traverse son regard, mais elle ferme brièvement les yeux en soupirant. Mon rythme cardiaque ralentit un peu. J'ai gagné.

Elle lève les yeux au ciel. « Depuis quand es-tu devenu si autoritaire ? »

11

MAGDALEN

Theo ricane et me rejoint en trois enjambées. « J'ai été absent longtemps, alors forcément tu ne te souviens pas de toutes mes incroyables qualités. » Il s'exprime d'un ton léger, mais l'un des muscles de sa mâchoire frémit et ses doigts tambourinent sa cuisse. Il est anxieux.

Je renifle avant de jeter un coup d'œil à la ronde pour m'assurer qu'aucun danseur bourré n'a eu l'idée de revenir à sa voiture. Mais le parking est désert. Mon Dieu, je suis vraiment conne. J'imagine déjà ma mère lever les yeux au ciel en apprenant que je n'ai tenu qu'une heure à l'intérieur du club. Je me mords l'intérieur de la joue. Ça m'énerve d'être aussi prévisible, mais le jugement de ma mère m'agace. Je suis au bord des larmes. Pourquoi est-ce que je me retrouve toujours sur la touche ? Le sang s'épaissit dans mon dos et imbibe un peu plus mon débardeur à chaque seconde. Anika avait raison, comme d'habitude. J'aurais dû porter un putain de soutif.

La simple idée que Theo contemple mon dos nu m'effraie. *Cazzo, je suis vraiment tordue.* Un grognement de frustration m'échappe ; je me sens pathétique et épuisée. Debout devant moi, Theo lève la main vers mon épaule, au ralenti, comme s'il me demandait en silence de me retourner, ou la permission de me toucher. Bordel, est-ce que je suis frigide au point qu'il ne peut pas poser la main sur mon épaule sans me le demander ? À ma place, Anika se mettrait torse nu en riant et danserait jusqu'à ce que le sang sèche. Emily déboutonnerait sa chemise d'un air coquin et verserait de la vodka sur ses plaies sans broncher. Je dévisage Theo un instant ; il a le regard sévère de quelqu'un qui n'acceptera aucun compromis. Il doit en avoir tellement marre de mes conneries.

Je me retourne en soupirant. « Je suis vraiment déso...

— Putain, t'as pas intérêt à t'excuser une fois de plus. » Son haleine me chatouille l'oreille quand il se penche pour ouvrir la portière derrière moi.

Après un trajet malaisant et douloureux, Theo ouvre le portail de ma maison et nous fait entrer dans la cuisine. Il me tient fermement la main au moment de franchir le seuil. Il y a quelques heures, c'est moi qui l'ai mené à l'intérieur, mais maintenant, je me contente de le suivre en boitillant de manière pitoyable. Je jette un coup d'œil par la fenêtre ; il y a de la lumière dans la cuisine des Sinclair, nos parents sont partis finir la soirée là-bas. Je ne dis rien, d'une part parce que l'adrénaline commence à se dissiper, mais surtout parce que je n'ai encore jamais vu Theo en colère et je n'ai pas envie que ça change.

« Je sais que tu m'as demandé de ne plus le faire, mais j'ai vraiment besoin de m'excuser pour tout ce gâchis. »

Devant moi, le dos de Theo se crispe.

« C'est la dernière fois, je le jure », je marmonne de mauvaise grâce. J'essaie de remuer mes omoplates, mais le mouvement me plie en deux à cause de la douleur. Theo se retourne aussitôt et, avec beaucoup de délicatesse, me prend par la taille pour m'asseoir sur le comptoir. Nos yeux se retrouvent au même niveau.

« Hé. » Ses doigts effleurent ma peau nue. Je frémis, le cœur battant. Il sent le coton propre et la crème solaire et continue de me tenir, soit parce qu'il n'a pas remarqué ma réaction, soit parce qu'il l'ignore par politesse. Je sens sa chaleur quand il se rapproche. Tout doucement, ses mains descendent pour se poser sur mes hanches et il glisse ses doigts sous mon débardeur pour le soulever. Le tissu est collé au sang séché par endroits. Une douleur vive me pousse à agripper le comptoir en bois pour ne pas proférer un son. Je ne veux pas attirer encore plus l'attention.

Theo me serre brièvement le poignet. Il se doutait que ça ferait mal et que je refuserais de l'admettre. Je relâche ma respiration. Je lui suis plus reconnaissante d'être là que je ne devrais. Puis je sens ses lèvres contre mon oreille lorsqu'il essaie de mieux voir mon dos.

« C'est ça, soulève ton haut pour moi », murmure-t-il. De toute évidence, il tâche de me réconforter.

Ma gorge s'assèche brusquement. *Il essaie juste de t'aider, Magdalen ! Arrête d'en faire tout un plat.* Je penche la tête pour le regarder. « Tu peux t'en charger ? Je commence à avoir mal partout. »

Son regard s'assombrit, mais il cligne des paupières pour chasser cette expression et fait le tour du comptoir de manière à se retrouver derrière moi. Je l'entends soupirer et marmonner « Oui, bien sûr » pendant qu'il remonte mon débardeur jusqu'au milieu de mon dos. Mais là, je le sens se crisper derrière moi.

« Je crois qu'il y a une grosse entaille un peu plus haut. » J'essaie de lever les bras pour lui montrer, mais une douleur vive et cuisante m'en empêche.

Theo tousse bizarrement. « Ouais, je sais. » Il se balance sur ses talons. « Mais j'ai atteint… » Il se racle la gorge. Sa gêne est palpable. « … une impasse. »

Perplexe, je baisse les yeux et me rends compte que mon débardeur est resté coincé sous mes seins. « Oh, je vois.

— Je peux ? »

Malgré moi, je pousse un soupir agacé. « Oui, Theo, tu peux. » Il est si formel que mon propre malaise se transforme en impatience. Mes seins, pour lui, sont une impasse, un problème, un putain d'obstacle ! Je n'étais jamais tombée aussi bas. J'ai envie de me réfugier à l'étage pour pleurer dans la baignoire et me vautrer dans ma tristesse ensanglantée. Malgré le nœud qui me serre la gorge, je relève le menton. J'ai les joues écarlates car il doit certainement me considérer comme une petite sœur et c'est pour ça qu'il me touche aussi froidement. C'en est trop.

Non pas que j'aie envie que Theo me regarde autrement, mais ses mains osent à peine se poser sur moi, comme si me toucher, même l'espace d'une seconde, lui paraissait grotesque. Quand on dansait, l'espace d'un instant, j'ai cru que, peut-être… Non. Je refuse d'y penser.

Je soupire de nouveau, bruyamment cette fois.

« Dis-moi si ça te fait trop mal, reprend Theo d'une voix grave. Je peux découper ton haut si besoin.

— Je vais bien.

— Non, mais je vais faire en sorte que tu ailles mieux. »

Alors qu'il recommence à soulever le débardeur, ses doigts s'arrêtent brièvement, et il lâche une petite exclamation de stupeur. Mortifiée, je comprends qu'il vient de voir mes brûlures. *Espèce d'idiote ! Comment as-tu pu oublier tes cicatrices ?* J'ouvre la bouche pour dire quelque chose, me triture les méninges à la recherche d'une excuse. J'envisage un instant de sauter au bas du comptoir pour courir à l'étage, mais je suis si fatiguée qu'il me rattraperait avant même que j'atteigne le couloir. Résignée, je reste assise sans bouger tandis qu'il suit chacune des horribles cicatrices du bout de ses doigts rugueux comme s'il prenait son temps pour les apprendre. *Par pitié, Theo, ne pose pas de question.*

Je réprime un frisson tant il m'effleure de façon légère. Bien qu'il soit derrière moi, j'entends son étonnement, je sais qu'il a envie de me demander ce qui s'est passé. Il frôle une dernière fois mes brûlures, puis reprend sa mission en se raclant la gorge.

Je respire plus librement. Je lui sais gré de son silence. Il plonge sous le renflement de mes seins et remonte mon débardeur avec une lenteur qui me torture. Mon pouls s'accélère lorsque sa paume effleure l'un de mes tétons. Je l'entends inspirer vivement. Il laisse retomber ses mains.

« Je vais chercher des lingettes antiseptiques », annonce-t-il d'une voix rauque et légèrement tremblante. Je me demande si tout ça le perturbe, s'il trouve la situation bizarre à ce point. Ce qu'il a dit un peu plus tôt sur mes seins, le fait qu'ils n'ont rien d'extraordinaire, confirme qu'il ne s'amuse pas du tout. Clairement, ma poitrine ensanglantée ne le fait pas bander. Mais avant que j'aie le temps de lui dire qu'il n'a pas besoin de m'aider, que je peux me débrouiller toute seule, il disparaît dans la buanderie adjacente à la cuisine. Je couvre mon torse avec mes mains, même si personne ne peut me voir. Profitant de ce moment de solitude pour remettre de l'ordre dans mes pensées, je réalise à quel point toute cette histoire est absurde. C'est mon premier jour à Chivasso depuis une éternité, je suis assise sur le comptoir de la cuisine avec mon débardeur remonté au-dessus des seins, et Theo Sinclair, un type avec qui j'ai à peine échangé deux mots de toute ma vie (mais qui est relativement séduisant, certes), doit nettoyer ma chair à vif. Je ne peux m'empêcher de lâcher un rire sonore tandis que les évènements des dernières heures défilent dans ma tête comme une hallucination due à la fièvre. C'est tellement ridicule, putain. Le premier homme qui arrive à m'enlever mon haut dans une pièce plongée dans la pénombre n'a aucune envie de me voir seins nus et on n'est même pas dans sa chambre. Le pire, c'est que ça ne m'étonne guère.

« Qu'est-ce qu'il y a de si drôle ? » La voix de Theo me fait sursauter, et mon rire se calme un peu.

« C'est une première pour moi. » Je tourne la tête pour le regarder, un petit sourire aux lèvres, mes mains sur mes seins. Mais je vois qu'il a les lèvres légèrement ouvertes et les yeux lourds. Il hésite sur le seuil comme s'il avait peur d'approcher. Ça doit l'énerver de passer sa première soirée à la maison en sept ans à prendre soin de moi. Déstabilisée par son silence qui s'éternise, je me redresse, détourne légèrement le visage et lui oppose mon propre mutisme. Mon sourire s'évanouit. J'entends des bruits de pas et je sens de nouveau sa présence derrière moi.

« Ne bouge pas, ça risque de brûler pendant quelques instants. » Il commence à nettoyer les plaies et les éraflures dans mon dos. Une douleur vive remonte le long de ma colonne vertébrale et m'arrache un gémissement que je n'ai pas le temps de ravaler. Au temps pour mon envie de souffrir en silence ! Je me maudis d'être allée en boîte et surtout de n'avoir rien dit quand ces deux types m'ont bousculée. Theo gratte une croûte, et le sang recommence à couler dans mon dos, comme pour me rappeler à quel point je suis pathétique. Ce genre de choses n'arrive pas aux filles qui savent donner de la voix. Elles balancent des verres à la figure des mecs qui les font chier ! Elles rendent coup pour coup ! Elles ne finissent pas écrasées sous la table d'un tennis club. Mais le soulagement que j'éprouve à l'idée que le pire est derrière moi me permet de respirer plus librement et de me détendre un peu.

« Dis-moi au moins que tu ne leur as pas fait de clin d'œil après qu'ils t'ont projetée contre une table, reprend Theo derrière moi.

— Bien sûr que non. » Je soupire. « Ce clin d'œil, je le gardais pour toi. »

Il se racle la gorge – encore – et je jure que je l'entends sourire. « Brave fille. Continuons à te nettoyer, OK ? »

C'est fou comme un mec qui n'a que cinq ans de plus que moi réussit à me donner l'impression d'être une gamine. Je rabaisse mon débardeur parce que ça me fait bizarre que Theo m'ait traitée de brave fille alors que j'avais les seins à l'air. Soudain, je l'imagine vêtu de jambières en cuir avec un fouet à la main. Je ferme les yeux pour effacer cette vision. Penser à Theo en train de faire le moindre truc sexuel n'aide absolument pas mon cerveau déjà confus. De toute façon, Theo dégage toujours un truc sexuel, quoi qu'il fasse.

Il continue de nettoyer le sang en douceur et s'arrête même de temps en temps pour me serrer l'épaule de manière rassurante. Malgré moi, je me laisse aller contre lui, je me sens à la fois réchauffée et fatiguée. Avec sa respiration régulière et son calme affiché, je le trouve excellent en situation de crise, le genre de personne qu'on a envie d'avoir près de soi.

« Tu ne sors pas beaucoup, si je me souviens bien », dit-il pour combler le silence. Ce n'est pas une question, mais je me sens obligée de me défendre et de lui rappeler qu'il ne sait rien de moi, vu qu'il a quitté Chivasso avant moi. J'aurais très bien pu me transformer en personne hyper sociable depuis son départ ! Mais à quoi bon mentir ? Il finira par découvrir la vérité. Et je suis trop fatiguée pour lui raconter n'importe quoi.

« On n'a pas tous la même aisance qu'Anika en société. »

La lingette se pose sur une des égratignures les plus profondes, et je frémis. Aussitôt, une main se pose sur mes côtes, les doigts à plat sur mon abdomen avec une intensité que je ressens jusqu'au creux de mon ventre. « Je suis là », murmure-t-il.

J'ai à peine le temps de prendre une nouvelle inspiration qu'il me lâche. Alors je me dis qu'il s'agit d'une erreur ou d'un simple réflexe. Mais la sensation de sa peau sur la mienne s'éternisera toute la nuit, je le sais, ce dont je me serais bien passée. J'essaie d'apaiser mes battements de cœur en me rappelant qu'il ne se fait du souci pour moi que parce qu'Anika serait triste s'il m'arrivait quelque chose. J'essaie de rationaliser sa réaction, mais la chaleur de son empreinte fantôme affole mon cœur. Il continue de me nettoyer en silence.

« Je vais te raccompagner à ta chambre, ensuite j'ai une course à faire.

— À 1 heure du mat' ? » J'examine mes ongles sans pouvoir masquer l'incrédulité dans ma voix.

Theo ne répond pas tout de suite. Il fait semblant de se concentrer sur le sang qui, je le sais, n'est plus là. « Anika ne devrait pas t'obliger à faire des trucs dont tu n'as pas envie. »

Je secoue la tête parce qu'il vient d'ignorer ma question. Son accusation m'agace, aussi je m'empresse de la répéter. « Theo, dis-je en me redressant, où comptes-tu aller ? »

On n'entend rien d'autre que le léger bruit du ventilateur au-dessus de nos têtes.

« Ils ne peuvent pas s'en tirer comme ça, Magdalen », m'explique-t-il d'une voix tendue. Brusquement, j'éprouve le besoin de me retourner pour le regarder. Lentement, je passe mes jambes par-dessus le comptoir afin de lui faire face. Ses genoux effleurent les miens, mais il ne fait aucun effort pour y remédier.

« Bien sûr que si. Va te coucher.

— Je ne suis pas fatigué, murmure-t-il.

— Ah. » Je souffle, exaspérée par ce brusque accès d'héroïsme. Tout ça parce que je suis la meilleure copine d'Anika. Son instinct protecteur n'a rien à voir avec le besoin de me défendre. Ça me rend triste, parce que je réalise que personne ne me connaît suffisamment pour avoir envie de me protéger ; même Dante et Jo n'ont pas l'air de s'en soucier tant que ça.

« Compte les moutons », je lui suggère.

Il baisse la tête et se penche vers moi, son souffle chaud contre mon cou. Un gloussement sourd secoue tout son être. C'est un joli son. Sans prévenir, il fait glisser ses mains sur mes hanches et les serre rien qu'un instant. Je retiens ma respiration car ce geste semble différent, cette fois. Plus chaleureux. *Amical,* me dis-je fermement.

« Oh, Magdalen. » En entendant sa voix grave et sensuelle, je lutte pour ne pas fermer les yeux. Ses lèvres effleurent de nouveau mon oreille, et je le sens murmurer dans mes cheveux : « Il n'y a pas de moutons à Chivasso. »

12

THEO

Je referme la porte de la cuisine des Savoy, et mon calme s'évapore. Deux heures à nettoyer du sang, à regarder ses omoplates se contracter sous l'effet de la douleur et à la sentir arrêter de respirer à chaque mouvement trop brusque. Pendant tout ce temps, elle n'a dû me dire que cinq phrases en tout. Ce qui n'empêche pas la vision de son débardeur remonté sur ses seins d'être gravée dans ma mémoire. *Elle vient de se faire agresser et tu n'arrêtes pas de repenser à la sensation de son corps sous tes mains ?* J'essuie mes paumes sur mon jean pour essayer de m'en débarrasser. Je suis égoïste et pitoyable. Mon père n'a peut-être pas tort à propos de moi.

« Ressaisis-toi, putain », je marmonne en retournant à la voiture garée devant la maison de Magdalen. La fraîcheur nocturne et la brise légère sont les bienvenues après la chaleur de sa peau. Des étoiles éclatent derrière des nuages translucides et les faibles stridulations des grillons me suivent sur l'allée en gravier. Mes pas résonnent dans le silence. Il n'existe rien d'autre que l'obscurité et le bruit que je fais, et je me remémore l'impression de n'être nulle part à ma place, comme si j'étais un intrus partout.

Je regarde ma maison, à trente mètres environ de celle de Magdalen, et pense avec incrédulité à toutes les années que j'ai passées si proche d'elle. Pourtant, je ne parviens pas à me rappeler un seul moment où elle a existé en tant que femme à mes yeux avant aujourd'hui.

J'essaie de conjurer une image de la petite Magdalen, ou d'un anniversaire que nous avons certainement fêté ensemble, mais à chaque fois, c'est le même souvenir qui remonte. Trois jours avant que je parte, ma main qui se tend pour prendre un CD à Anika. Madonna, sûrement, connaissant les goûts de ma sœur. Le reste n'est qu'un brouillard rempli de couleurs et de sons, d'éclats de rire, et de nos bouteilles de vin vides, à Dante et à moi, qui roulent sur les pavés. À jamais dans mon angle mort. Je remercie secrètement Dieu, si tant est qu'il y en ait un, pour mon ignorance, car ça aurait été plus dur de prendre la fuite si je l'avais vue à ce moment-là comme je l'ai vue ce soir. Secoué, je déverrouille la voiture d'Anika en soupirant et m'assieds dans la pénombre.

Une peau couleur olive et un ruban rouge qui vole dans la brise. Elle est parfaite, putain.

Un hurlement me chatouille la gorge, mais je le ravale et j'enfouis mon émotion si profondément en moi qu'elle fait pression sur ma colonne vertébrale. Je démarre le moteur et risque un dernier coup d'œil en direction de la maison de Magdalen. La lueur jaune ténue d'une lampe brille à la fenêtre la plus éloignée. Elle est donc dans sa chambre. Je grogne en essayant de ne pas la visualiser dans son lit. Trop tard. L'aiguillon de la peur me pique le ventre. Une peur née du désir. L'envie de la suivre en haut de l'escalier grinçant et d'être celui qu'elle laisse entrer dans sa chambre. Moins de vingt-quatre heures et j'ai déjà l'impression de perdre la tête.

Elle ne pouvait pas rester en Angleterre ? Elle ne saignerait pas autant à l'heure qu'il est, et je ne serais pas obligé de réprimer une érection parce que la petite sœur de mon meilleur ami me fait bander. Je soupire. « Aidez-moi, mon

Dieu. Tu ne faisais pas partie du plan, Magdalen. » Je regarde de nouveau à sa fenêtre avant de faire marche arrière et je vois sa lumière, la seule dans la nuit. Une autre personne qui perturbe les ténèbres. Peut-être n'ai-je jamais été aussi seul que je le croyais.

Quand j'arrive à Tirumapifort, le tennis club est toujours plein à craquer de corps en sueur et de mini-robes.

Je me fraie un chemin jusqu'au bar, les gens s'écartent sans que je le leur demande et, quand je relève la tête, je vois qu'ils me regardent fixement. Non, ils m'examinent. Ça fout les jetons. Un type que je ne connais pas, habillé d'un gilet sans manches blanc et d'une chaîne dorée, avec plus de poils au niveau des sourcils que sur le crâne, plisse les yeux en observant d'abord mes cheveux, puis mon cou et enfin mon regard. Il hoche la tête d'un air approbateur. On se connaît ? J'essaie de repenser au temps passé ici, mais je ne me rappelle que Chiara et les canettes de bière vides dans la piscine, un souvenir qui me fait frissonner. Je déteste qui j'étais avant. *Qui je suis aujourd'hui.* Mieux vaut rester humble.

J'essaie de ne pas penser à Chiara, là, tout de suite, mais je ne peux m'empêcher de chercher du regard la porte des toilettes, à l'autre bout du club. À l'intérieur d'une des cabines, elle a remonté sa robe sur ses cuisses pour pouvoir s'empaler sur moi. Elle ne portait pas de sous-vêtement. Je sens encore l'odeur de la vodka premier prix et du désinfectant. Je revois les bretelles de sa robe glisser tandis qu'elle gémissait à mon oreille de manière peu spontanée parce qu'elle savait ce que j'aimais entendre. Ça faisait deux mois qu'on s'envoyait en l'air. J'étais trop paresseux pour lui dire que je ne supportais pas sa voix. Si je buvais suffisamment, rien n'avait d'importance. Je cligne des yeux pour chasser ce souvenir. Devant moi, un chemin s'est ouvert au sein de la foule.

Un mec de petite taille dont la bedaine déborde de son pantalon et qui a une ancre tatouée sur le biceps rit bruyamment. Je ne sais pas comment, mais je comprends que c'est lui. Quelqu'un a balayé les bris de verre de la table, dont le cadre en métal a été repoussé dans un coin. La colère enfle dans mon ventre. Le regarder rire suffit à déclencher ma réaction. Je visualise son coude s'enfonçant dans le ventre de Magdalen ; je vois sa peur à elle. Je lui tape sur l'épaule. Avec un grand sourire, je lui tends la main. Il me fixe d'un air perplexe, puis me saisit la main avec empressement et la serre violemment. Il a les paumes moites et il pue la transpiration et la tequila. *Tu n'imagines pas ce que je suis sur le point de te faire, salopard.*

Tout ce que je vois quand je le regarde, c'est Magdalen blessée qui se mordille la lèvre en acceptant la douleur comme si elle lui appartenait. Son besoin de dissimuler sa souffrance avant qu'Anika la voie. Son dos, zébré de lignes de la même couleur que ce putain de ruban rouge. Et ces brûlures vieilles de plusieurs années qui l'ont fait se crisper lorsque je les ai effleurées. *Assez d'innocence pour tous nous sauver.*

Le type ne me connaît pas, mais il est prêt à parler à quiconque s'intéresse à lui.

« Désolé de te déranger, j'ai juste une petite question.

— Je t'écoute !

— Ta mère ne t'a pas appris à être autre chose qu'un connard intersidéral ? »

Ma main se durcit autour de la sienne. Il ouvre de grands yeux étonnés. Il a l'audace de se faire passer pour une victime, comme s'il n'avait jamais commis le moindre péché ! Sans prévenir, je tire sa main vers moi tandis que mon autre poing le frappe à la mâchoire. Des flammes devant les yeux, je vois sa tête partir en arrière et ses paupières se fermer à cause de la douleur. Ce fumier lève les mains vers son visage, la lèvre en sang, l'air furieux. Son innocence part en fumée.

« Putain d'Écossais ! » Il crache un mélange de salive et de sang par terre.

Ah, donc il sait qui je suis. Me traiter d'Écossais n'est pas une insulte efficace, mais ce qu'il veut vraiment dire par là est plus sinistre. Impossible de nier à quel point nous, les Sinclair, nous sommes une rareté dans cette petite ville, avec notre accent prononcé, sans parler du fait que nous possédons le musée ! Un nerf commence à palpiter au niveau de ma tempe.

Je n'ai pas le temps de répondre à ce gros porc parce qu'une violente douleur me cisaille la jambe. Je tombe sur mon genou, et mes os s'écrasent sur le ciment et les petits bouts de verre oubliés après l'accident de Magdalen. Je sens que j'y ai gagné une entaille. Le même verre nous a écorchés, elle et moi, et je me demande un instant si cela crée un lien entre nous. Je tourne la tête, mais une foule s'est amassée derrière moi, et mon agresseur se cache au milieu de tout ce monde. *Trouillard.* Au moment où je fais de nouveau face au bar, je me prends un coup de poing en pleine figure, et ma vision s'obscurcit. Je touche mon nez et découvre du sang sur mes doigts. La pression capiteuse de ce coup de poing m'emplit la tête et les poumons. Les battements de mon cœur s'apaisent et je ravale un gémissement, tant la souffrance me réconforte. *Enfin.*

Je pousse un soupir de soulagement et savoure un instant la douleur lancinante dans mon nez. J'ai envie de lui dire merci. Mon esprit s'éclaircit. Pour une fois, je ne pense pas à toutes mes emmerdes. Je ne pense qu'à la douleur et je me sens mieux pour la première fois depuis que l'avion s'est posé sur le tarmac. Je baisse la tête et regarde mon sang dégouliner par terre sous forme de gouttes régulières et mesurées.

« T'aurais pas dû faire ça. » Je relève lentement la tête, un sourire aux lèvres. Je crache du sang sur ses sandales et je le vois ouvrir de grands yeux ronds au-dessus de moi. Fort de sa domination passagère, vu comme il se tient au-dessus de moi, il proteste faiblement : « T'es pas vraiment en position de me menacer, salope. »

Il fait passer son poids d'une jambe sur l'autre en serrant les poings. De toute évidence, il n'a encore jamais eu à se battre. Mais il trouve un certain courage et m'empoigne par les cheveux pour m'obliger à le regarder.

« Maintenant que j'y pense, dis-je d'un air songeur, c'est probablement de ta mère que tu tiens ça, pas vrai ? »

D'un geste fluide et presque nonchalant, je lui donne un coup de genou dans l'aine. Il se plie en deux en poussant un gémissement qui remplit tout l'espace autour du bar. Sans hésiter, je me relève, l'attrape par la nuque et lui écrase le visage contre le sol. Une alarme se déclenche dans ma tête, je pense à la foule qui s'est matérialisée autour de nous. Tous ces gens connaissent mon père. Qui sera le premier à l'avertir ? Je devrais peut-être arrêter. Mais penser à mon père décuple ma colère.

Le nez dans le ciment, le type pousse des gémissements étouffés et tousse violemment. Je sais que c'est fini, qu'il a compris la leçon. J'ai gagné. Je me penche pour le tourner sur le dos et je vois des éraflures sur son front à cause des bris de verre. Je soupire bruyamment parce que je sais que c'est mal, ce que je m'apprête à faire, mais je ne visualise qu'une chose, à cet instant : à quel point ma Magdalen avait l'air vulnérable sous la lampe jaune dans sa cuisine.

Cette fois, je sens l'os se briser quand je lui pète le nez. Le son mouillé du cartilage écrasé est écœurant et me brûle l'estomac. Mon poing se lève de nouveau, l'envie de provoquer encore plus de souffrance me fait l'effet d'un murmure sur ma peau. *Vas-y, fais-le. Allez. Plus il aura mal, moins toi tu sentiras la douleur.*

« T'es cinglé ? Mais qu'est-ce que je t'ai fait, bordel ? » crie-t-il, mais d'une voix lointaine, tellement facile à ignorer.

Je referme ma main sur le col de sa chemise et j'appuie de tout mon poids sur son cou. Un cri étranglé et guttural s'échappe de ses lèvres. Enfin quelqu'un qui comprend. Sa chemise remonte sur son torse et expose son bide poilu à l'air libre.

« Oui. » Je ne reconnais pas ma propre voix. « Tu l'as blessée. » Mais la colère qui me ronge n'est pas liée qu'à Magdalen. Toutes les années de souffrance, tout ce qui s'est passé à Chivasso avant mon départ, affleurent trop près de la surface. Les muscles de mon bras fléchissent lorsque je brandis de nouveau le poing, mais une main m'attrape par le dos du t-shirt et me tire en arrière.

« *Cazzo* », crache une voix familière. Je laisse retomber mon bras et découvre Dante debout derrière moi, visiblement stupéfait. Il me pousse sans ménagement et tend la main au type étendu par terre en lui marmonnant des excuses pathétiques. Ce connard me lance un regard terrorisé avant de souffler en exagérant sa douleur pour la foule qui l'observe.

« C'est un nez cassé, pas une tête coupée ! » je crie tandis que Dante le guide jusqu'au bar, où il demande des serviettes et un verre de bourbon. Régulièrement, le type me lance des regards inquiets. Je lui souris en passant ma langue sur mes dents ; je sens le goût métallique du sang sur mes gencives. Comprenant que la bagarre est terminée, la foule se disperse à grand renfort de murmures médisants.

Étranger. Ils semblent sur la défensive. Ils se méfient maintenant qu'ils réalisent que je ne suis pas celui dont ils se souvenaient.

Furieux, Dante revient vers moi et m'entraîne vers la sortie. Ses doigts s'enfoncent dans mon biceps avec une force surprenante, et je le suis en titubant.

« Hé », je proteste en crachant du sang. Puis j'aperçois Matilde perchée sur la chaise des maîtres-nageurs, depuis laquelle elle observe toute la scène, ses yeux bleus visibles même à l'autre bout du club. Elle hoche la tête à mon intention, comme si…

Comme si elle me félicitait.

L'atmosphère change quand on atteint la sortie.

« Putain, Theo, c'est quoi ce bordel ? » Dante me lâche, mais reste trop près de moi à mon goût. Je le repousse violemment, et il recule de quelques pas, déséquilibré. Il contemple son torse d'un air incrédule et pose la main d'un air hésitant à l'endroit où je l'ai touché, comme pour s'assurer qu'il n'a pas halluciné. Que je puisse le toucher autrement qu'avec une affection fraternelle, visiblement, ça le perturbe. Mais autant montrer à tout le monde que je ne suis plus celui dont ils se souviennent.

« Tu as trente secondes pour retirer ce que tu viens de faire », me défie Dante.

J'ouvre la bouche pour m'excuser car je regrette d'avoir égoïstement blessé l'une des rares personnes au monde qui se soucie de moi. Les crépitements de l'énergie que je n'ai pas dépensée se dissipent au bout de mes doigts jusqu'à ce que j'aie les membres lourds, comme engourdis par l'alcool. Je suis dégoûté d'avoir agi de manière aussi irrationnelle, et ma culpabilité menace de m'étouffer.

Mais en contemplant le sol, je revois brusquement les baskets en toile blanche de Magdalen, tachées de son sang, écraser ce même gravier rouge en boitillant. Je ravale mes excuses avant qu'elles ne franchissent mes lèvres. Je me repasse toute la séquence. La table qui s'écrase par terre, le corps de Magdalen cloué sous le verre cassé, Dante qui sort une cigarette, Jo qui tape du pied, impatient de retourner danser. Magdalen seule, Magdalen avec moi, Dante qui paie un verre au gros porc.

Putain, il n'a même pas pris le temps de s'assurer qu'elle allait bien !

Dante a levé les yeux au ciel quand Anika lui a chipé sa dernière clope, mais il n'a rien fait pour sa sœur blessée.

« Pourquoi je ferais une chose pareille ? » J'avance d'un pas vers lui. Un grondement de tonnerre emplit mes oreilles jusqu'à ce que je n'entende plus que les pulsations affolées de mon cœur.

« Pourquoi ? » La voix de Dante résonne dans le silence nocturne. « *Cazzo*, répète-t-il. Qu'est-ce qui va pas chez toi ? Tu tabasses des types que tu connais pas ? Tu me bouscules ? Putain, mais t'es qui, en fait ? » Il passe la main dans ses cheveux noirs en ouvrant de grands yeux effrayés. Je ravale un rire amer en me rappelant quel connard égoïste il peut être.

« Le dos de ta sœur ressemble actuellement à un tableau de Jackson Pollock. » Je fais encore un pas vers lui. « C'est ta sœur, je répète en lui enfonçant mon doigt dans le torse. Mais tu es trop occupé à essayer de sauter Anika pour te demander si Magdalen va bien ? »

L'air se fige autour de nous comme si la nuit retenait son souffle.

« Magdalen a toujours été capable de se débrouiller seule », bafouille-t-il en évitant mon regard. La honte le submerge et lui colore les joues, mais je n'éprouve que du dégoût en le regardant. Il est bourré et geignard, absolument pitoyable.

« Personne ne devrait avoir à se débrouiller seul dans une situation pareille », je lui dis entre mes dents serrées, en sachant très bien que Dante ne comprendra jamais.

Je m'éloigne en enfonçant si profondément mes mains dans mes poches que les coutures de mon jean protestent.

« Frère, attends. On peut en discuter. Je suis déso…

— Putain, mais pourquoi c'est à moi que tu présentes des excuses ? »

Sans attendre de réponse, je monte dans la voiture d'Anika et je m'en vais.

13

MAGDALEN

J'ai mal partout. Je me lève avec précaution, et le vieux sommier grince tandis que mes pieds flottent au-dessus du sol comme si c'était du sable chaud. Je ne suis pas encore prête à affronter qui que ce soit.

Je m'étire pour tester les limites de ma mobilité. Je peux bouger les bras, bien qu'ils soient raides, mais la sensibilité de mon dos me rappelle ce qui m'est arrivé la nuit dernière. Ce que j'ai laissé se produire.

Theo Sinclair a disséqué mon dos ensanglanté pendant que j'avais les seins à l'air. La honte m'enflamme le visage, comme les fragments d'une soirée d'ivresse qui refont surface à la première gorgée de café. Je boite jusqu'à la salle de bains où j'examine mon reflet. C'est ça que Theo a vu hier soir ? Mes yeux sont légèrement trop grands, mais le soleil matinal fait ressortir leur couleur verte. Je me rapproche du miroir, ce qui me procure involontairement un petit coup au cœur. J'ai vraiment beaucoup de taches de rousseur. Je revois Theo effleurer celle au-dessus de mon sourcil et je rougis de nouveau. Je regarde mes cils noirs et mes sourcils rebelles. Un doigt se pose sur ma joue et j'imagine qu'il appartient à quelqu'un d'autre. Je suis l'arête de mon nez, qui possède une légère bosse au milieu, une caractéristique de notre famille. Je caresse les contours de ma bouche, je passe sur le petit creux sous ma lèvre inférieure.

Je m'éloigne de moi-même, ouvre le robinet de la baignoire et m'assieds sur le rebord en attendant qu'elle se remplisse. De la vapeur embue les coins du miroir, alors j'enlève mon short, puis mon t-shirt. Je me regarde en reproduisant les mêmes gestes que la nuit dernière. Je prends mes seins dans mes mains et me tourne de côté pour visualiser ce que Theo a vu. Mes cheveux tombent dans mon dos en longues mèches auburn, et je suis surprise de constater que je ne déteste pas mon reflet. C'est nouveau. Je vois une femme. Certes, les brûlures sont toujours vilaines, surtout dans la lumière vive de la salle de bains. Je ferme les yeux en repensant aux doigts de Theo s'attardant sur mes cicatrices, mais je me calme en me disant qu'il ne les reverra jamais. Je respire profondément pour me recentrer, puis je continue de m'observer.

Ma cambrure est sexy. Si je ne me connaissais pas mieux que ça, je dirais que je me sens presque satisfaite. Même si Theo m'a trouvée moche avec mes brûlures bizarres et mes petits seins, je crois que je pourrais me sentir belle quand même. Je me dis que quelqu'un aurait bien de la chance de me voir toute nue. Je répète les affirmations d'Emily et d'Anika. Quelqu'un aurait bien de la chance.

Alors, Theo ? Tu t'es senti chanceux ?

Quand je sors de la salle de bains, je trouve ma mère dehors en train de jardiner. « *Buongiorno, mamma.* »

Sans se retourner, elle lève la main pour me saluer. « C'était comment hier soir ? » me demande-t-elle, mais avec si peu d'intérêt que je lève les yeux au ciel.

Elle respire bruyamment en creusant la terre pour faire de la place au nouveau pied de basilic que Cinzia lui a donné. Cinzia, la mère de Theo, est tout ce que la mienne n'est pas. Discrète, réservée, elle sourit rarement, mais quand elle le fait, elle illumine la pièce. Je ne comprendrai jamais comment ces deux-là peuvent être aussi proches. Elles sont inséparables depuis la fac.

Pour une fois, je suis contente que ma mère ne se retourne pas. Un bleu est apparu sur mon avant-bras droit et je suis trop fatiguée pour inventer une excuse. Alors, je soupire de contentement en observant le jardin. Ma mère est bien des choses, notamment une jardinière hors pair.

Notre jardin abrite presque toutes les plantes aromatiques qui existent. Des allées en gravier séparent chaque rang et créent un labyrinthe de romarin, de basilic et de thym. Des petites statues apparaissent parmi les feuilles, encore une caractéristique des Savoy. Les visages de petits chérubins sortent de derrière un figuier ou un buisson de lavande. J'en vole des bouquets pour me faire du parfum depuis que je suis tombée un jour dans l'un de ces buissons et que j'ai réalisé à quel point je sentais bon. Sous la véranda au centre du jardin se trouve la vieille table en bois brut parsemée de coulées de cire et de traces de condensation laissées par les verres à vin. Elle a accueilli tous les anniversaires des Savoy et des Sinclair jusqu'au départ de Theo. Chaque nuit d'été, une soirée pyjama clandestine avait lieu sous son plateau en bois. Parfois, en octobre, s'il faisait assez chaud, Anika et moi nous rendions sur la pointe des pieds dans la véranda avec de fines couvertures pour boire du vin et parler des garçons.

J'adore cette table. J'y ai reçu mon premier baiser quand notre école a monté une représentation de *Roméo et Juliette* en sixième. J'ai décroché le rôle de Juliette, et un garçon du nom de Stefano a été choisi pour être mon Roméo. Il m'a dit qu'il viendrait me voir pour répéter la scène du baiser. Pour la pièce, a-t-il précisé pour ne pas avoir l'air bête devant tout le monde. J'ai marmonné un truc stupide, du genre : « Bien sûr, pour la pièce. »

Je me souviens surtout comme mon cœur battait fort. J'avais peur qu'il trouve mon nez trop gros vu de près. Mes palpitations remontaient jusque dans ma tête et cognaient sous mon crâne. Stefano m'a assise sur le coin de la table et s'est glissé entre mes jambes. Il m'a dit « Ne bouge pas » comme s'il allait m'opérer.

J'ai répondu « D'accord » comme si j'avais envie qu'il m'embrasse.

Alors il s'est jeté sur mon visage. C'était froid et mouillé et j'ai détesté chaque seconde. Son haleine m'étouffait. C'était insupportable. Il a essayé d'ouvrir ma bouche, mais j'étais si effrayée et si dégoûtée que j'ai serré les lèvres bien fort, mon corps se repliant sur lui-même. Après un final particulièrement bruyant et bâclé, il s'est écarté, les poings sur les hanches comme s'il était un artiste et moi sa dernière création. Pour mettre le plus de distance possible entre nous, j'ai reculé sur la table. C'est là qu'en baissant les yeux, j'ai vu les contours évidents d'une érection dans son pantalon. Mon visage a perdu toute couleur et le froid a envahi tout mon corps. Pour la première fois, j'ai réalisé à quel point les garçons étaient différents de moi.

Cet horrible baiser baveux et douloureux lui avait donné la trique. Mais ce n'est pas pour ça que j'adore cette table.

Je l'adore parce que c'est là qu'Anika est venue me trouver après le départ de Stefano. Elle a franchi le portail en courant et a failli trébucher sur ses lacets défaits tellement elle était impatiente que je lui raconte ce baiser. Elle a pris mon visage entre ses mains et m'a scrutée pour voir si le fait d'être touchée par un garçon avait provoqué un changement physique chez moi. Ce n'était pas le cas. En revanche, les tremblements liés à la déception ont duré si longtemps que je les sens encore aujourd'hui. Je me suis sentie flouée par *Roméo et Juliette* parce que j'ai compris que ça avait été écrit par un homme et que ce devait être une représentation inexacte de l'amour. Aucune femme ne mourrait pour un baiser si tous les baisers ressemblaient à ceux de Stefano. Anika m'a poussée sur le côté et s'est assise près de moi en me tapotant le genou.

« Attends que l'un d'eux te mette un doigt. »

Je me suis étranglée toute seule et je l'ai repoussée en éclatant d'un rire nerveux. « Tu n'as reçu qu'un seul baiser pour l'instant, Anika. Qu'est-ce que tu en sais ?

— Je lis des livres. Je me renseigne. Ils font comme ça. » Avec son index et son majeur, elle a décrit un mouvement violent et répété vers le haut. « Vraiment, les hommes ne font jamais rien comme il faut. Surtout Stefano. » Elle a levé les bras au ciel en poussant un soupir théâtral.

On a gloussé toutes les deux, fières d'être devenues des femmes, et on s'est allongées sur la table en admirant les entrelacs de la vigne qui poussait sur le toit de la véranda. On a essayé d'apercevoir les étoiles entre les feuilles.

Anika, d'ordinaire si sûre d'elle, a tourné la tête vers moi. « Ça va s'améliorer, n'est-ce pas ? » m'a-t-elle demandé timidement.

J'ai tourné la tête vers elle. Nos nez se touchaient presque. J'ai serré sa main en chuchotant : « Je l'espère. Mais si ce n'est pas le cas, promets-moi qu'on se mariera toutes les deux et qu'on ne sera plus jamais obligées d'embrasser quelqu'un. »

Elle a serré ma main en retour puis, après un instant de silence, m'a donné une tape sur le ventre. « Toujours, bébé ! Je nous donne jusqu'à nos 40 ans. » Elle s'est relevée. « Mais pour l'instant, hélas, va pour les garçoooons ! »

Sur ce, elle est partie. Elle a franchi le portail et elle est rentrée dans la maison d'à côté en sautillant bruyamment sur le gravier. Son rire s'est dissipé parmi les arbres.

« Tu devrais aller voir ton père aujourd'hui. » La voix de ma mère m'arrache brusquement à mes souvenirs.

Je contemple l'arrière de son crâne. Elle ne s'est pas retournée une seule fois depuis que je suis entrée dans le jardin, ni même depuis que je suis revenue à la maison. Visiblement, la version de sa fille qui est rentrée à Chivasso ne l'impressionne guère.

« Bien sûr. » Je garde un ton léger. « Justement, j'y allais. »

14

THEO

Je sors de la maison avant que mon père se réveille. Il est trop tôt pour affronter sa déception. Ce gros porc chauve hier soir a réussi à m'infliger un léger bleu sous l'œil droit et une coupure le long du nez. Mais je n'ai pas envie d'y penser, alors j'enfile un t-shirt blanc et un jean propres et descends au rez-de-chaussée en veillant à faire moins de bruit que les oiseaux qui chantent de bon matin. En traversant la cuisine, j'aperçois des toasts à moitié mangés et des œufs sur le plat vieux d'hier. Visiblement, Anika est bien rentrée à la maison cette nuit. Je me détends, même si je m'en veux d'avoir été si énervé contre Dante que j'ai oublié de vérifier comment elle allait. Mais Dante n'est pas la seule raison de ma distraction, pas vrai ?

La voiture d'Anika se trouve toujours dans l'allée, là où je l'ai garée hier soir, alors je monte dedans en frissonnant à cause de la fraîcheur de la brise. Je décide de me rendre au musée avant qu'il ouvre pour voir ce qu'ils en ont fait depuis mon départ. Les vitres sont embuées par la rosée, et le soleil qui pointe derrière les bâtiments en terre cuite projette une lueur ambrée sur le voisinage.

Le musée est au cœur de ma vie d'aussi loin que je me souvienne. Ça a toujours été mon foyer, bien plus que ma maison. J'ai lutté contre mon envie d'étudier l'égyptologie parce que je n'avais pas envie de suivre les traces de mon père. Mais j'ai perdu, car c'était mon premier amour. Mon seul amour.

Je suis à mi-hauteur de la colline escarpée au sommet de laquelle se dresse notre quartier quand j'aperçois une fille qui marche en faisant rouler les muscles de ses épaules et en poussant un caillou avec son pied. Sa queue de cheval se balance à chacun de ses pas. Bien que je sois encore à cinquante mètres derrière elle, je sens qu'il s'agit de Magdalen. Elle porte un haut en soie lavande et une petite jupe blanche, des couleurs claires qui illuminent sa peau olivâtre. Putain, même de loin, elle est magnifique.

Je ralentis en parvenant à sa hauteur et klaxonne plusieurs fois en espérant qu'elle reconnaîtra la voiture d'Anika.

Ce n'est pas le cas. Elle trébuche sur le caillou en tournant la tête vers moi. Les yeux écarquillés et affolés, elle pose la main sur sa poitrine avant de réaliser qui se trouve derrière le volant.

« *Cazzo*, Theo ! » Elle se penche et pose les mains sur ses genoux pour reprendre son souffle. Je réprime un grognement en voyant sa jupe remonter sur ses cuisses. « Qu'est-ce qui est arrivé à ton visage ? » demande-t-elle, à bout de souffle, en se rapprochant de ma vitre.

Je souris. « Bonjour, Magdalen.

— T'étais jaloux de mes blessures ? »

Je plisse les yeux à cause du soleil qui cogne déjà à travers le pare-brise. « Quelque chose comme ça. »

Elle lève les yeux au ciel. « Comment se fait-il que je t'aie à peine vu pendant les treize années où nous avons vécu côte à côte et que là, en deux jours, je te croise partout ? »

Elle respire encore de manière irrégulière, mais elle s'étrangle de rire en secouant la tête.

« Peut-être que c'est le destin. » Mon sourire disparaît rapidement quand je prends le temps de l'observer. Ses blessures sont impressionnantes dans la lumière matinale. Des hématomes bordent son cou jusqu'au col de sa blouse ; un assortiment abstrait de verts et de violets profonds qui créent un dégradé sur sa peau. Plus bas, j'aperçois une autre ecchymose bleu foncé à l'arrière de son avant-bras. Je serre très fort le volant en essayant de contenir ma colère. J'aurais dû lui écrabouiller le nez à ce connard.

Magdalen met les mains sur les hanches et penche la tête sans se rendre compte à quel point je suis furieux. « Et où vas-tu comme ça de si bon matin, Rocky Balboa ? »

Sans le vouloir, mon regard remonte le long de ses longues jambes bronzées uniquement recouvertes d'une petite jupe de tennis qui effleure le haut de ses cuisses. Mon Dieu, ces cuisses, c'est quelque chose. Je déglutis tant bien que mal en focalisant mon attention sur un pissenlit qui pousse derrière Magdalen au milieu du bitume craquelé. Je ne visualise pas mes mains sur elle, non, pas du tout.

« J'ai des courses à faire.

— Est-ce que la plupart de tes courses impliquent des altercations physiques, ou est-ce que c'était le genre de truc qui n'arrive qu'une fois ?

— Ça dépend si quelqu'un te fait à nouveau du mal. » Son joli sourire s'évanouit, et je me maudis. Pourquoi est-ce que je continue de réagir de manière aussi intense ?

« Tu n'étais pas obligé de...

— Tu ne devrais pas marcher seule comme ça dans ton état, je l'interromps en coupant le moteur.

— Dans mon état ? » Magdalen lâche un petit rire incrédule. « Qu'est-ce que ça veut dire ? » Elle a posé les mains sur la vitre ouverte. Je contemple ses ongles, encore ornés de ce vernis rouge profond. Même ses doigts sont jolis, bordel !

C'est à mon tour de lever les yeux au ciel. « Tu ne t'es pas regardée dans le miroir ? Tu es couverte de bleus.

— Et ces bleus m'empêchent de marcher ? Est-ce que je devrais te faire la morale parce que tu conduis avec un œil au beurre noir ? » Elle se mord la lèvre pour retenir un nouvel éclat de rire, ce qui attire mon attention sur sa bouche pulpeuse.

« Tu te moques de moi, Magdalen ? » Ma voix se fait plus grave. J'adore ce petit côté taquin que je ne lui connaissais pas. J'ai envie de voir ce sourire plus souvent.

Elle libère sa lèvre inférieure, les yeux brillant d'amusement. Mes mains serrent de nouveau le volant, cette fois pour m'empêcher de passer mon pouce sur ses jointures et ses ongles couleur cerise.

« C'est bien possible. » Elle hoche la tête, fait mine d'y réfléchir. « À plus tard, Theodore. »

Et elle repart en me laissant les yeux rivés sur son cul tandis qu'elle descend la colline d'un pas léger. Je me secoue, puis j'appuie sur l'accélérateur, mais la voiture ne bouge pas vu que j'ai coupé le moteur. « Merde », je marmonne en trouvant la clé à tâtons et en suivant Magdalen comme un foutu harceleur. Mais je ne peux pas m'en empêcher.

« Laisse-moi te déposer », dis-je en roulant à sa hauteur. Elle regarde droit devant elle comme si je n'étais pas là.

« T'inquiète, ça va. » Elle tente de hausser les épaules mais suspend son geste, le visage crispé par la douleur. Non, ça ne va pas du tout. La rage me noue l'estomac. J'aurais dû le tuer. Le réduire en bouillie. « J'aime bien marcher. » Elle a la voix tendue, et je manque d'arrêter la voiture. Le besoin de m'assurer qu'elle va bien est si fort que j'en tremble.

« Tu marcheras quand tu auras moins mal. » J'insiste prudemment parce que je ne veux pas la faire fuir, mais je tiens à lui faire entendre raison. « Tes entailles sont encore fraîches, Magdalen.

— C'est gentil de te faire du souci pour moi, vraiment. Tu m'as énormément aidée la nuit dernière. Je suis désolée que tu aies dû voir mes seins. Mais je suis une grande fille. Quand je dis que je suis capable de descendre une colline à pied, c'est que c'est vrai. »

Je pâlis car je la revois aussitôt se couvrir les seins avec les mains. « Au moins, dis-moi où tu vas. » Je l'implore d'une voix rauque en chassant la vision de son corps à demi nu et offert à mon regard. Il n'y a pas moyen qu'elle continue à pied, je veux l'emmener.

Elle pousse un soupir agacé, et je suis obligé de dissimuler un sourire.

« Non.

— Si.

— Theo ! » L'entendre prononcer mon nom me rend tout joyeux.

« Maggie. » Je savoure sa frustration. « J'ai toute la journée devant moi. Je serais ravi de te suivre partout si c'est ce que tu souhaites.

— Certainement pas !

— D'accord, alors dis-moi où tu vas et je te laisse tranquille. »

Magdalen titube légèrement, les joues en feu, puis s'éclaircit la voix et tourne de nouveau la tête vers moi.

« Bon, d'accord, je vais te dire où je vais, mais ça ne signifie pas que je veux que tu me déposes. Tu es vraiment énervant.

— Ouais, je sais, je suis juste curieux. » Je tapote le levier de vitesse.

« Je vais à la gare. »

Je manque de ramasser ma mâchoire par terre. C'est un trajet de trois kilomètres au bord d'une route très passante. Et quand je vois ses ecchymoses, je n'ose même pas imaginer l'état de son dos. Putain, mais comment ça se fait qu'elle soit debout ? Sa mère aurait dû l'attacher à son lit.

« Magdalen…

— Qu'est-ce qu'on avait dit ?

— Monte dans la voiture ! » Je m'en veux aussitôt de lui avoir parlé sur ce ton. Jamais elle ne m'écoutera si je l'oblige à faire quelque chose dont elle n'a pas envie. Je tente une approche plus douce. « S'il te plaît ? Je vais dans cette direction de toute façon. » J'espère que ça m'aidera à la convaincre. Je ne comprends pas pourquoi j'ai besoin de l'avoir près de moi. Mais je l'imagine marcher au bord de la route alors qu'elle souffre et je ne peux m'empêcher de frémir. Je refuse de partir sans elle.

Magdalen soupire de nouveau et regarde vers le haut de la colline, puis vers le bas, comme pour évaluer si ça vaut la peine de se disputer avec moi. « Très bien. Mais, bon sang, tu es pire que Jo. »

Pendant qu'elle contourne le capot pour s'installer côté passager, je me surprends à marmonner : « C'est uniquement pour toi, Magdalen. Je ne suis comme ça qu'avec toi. »

15

MAGDALEN

Le trajet en voiture jusqu'à la gare se déroule dans un silence inconfortable. Je ne sais pas si je dois faire un commentaire à propos de la route pleine de nids-de-poule. Mes joues tremblotent à chaque secousse.

« Heureusement qu'on ne tient pas des œufs ! » ai-je envie de dire. Mais je réalise à quel point ce serait gênant, alors je me tais. Que répondre à une vanne aussi merdique ?

Theo reste muet aussi ; je ne comprends pas pourquoi il tenait tant à m'emmener s'il n'a pas l'intention de décrocher un mot. En même temps, le silence ne semble pas le gêner. Je remue sur mon siège en lui lançant un regard en coin pour qu'il ne se doute de rien. Une ecchymose décore sa pommette droite. J'inspire profondément. Alors, comme ça, il est retourné au club venger ma capacité à m'attirer des ennuis sans le vouloir ? Mon esprit tourne à plein régime et mes lèvres bougent avant même que je m'en rende compte : « Pourquoi tu y es retourné ? »

Il ne sursaute même pas. Son profil reste parfaitement calme et concentré sur la route. Seule sa mâchoire se contracte légèrement.

« Je n'essayais pas de défendre ton honneur.

— C'est bon à savoir. Tu t'es tabassé tout seul ? »

Il garde le silence pendant quelques instants, puis il soupire en se renfonçant sur son siège. « Putain, Magdalen, j'étais censé le laisser s'en tirer comme ça ? Tu es partie chercher à boire et tout à coup, tu t'es retrouvée coincée sous une table en verre et personne n'a bougé. » Sa voix remplit l'espace entre nous, sa poitrine se soulève trop vite.

« Ouais, ben, t'avais pas besoin de faire ça. » Je croise les bras d'un air de défi. Pitoyable, je sais. « Mais merci. Personne n'avait encore jamais reçu de coup de poing à cause de moi.

— Va falloir t'y habituer parce que je ne laisse pas passer ce genre de connerie. »

Mes joues s'enflamment ; il pense qu'il va devoir de nouveau prendre des coups pour moi. Une fois encore, les mots sortent de ma bouche sans que je réfléchisse : « Crois-moi, tu n'auras plus jamais besoin de refaire un truc pareil pour moi. Je le jure. »

Theo me regarde pendant un instant qui s'éternise. « Ça ne me dérange pas, Magdalen. J'aime faire des trucs pour toi. »

Mon cœur fait un bond. Bêtement, je lâche un « Oh ! D'accord. »

Theo ricane et secoue légèrement la tête avant de se reconcentrer sur la route. Génial, cette réponse complètement conne a mis fin à la discussion. Du coup, j'en profite pour admirer de nouveau son profil.

Une de ses mains tient le bas du volant avec aisance tandis que son coude repose sur la console centrale. Distraitement, il se frotte la lèvre inférieure. Mon regard détaille sa mâchoire bien taillée, rude et déterminée. L'air qui s'engouffre par la vitre ouverte fait voler dans tous les sens ses boucles épaisses comme des vagues sombres. Malgré moi, je respire son odeur ; il sent la lessive et le bois de santal. J'ai envie de passer mes doigts dans ses cheveux pour voir s'ils sont aussi doux qu'ils en ont l'air. Mais je chasse cette idée à l'instant même où elle me traverse l'esprit. Je n'ai pas oublié comment il m'a touchée la nuit dernière. *Comme si c'était douloureux.* Les hommes aussi beaux que lui sont dangereux. Comme je ne fais pas confiance à mes mains, je les coince sous mes cuisses.

Je réprime aussi un grognement. Jamais je n'ai eu autant envie de toucher quelqu'un.

Si je continue de regarder ses cheveux, je vais perdre la tête. Alors je concentre mon attention sur son doigt qui effleure toujours sa lèvre inférieure. Comme s'il savait que je l'observe, sa main vient se poser sur le volant. J'aimerais vraiment savoir à quoi il pense.

Cet homme est une véritable statue. Seule l'arête de son nez est légèrement déviée mais, curieusement, ça le rend encore plus sculptural. Sérieusement, qui est aussi séduisant à 7 heures du mat' ?

Il change de vitesse, et mes yeux ne peuvent s'empêcher de suivre les mouvements des muscles de son avant-bras. Ma bouche devient toute sèche car je perçois sa force dangereuse sous sa peau tannée.

On roule sur une bosse plus grosse que les autres et la voiture fait un bond en avant. Aussitôt, la main de Theo se pose sur mon genou, un simple réflexe. Mon ventre se noue, et une certaine chaleur s'accumule à l'endroit où se trouve sa paume.

« Désolé, question d'habitude. » Theo regarde ses doigts sur ma jambe, et sa pomme d'Adam monte et descend. La bosse est loin derrière nous, mais il n'a pas encore retiré sa main. Un bref instant, son pouce caresse l'intérieur de mon genou, ce qui me donne la chair de poule. Son regard remonte de mon genou vers ma cuisse, et je me rends compte que ma jupe s'est retroussée. *Oh.* Il se racle la gorge et remet la main sur le volant.

« Désolé. *Bon sang* », murmure-t-il, les sourcils froncés.

Mon cœur bat plus vite. Je reprends mon souffle. « C'est un réflexe de grand frère, pas vrai ? » Il se redresse. Sa posture détendue laisse place à une certaine crispation. Ses mains serrent le volant au point que le bout de ses doigts devient tout blanc.

« Bien sûr, répond-il. Ça doit être ça. »

En essayant de ne pas me vexer, je tire sur ma jupe et regarde par la fenêtre. Je préfère me focaliser sur la rue plutôt que sur sa réponse – non sans hurler à mes joues d'arrêter de rougir.

On entre sur le parking de la gare. Il n'y a ni voitures ni voyageurs. Je réalise rapidement qu'il n'y a même pas de train. Même le soleil semble s'être rendormi. Je pianote sur l'accoudoir d'un air impatient. La tension dans l'habitacle me prend à la gorge, tout comme le brusque changement d'attitude de Theo. *Pourquoi as-tu demandé à me déposer ?*

« Super. » J'esquisse un sourire forcé en agrippant la poignée, pressée de sortir de cette voiture. « Merci de m'avoir emmenée.

— Quand tu veux, Magdalen. » Il m'adresse un signe de tête un peu brusque sans même me regarder. Un véritable rejet.

Avant de descendre, je l'observe une dernière fois. Je scrute son visage pour essayer de deviner quand le Theo prétentieux (« *Monte dans cette voiture, Magdalen* ») est devenu ce type fermé et silencieux. Il s'empresse de fixer son regard sur le levier de vitesse comme s'il me suppliait de m'en aller. *Lâche l'affaire,* semble me dire son attitude.

Mais je ne peux pas m'en empêcher. Je dois poser la question. « J'ai dit quelque chose qui t'a déplu ? »

Il se pince l'arête du nez, juste au-dessus de cette petite bosse sur laquelle j'ai envie de passer ma langue. « Non, désolé. La nuit a été courte, c'est tout. » Une certaine froideur s'insinue dans ses paroles.

Cette fois, je ne peux pas m'empêcher de rougir. La chaleur me picote le crâne, la gêne me submerge.

Il me regarde et mesure aussitôt la portée de ses paroles. « Merde, Magdalen, ce n'est pas ce que je voulais dire. »

L'envie de me défendre est bien là, comme toujours, elle m'étreint la gorge avec une ferveur muette. Je meurs d'envie de crier que je l'ai supplié de ne pas m'aider. Je lui ai dit que j'étais capable de me débrouiller toute seule ! Je n'avais aucune envie qu'il me voie comme ça, personne n'avait encore jamais été aussi proche de moi et il n'aurait pas dû être le premier. Mais je reste assise en silence et tourne la tête pour me donner l'élan de partir. « Bon courage pour tes courses.

— Attends, s'il te plaît. Je voulais juste dire que… »

Je referme la portière et l'entends frapper le volant. Les bras serrés autour de mon corps, je marche jusqu'au quai. J'entends le klaxon du train résonner au loin. Je me sens très conne et beaucoup plus jeune que mon âge.

16

THEO

Rouler dans les rues de Turin me rend nostalgique tout en me filant la nausée. Blottis au pied des Alpes, les édifices baroques qui se déclinent dans des tons de beige et de blanc cassé m'aveuglent dans la lumière matinale. Les plus lève-tôt des marchands ambulants défont paresseusement leurs bâches et s'installent pour une nouvelle journée de marchandage avec peu de ventes à la clé. Leurs visages sont ridés par les décennies passées à rire au soleil.

Au bout d'un moment, quand on connaît bien cette ville, on arrête de la voir. À 16 ans, je n'en avais plus rien à foutre de sa grandeur architecturale. Si la bonne personne m'avait demandé de verser de l'essence sur la Piazza Solferino et d'y mettre le feu, je n'y aurais pas réfléchi à deux fois. C'est derrière la Chiesa di Santa Teresa qu'on a testé la cocaïne pour la première fois ; le dimanche suivant, je m'agenouillais devant l'évêque pour ma confirmation. Je me suis fait tailler une pipe sous les arcades entre San Mariano et Via Tropolo. J'ai vomi sur la tête de la fille quand j'ai joui.

Je me gare sur l'emplacement où il est écrit « SINCLAIR », même si je ne suis pas celui à qui il est destiné. Une pointe de jalousie s'enfonce au creux de mes omoplates et me fait courber le dos.

Je veux ce que possède mon père.

Je coupe le moteur et reste assis à contempler le musée sans trop savoir ce qui me retient d'entrer. A-t-il beaucoup changé en sept ans ? Mon estomac se noue à l'idée que la statue d'Isis puisse se trouver ailleurs que dans la galerie du rez-de-chaussée. Le plafond et le sol, en marbre noir, créent un néant onyx au sein duquel elle semble flotter. C'est la seule chose vraiment belle que mon père ait créée.

Quand j'entrerai dans le musée, je veux que ce soit en tant que celui que je suis maintenant, pas le gamin stupide qui faisait tout pour ne rien rater de sa jeunesse. La chaleur se déverse sur ma peau lorsque j'ouvre la portière, pourtant je réprime un frisson. De la sueur perle sur mon cou. Toutes ces scènes qui défilent dans ma mémoire me font comprendre pourquoi mon père me déteste. À une époque, je faisais délibérément tout ce qu'il m'interdisait. Observer sa déception chaque fois que je merdais était le seul moyen de ressentir quoi que ce soit. Chaque coup de poing qu'il me donnait, chaque sermon, me lavait de ma culpabilité.

« Arrête de te comporter comme une mauviette », me dis-je à voix haute, la seule solution pour obliger mes pieds à avancer. Je me dirige rapidement vers la porte de derrière en baissant la tête, comme si quelqu'un pouvait me reconnaître à 7 heures du mat' devant un musée fermé.

Le court trajet entre le parking et la porte me fait l'effet d'une procession funéraire. Un truc est mort, ou a pris fin, ou a été vaincu, peut-être. Je choisis la clé sur le porte-clés d'Anika sans même la regarder, j'en reconnais les contours en la palpant avec le pouce. Je la glisse dans le verrou et la tourne lentement. C'était si facile de venir ici, avant.

La porte obéit en silence et s'ouvre presque toute seule. Je me redresse et entre d'un pas lent. Putain, mais de quoi ai-je si peur ? Tout est mort entre ces murs. Je lisse mes cheveux derrière mes oreilles pour me donner un semblant de contrôle. *C'est un putain de musée, Theo. Bouge !*

Le couloir qui permet d'atteindre la première galerie me paraît douloureusement long. Les murs bleu sarcelle s'ornent de fragments de papyrus datant de 2900 avant Jésus-Christ, abrités derrière du plexiglas à température contrôlée. Les traductions sont collées en dessous, ainsi qu'une présentation des artefacts que les visiteurs sont venus admirer. Je me revois à 6 ans, une loupe dans une main, *sa main à lui* dans l'autre. Tellement excité que je veuille en savoir plus qu'il me tapote la tête avec satisfaction.

Le pire, c'est que je désirais vraiment connaître tous les secrets que mon père voulait bien partager avec moi. Dexter Sinclair est bien des choses. *Amore*, pour ma mère. Papa, pour Anika. Archéologue de renom et propriétaire de la plus grande collection d'antiquités égyptiennes au monde. Homme d'affaires accompli, historien dévoué. Quelqu'un de généreux. Un père loyal.

Mais pour moi, il n'a qu'une seule caractéristique.

Menteur.

J'arrive dans la première galerie. Comme le musée n'est pas encore ouvert, la pièce est plongée dans l'obscurité. Une seule lampe brille dans un coin à droite, tout au bout. La « lampe des fantômes », comme Claudio Savoy se plaît à l'appeler. Elle est censée empêcher les artefacts de prendre vie.

« Ce serait mauvais pour notre réputation, avait-il dit en traînant à l'intérieur cinq de ces lampes, une pour chaque niveau du musée, si un visiteur se faisait posséder par un roi égyptien de 3000 ans. »

Brusquement, je me sens jaloux de Dante, Jo, Lucia et Magdalen qui ont grandi auprès du Dr Savoy. Un vrai révolutionnaire dans son domaine, récompensé pour le succès des fouilles qu'il a dirigées pendant deux ans près de la pyramide de Mykérinos, sur le plateau de Gizeh. J'ai adoré l'avoir pour voisin. Je me rappelle, je tendais l'oreille quand la famille faisait entrer un sapin de Noël dans la maison après un week-end dans les Alpes, ou lorsqu'elle remplissait la voiture tôt le matin du 15 août pour aller fêter Ferragosto à Numana. Même à cette époque, quand j'aimais mon père, il manquait toujours un truc entre nous.

Alors, l'été où le Dr Savoy a annoncé qu'il allait aider l'AERA[3] à mener des fouilles privées, j'ai rempli mon sac de sport et je suis parti le lendemain matin sans rien dire à personne. Mon père m'a présenté l'Égypte ancienne, mais le Dr Savoy m'y a implanté. Dans les sables de Saqqarah quand j'avais 17 ans, sous une toile de tente avec du poisson séché pour dîner. Sale comme je ne l'avais encore jamais été, j'ai trouvé un chien momifié et pleuré de joie.

« *Tu pourras l'accrocher au mur de ta chambre, m'a-t-il dit en l'époussetant avec un pinceau avant de me donner une tape dans le dos. Les filles adorent les chiens.* »

J'ai ri si fort que je suis tombé du haut de la dune et me suis cassé le petit orteil droit. Après ce voyage, j'ai retrouvé du sable dans mes chaussures pendant des mois et, dès que je mangeais des anchois, je repensais à mon mentor et je riais de nouveau. La première fois où j'ai quitté la maison, c'était avec lui. La deuxième, c'est quand je suis parti pour de bon.

J'allume la lumière, et mon cœur s'apaise. Rien n'a changé, le marbre noir luisant submerge toujours l'espace. Pendant un instant, on a l'impression de ne pas pouvoir respirer, comme si on se trouvait réellement dans un néant insondable. Puis on comprend où on est, et alors, la beauté du lieu nous coupe le souffle. J'en ai visité, des musées, dans le monde entier, mais, pour moi, ça se résumera toujours à ça, du marbre noir et une lampe rouillée. Ma maison. Neuf statues s'alignent le long des murs, chacune éclairée par un spot au plafond. Quatre de chaque côté, un mélange de

---

3. Association de recherches sur l'Égypte ancienne. (N.D.É.)

panthères et de lions géants sculptés dans le calcaire pour protéger la femme qui se dresse tout au fond. Ses yeux de pierre froide vous suivent à mesure que vous vous dirigez vers elle avec respect. Ils brillent d'un éclat ardent, presque menaçant. Elle dévore la pièce.

Isis. La déesse égyptienne de l'amour, fille de la terre et du ciel. Elle se tient seule, sculptée dans un granit noir avec un mystérieux pouvoir de séduction. La tête haute, elle nous invite à approcher. J'éprouve pour elle le même attrait irrésistible qu'à 16 ans. Je pourrais détruire cette ville tout entière. Mais elle ? C'est la seule chose à laquelle je ne toucherais jamais.

J'admire la parfaite symétrie de ses traits en granit lorsqu'un autre visage surgit dans mon esprit. Des yeux de biche verts me suivent et imitent la forme féline de ceux d'Isis. Ils me demandent pourquoi je suis retourné au club. Pourquoi je l'ai laissée à cette putain de gare quand j'aurais dû lui donner les clés de la voiture et la laisser conduire où elle voulait.

Ils me demandent aussi pourquoi j'ai cogné quelqu'un pour elle.

C'est bien ça le problème, pas vrai ? Pourquoi est-ce que j'ai cogné quelqu'un pour elle ? C'était stupide de retourner au club et de risquer de provoquer la colère de mon père dès le premier soir. Pourtant, l'envie de faire mal à quelqu'un déclenche de nouveaux élancements dans mes poings. Une rage profonde envahit ma poitrine et descend jusque dans mes talons, comme si mon corps était en feu. J'en veux encore. Je veux sentir mon poing écrabouiller des os, mon sang dégouliner de ma lèvre. Quand la douleur est à son paroxysme, je m'entends enfin penser.

Le visage d'Isis n'est plus qu'à quelques centimètres. Elle me regarde d'un air interrogateur. Mon corps se fige. Pour la première fois en vingt ans, je ne suis pas complètement sidéré par elle. J'essaie de trouver en moi une certaine admiration pour la déesse, ou pour cette salle, j'aimerais penser à tout sauf au bruit de la portière qui se referme et du train qui arrive en gare. *Crétin.* Je recule en titubant. Pour la première fois en vingt ans, cette pièce me fait suffoquer. J'ai besoin de sortir pour ne pas penser à Magdalen et au klaxon du train. Alors, je me rends à l'étage.

Bordel de merde, même les masques ocre accrochés au mur me rappellent ce foutu ruban dans ses cheveux. Sans que je parvienne à l'en empêcher, mon esprit me ramène à ce matin. Dès que Magdalen est montée dans la voiture, je suis devenu beaucoup trop conscient de tout ce qui la concernait. C'était un trajet très court et très simple, dix minutes grand max. Mais j'ai réussi à tout gâcher parce que j'avais envie de l'embrasser. De verrouiller les portières et d'abaisser son siège.

Il est peut-être temps de rendre une petite visite à Chiara.

« *La nuit a été courte.* » Je m'entends de nouveau dire ça. Putain, mais à quoi je pensais ?

Je pensais à son silence après qu'elle s'est installée, et au fait qu'elle n'avait pas mis sa ceinture. Je pensais à mes mains crispées sur le volant, à sa jupe si courte. La vision de ses jambes m'avait achevé.

Avant, il me fallait plus qu'une paire de jolies jambes.

Si je n'avais pas été en train de conduire, j'aurais volontiers gardé la main sur son genou et je serais peut-être monté plus haut jusqu'à ce que j'effleure la peau douce de ses cuisses et que j'atteigne…

Arrête.

Mon cœur bat plus vite quand je repense à sa jupe remontée sur ses cuisses.

J'avais tellement peur de dire un truc que je regretterais que j'ai choisi de ne rien dire du tout. Ce qui s'est avéré être la décision la plus merdique qui soit.

Mais ça n'a pas d'importance. Laisse-la se vexer, c'est mieux comme ça. Hier, c'était juste un léger bug de l'univers. Je vais retourner au club avec Dante, boire trop de shots et danser sur de la musique que j'aurai oubliée au petit matin. J'appellerai Chiara pour lui demander si elle veut m'accompagner à ce mariage. Elle dira oui.

Ça ne sert à rien de me rappeler à quel point Magdalen était belle, assise sur le comptoir de la cuisine avec les jambes écartées et les mains sur les seins comme si elle me suppliait de m'agenouiller pour la vénérer. Si j'avais laissé tomber les lingettes désinfectantes, si je m'étais pressé contre elle et que je l'avais allongée délicatement sur le plan de travail jusqu'à ce que son corps souple soit blotti contre le mien, que se serait-il passé ?

Je grogne tout haut pour chasser cette pensée de mon esprit. Tête basse, je monte l'escalier en essayant de me débarrasser de mes fantasmes.

Non, Magdalen Savoy n'est pas une possibilité et tu sais pourquoi.
Soudain, j'entends des éclats de rire près de la boutique de souvenirs au premier étage. Je m'immobilise, le cœur battant à tout rompre. Puis je m'élance en gravissant les marches de l'escalier en colimaçon deux par deux jusqu'à ce que je me retrouve devant la porte d'un bureau. Je tends l'oreille. J'entends deux voix. L'une d'elles appartient à une femme, mais je ne saurais dire si elles me sont familières, vu comme l'épais battant en aluminium les étouffe. Je regarde ma montre. Il n'est que 7 h 45. Personne ne devrait être là avant au moins deux heures. Je pousse la porte en m'armant de courage, puis j'ouvre de grands yeux surpris.

Le Dr Claudio Savoy est assis dans le fauteuil en cuir usé, son col de chemise ouvert et le visage rouge d'avoir ri. Ses cheveux gris de plus en plus clairsemés partent dans tous les sens. Il a les paupières fermées, comme s'il essayait de reprendre son sérieux. Peine perdue, il éclate de rire à nouveau. Le voir ainsi me donne envie de sourire. Puis je me rends compte qu'il n'est pas seul. Je tourne la tête et sens mon estomac se nouer.

Magdalen.

Je cligne des yeux bêtement. Comment a-t-elle pu arriver ici avant moi ? La honte me submerge quand je réalise à quel point j'ai été bête dans cette voiture. Si j'avais insisté, si j'avais ouvert ma grande gueule, nous aurions pu venir au musée ensemble.

Elle se tient debout dans un coin du petit bureau, gracieusement adossée à la bibliothèque, les bras croisés. Elle couve son père d'un regard malicieux. Elle est si belle que c'en est douloureux.

Le père et la fille tournent brusquement la tête dans ma direction. Leurs sourires disparaissent. Magdalen se crispe, mais le Dr Savoy tape dans ses mains, visiblement tout content. J'essaie de ne pas me sentir gêné, mais cette vision me réchauffe le cœur malgré moi.

« Theo, mon garçon ! Quelle merveilleuse surprise ! Mais, juste ciel, que fais-tu ici de si bonne heure ? »

Pris au dépourvu, je ne sais pas quoi répondre.

J'essaie d'éviter mon père ?

Je ne pouvais pas dormir, je fantasmais sur la poitrine dénudée de votre fille ?

Vous ne le saviez donc pas ? Vous êtes pour moi ce qui se rapproche le plus d'un foyer et je ne l'ai jamais dit à personne.

« Je voulais juste m'assurer que vous n'aviez pas tout changé depuis ma dernière visite.

— Fais-moi un peu confiance, tu sais bien que jamais je ne laisserai ton papa abîmer notre chef-d'œuvre. » Il pose les mains à plat sur la table et se lève en grognant. Le dernier bouton de sa chemise menace de sauter et je me demande s'il cache toujours des *cornetti*[4] dans le tiroir du bas de son bureau.

4. Croissants. (N.D.É.)

Le Dr Savoy fait le tour de la table pour me saluer et manque de renverser tous les reçus, les articles et les bouts de papier déchirés sur lesquels il note plein de trucs. Il y a aussi quatre tasses vides alignées les unes à côté des autres. Un nombre de stylos incroyable. Il en garde toujours une boîte pleine sous son bureau au cas où. Ce désordre m'apaisait quand j'étais petit. Puisque quelqu'un d'aussi bordélique que moi était connu pour son génie, je n'avais pas besoin de renoncer à mon chaos pour grandir. Le bureau de mon père est identique à celui-ci, mais un étage au-dessus. Tout y est organisé, étiqueté et sous clé.

« J'aurais dû m'en douter. Après tout, *il museo è il quinto Savoy*.

— C'est là où tu te trompes. » Il boitille vers moi, ses yeux bruns brillant d'affection derrière ses lunettes à monture argentée. Je note sa barbe parsemée de gris. « C'est toi, le cinquième Savoy ! » Il éclate d'un rire rauque, me prend le visage à deux mains et me pince les joues. J'ai peur quand je pense à ce que je serais devenu s'il n'avait pas été là.

« Tu m'as manqué. » J'ai du mal à avaler ma salive. « Je n'ai pas eu le temps de te le dire, hier soir.

— Tu nous as manqué encore plus, mon cher garçon.

— Bien sûr. » Même si je n'ai pas le droit de la poser, une question me hante. *Pourquoi m'as-tu laissé prendre la fuite ?* C'est ridicule, mais je n'ai pas pu m'empêcher de me la poser pendant toutes ces années au loin.

Il m'examine une deuxième fois de la tête aux pieds et sourit d'un air approbateur.

« Je suis content de voir que tu es toujours aussi beau. » Il me fait un clin d'œil. Il a toujours été petit, mais il l'est encore plus que dans mon souvenir. « L'Amérique peut rendre certaines personnes très laides. » Il ponctue sa déclaration en agitant son index en l'air.

« *Papa !* » Un rire rauque s'élève de l'autre côté de la pièce pour le réprimander.

Je me crispe pour ne pas la regarder. Mais elle a beau se trouver à la périphérie de mon champ de vision, je ne vois qu'elle. C'est ridicule, j'ai l'impression d'être un ado qui jette un coup d'œil en douce à un numéro de *Playboy* chez le coiffeur. Malgré mes efforts de volonté, le son de sa voix attire mon regard. Je soupire. Magdalen est désormais appuyée contre le bureau et a relevé ses cheveux, ce qui fait ressortir les angles de son visage. Ses taches de rousseur se concentrent autour de son nez. Mes doigts vibrent de l'envie de suivre leurs contours et de les compter.

Comme j'ai les yeux rivés sur elle, je me rends compte que ce n'est pas à moi qu'elle s'adresse.

« Ce n'est pas très respectueux, papa. Sans l'Amérique, on n'aurait pas de lait concentré, alors qu'on adore ça !

— Du lait concentré ? »

Elle me lance un regard qui semble me traiter d'abruti, puis se tourne de nouveau vers son père, qui hausse les sourcils d'un air amusé. « Oui, en 1856, Gail Borden a inventé le lait concentré. » Elle s'exprime timidement, comme si elle attendait de voir si elle peut poursuivre sans interruption. « Certains diraient que ce fut une révélation pour l'industrie de la pâtisserie moderne. » Cette fois, elle ose croiser mon regard. Je déglutis tant bien que mal. Je n'en reviens pas de l'éclat de ses yeux verts malgré la distance qui nous sépare.

« Longue vie au lait concentré, je murmure d'une voix étranglée.

— Bien dit ! Adressons notre gratitude muette à ce cher monsieur Borden. » Le Dr Savoy pousse un soupir de contentement. « Puisse sa contribution ne jamais tomber dans l'oubli ! » Il joint les mains d'un air taquin et nous désigne tous les deux. « Mon Dieu, regardez-vous tous les deux ! Si grands, si adultes, si beaux !

— Papa, je t'en prie !

— Quoi, c'est la vérité, non ? Theo, depuis quand tu n'avais pas revu Magdalen ? Sûrement depuis ses…

— 13 ans. » C'est la dernière chose à laquelle j'ai pensé avant de m'endormir la nuit dernière. Elle avait 13 ans et elle pleurait devant sa maison. Mais je n'aime pas repenser à cette soirée.

Magdalen ricane en renversant la tête en arrière, et je suis des yeux la courbe délicate de son cou. Je m'humecte les lèvres en imaginant cette chair si douce sous ma langue. En laissant libre cours à mon imagination, je peux même entendre les doux gémissements qu'elle pousserait contre mon oreille si je suçotais cet endroit si sensible.

« Waouh ! Ça fait un bail. Vous devez avoir beaucoup de choses à vous dire tous les deux ! »

Mon Dieu, il faut que j'aille consulter. *Son père est dans la pièce !*

« Oh, je ne voulais pas vous déranger. Je ne pensais pas qu'il y aurait quelqu'un à cette heure-ci. Je vais vous laisser. » Ma main plane au-dessus de la poignée de la porte. Je suis prêt à fuir la tension dans la pièce. Tension créée par mon désir de sentir Magdalen sous moi alors que son père – mon mentor, bordel ! – est à deux pas de nous. J'essaie de me rappeler si j'ai encore le numéro de Chiara pour pouvoir soulager ce désir quasi adolescent sans que Magdalen se doute de quelque chose.

Le Dr Savoy se renfonce dans son fauteuil et joint les mains sur son ventre. « Non, non. Ma femme pense que j'ai besoin d'apprécier la solitude matinale. Elle règle mon réveil sur 5 h 30 maintenant. » Il glousse, mais je fronce les sourcils d'étonnement.

« Je croyais que tu travaillais mieux la nuit ? » Je ne parviens pas à dissimuler le jugement dans ma voix.

« C'est vrai. Mais j'ai découvert qu'il est bien plus facile de changer que je ne le pensais. Il suffit de le vouloir. J'ai vu que ça la rendait malheureuse que je passe toutes mes nuits dans mon bureau, alors j'ai décidé qu'il était temps de faire un effort.

— Mais tu aimes la nuit. »

Il soupire d'un air exaspéré. « J'aime ma femme plus que je n'aime la nuit, Theo. »

Je sens que Magdalen nous observe avec une certaine perplexité. Je réalise que c'est parce qu'on passait toujours du temps en famille avant. C'est la première fois qu'elle nous voit interagir comme ça, son père et moi.

« D'accord, mais tu as essayé de lui en parler ? Ce n'est pas juste que tu sois obligé de changer ta personnalité. Putain, il existe même des études qui prouvent que les gens travaillent mieux à différentes heures du jour ou de la nuit. Tout ça, ce sont des conneries. Tu n'es pas le seul à devoir faire des sacrifices pour la rendre heureuse, Claudio. »

Un silence assourdissant me répond. Je me mords l'intérieur de la joue et contemple le carrelage en sentant une vague de chaleur remonter le long de ma nuque. Pourquoi est-ce que j'ouvre toujours ma grande gueule ?

Il rajuste la monture métallique de ses lunettes et prend un air résigné. « Magdalen, tu pourrais peut-être faire visiter le musée à Theo et lui montrer ce qui a changé ? La nouvelle exposition à laquelle Dexter a contribué vaut vraiment le coup d'œil. »

Magdalen semble toujours perplexe, mais n'a pas l'air de m'en vouloir pour ce que j'ai dit à son père. Elle hausse les épaules en ôtant une peluche invisible sur sa jupe. « *Certo, papa.* Je te verrai ce soir. » Elle passe derrière le fauteuil en cuir et serre affectueusement l'épaule de son père. « Savoure le *cornetto.* »

Elle se tourne vers moi et, même à deux mètres, je manque de chanceler face à l'intensité de ce regard. « Suis-moi. »

Je jette un dernier coup d'œil à Claudio. Le père est redevenu le docteur en archéologie. Je sais que je l'ai bouleversé. Je m'apprête à sortir du bureau quand je l'entends dire : « Le dîner est à 20 heures ce soir. Sous la véranda. Mets un t-shirt propre, on dirait que celui-ci a traîné dans la boue. » Je m'examine en riant. Mon t-shirt n'a qu'un seul trou en bas à droite. « Essaie aussi de ne pas venir bourré, cette fois. »

Je lève les yeux au ciel, mais mon cœur se gonfle de joie parce que Claudio, lui, au moins, me voit comme je suis. « Pour toi, je porterai un costume. »

Magdalen rit de nouveau, et je lui lance un sourire malicieux. Elle est tellement plus animée en présence de son père. J'adresse un petit signe de la main à ce dernier, puis je suis Magdalen en direction de la boutique de souvenirs.

« Pourquoi est-ce que les disputes de garçons ne durent que cinq secondes ? demande-t-elle après avoir refermé la porte.

— Ce n'était pas une dispute, mais un problème de communication entre deux vieux amis. »

Elle prend le temps d'analyser ce que je viens de dire. Ça me rend nerveux, l'intensité avec laquelle elle m'écoute.

« Tu considères mon père comme un vieil ami ? »

Nous entrons dans la galerie du premier étage consacrée aux cérémonies de mariage. Je fais semblant d'examiner les artefacts pour gagner du temps.

« Je le connais depuis toujours. Je l'ai accompagné faire des fouilles avant mon départ à l'université.

— Hum. Je ne crois pas que je pourrais qualifier ton père d'ami. »

Sans déconner. Je serre les poings en essayant de bloquer un autre souvenir. J'ai 18 ans et je cours voir Claudio. Les larmes aux yeux, je le supplie de m'emmener. Quand il finit par céder, je le serre si fort contre moi que j'en ai mal aux avant-bras. Pendant ces trois mois en Égypte, nous devenons inséparables. Ou peut-être qu'il lui est impossible de se débarrasser de moi, vu que je le suis partout.

« Je ne savais pas à quel point mon père t'avait aidé », dit Magdalen d'une voix sourde, presque inaudible. Je me tourne vers elle et constate qu'elle se tord les doigts. Sa bouche crispée me donne l'impression qu'elle a envie d'ajouter quelque chose, mais elle se détourne, et nous continuons d'explorer la galerie en silence, sans autre bruit que celui de ses chaussures sur le plancher. Régulièrement, elle s'arrête pour examiner un vase ou une bague. Je l'observe de profil. On dirait qu'elle me regarde comme elle détaille ces objets, avec précaution.

« Je suis désolé pour ce que je t'ai dit dans la voiture. Hier soir, quand je t'ai vue sous cette table... » Je soupire un peu fort en repensant à la douleur dans ses yeux. Je m'immobilise au milieu de la galerie en faisant semblant de m'intéresser à un des bols en terre cuite exposé. « Quand je t'ai vue dans cet état, j'ai immédiatement compris que le type n'allait pas s'en tirer comme ça. Et si tu crois que c'est parce que j'éprouve une espèce de devoir fraternel au nom de ton amitié avec Anika, tu te plantes complètement. » Je me tourne vers elle, le cœur serré. « Au club ou dans ta cuisine, je ne pensais pas à Anika. Je ne voyais que toi. »

Pendant un instant, Magdalen se contente de me regarder fixement. Ses yeux verts brillent d'une lueur froide dans la pièce faiblement éclairée ; aucun sourire n'illumine sa bouche pincée. Génial, elle est complètement sonnée. Je réalise, en me frottant la mâchoire nerveusement, que je ne lui ai jamais autant parlé et que je viens d'admettre que je suis complètement obsédé par elle.

« Merci de m'avoir vue, *moi* », souffle-t-elle en soutenant mon regard. J'adorerais lui proposer d'aller boire un café ou d'aller s'asseoir sur la *piazza* pour regarder les commerçants installer le marché. Mais il y a plusieurs raisons pour lesquelles Magdalen Savoy m'est inaccessible. Alors je détourne les yeux le premier parce que j'ai besoin de m'éloigner d'elle pour me les rappeler.

Je tente de changer de sujet. « Donc si je comprends bien, ils n'ont absolument rien changé dans le musée depuis mon départ. » Je fourre mes mains dans mes poches et je continue d'avancer dans la galerie comme si j'en avais quelque chose à foutre.

« Si, proteste Magdalen, maintenant, ils vendent des t-shirts qui proclament : "J'AI LAISSÉ MON CŒUR DANS LE TOMBEAU D'UNE MOMIE."

— Je n'en reviens pas ! Ils devraient plutôt choisir un slogan comme : "AU MUSÉE DE TURIN, NE VOUS MOMIFIEZ PAS AUX APPARENCES." »

Elle s'étrangle de rire. « Tu viens d'inventer un jeu de mots sur l'ancienne Égypte, là, comme ça ?

— Non, Magdalen. Je suis juste un mec normal, pas de quoi fan-pharaon-ner. Je t'en prie, continue à me traiter comme avant. »

Elle reste bouche bée, à la fois choquée et charmée. Putain, elle est tellement mignonne ! On sort de la salle et on entre dans l'exposition suivante, dédiée aux tombeaux. Les bruits de pas discrets de Magdalen me font savoir qu'elle est juste à côté de moi. Ça me fait plaisir, plus que ça ne le devrait.

« Désolée, je ne voulais pas Thot-fusquer. Je te prie d'accepter Thot mes excuses. »

Je m'arrête pour la regarder avec un sourire ravi. Cette fille est pleine de surprises.

Elle me donne un petit coup de hanche amical. « On se ressemble beaucoup, tous les deux. » Elle lève les yeux vers moi, ses joues teintées d'un joli rose.

« Ah bon ?

— Oui, on est incroyablement doués pour les jeux de mots. On est grands tous les deux, et ne me dis pas que tu l'es plus que moi parce que je vais pleurer. »

Je réprime un autre sourire. Elle n'est qu'à trente centimètres de moi, mais ça me paraît beaucoup trop loin, mon corps meurt d'envie de se rapprocher d'elle.

« Tu es suffisamment grande, Magdalen. »

Son sourire vacille. « Nous avons tous les deux fui quelque chose. » Testant les limites de notre amitié, elle me tourne le dos pour regarder les objets exposés. Mon cœur fait un bond dans ma poitrine. L'espace d'un instant, j'ignore ce que son commentaire implique à propos de moi, je me focalise sur son propre aveu. Qu'est-ce que Magdalen Savoy aurait bien pu vouloir fuir ? Le Dr Savoy est un père aimant et chaleureux. Elle n'a absolument pas le droit de l'abandonner.

« Je n'ai rien fui du tout.

— Mais tu viens juste de dire…

— Je n'ai pas pris la fuite, putain ! » La colère et la curiosité, ajoutées à l'attirance que j'éprouve pour elle, me font tourner la tête. Mais il n'y a pas la moindre conviction dans ma voix. Je pourrais me laisser tomber par terre et me mettre à pleurer devant elle.

Magdalen anticipait certainement mon déni parce qu'elle ne perd pas de temps à réagir. « Alors pourquoi es-tu resté loin de Chivasso pendant sept ans ?

— J'étais occupé. Je… j'étudiais, la fac, c'est intense. J'ai perdu la notion du temps. » Brusquement, l'absence de climatisation se fait sentir. Des perles de sueur apparaissent à la racine de mes cheveux. J'ai besoin de rentrer à la maison prendre une douche froide.

« Mais tu n'es même pas rentré à Noël ou à Pâques, tu n'es pas revenu fêter les anniversaires d'Anika ou le bac de Dante. Pour moi, c'est ça, prendre la fuite.

— Putain, t'essaies d'analyser mon planning ou quoi ? Tu veux que je t'écrive la date et l'heure de mon prochain séjour en ville ?

— Seulement la phase de la lune et les coordonnées exactes de l'endroit où tu seras. »

Je lève les yeux, aussi frustré qu'excité. Si seulement elle savait à quel point nos familles sont tordues ! « La discussion est close. »

Je me dirige vers la sortie. Mon t-shirt me paraît brusquement trop serré et me gratte. *Calme-toi, putain.* Il n'y a que vingt-cinq marches pour retrouver l'air libre. Mais je les entends à nouveau, ces bruits de pas discrets derrière moi.

« Pourquoi est-ce que tu ne veux pas en parler ? Moi aussi, je suis partie. Je voulais juste qu'on échange nos points de vue. Qu'est-ce qui t'a foutu en l'air à ce point ? »

Je me retourne si brusquement que Magdalen me heurte de plein fouet. Nos visages ne sont qu'à quelques centimètres l'un de l'autre. Ses yeux scrutent les miens à la recherche d'une réponse.

« Je te dis que je n'ai pas pris la fuite. C'est tout ce que tu as besoin de savoir. Et je ne veux pas te blesser, hein, mais on n'est pas ce genre d'amis. Je me fous de savoir pourquoi tu es partie, alors occupe-toi de tes fesses, Magdalen, et fiche-moi la paix. »

Elle me dévisage d'un air choqué.

Laisse tomber, Magdalen. Pour l'amour du ciel, je t'en supplie, laisse tomber.

Avant de reculer, égoïstement, je pose les yeux sur ses lèvres tremblantes. Puis je ravale un grognement et tourne les talons. Je descends l'escalier en colimaçon quatre à quatre et m'apprête à prendre à gauche pour sortir du bâtiment quand je réalise que je ne l'entends plus derrière moi. *Évidemment, espèce d'idiot. Pourquoi est-ce qu'elle t'aurait suivi ?*

Je jette un dernier coup d'œil en haut de l'escalier et je la vois, immobile sur la deuxième marche.

« Bien joué, Theo. Pas étonnant que je ne t'aie jamais parlé avant. »

Je lui porte le coup final en crachant : « Ouais, ben, continuons comme ça, OK ?

— Absolument. » Elle hoche la tête, fait demi-tour et disparaît dans l'obscurité.

« Et merde ! » J'appuie à deux mains sur la barre de sécurité et la porte s'ouvre à la volée avant de heurter le mur dans un bruit sourd qui me fait grimacer. Jusqu'à présent, j'avais toujours laissé ma colère à l'extérieur du musée. Même quand j'étais puni, bourré ou fâché contre Dante, dès que j'entrais dans le bâtiment, il me suffisait de respirer à pleins poumons pour me calmer. J'examine rapidement le mur pour vérifier que je n'ai pas fait une marque. Heureusement, je ne vois rien. J'ai l'impression que tout me file déjà entre les doigts, alors que ça ne fait même pas deux jours que je suis rentré. Je n'ai même pas encore parlé seul à seul avec mon père.

À l'extérieur, l'éclat du soleil me fait plisser les yeux. Je me dirige à l'aveuglette vers ma voiture, la main au-dessus des yeux pour essayer de reconnaître la silhouette qui se dresse sur la place de parking à côté de la mienne. *Oh, pour l'amour du ciel.* Il n'est pas encore 8 heures, et c'est déjà la pire journée de ma vie.

« Ce n'est pas parce qu'il y a écrit Sinclair que tu peux te garer ici, Theo. »

Sa voix me donne la chair de poule. C'est bien ma veine. La luminosité met en relief son teint cireux et les rides autour de ses yeux et de sa bouche qui trahissent son âge. Il a des reflets gris dans les cheveux. Mais il porte une chemise blanche amidonnée et un pantalon bleu marine ajusté. Il incarne à merveille le riche quinqua séduisant propriétaire d'un musée.

« J'allais partir.

— Alors, ton verdict ? Le musée est-il à la hauteur de tes attentes ? » Il ricane et verrouille sa voiture en se dirigeant vers l'entrée. Pour ce faire, il doit passer à côté de moi.

« Il n'a pas changé. »

Il fait claquer sa langue. « C'est tout ? Allons, dis-m'en plus, fiston.

— Très bien, tu veux que je te donne mon avis ? Tu n'as touché à rien en sept ans. Putain, si ça, c'est pas de la paresse…

— Surveille ton langage. » Il est devant moi à présent. On mesure tous les deux un mètre quatre-vingt-quinze, mais chacun de nous essaie de dépasser l'autre.

« Quoi ? Tu voulais mon avis, *papa*.

— Le nombre de visiteurs n'a pas diminué. »

Pourquoi essaie-t-il de me prouver que le musée a du succès ?

« Tant mieux pour toi. Mais pourquoi ne pas faire des expositions spéciales ? J'ai entendu dire qu'Oxford venait de terminer de nouvelles fouilles, tu pourrais les contacter pour leur demander un prêt ?

— Tu sais ce que je pense d'Oxford.

— Et alors ? Tout le monde s'en fout qu'ils t'aient refusé un poste. »

Il se rapproche encore. Nous sommes à l'air libre, mais je me noie dans les effluves de son parfum et de son après-rasage de luxe. Sa main me saisit l'épaule avec force. Vu de l'extérieur, cela pourrait passer pour un geste affectueux, un père qui donne un conseil à son fils. Je bloque ma respiration. Sa montre Breitling me renvoie le soleil dans les yeux lorsqu'il se penche pour murmurer à mon oreille : « Je ne sais pas ce qui ne va pas chez toi, mais tu vas ravaler ton insolence, Theo. Tu passes l'été chez moi, tu me traites avec un minimum de respect et ensuite tu fous le camp.

Maintenant, dégage ta voiture, c'est *ma* place de parking. Aux dernières nouvelles, c'est pas toi le Sinclair qui possède un putain de musée. »

Je repousse brutalement sa main en reculant d'un pas. Je ne l'ai pas vu depuis sept ans et il m'en veut parce que je lui ai piqué sa place de parking ? Je ris pour éviter de le regarder et pour qu'il croie que la fêlure dans ma voix est intentionnelle. « Bien, chef. » Je lui adresse un salut militaire, mais quand ma main quitte mon front, elle rate son nez de peu. « Je suis désolé d'avoir profané ton musée chéri. Bonne chance. » Après un clin d'œil, je monte dans la voiture et je démarre. Je sors de la place en marche arrière en faisant crisser les pneus et lui adresse un dernier salut par la fenêtre. Je ne m'arrête qu'à quelques rues de là. Mes mains tremblent tellement que je n'arrive plus à tenir le volant.

17

MAGDALEN

Assise sur le banc en cuir capitonné au milieu de la galerie, j'essaie de ne pas m'apitoyer sur mon sort. Pour la deuxième fois de la journée, Theo a réussi à me donner l'impression que je ne vaux rien. Qu'est-ce qui, chez moi, déclenche la colère des gens ? Même ma propre mère arrive à me reprocher la manière dont je cligne des yeux. Et maintenant, Theo m'en veut parce qu'il a été obligé de me soigner, de me conduire à la gare et de me parler pendant plus de dix minutes. Mais j'ai beau avoir envie de le détester, je sens qu'une ombre plane sur lui. En plissant les yeux, j'arrive presque à en discerner les contours.

Ses paroles ne me font pas moins mal pour autant.

J'entends que quelqu'un monte l'escalier. Je retiens mon souffle en luttant contre mon instinct, qui est de me cacher. J'agrippe un bouton en cuir et détends le reste de mon corps en faisant semblant d'admirer l'un des cercueils. D'ordinaire, je n'aurais pas besoin de me forcer. Même si je suis la Savoy qui sort du lot, l'Égypte ancienne, c'est toute mon enfance : les dunes de sable et les statues de pharaons, la malachite et la galène donnant le khôl qui souligne les yeux. On se rassemblait autour du feu le vendredi pour écouter mon père nous raconter comment il dormait avec les scorpions à Louxor.

Puis j'ai lu *Persuasion* à un âge impressionnable et tout a changé. Mon enfance a été fondamentalement masculine. Les histoires de Rê et d'Atoum, les dieux égyptiens, étaient imprégnées d'une audace et d'une vigueur à laquelle je ne parvenais jamais à m'identifier. M'endormir au son des récits de la création et des débuts cataclysmiques commençait, par inadvertance, à me donner l'impression d'être insignifiante. Qu'étaient mes larmes comparées à celles qui avaient créé les hommes et les femmes ?

Mais l'un des livres ramenés de la bibliothèque par ma mère était un roman de Jane Austen. Nous parlions déjà très bien l'anglais, à ce stade, mais elle insistait pour me faire lire au moins un livre par mois dans cette langue. Il était là, posé sur la table de la cuisine. Une édition Bantam Classic jaunissante, avec sur la couverture le portrait d'une jeune femme victorienne très pâle, toute de noir vêtue, les yeux perdus au loin et apparemment remplis de désespoir. Ma mère avait-elle fait exprès de laisser le livre à cet endroit ? Avait-elle remarqué à quel point mes yeux ressemblaient à ceux de cette femme ? Ou l'avait-elle pris sans réfléchir sur le chariot des livres à ranger ?

Quelle que soit la réponse, ouvrir ce roman a été pour moi un acte de rébellion adolescente. La souffrance d'Anne et de Wentworth m'a fait remonter les genoux sous le menton et soupirer jusqu'à ce que mes poumons soient si vides que je n'arrivais pas à comprendre pourquoi mon estomac semblait brûler de l'intérieur. Parce que même après le départ du capitaine Wentworth en mer, même si Anne se sentait vieille et indigne d'être aimée, même après une guerre, même après la mort, même après sept années perdues, il restait encore de l'espoir, glissé entre les mots d'une lettre. Assez d'espoir pour tous les deux.

Alors, j'ai voulu en savoir plus sur cette guerre. Il y avait des absences dans l'histoire d'Austen. Qu'avait vu

Wentworth pendant ces sept ans ? Qu'avait-il laissé de lui en mer ? Inutile de dire que ma décision a causé un choc à ma famille. C'était hasardeux. Irresponsable. Pendant des semaines, ma mère m'a répété à quel point c'était inconsidéré de vouloir apprendre une nouvelle période de l'histoire quand nous en avions une autre sur le pas de la porte.

« Comment peux-tu faire ça ? a-t-elle protesté en s'arrachant les cheveux. Ça va détruire ton père ! »

Comme je m'en doutais, papa a accepté ma décision avec un soupir résigné et un haussement d'épaules nonchalant. Je ne demandais pas grand-chose, alors j'avais mérité le droit de choisir cette voie-là. Un soir, après le dîner, j'ai donc fermé ma porte, tourné discrètement la clé dans la serrure et feuilleté les brochures que la conseillère d'orientation m'avait tendues quand je lui avais parlé de littérature. C'est le tournant décisif qui m'a envoyée à Oxford.

Le cliquetis d'une paire de chaussures me ramène au moment présent et je lève les yeux. Peut-être que Theo est revenu s'excuser ou tout avouer. Mais je me rends bien compte que ce n'est qu'un vœu pieux. Les Sinclair ne présentent jamais d'excuses. Cela voudrait dire qu'ils font des erreurs ! Or, les Sinclair ne se trompent jamais. Je tourne la tête. Non, ce n'est pas Theo.

C'est son père.

Tout comme son fils, Dexter Sinclair est un personnage énigmatique dont je me méfiais quand j'étais enfant. Peut-être à cause de sa taille. Je me sentais toute petite face à son mètre quatre-vingt-quinze. J'avais l'impression qu'il vivait sur un haricot géant et qu'il mangeait des enfants au petit-déjeuner. Mais je le craignais peut-être aussi parce que son visage devenait tout rouge et tout transpirant après chaque repas de famille à cause de l'alcool, et parce que son bras s'insinuait autour de la taille de ma mère, un endroit que je savais réservé aux mains de mon père. Son accent écossais apportait une force brute à ses paroles. Têtu et bruyant, il ne portait jamais autre chose qu'un costume. Et puis, j'ai grandi, et ma peur s'est transformée en respect prudent. Nous étions fiers de vivre à côté d'un homme aussi séduisant qui avait accompli tant de choses. À presque tous les égards, Theo avait hérité de la beauté surnaturelle de son père.

« Bonjour, Dexter. »

Il relève brusquement la tête d'un air agacé. En me voyant, il se compose aussitôt un masque neutre.

« Bonjour, Magdalen. » Il s'exprime d'une voix suave et s'arrête devant moi. C'est dur de ne pas le regarder avec des yeux de merlan frit quand il passe nonchalamment la main dans ses cheveux, dans un geste si semblable à celui de Theo. Il tient d'une main un luxueux attaché-case en cuir et glisse l'autre dans la poche de son pantalon. Dans la pénombre de la galerie, Theo et Dexter sont presque identiques, ce qui me donne un coup au cœur. C'est donc à ça qu'il ressemblera lorsqu'il sera vieux. Beau jusqu'à la fin, avec les cheveux gris et tout le reste.

Dexter est si grand que je suis obligée de me tordre le cou pour le regarder. « Tu as croisé Theo dehors ? »

Il pince les lèvres. Il a du mal à dissimuler son agitation. Pourquoi les Sinclair ont-ils si mauvais caractère ?

« Oui, soupire-t-il en se pinçant l'arête du nez. J'oublie souvent à quel point il est têtu. »

Il pose son attaché-case par terre et me demande en silence la permission de s'asseoir à côté de moi. J'hésite, puis ravale le malaise que provoque en moi sa proximité. *Ne sois pas ridicule,* me hurle mon esprit. *C'est le meilleur ami de ton père.*

Je me pousse sur le banc en regrettant brusquement de lui avoir dit bonjour. Si seulement je n'avais pas interrogé Theo sur un sujet dont il a trop peur de parler ! Je jette un dernier coup d'œil dans la cage d'escalier en adressant une prière silencieuse à Theo dans le laps de temps qu'il faut à la chaussure de Dexter pour effleurer la mienne.

« Il doit simplement se réhabituer à la vie à Chivasso. Les Américains sont très différents des Italiens. Laisse-lui un peu de temps. » Cette déclaration me paraît suffisamment vague pour défendre Theo tout en soutenant Dexter.

Il soupire pour la dixième fois au moins depuis son arrivée. Il commence à me faire de la peine. Si c'était l'un des artefacts du musée, il s'intitulerait *Père en souffrance, érigé à Turin. Médium : esprit et chair, cœur défaillant. Perte de souffle.*

Il se penche en avant, les coudes sur les genoux. Ce mouvement réduit la distance entre nous, si bien que son genou effleure le mien. Ma jambe se raidit lorsque le tissu luxueux de son pantalon effleure ma peau. Mon Dieu, cet homme est dans un tel état de détresse qu'il se replie sur lui-même, et je trouve encore le moyen d'être nerveuse. C'est ça, mon problème. Je ne sais jamais ce que les gens essaient de dire en silence.

Je me sens à la fois puérile et courageuse (puisque je ne me rebelle que contre les élancements douloureux de mon cœur) lorsque je lui caresse doucement l'épaule. C'est comme ça que mon père m'a réconfortée quand j'ai trouvé dans la poubelle le pudding aux pommes sauvages que nous avions fait pour les fées, Anika et moi. « *La vie a une drôle de façon de nous surprendre* », a-t-il dit. C'était tellement *lui*, cette phrase, que j'ai refermé la poubelle en riant de bon cœur.

Mais quand je touche l'épaule de Dexter, je ne retrouve pas, sous le tissu froid de son costume, la chaleur et la stabilité que possède mon papa. Je retire ma main et la pose sur mes genoux.

« Theo s'oppose constamment à moi. Je dis noir, il dit blanc. Je veux qu'il parte étudier en Suède, il se débrouille pour entrer à Yale. Je ne sais pas où je me suis trompé. Je n'arrive même pas à déterminer à quel moment il a commencé à me haïr. » Il agrippe les racines de ses cheveux comme s'il essayait d'extirper ce souvenir de sa mémoire. « Chaque match de foot, chaque anniversaire, chaque remise de prix, j'étais là, au premier rang, j'attendais, je le regardais. Je lui ai acheté sa première montre. » Il rit, mais c'est un rire forcé et malaisant. « C'est la seule chose qu'il n'a pas emportée à la fac. Il l'a laissée au milieu de son lit. Toujours prêt à déclencher une dispute. » Je vois son énergie se dissiper. Sa peau paraît plus translucide. L'argent dans ses cheveux vire au gris sale et terne.

C'est nouveau, cette histoire. J'ai toujours pensé que les Sinclair formaient une famille soudée, à en juger par les sourires échangés derrière les cigarettes et le *caffè* après dîner.

« Tu as essayé de lui en parler ? » C'est vrai, que demander d'autre ?

« Theo préfère les actes plutôt que les paroles. »

Je fronce les sourcils. Qu'est-ce que ça peut bien vouloir dire ?

Je n'ai pas le temps de réfléchir à une réponse ; Dexter pose sa main sur la mienne. Les bords de sa paume effleurent ma cuisse, et je me crispe sans le vouloir. « Je suis sûr que ça finira par lui passer. Ne t'inquiète pas. »

Mon esprit fonctionne à plein régime. C'est vraiment bizarre de dire ça. Moi qui croyais que j'étais en train de le réconforter, en réalité, c'était l'inverse ?

« Ouais, moi aussi. » J'esquisse un sourire qui, je l'espère, suffira à mettre fin à cette drôle de discussion. Il me serre brièvement la main avant de me libérer.

« Bon, je suppose que je devrais essayer de travailler un peu. Il y a plein de choses à faire avant le mariage. Ta mère appelle chez nous sans arrêt. » Il m'adresse un dernier signe de tête, puis s'en va.

Mon poignet tressaute nerveusement. Qu'est-ce qu'il vient de m'arriver ? D'abord, je me dispute avec Theo, puis son père me livre des secrets de famille à 8 heures du mat'. Toute cette discussion s'est déroulée comme si le musée était un confessionnal et moi un prêtre sur qui Dexter a déchargé tous ses soucis avant de s'en aller comme si de rien n'était. Ma main, celle qu'il a touchée, me paraît sale. Dexter m'a utilisée pour pardonner ses propres péchés ! J'ai bien du mal à éprouver un peu de compassion, même en repensant à son expression douloureuse quand il parlait de son fils. De toute évidence, cet homme est bouleversé, et je devrais le plaindre. Mais la manière dont il rejette la faute sur Theo m'agace profondément. Je réalise que l'attitude de Dexter est pathétique et que c'est une mauviette.

18

THEO

Après avoir passé quelques jours à bronzer et à rouler dans Chivasso en profitant de tout ce que j'ai manqué, je décide qu'il est enfin temps d'aller voir Giuseppe. Le néon clignote de manière sporadique sur la vitre du café et ne proclame *L'ESSENZA* que quand il en a la force. À l'époque, c'était l'endroit où on venait pour se sentir adulte. Je jette un coup d'œil à la table située sous le paysage défraîchi du littoral ligurien. C'est là que les gamins de l'école s'asseyaient tous les jeudis après-midi. On cachait les cravates de nos uniformes dans nos sacs à dos et on encaissait en silence l'amertume des espressos qui nous brûlaient la gorge en masquant nos grimaces après chaque gorgée. Je me léchais les gencives pour me débarrasser de l'arrière-goût tout en contemplant le sucre avec envie. Mais personne ne voulait craquer le premier, alors je finissais toujours par détourner le regard.

La sonnette fatiguée retentit quand je pousse la porte, et je réprime un sourire. Le café est petit, avec des banquettes en cuir déchirées et des tables en plastique éraflées. L'odeur du café fraîchement pressé est suffisamment puissante pour m'immobiliser sur le seuil.

Un rayon de lumière réchauffe la table au fond à droite. Le coin en mélaminé est abîmé et dévoile le plastique bon marché à l'intérieur. Je me glisse sur la banquette quand j'entends la voix rauque familière du patron, Giuseppe, gueuler sur une serveuse.

« Questi biscotti sono grandi come me ! Nessuno vuole una bocca piena di impasto. Cazzo, cazzo, cazzo ! » Ces biscuits sont aussi gros que moi ! Personne ne veut avoir la bouche pleine de pâte. Merde, merde, merde !

Je baisse la tête tandis qu'un rire silencieux me secoue les épaules. Giuseppe déboule dans la salle, un tablier jauni noué sur le ventre. Il est plus gros que dans mon souvenir. Une barbe grise de trois jours recouvre son cou épais et son visage, et ses joues rouges luisent tellement il fait chaud dans la cuisine. Il tousse, mais ça ressemble plus à un sifflement douloureux. Je fronce les sourcils. Sa toux aussi a forci depuis mon départ.

Vu qu'il a entendu la sonnette, il balaie du regard la salle déserte à l'exception du siège que j'occupe. Les poings sur les hanches, il recommence à s'énerver parce qu'il croit que quelqu'un lui joue un tour.

« Lo sai che fai il peggior caffè di Torino ? » Tu sais que tu prépares le pire café de Turin ?

Il tourne brusquement la tête vers moi, ce qui fait onduler sa bedaine, puis tire un chiffon sale de sa poche arrière et s'éponge le visage avec.

« Mio dio, Theo ? Il re è tornato ? » Mon Dieu, Theo ? Le roi est de retour ?

Une rougeur remonte le long de mon cou en entendant ce mot une fois de plus. Putain, il n'y a pourtant rien de royal chez moi !

« OK, OK. Comment tu vas, Giuseppe ? » Je me lève pour le saluer, mais il me repousse aussitôt sur la banquette avec une force surprenante.

« Laisse tomber ces conneries. Reste là pendant que je te prépare notre nouveau *caffè*. Tu vas adorer. Je le fais venir d'Égypte, t'y crois, toi ? Les touristes adorent cette merde, comme si ça faisait partie du musée. Ça me coûte la moitié de la bite, mais t'as jamais goûté un truc pareil. C'est comme boire à la mamelle d'une femme. » Il tape dans ses mains en riant, et tout son corps tressaute de joie tandis qu'il se glisse tant bien que mal derrière le comptoir. Il me tourne le dos et moud les grains de café d'une main tout en faisant mousser le lait de l'autre. Son t-shirt est trempé de sueur.

« Allez, assez de baratin, petit homme. Dis-moi, là, tout de suite, comment sont les femmes ? Je passe toutes mes putains de journées dans ce café de merde et j'ai l'impression que j'en sortirai jamais. Les gens veulent du café le 24 décembre, bordel ! C'est la naissance de Jésus Christ et ils sont pas foutus de préparer une seule tasse de café en famille ? Bande de losers. Cette ville, c'est vraiment de la merde, c'est moi qui te le dis. Putain ! Mais d'après les films, j'imagine bien la nana, tu sais… perruque blonde, maillot de bain bleu en lycra, des jambes de trois kilomètres de long. Tu as rencontré quelqu'un comme elle ?

— Tu me demandes si j'ai sauté Julia Roberts ?

— Ouais, ou quelqu'un comme elle. Giuseppe est pas regardant.

— Disons que j'ai été agréablement surpris par les activités extrascolaires. »

Un petit sourire satisfait étire mes lèvres au souvenir des longues soirées passées au bar du campus de Yale. Hé, je vais pas mentir.

« Oh, le petit enfoiré ! s'écrie Giuseppe. Je devrais l'empoisonner, ce foutu café, c'est tellement injuste. » Il continue de marmonner dans sa barbe en commençant à assembler le cappuccino, un procédé des plus sacrés. Giuseppe est le prêtre de la mousse de lait et des grains à espresso. Nous sommes témoins d'un acte béni quand il prépare une boisson.

La tête penchée en signe de concentration, Giuseppe fait tourner la tasse plusieurs fois en versant le lait et jure toutes les dix secondes.

Je suis sur le point de lui demander s'il a l'intention d'exposer ce cappuccino au musée quand il finit par pousser un grognement satisfait. Il appuie les coudes sur le comptoir d'un air épuisé et pousse le cappuccino vers le bord en me faisant signe d'approcher. Je traverse le carrelage noir et blanc et jette un coup d'œil à l'intérieur de la tasse. Mon souffle s'étrangle dans ma gorge.

La mousse dessine une couronne.

Un poing sur la hanche, Giuseppe attend que j'éclate de rire ou que j'applaudisse son œuvre, mais je ne peux que regarder le dessin fixement. Quand je suis parti de Chivasso, j'avais acquis une certaine réputation. Dès l'instant où les gens ont commencé à me dire que je ressemblais à mon père, j'ai compris que certains aspects de ma vie seraient faciles. On ne me reprocherait ni les trajets en voiture au petit matin avec des bouteilles d'alcool qui s'entrechoquent dans le coffre, ni l'échelle de fortune accrochée dans l'arbre devant la fenêtre de ma chambre pour permettre aux filles de s'en aller. J'étais téméraire et furieux mais, hélas, j'étais aussi très intelligent. Trop. Alors, quand je devais me lever tôt pour aller à l'école à Turin, je profitais de l'heure de trajet à l'arrière du bus pour rédiger mes disserts quelques minutes avant de les rendre. Vu qu'elles récoltaient des prix, personne n'avait le droit de me dire que je gâchais mon potentiel. Tout le monde avait la trouille parce que j'étais à la fois le garçon dissipé et l'élève modèle. Oui, ça leur foutait les jetons que j'excelle dans les deux domaines.

Entre la puberté et mes candidatures à la fac, je n'ai jamais manqué de plaisirs dans lesquels plonger mes doigts. À part mon père, la seule personne qui me disait d'arrêter mes conneries, c'était Claudio Savoy. Mais même lui ne criait pas assez fort. Je faisais semblant de ne rien entendre, et il a fini par arrêter de crier.

« C'est fini cette vie-là pour moi, Giuseppe. J'ai pris ma retraite. » Je comptais le dire sur le ton de la plaisanterie, mais ça ressemblait plus à une supplique. *Par pitié, ne m'appelle pas comme ça… J'essaie de ne plus être ce mec-là.*

Je sens bien à quel point ce serait facile d'endosser de nouveau ce rôle. Je sais parfaitement quoi dire pour obtenir qui je veux.

Giuseppe pousse la soucoupe vers moi et lève les mains d'un air nonchalant. « Les rois n'ont pas droit à la retraite. Ils ne peuvent que mourir.

— Ce n'est pas juste. » Je contemple mon café. Je me sens vide à l'intérieur.

« Y a pas de justice en ce bas monde. Maintenant, goûte mon foutu cappuccino. »

Je porte la tasse à mes lèvres. La céramique me paraît fraîche comparée à la chaleur étouffante qui règne dans le café. La mousse est chaude et épaisse, et lorsque j'incline la tasse pour atteindre le liquide, je revois des collégiens agenouillés sur les bancs de la cathédrale ; ils rigolent des blagues stupides qu'ils s'échangent dans le silence assourdissant du lieu. J'ai l'impression de recevoir un sacrement. Un minuscule café au néon clignotant, un cappuccino que l'on verse comme le sang du Christ. Le liquide coule sur ma langue, et sa chaleur me fait sursauter. Je continue de boire. L'espresso est amer, mais comme un chocolat noir et lisse. Et quand je déglutis, il me laisse un arrière-goût d'une douceur incroyable. Je n'ai jamais rien bu de tel.

« Putain, Giuseppe, j'en reviens pas ! » Je suis même obligé de réprimer un gémissement de bonheur.

« Je sais. » Tout content, il se balance d'un pied sur l'autre.

« Comment t'arrives à lui donner ce goût-là ?

— Je te l'ai dit, c'est ma bite. Elle est très savoureuse.

— Waouh. » Je vide le reste de la tasse d'un trait et la repose brutalement sur la soucoupe. « Un autre ! »

Giuseppe hausse les épaules, visiblement conscient de son génie. « Tout de suite, Votre Altesse.

— Au fait, est-ce que Chiara bosse encore ici ? »

Giuseppe tape dans ses mains. « Elle est derrière. Je vais la chercher. »

Je m'installe sur un des tabourets de bar. Ça y est, je suis en train de replonger. Le script s'imprime à l'arrière de mon crâne et me force à reprendre le rôle que j'avais quitté. Je contemple la tasse vide où éclatent encore quelques bulles de lait. Brusquement, je prends conscience que je n'ai plus besoin de faire semblant d'aimer le goût.

19

MAGDALEN

Mes pas m'entraînent avant même que mon cerveau réalise où nous allons. C'est drôle, la mémoire. Elle évolue, s'agrandit et ajoute des couleurs et des odeurs pour raviver les souvenirs restés en sommeil pendant des années. Mais la base ne change pas. Même si les pancartes sont usées, même s'il n'y a plus d'eau dans la fontaine, mon corps sait qu'il doit tourner à l'endroit où de la peinture jaune a éclaboussé le trottoir. Il se souvient que ce coin de rue sentait le pain chaud, avant. Plus loin sur l'avenue, un auvent rose fané par le soleil me pousse à tourner encore à droite. Le café sur ma gauche avec le néon qui clignote m'indique que, dans deux mètres précisément, je me retrouverai devant la boutique de Marta.

Mon estomac se contracte.

Je connais Marta depuis le collège, mais ça ne diminue en rien mon anxiété. Même si elle a l'âge de Dante, elle n'a jamais eu peur de nous parler, à Anika et à moi, quand on était plus jeunes. Déjà, à l'époque, elle nous examinait sous toutes les coutures et essayait de nous faire porter des trucs fluo. Mon cœur fait une dernière embardée lorsque ma main se referme sur la poignée de la porte. Je suis jalouse des gens qui aiment parler de tout et de rien.

Il fait chaud à l'intérieur de la boutique. Les fenêtres ne sont pas encore ouvertes et le sol blanc a absorbé la lumière du jour. Je souris en voyant le portant que Marta a laissé dans le coin, au fond à gauche, parce qu'elle a accidentellement renversé un litre de colle par terre et n'a jamais réussi à tout enlever. C'est bon de savoir que certaines choses ne changent pas.

Partout, je ne vois que du *tie and dye* et de l'imprimé léopard, des paillettes et différentes nuances de fluo. Aussitôt, je regrette d'avoir fait le déplacement. J'adore Marta, mais je refuse de porter un truc qui brille. Ce n'est pas dans ma nature.

« *Cazzo.* » Une voix nasillarde s'élève derrière le comptoir. « Qui laisse entrer des mannequins dans ma boutique ? » Un rire rauque remplit le petit espace, et je m'en veux d'avoir eu envie de repartir. Marta, c'est la couleur personnifiée, la force incarnée en escarpins cloutés.

Je soupire. « Marta, je sais que tu veux que j'achète le corset imprimé zèbre, mais ça ne sert à rien de me faire de la lèche.

— Primo, ce truc donnerait une super allure à n'importe qui, même à un cheval ! Deuzio, je ne mens pas. Si je dis que tu ressembles à un mannequin, accepte le compliment et boucle-la. »

Je rigole. Je ne peux pas m'en empêcher. La tension que j'ai accumulée depuis une semaine s'évapore rien qu'en regardant Marta. D'après ce que j'ai appris en Angleterre, c'est le stéréotype de l'Italienne. Comme si elle avait versé le soleil directement sur elle, sa peau est si foncée qu'elle en devient presque réfléchissante. Plusieurs couches de bijoux dorés ornent son cou et ses poignets, et ses cheveux blond platine sont relevés sur le haut de son crâne sans qu'on y aperçoive le moindre élastique. Bien entendu, elle ne porte pas de soutif. Ça me fait marrer intérieurement. Peut-être que je suis plus italienne que je ne veux bien l'admettre.

« Alors, t'es de retour ? J'y crois pas ! » Elle joint les mains d'un air ravi, et ses bracelets s'entrechoquent dans une cacophonie métallique qui me fait mal aux oreilles.

« Oui, et je cherche désespérément un truc à me mettre. Il pleut tout le temps en Angleterre et je n'ai pas de vêtement pour une météo qui dépasse 10 °C.

— Ça t'apprendra à choisir le pays le plus déprimant du monde !

— Oui, Marta, je sais.

— Est-ce que la reine fait exécuter les gens qui portent de la couleur ?

— Mon Dieu, Marta, tu exagères ! »

Elle me tourne autour en scrutant le moindre détail, de la couleur de mon vernis à mes pointes fourchues. Je me sens vulnérable et beaucoup moins féminine, tout à coup, comme si je ne savais pas être femme.

« Tu as maigri.

— Je ne suis pas fan du *fish and chips.* » J'essaie de sourire, mais Marta lève les yeux au ciel en pinçant le tissu élimé de mon polo. Ses paupières sont saupoudrées d'une ombre orange vif, et deux petits cœurs noirs assortis ornent ses joues rondes. Où diable trouve-t-elle l'énergie de se maquiller ainsi de si bon matin ?

« T'es quoi, un ado de 13 ans ?

— Je vais m'en aller, je te préviens.

— Tais-toi, laisse-moi réfléchir. »

Marta me pince les hanches et me tire les cheveux (même si je ne vois pas le rapport avec les fringues). Elle enroule son ruban de couturière usé autour de mes cuisses et me pelote par accident avant de jeter des tas d'habits sur le comptoir. Pendant une heure, elle me palpe et me malmène au point que je dois avoir la peau à vif. Elle n'arrête de parler que lorsqu'elle habille les gens, si bien qu'un silence étrange règne dans la boutique pendant qu'elle soupire à propos de l'os de ma hanche (trop proéminent) ou qu'elle me demande si j'ai déjà envisagé de mettre de l'autobronzant. Seul le bruissement occasionnel du satin glissant sur les cintres perturbe ce long moment que je passe debout. Quand, pour la quatrième fois, elle m'enlève ma jupe et me laisse en sous-vêtements au beau milieu de son magasin, je ferme les paupières et je sors de mon corps. Marta me tapote l'épaule en disant « Je ne veux que ton bien », comme si elle cherchait à me rassurer. En passant devant le corset zèbre, elle pousse un soupir qui me fait sourire. Mais ses yeux se remplissent de larmes à l'idée que je vais repartir sans lui.

Marta scanne les étiquettes de mes nouveaux vêtements en murmurant « Putain, ouais, je suis douée », avant de plonger derrière le comptoir pour rajouter dans mes sacs d'autres fringues que je ne vois pas. J'essaie de protester, mais quand je me penche pour voir ce qu'elle fait, elle secoue la tête et repousse mon visage, l'un de ses bracelets venant cogner l'une de mes dents.

« Marta, ne t'avise pas de me donner autre chose, j'ai de quoi m'habiller pendant un an. »

Elle me regarde d'un air stupéfait. « Toi, tu es vraiment tout le contraire d'Anika ! Je t'ai mis, genre, dix articles, Maggie ! À peine de quoi tenir un putain de week-end !

— Est-ce que tu me proposes une remise, au moins ? » Je tente de lui faire les yeux doux, mais Marta lève les bras au ciel. Je proteste : « Hé, tu me dois bien ça vu que tu me fais acheter des trucs contre ma volonté ! »

Marta plisse les yeux. « Tu me laisses te faire essayer le corset ?

— Jamais de la vie, mon chou. » Je récupère mon portefeuille pour sortir ma carte bleue, mais elle me le prend des mains et commence à passer les autres cartes en revue.

« Dans ce cas, pas de remise pour toi, meuf. » Elle me fait un clin d'œil, choisit une carte qui lui plaît et la passe dans la machine.

« Remercie ton père pour moi », ricane-t-elle. Je proteste, je préférerais qu'elle utilise la mienne. Mais, après réflexion, je réalise que mon père ne m'a rien payé depuis quatre ans. C'est lui qui voulait que je rentre à la maison, après tout. Il me doit bien quelques jupes.

Marta pousse les sacs vers moi, remet la carte dans le portefeuille et secoue la tête. « Tu as maigri », répète-t-elle.

J'ai la gorge sèche. Pourquoi est-ce que tout le monde autour de moi est si perspicace ? Pourquoi font-ils tous attention à mon bien-être ?

Je contemple mon portefeuille en suivant du bout des doigts le motif du cuir. « Parfois, j'oublie de manger. » J'ai l'impression d'avoir du coton chaud dans la bouche. Je n'ai jamais voulu confier ça à quiconque. J'ai peur et j'ai honte de ma propre faiblesse. Comment une petite fille aussi privilégiée peut-elle penser qu'elle a le droit de se sentir triste ? J'ai peur d'avouer qu'il m'est arrivé de rester pleurer dans mon lit pendant trois jours d'affilée.

Marta me prend la main par-dessus le comptoir. Ses bagues sont froides contre mes jointures.

« On te rappellera de manger. » Elle serre ma main entre les siennes et y dépose un baiser bruyant. En voyant la trace de son rouge à lèvres rose vif sur ma peau, je sens une douce chaleur m'envahir. Je ne mérite pas toute la bienveillance que je reçois.

« Merci, Marta.

— Oh, c'est rien. Tu me remercieras quand tu verras les strings. »

J'ouvre de grands yeux, mais elle me pousse vers la sortie. Soudain, on s'immobilise toutes les deux. Marta se cogne contre moi et nous propulse au-delà du seuil, sur le trottoir, où on l'aperçoit de l'autre côté de la rue. Jean bleu délavé, t-shirt en coton fin et virilité bouleversante. Theo se tient bien droit, les lèvres retroussées en un sourire beaucoup trop séducteur mais, alors que je m'apprête à lui sourire en retour, je réalise que le sien s'adresse à Marta. Ah oui, c'est vrai. Il pense que je suis trop curieuse – et obsédée. Et il regrette d'avoir passé son vendredi soir penché sur mon dos ensanglanté. Quand enfin il me voit, son sourire disparaît. Mon regard plonge vers les pavés. Je suis prête à partir dans la direction opposée à celle qu'il choisira. Je veux redevenir la meilleure amie de sa petite sœur, rien de plus. Mais il est trop tard pour faire semblant de ne pas l'avoir vu, et Theo n'est pas du genre à se cacher. Quand mes oreilles entendent de nouveau autre chose que mon cœur qui cogne dans ma poitrine, je réalise que Marta crie aussi fort qu'un ptérodactyle pour demander à Theo de nous rejoindre. Il lui fait signe et s'avance dans notre direction. Je m'abîme de nouveau dans la contemplation du trottoir. Le chewing-gum coincé entre deux pavés me paraît extrêmement intéressant, tout d'un coup.

Ne fais pas ta chochotte.

Affichant une confiance en moi que je ne possède pas, je relève la tête. Mais mon ventre se contracte quand je vois que les yeux gris perçants de Theo, qui ne laissent rien passer, sont rivés sur moi. Ils vont des sacs que je tiens au bleu presque guéri sur mon avant-bras puis se posent sur la mince bande de peau visible entre mon haut et ma jupe. Je retiens mon souffle en rougissant. Lorsqu'enfin son regard remonte jusqu'à mon visage, Theo se racle la gorge et tente de me sourire, mais ça n'a rien de naturel, comme s'il ne souriait que parce que Marta est là.

« Putain de merde, tu vieillis comme le bon vin, Theo.

— On a le même âge, Marta. » Theo passe la main dans ses cheveux d'un air exaspéré, et je me retrouve enveloppée dans son odeur familière, celle de la lessive mêlée à des notes qui n'appartiennent qu'à lui. J'ai envie d'inspirer à pleins poumons pour déterminer ce qui me donne envie d'enfouir mon visage contre sa poitrine et de me noyer dans ce parfum. C'est ridicule, vraiment. Je viens de passer une semaine avec lui, et il a passé la moitié du temps à me crier dessus. Et maintenant je fantasme sur son odeur ?

Même fantasmer me rend nerveuse parce que j'ai peur que Theo lise dans mes pensées. Je fais un pas en arrière, au nom de l'instinct de conservation. Ce garçon est beaucoup trop puissant. Et moi, je manque trop d'expérience pour côtoyer quelqu'un comme lui.

Ce serait toujours moi qui souffrirais en voyant des signes là où il n'y en a pas, en interprétant de manière romantique le moindre effleurement de nos mains.

Mais je viens à peine de reculer que je me rends compte que je n'aurais pas dû. Marta et lui se mettent à parler dans un italien rapide, ils échangent des insultes et des blagues d'initiés, si bien que je crois que mon geste va passer inaperçu. Il continue de discuter avec Marta et feint l'exaspération devant une autre tentative de flirt, mais c'est moi qu'il regarde en haussant les sourcils pour me reprocher de m'être éloignée. Il me montre qu'il a parfaitement conscience de mon geste alors même qu'il affirme avec véhémence qu'il ne se souvient pas que Marta lui a montré ses seins en terminale pour gagner un pari. Avec dignité, il glisse ses mains dans ses poches et je me dis que je suis tirée d'affaire quand je l'entends demander à Marta : « Alors, qu'est-ce que tu as vendu à Magdalen ? » Sa voix grave et suave me frustre au plus haut point. Ça m'énerve parce qu'il me donne tout le temps l'impression de n'être qu'une gamine.

« Oh, des basiques. Des corsets en latex, des porte-jarretelles en dentelle. Beaucoup de strings. »

Theo jette un coup d'œil un peu trop appuyé aux sacs. L'espace d'un instant, il semble vouloir s'en emparer.

Je m'empresse d'intervenir. « Elle plaisante ! » Mais il refuse toujours de me regarder, alors mon commentaire s'adresse au magnifique chewing-gum sur le trottoir.

« Pas du tout », ricane Marta.

Mes joues s'embrasent. « Dis-moi que tu n'as pas osé.

— OK, j'ai pas osé. » Elle se tapote le menton avec un ongle démesurément long. De toute évidence, elle ment.

« Je serais ravi de vérifier », propose Theo. Aussitôt, je serre les sacs contre moi. Cette fois, quand je recule, c'est un geste délibéré, pour lui montrer qu'il ne verra jamais la couleur de mes achats.

« Ce ne sera pas nécessaire, dis-je d'une voix étranglée.

— Nous savons tous les deux que ce n'est pas ça qui va m'arrêter. » Il s'avance vers moi, et mon étreinte se desserre légèrement sur les sacs.

Marta s'éclaircit la voix et nous dévisage tous les deux d'un air soupçonneux. « OK, c'était super de vous revoir. » Elle se frotte les mains, adresse un clin d'œil à Theo et repart en direction de la boutique. « On dirait que vous avez des choses à vous dire.

— Pas du tout ! » je réponds, alors même que Theo prononce « Merci. »

Elle ouvre la porte du magasin, se retourne une dernière fois et me fait un petit signe de tête. Il n'y a plus la moindre trace d'humour sur son visage. « N'oublie pas, on te le rappellera. »

Sur ce, elle tourne les talons et agite les mains avec excitation en découvrant dans la boutique une femme qui examine ses mini-jupes.

« Qu'est-ce qu'elle va te rappeler ? » Le soleil éclaire ses cheveux et lui donne un air rayonnant. C'est injuste qu'il ait cette tête-là au réveil, oui, vraiment.

« Ce ne sont pas tes affaires.

— Pourquoi ? Je suis très doué en affaires.

— Tu me suis ou quoi ? J'ai l'impression que je ne peux aller nulle part ces jours-ci sans que tu sois derrière moi.

— Oui, Magdalen, je te suis partout.

— Oh, dis-je bêtement. Mais je suis trop ennuyeuse pour qu'on ait envie de me suivre.

— Pas quand je sais que tu transportes tout un tas de strings et de corsets en latex dans ces sacs, répond-il, une lueur amusée au fond des yeux.

— Pourquoi, tu veux me les emprunter ?

— Merde, t'as tout compris ! »

Je n'essaie même pas de dissimuler le rire qui me plie en deux tandis qu'un mélange de sifflements et de bruits incohérents s'échappe de mes lèvres. Quand je tente de repousser la vision qui s'impose à moi, mon hilarité ne fait que redoubler. Une main chaleureuse me serre affectueusement le bras. Il murmure « intello, va », et mon cœur palpite. Puis il retire sa main en se raclant la gorge comme s'il n'avait pas eu l'intention de dire ça. Alors, je contemple de nouveau le trottoir, trop gênée pour croiser son regard. Je pose ma main sur ma bouche pour reprendre le contrôle de ma respiration. Quand je relève enfin la tête, Theo me dévisage d'une drôle de façon, comme s'il essayait de me disséquer avec les yeux. Il esquisse un petit sourire, puis secoue la tête d'un air exaspéré. Je cambre le dos pour détendre les muscles de mon ventre, que je viens de faire souffrir.

« Quoi ?

— Ton rire est vraiment moche. »

Je lâche une exclamation choquée et lève la main pour le repousser, mais il m'attrape le poignet. « Retire ce que tu viens de dire ! » J'ai le souffle coupé, je ne sais pas si je dois me libérer. J'essaie de me raccrocher à la colère en me rappelant à quel point il a dépassé les bornes, à quel point il m'a fait me sentir minable. Il regarde nos doigts emmêlés en fronçant les sourcils comme s'il hésitait à exaucer un désir secret. *Que peux-tu bien désirer, Theo ?* j'ai envie de lui demander. Mais je me retiens.

« Je ne peux pas, c'est la vérité, mon chou. »

Mes joues s'enflamment en entendant ce surnom affectueux. Je suis trop vieille pour avoir un crush sur le frère de ma meilleure amie. C'est tellement cliché que ça me donne envie d'ouvrir mes sacs pour lui en montrer le contenu et rire ensemble de la tentative de Marta de me relooker, comme le feraient deux amis. Mais nous ne sommes pas amis ; nous sommes dans une zone grise entre étrangers et connaissances, et chaque fois qu'il me touche, il m'entraîne dans une troisième direction dont il n'a pas forcément conscience. Alors je me tais, à court de mots, tandis qu'il allonge ses doigts sur les miens pour me laisser une dernière chance de retirer ma main. Voyant que je ne réagis pas, Theo presse lentement nos deux mains contre son cœur, si bien que ma paume se retrouve emprisonnée sous la sienne. Elle disparaît sous sa chair chaude et puissante, et ça me donne le vertige, je ne comprends pas très bien ce qu'il se passe. La force de son étreinte me fait avancer d'un pas. Nos deux corps se retrouvent tout près l'un de l'autre, comme sur la piste de danse. Mon pouls s'accélère tandis que Theo m'observe attentivement. Son pouce caresse mes jointures. Brusquement, un muscle s'agite dans sa mâchoire comme s'il prenait conscience qu'on doit avoir l'air ridicule. Il laisse retomber ma main. Pourquoi, à chaque fois qu'il me touche, semble-t-il en souffrir ?

Sans réfléchir, je lui lance : « Tu as tes règles ? »

Il s'étrangle tout seul en ouvrant de grands yeux. « Elles se sont finies hier. Pourquoi ? »

C'est pour ça que tout le monde l'aime. Il a toujours réponse à tout.

« Je n'arrive pas à comprendre tes sautes d'humeur. Tu me dis de monter dans ta voiture, tu me dis d'aller me faire voir. Tu me dis que tu me vois comme je suis, tu me redis d'aller me faire voir. » Je dénombre chaque offense sur les doigts d'une main et agite mon petit doigt. « C'est quoi le prochain truc ? »

Il se frotte le visage, puis regarde fixement la boutique de Marta pendant quelques instants. Toute trace d'humour a disparu, une tension épaisse remplit le petit espace entre nous. Je manque de m'excuser de l'avoir mis mal à l'aise. Mais, avant même que je réalise à quel point ce serait m'écraser devant lui, il murmure, si bas que j'ai l'impression que c'est le vent qui me chatouille l'oreille : « Je suis désolé.

— Ce n'est pas une réponse.

— Tu préférerais que je te dise d'aller te faire voir, Magdalen ? Accepte mes excuses et passe à autre chose. » Son regard s'assombrit et me met au défi de répondre. Je ne sais pas trop pourquoi, mais cette réponse enflamme de nouveau mes joues.

« Si c'est ce que tu veux. » Je dis ça d'une toute petite voix, à tel point que je ne la reconnais pas moi-même.

« On ne devrait pas évoquer ce que je veux de si bonne heure. » Il regarde mon ventre dénudé de manière suggestive. Je suis de nouveau prise de vertiges, j'ai l'impression d'être entièrement nue. Sans me laisser le temps de formuler une réponse cohérente, il souffle. « Mais, avec un peu de chance, ce problème-là sera résolu ce soir. » Il exhibe un bout de papier sur lequel est griffonné un numéro de téléphone. Il y jette un coup d'œil, hausse les épaules et le remet dans sa poche.

« Comme si tu n'étais jamais parti », je marmonne, pressée d'échapper à ce moment gênant, mortifiée d'avoir pu penser qu'il évoquait la moindre intimité avec moi. J'ai beau avoir pris quelques centimètres de plus, je reste la petite sœur. Chaque fois que j'ai l'impression de mûrir, on me rappelle à quel point je suis naïve. Je récupère mes sacs, prête à retourner à la gare pour me morfondre dans ma propre stupidité.

Theo me dévisage tout en sortant un paquet de cigarettes de sa poche arrière. Je me sens vulnérable et intimidée sous son regard nonchalant. Il aime me mettre dans cet état ou quoi ?

« Moi qui croyais que tu te foutais complètement de ce que je fais… » Il s'interrompt le temps d'allumer une clope qu'il garde aux lèvres pour ajouter : « … ou de qui je saute. »

S'il restait de l'air dans mes poumons, je m'étoufferais avec. « Dis plutôt que c'est toi qui te fous complètement de moi.

— C'est une question de sémantique.

— OK. » Je hausse les épaules.

Il secoue la tête d'un air désapprobateur. « C'est tout ce que tu as comme argument, Savoy ? "OK" ? »

Mon malaise se transforme en colère. « Tu veux que je te montre le numéro de la personne avec qui je m'envoie en l'air pour qu'on puisse comparer ? »

La cigarette oscille entre ses lèvres, mais il ne me lâche pas des yeux. Lentement, il récupère son mégot entre le pouce et l'index et souffle la fumée. « Fais attention, si je découvre de qui il s'agit, quelqu'un d'autre pourrait se retrouver avec un œil au beurre noir.

— C'est une menace ?

— Non. » Il hausse les épaules. « C'est une promesse. »

Je me mords la lèvre, prête à hurler ou peut-être à pleurer. Si je n'y prends pas garde, je pourrai même essayer de l'embrasser. « Bon, c'était super, mais il faut que je rentre. » Je passe mes sacs dans mon autre main et recule d'un pas.

« Tu rougis, Magdalen. »

Non mais quelle audace ! Comment ose-t-il ? Je dois me retenir de toutes mes forces pour ne pas laisser tomber mes sacs et me cacher le visage. « C'est parce que, d'habitude, je ne parle pas de sexe avant 9 heures du mat'. »

Il tire une longue taffe sur sa cigarette et prend son temps pour répondre. « Je vois. Quand est-ce que tu en parles, alors ? »

Je proteste, déconcertée. « Quoi ? C'est ridicule. On n'est même pas copains. On n'a pas besoin d'avoir ce genre de conversation.

— Tu me blesses, là. » Il fait un pas vers moi. « Je ne suis pas ton ami, *Maggie* ? »

Je suis surprise qu'il ne se moque pas de nouveau de mes joues rouges parce que j'ai l'impression qu'elles sont en feu. Il y a quelque chose de si intime dans ce *Maggie*. C'est un petit nom réservé aux amis. Aux gens qui me connaissent.

« Non, toi et moi, nous ne sommes pas amis, j'en ai bien peur.

— Hum. » Il médite ma réponse en soufflant la fumée par le côté de sa bouche. « Je relève le défi.

— Pardon ? » Je m'étrangle. « Quel défi ? Ça n'en était pas un.

— Oh, si. Je vais devenir ton putain de meilleur copain cet été. »

Je gémis. « Pourquoi tu fais ça ? C'est totalement inutile. On a passé toute notre vie à s'ignorer, et ça m'allait très bien. Restons-en là.

— Allons, *copine*. » Il prononce ce mot comme une menace et fait un autre pas vers moi. « Les *amis* se montrent ce qu'ils achètent. Voyons voir ce qu'il y a dans ces sacs. »

Je ricane. Il n'a pas un numéro à appeler ?

Déconcertée, frustrée et terriblement assoiffée, je me calme et m'avance à mon tour, de sorte que j'effleure presque sa poitrine. « Un seul homme a le droit de voir le contenu de ces sacs, *copain*. Et ce n'est pas toi. » Sans lui laisser le temps de répondre, je pars en direction de la gare. Mes mains ne cessent de trembler jusqu'à la maison.

20

THEO

Une autre semaine passe sans que je voie Magdalen. Les préparatifs du mariage de Lucia mobilisent toute la ville, et des bouquets de fleurs et des gâteaux entrent et sortent constamment de leur maison. La voix de Vittoria résonne entre nos haies quand elle se lamente que les tulipes ont l'air *cheap*. Dante me pousse dans sa voiture parce que sa mère nous oblige à acheter de nouveaux smokings avant la noce.

« *Cazzo*, apprends à conduire, connard ! » Dante écrase le klaxon et fait une brusque embardée à gauche dans la descente. Quelques branches s'introduisent par la vitre ouverte et manquent de m'arracher un œil.

« Dante, tu veux bien arrêter d'essayer de m'aveugler avant le mariage ? » J'attrape le tableau de bord, histoire de me raccrocher à quelque chose. Cet idiot a coupé ses ceintures de sécurité pour essayer de jouer au plus malin avec les flics après qu'ils l'ont arrêté pour excès de vitesse et qu'en plus il n'avait pas sa ceinture. Dante hoche la tête en regardant la route tortueuse, puis fait un nouvel écart, délibérément, si bien que je me cogne dans la portière.

« Pourquoi ? Pour que tu puisses continuer à mater ma sœur ? »

Silence. On prend un autre virage, et le moteur rugit quand Dante change de vitesse, le ronronnement mécanique comblant le vide entre nous.

« Je ne mate pas ta sœur.

— Je ne suis pas né de la dernière pluie, Theo. On se connaît depuis, quoi, vingt ans ? Je sais quelle tête tu fais quand tu as envie de sauter une nana. »

Cette fois, c'est mon propre sang qui rugit à mes oreilles. Je cherche désespérément une excuse qui me permettrait de nier ou de changer de sujet. Je regarde par la vitre la couverture nuageuse qui se déplace paresseusement sur les montagnes au loin, avec le soleil qui perce entre les sommets déchiquetés. « Ce n'est pas parce que je voulais que tu la protèges l'autre jour que j'ai envie de la sauter. De toute évidence, j'aurais fait pareil pour Anika. »

Dante ricane et appuie encore un peu plus sur l'accélérateur dans le rond-point qui mène à la *piazza* principale de Chivasso.

« Tu te crois malin, hein ? Tu joues la carte du meilleur ami loyal ? T'étais même pas là depuis vingt-quatre heures que tu dansais déjà avec elle derrière mon dos. »

Dante parle de Magdalen comme si elle lui appartenait, ce qui déclenche une colère noire en moi. Sans prendre le temps de me rappeler que ma loyauté envers lui devrait passer avant l'affection que j'ai pour elle, je lance : « Alors, toi, tu as le droit d'agiter ta bite sous le nez de ma sœur, mais si je danse plus de trois minutes avec Magdalen, ça pose problème ? Depuis quand ça t'intéresse de savoir avec qui elle s'envoie en l'air ? »

La voiture s'arrête brusquement à la sortie du rond-point. Je ravale un juron en manquant de me cogner la tête contre le tableau de bord.

« Alors, c'est vrai, tu couches avec elle ? crie Dante. Sur la vie de ma mère, je vais te trancher la gorge. Espèce de salopard ! Je le savais, putain !

— Dante ! » Je crie plus fort que lui. « Je n'ai pas touché Magdalen. Je n'ai aucune envie de la sauter. Maintenant, tu veux bien te concentrer sur cette putain de route ? »

Mais les images que ces mots font naître sont dangereuses et compromettantes car elles contiennent des fantasmes inavouables. Je me focalise sur les bâtiments couleur pastel – corail et jaune pâle – qui défilent de chaque côté de la voie. Dante marmonne dans sa barbe en faisant vrombir le moteur sur la route pavée. Il invective les piétons alors qu'on se rapproche de la boutique du tailleur.

« Tout ce que je te demande, c'est de pas la mener en bateau comme on le faisait avec les nanas du lycée. Mag n'est pas comme elles. Elle est un peu plus lente que la moyenne. »

Je coince ma main sous mes jambes et prends une grande respiration. La déception et la compréhension s'emparent de moi tandis que Dante coupe le moteur et qu'on reste assis là sans descendre de la voiture. Ses paroles résonnent dans le petit habitacle. Encore une fois, les mots sortent sans que je puisse les retenir : « *Certo*, tu sais que je ne ferais jamais ça. C'était juste un slow pour rendre jaloux un mec. On a dit pas touche aux petites sœurs, alors j'y touche pas, OK ? J'ai pigé. Et puis, je la connais depuis toujours – pourquoi je m'intéresserais à elle maintenant ? » Je contemple les ruelles et la foule de gens qui font la queue devant la *macelleria*[5]. Je me sens faible. « De toute façon, ça n'a aucune importance parce que je vois Chiara ce soir et j'ai le sentiment que je ne penserai pas à ta sœur à ce moment-là. »

J'espère qu'il ne saisit pas ma gaffe – le fait que je pense à Magdalen quand je n'ai pas Chiara pour me distraire. Je desserre les poings et tente d'en rire, mais ça sonne faux. Si Dante s'en rend compte, il n'en laisse rien paraître. J'ouvre la portière sans attendre de réponse. J'ai besoin d'échapper au

5. Boucherie. (N.D.É.)

trou qui est en train de se creuser dans ma poitrine. Celui créé par un souvenir qui s'est dissipé avant même d'avoir existé. *C'est juste un crush,* je me répète en traversant la rue, puis en faisant tinter la cloche de la boutique, puis quand le tailleur mesure la largeur de mes épaules et me rend ma carte de crédit. Je me répète ce mantra jusqu'à ce que ce soient les seuls mots dont je me souvienne dans n'importe quelle langue. *C'est juste un crush, c'est juste un crush, c'est juste un petit crush.* J'ai connu pire.

À 21 heures précises, je me tiens devant *L'Essenza* en attendant la fin du service de Chiara. Je regarde ma montre. Je regrette déjà de l'avoir appelée. Est-il trop tard pour me défiler ? Mon talon frotte contre un pavé descellé. Juste au moment où je m'apprête à prendre la fuite, la porte s'ouvre, et un rire s'en échappe. Les yeux vifs de Chiara brillent de joie.

« Ciao, Theo ! Come stai ? » Salut, Theo ! Comment ça va ?

Elle passe ses mains autour de mon cou et me serre contre elle. Moi, je garde les bras ballants, je ne sais pas trop quoi en faire. Quand elle se détache de moi, elle m'offre un grand sourire plein de promesses. « Je suis surprise que tu m'aies appelée. Tu faisais une de ces têtes, dans le café, j'ai eu l'impression de te déranger en te donnant mon numéro. »

En me rapprochant de la vitre du café, dont le néon clignote comme d'habitude, j'aperçois Giuseppe derrière le comptoir, le dos courbé sur l'une de ses œuvres. On emprunte les allées de la Via Roma où je repère un autre café de l'autre côté de la rue. Je le montre à Chiara d'un signe de tête.

Les mains moites, je lui demande : « Tu veux un café ? »

Chiara lève les yeux au ciel, puis me tapote l'épaule avec un sourire taquin. « J'en sers toute la journée, Theo. Je ne t'ai pas demandé de sortir avec moi pour en boire un autre. »

Je suis vraiment trop con. Évidemment qu'elle ne veut pas de café !

« Désolé. Pourquoi m'as-tu demandé de sortir avec toi, alors ? »

Elle pousse un soupir exagéré, comme si ma question était chiante. Depuis quand je suis devenu aussi nul ?

« Theo, ne crois pas que j'ai oublié comment on était au lycée. On voulait toutes être celle que tu choisirais. Je t'ai donné mon numéro pour que, ce soir, tu me choisisses, moi. Il faut croire que je suis nostalgique. » Une certaine chaleur remonte le long de mon cou. Je trouve son audace à la fois sexy et intimidante. Sans me laisser le temps de répondre, elle me prend par la main et m'entraîne un peu plus loin.

« Viens, je connais un bar près de chez moi qui sert les meilleurs spritz sans forcer sur l'orange. Allez, dépêche-toi, l'escargot. J'ai des trucs à faire. » Chiara m'emmène vers le petit bar tranquille.

« Je n'ai pas bu de spritz depuis une éternité », je marmonne dans ma barbe, à moins que je ne m'adresse à la ville tout entière. Chiara se tourne vers moi, toujours avec ce sourire diabolique aux lèvres. On prend la direction de la Via Georgiana. J'aperçois un modeste établissement décoré de guirlandes lumineuses autour de l'auvent et de la porte. Les lumières rouges, vertes et bleues éclairent le sol et les petites tables installées dehors.

« Assieds-toi et détends-toi. » Elle me montre une table en plastique sur le devant, et je ne peux pas m'empêcher d'en rire. Elle est tellement directe que c'en est excitant. Je la regarde entrer dans le bar et commander à boire. Elle se dresse sur la pointe des pieds pour que le barman la voie. Elle a les jambes nues ; elle ne porte qu'une minuscule jupe en vichy et un *crop top*. Elle est incroyablement belle avec sa peau claire et ses taches de rousseur, son visage anguleux et ses courts cheveux noirs retenus par une barrette en écaille.

Mais l'espace d'un instant si bref que je ne distingue que des contours et des couleurs, j'imagine une autre fille à sa place. De longues jambes et les coudes appuyés confortablement sur le comptoir. Je me demande ce qu'elle commanderait, si elle aimerait un spritz, elle aussi.

« *Eccola qua.* »

Je cligne des yeux. C'est Chiara qui se trouve devant moi et qui se penche pour poser les boissons orange vif sur la table avant de s'asseoir à côté de moi. Son genou effleure ma cuisse ; comme j'en ai marre de trop réfléchir, je me rapproche d'elle.

« Santé ! Aux retrouvailles et aux promesses qui se sont fait attendre. » En riant, elle fait tinter son verre contre le mien, et je ne peux m'empêcher de rire avec elle. Ses paroles sont plus vraies que je ne veux bien l'admettre.

« Merci pour le verre. » Je bois une gorgée du liquide ambré dont l'amertume sucrée danse sur mes papilles. Mais j'ai à peine le temps de la savourer que Chiara reprend gaiement : « T'étais un super coup, à l'époque. J'espère que tu ne vas pas me décevoir maintenant que tu es devenu vieux et chiant. »

Je m'étrangle en manquant de recracher mon spritz. Les yeux de Chiara pétillent, et son attitude décomplexée est si séduisante que je sens mon hésitation se dissiper à chaque nouvelle gorgée que je prends.

« Ah, je vois, tu veux juste te servir de moi avant de me chasser de chez toi ? » Je hausse les sourcils d'un air faussement vexé.

« Oh, Theo. Une fille sait toujours quand un homme pense à une autre. » Elle s'exprime sur un ton léger, mais je vois bien qu'elle est déçue. Je me sens super mal, mais je fais l'effort de poser ma main sur son genou et de lui caresser la cuisse, sans pour autant arrêter de penser à cette autre fille.

« Pour l'instant, je ne pense qu'à toi », lui dis-je d'une voix grave, avec un léger tremblement sur le dernier mot, ce que j'essaie d'ignorer pour notre bien à tous les deux. Elle a raison. Mais c'est tout ce que j'ai à lui offrir pour le moment. Elle me regarde, le sourire aux lèvres, mais l'incertitude demeure. Je suis censé m'amuser. Cette soirée avec une jolie femme devrait être la diversion dont j'ai terriblement besoin. Je récupère ma main pour boire encore un peu de spritz.

« Je m'en fiche, en vrai, à qui tu penses, reprend-elle en cherchant une clope dans son sac, tant que c'est mon nom que tu prononceras quand tu jouiras. » Je l'observe par-dessus le rebord de mon verre, que je termine avant de faire signe au barman, par la fenêtre, de nous resservir.

« Bon sang, Chiara ! » Encore une fois, je ne peux pas m'empêcher d'éclater de rire. Je me sens à la fois mortifié et amusé. « Merci de m'avoir donné ton numéro. » Cette fois, c'est elle qui rougit. Elle recule un peu sur sa chaise, si bien que sa jupe remonte légèrement, comme une invitation à contempler sa peau lisse. « Je serai ravi de combler tes fantasmes les plus fous. »

La soirée se poursuit, et on se raconte nos vies depuis le lycée. Quand je lui prends la main, réchauffée par la chaleur de l'été, il n'y a plus sur la table que des verres vides et des zestes d'orange abandonnés. On s'en va en titubant, et je la laisse me guider paresseusement en haut de l'escalier en marbre qui mène à son appartement.

21

MAGDALEN

« Anika, si tu continues de bouger, je jure devant Dieu que je vais te trancher la gorge. » J'utilise le dos de ma main pour enlever les cheveux qui, bizarrement, ont atterri sur mon visage. Anika se tortille sur la chaise en bois installée au milieu de la cour. Elle ne porte rien d'autre qu'un bikini orange fané et les tongs de Dante.

Elle recommence à se plaindre. « Il fait trop chaud pour ça. » Je lui rappelle que c'est elle qui m'a demandé de lui couper les cheveux pour le dîner de ce soir. Ses jérémiades ont au moins le mérite de me tirer de mes pensées tandis que je passe le peigne. « J'ai des bouts de cheveux collés sur les seins et ça me gratte de partout. » Elle essaie de frotter sa poitrine, mais j'attrape son poignet.

« Ne bouge pas », dis-je d'une voix chantante comme si c'était une gamine. Évidemment, elle n'en fait qu'à sa tête.

« Mais…

— Arrête. De. Bouger. » Je l'oblige à se rasseoir, même si elle tente une fois de plus de s'échapper, et je termine de couper sa longue chevelure, un processus d'autant plus éreintant que je n'ai réussi qu'à enlever quelques centimètres. Après m'être fait insulter en italien, en anglais et même dans un patois français qu'elle refuse de traduire, je déclare forfait.

« C'est bon, c'est fini. Fous-moi le camp. » Anika attrape le petit miroir posé sur la pelouse et observe son reflet en secouant ses mèches fraîchement taillées avec ses doigts.

« Je suis trop belle comme ça ! » couine-t-elle en se levant d'un bond. Elle se secoue pour débarrasser son torse des bouts de cheveux qui la grattent et hurle : « *Vittoria, guarda com'è bello, Mag mi ha tagliato i capelli !* » *Regarde la belle coupe que Mag m'a faite !*

Elle me claque un bisou sur la joue et me donne une tape sur les fesses, puis s'en va en sautillant montrer sa nouvelle coupe à ma mère dans la cuisine. Je soupire bruyamment en la regardant franchir la porte coulissante. J'entends leurs rires s'éloigner tandis qu'elles partent admirer les cheveux d'Anika dans le miroir des toilettes. Je récupère le balai dans l'abri de jardin et commence à balayer la cour quand j'entends grincer le portail en bois.

Dante a passé l'après-midi en ville à jouer au poker avec des types du club, alors c'est lui que je m'attends à voir. Mais je me suis trompée. Encore un t-shirt blanc qui souligne les muscles de son torse et ce jean bleu élimé aux genoux. Theo se trouve à côté des grands cyprès qui bordent l'allée menant au jardin. Les feuilles effleurent ses avant-bras nus lorsqu'il s'arrête en me voyant. Il ouvre de grands yeux, puis m'adresse un signe de tête et me regarde de la tête aux pieds avant de se focaliser sur mon visage.

« *Ciao,* Magdalen.

— Ah, c'est "Magdalen" à nouveau ? Moi qui commençais tout juste à m'habituer à Maggie !

— Ton prénom est trop beau pour être raccourci. » Stupéfaite, je ne peux rien faire d'autre que le regarder bêtement. Il est arrivé depuis moins de deux semaines, mais sa peau a déjà bien bronzé et ses longs cheveux coincés derrière ses oreilles sont plus clairs après avoir passé tous les après-midi au soleil.

« Merci. » Je sens que je rougis. Encore. « *Buongiorno,* Theo. » Je hoche poliment la tête et continue de balayer, même si ça me met mal à l'aise d'accomplir une tâche domestique devant lui. Je serre le manche un peu trop fort en constatant que Theo n'a pas l'intention de bouger.

Je relève la tête, bien décidée à ne pas le laisser se moquer de moi. Je me promets de ne pas succomber au charme de quelqu'un qui ne veut pas de moi. « Je peux t'aider ?

— Soit tu viens de couper les cheveux de quelqu'un, soit j'assiste aux conséquences de préliminaires particulièrement originaux. »

J'esquisse un petit sourire forcé et appuie le balai contre l'abri de jardin en essuyant mes mains sur mon torse. « Il y a plein de choses que tu ignores à propos de moi. » Je comptais dire ça sur le ton de la plaisanterie, mais ma voix est trop brusque. Mon plan – arrêter ce crush avant qu'il ne fasse qu'empirer – est déjà en train d'échouer. Mais si Theo devine ce que cache mon attitude, il n'en laisse rien paraître.

« Je sais », répond-il en me regardant avec ses yeux gris si intenses que j'ai envie de me rouler en boule et de me cacher sous les hortensias jusqu'à ce qu'il retourne d'où il vient. Mais je ne peux pas. Alors je me penche pour ramasser la serviette abandonnée par Anika et la plie lentement en cherchant un sujet qui le poussera à partir. « Dante est au club, il joue au poker.

— Je sais, répète-t-il avec une pointe d'agacement. Je n'ai pas le droit de venir voir ma *copine* ? » Malgré la chaleur du soleil dans mon dos, sa voix grave me fait frissonner. Je m'oblige à baisser les yeux quand il se rapproche. Son odeur familière m'enveloppe, mais je n'ai pas le temps d'enregistrer ce qu'il vient de dire, ni le fait qu'il soit venu bien que Dante soit absent. Il me passe devant avec un petit sourire avant de s'installer sur la chaise. Je cligne des yeux, comme si je sortais d'une transe, et je me maudis de m'être laissée si facilement captiver par l'allure de Theo. *N'oublie pas qu'il ne veut pas de toi.* Mais j'ai beau essayer de me mettre en garde, ces mots me paraissent tellement lointains quand il est si près de moi.

Il croise ses longues jambes, pose les mains sur ses cuisses et lève la tête. « Une coupe de cheveux, s'il te plaît.

— Il est hors de question que je te coupe les cheveux, je m'écrie d'une voix aiguë en m'éloignant de la chaise avant qu'il puisse m'hypnotiser de nouveau. Anika a les cheveux longs, quelques centimètres de moins n'y ont rien changé. Mais toi... Je pourrais ruiner ta réputation ! Tu pourrais ressembler à Charles II ou à un prisonnier évadé. » Je secoue la tête. « Je refuse d'être responsable du massacre de ta beauté. Je n'ai aucune envie qu'une foule en colère vienne agiter des fourches sous mes fenêtres ! Tu veux que je sois exécutée ? » Mes poumons sont en feu quand j'arrive au bout de ma tirade, mais je mets les poings sur les hanches pour faire bonne mesure. Cependant, il se contente de me regarder avec le même sourire arrogant. Pire, il se met à battre des cils !

« Je te promets qu'une coupe de cheveux n'enlèvera rien à ma beauté. »

Je rougis de nouveau en me rendant compte que, par inadvertance, j'ai dit qu'il était beau. Je lui donne une petite tape sur l'épaule. « Je n'ai encore jamais coupé les cheveux d'un homme. Sérieusement, je ne sais pas par où commencer. »

Il se retourne sur la chaise pour attraper les ciseaux sur la table de jardin rouillée et les déposer dans ma paume. Ses doigts sont délicats autour de ma main lorsqu'il m'attire vers lui. Je suis presque certaine qu'il peut entendre mon cœur tellement il bat fort. Sans me laisser le temps de comprendre ce qu'il m'arrive, il passe sa main dans ma propre chevelure et tire légèrement dessus. « Tant mieux, je serai ton premier. »

Je ne trouve plus mes mots. Mon estomac se contracte d'une manière délicieuse. Je m'éclaircis la voix et décide de ne pas trop réfléchir, pour une fois. « Très bien, *copain*. Et une coupe de cheveux, une ! »

22

THEO

Oh, c'était une putain de mauvaise idée. J'ai rompu la promesse faite à Dante – et à moi-même – à cause d'un maillot de bain et d'une stupide paire de ciseaux. Je n'avais encore jamais menti à Dante et maintenant je ne peux plus m'arrêter. Est-ce que je savais qu'elle serait là quand j'ai ouvert le portail ? Est-ce que j'ai attendu que Dante parte en ville pour voir si Magdalen était à la maison ? Quel lâche je fais. Mais ma culpabilité est moins forte que le désir qu'elle m'inspire, alors me voilà.

« Tu es d'accord ? me demande-t-elle comme si elle se répétait, si bien que je sors de ma transe.

— Pardon ? » Je jette un coup d'œil fautif en direction du portail, comme un enfant surpris en train de piquer un cookie. « Tu disais ?

— Je vais devoir te mouiller les cheveux et ça va tremper ton t-shirt. Tu es d'accord ? »

Debout derrière moi, elle se penche par-dessus mon épaule gauche pour me regarder, si bien que ses longs cheveux retombent en vagues sur ma peau.

« Euh, autant l'enlever – si ça te va ? »

Magdalen hausse les épaules, ramène ses cheveux derrière son oreille et fait le tour de la chaise en emportant avec elle son parfum de lavande et de chèvrefeuille. J'enlève mon t-shirt et prends brusquement conscience que je suis à moitié nu alors qu'elle ne porte qu'un vieux short de tennis et un haut de bikini rose terriblement petit. Si ça la gêne, Magdalen n'en laisse rien paraître. En revanche, elle plisse légèrement les yeux pour mieux voir le tatouage qui recouvre mon torse. Est-ce qu'elle se rend compte de tout ce que ses yeux disent d'elle ?

« Ça va, rince-toi l'œil, surtout.

— Je ne savais pas que tu étais tatoué. »

J'esquisse un petit sourire crispé en caressant distraitement le symbole sur ma poitrine. « Je n'ai que ces deux-là. Je les ai fait faire quand j'avais 18 ans. »

Des souvenirs d'Égypte envahissent mon esprit. L'odeur des feux de camp, le son de l'oud, les muscles douloureux et l'insomnie frisant la folie. D'autres images défilent, d'abord floues puis nettes, fixes en noir et blanc, influencées par les bières qui semblaient pousser hors du sable, les seuls trucs capables de s'épanouir dans la chaleur des étés égyptiens. Je me souviens à peine du moment où je me suis fait tatouer, à part peut-être la piqûre initiale. Je me suis réveillé avec une corde autour du ventre qui me maintenait contre un rocher tandis que Youssef finissait le dessin au creux de mon dos.

« C'est quoi ce bordel ? ai-je protesté en me débattant. J'avais dit que je voulais un petit tatouage. Ce truc recouvre toute ma poitrine, merde ! » La peur m'a envahi, comme si on m'avait versé du sable dans la gorge. En examinant le tatouage, j'ai vu qu'il s'agissait d'une ânkh. La clé de la vie. Il y a pire comme symbole.

Youssef m'a pincé le biceps et tapoté la tête. *« Tu t'es endormi, tant pis pour toi ! »* Il a terminé le tatouage dans mon dos à la lueur d'une simple lanterne jusqu'à ce que les premières lueurs orange apparaissent dans le ciel.

« C'est une ânkh ? » demande Magdalen en appuyant du bout des doigts sur mes épaules pour que je recule sur la chaise. Je sursaute à ce contact qui me ramène au moment présent. Aussitôt, Magdalen retire ses mains.

Ce n'est pas toi, ai-je envie de lui dire, *c'est juste que j'ai envie que tu continues à me toucher, alors que je ne devrais pas.* Mais je me contente de hausser les épaules, en faisant semblant de n'avoir même pas senti son geste. « Ouais, mais on me l'a faite pendant que j'étais inconscient, alors n'y attache pas trop d'importance. »

Elle renifle en récupérant le tuyau d'arrosage. Pourquoi est-ce que je suis si brusque avec elle ? C'est moi qui lui ai demandé cette putain de coupe et maintenant je la traite comme si c'était chiant de passer du temps avec elle. Pendant qu'elle règle la pression de l'eau, je lutte contre l'envie d'admirer les lignes harmonieuses de sa jambe. Elle s'accroupit pour ouvrir le robinet qui résiste, et je vois les muscles de ses cuisses se raidir. J'agrippe les bords de la chaise en regardant droit devant moi. À quel moment ai-je cru que c'était une bonne idée ? Magdalen pousse un soupir frustré en constatant que le jet reste faible, et je ferme les yeux en me maudissant intérieurement. Non, vraiment, c'était une terrible erreur. Je suis venu voir si ma nuit avec Chiara avait réussi à satisfaire mes pulsions avant que je fasse une connerie. Mais à voir Magdalen penchée comme ça qui soupire… Je fais mine de me lever avant que ça n'aille plus loin, mais au même moment, elle passe derrière moi et fait courir ses doigts dans mes cheveux, puis me saisit la nuque pour guider délicatement ma tête en arrière. J'étouffe un grognement en me laissant faire ; je ne pourrais pas partir même si je le voulais.

« Dis-moi si c'est trop froid. » Elle continue à me masser le cuir chevelu tout en faisant couler de l'eau sur mes cheveux.

« Non. » Ma voix est trop tendue. Je reprends : « Non, ça va, t'inquiète. »

Le temps ralentit. Une voiture passe au loin. Une légère brise siffle dans les branches des cyprès. Pendant quelques instants, je me sens si heureux que j'en ai le cœur serré. Magdalen vient se mettre devant moi et drape une serviette sur mes épaules pour me protéger. Puis elle glisse un peigne dans mes cheveux.

« Est-ce que tu peux… » Elle se penche pour me relever le menton et s'assurer que la raie qu'elle vient de me faire est bien droite. « Euh, tu peux juste… » Elle n'arrive pas à terminer sa phrase.

« Oui ?

— Tu peux écarter les jambes, s'il te plaît ? » Elle fait une grimace, mais mon cœur se gonfle d'affection devant la pureté de cette requête.

Je ravale un sourire, me renfonce encore davantage sur la chaise et écarte mes jambes pour elle. « Tu es tellement directe, Magdalen. D'abord mon t-shirt et maintenant mes jambes ? Tu n'essaierais pas de me séduire ? »

Elle se glisse entre mes genoux. La chaleur estivale qui irradie de son abdomen dénudé me réchauffe. Je serre les mains très fort sur la chaise pour me retenir de la toucher, elle.

« Garde ce genre de remarque pour Chiara », réplique-t-elle en se positionnant pour rassembler mes cheveux et commencer à les couper. Ses seins frôlent presque mon nez.

Je m'humecte les lèvres. Elle est si proche que, si je me penchais de quelques centimètres, je pourrais embrasser le creux entre ses seins et faire courir ma langue sur sa peau. Je suis tellement absorbé par cette vision que je ne réalise pas tout de suite ce qu'elle vient de dire.

« Comment tu sais que c'était Chiara ? » Je recule pour chercher son regard, mais elle pousse un petit cri horrifié.

« Oh, mon Dieu, tu ne peux pas bouger pendant que je te coupe les cheveux ! C'est le péché capital des coiffeurs !

— Je me fous complètement de mes cheveux. Comment tu sais que c'était Chiara ? »

Elle soupire et repasse ses doigts dans mes cheveux, si bien que son avant-bras effleure ma joue. Bon sang, c'est de la torture.

« Pas besoin d'être un génie pour se souvenir de vous deux. Chiara parle de toi depuis une éternité. »

Je lève de nouveau les yeux vers elle. Cette fois, ce sont mes lèvres qui frôlent son bras. « Vraiment ? » je marmonne contre sa peau dont je savoure la douceur et l'odeur ensoleillée de lavande.

Magdalen s'arrête un instant, les yeux rivés sur l'endroit où mes lèvres touchent son bras. Elle prend une inspiration tremblante. « D'accord, il est possible qu'Anika ait mentionné son nom.

— Ah ! » Je souris contre son bras, puis cède à une impulsion et la mordille. Elle pousse un nouveau petit cri et essaie de reculer en riant. Je relève légèrement mon pied, et elle trébuche sur le talon de ma chaussure. Je l'attrape derrière les genoux pour l'empêcher de tomber.

« C'est la première fois que quelqu'un me mord pendant que je lui coupe les cheveux », explique-t-elle d'une voix essoufflée.

Je réalise que mes mains agrippent toujours l'arrière de ses cuisses, alors je la libère. « Quelqu'un t'a déjà mordue dans une autre situation ? »

Je n'ai pas le droit de lui poser la question, surtout d'une façon aussi agacée. Mais ça me rend malade d'imaginer la bouche d'un autre sur elle. Magdalen arrête de rire et s'éclaircit la voix. Il y a cinq jours, j'étais avec Chiara et j'ai fait bien plus que la mordre. De quel droit suis-je jaloux à l'idée que quelqu'un puisse partager la même intimité avec Magdalen ?

Le doux cliquetis des ciseaux comble le silence.

« Je suis désolé. » Je me racle la gorge. « Je n'aurais pas dû te demander ça. »

Elle continue de me couper les cheveux avec un léger froncement de sourcils. « Anika est la dernière personne qui m'a mordue. » Elle m'examine et égalise le côté droit. Ma question indiscrète ne semble pas la perturber tant que ça. « J'ai volé son soutien-gorge push-up en CM2. » Je vois ses yeux briller à ce souvenir, et mon cœur bat plus vite en constatant l'affection évidente qu'elle a pour ma sœur. « C'est la seule gamine que je connaisse qui portait un soutif comme ça à 10 ans. » Magdalen penche la tête de côté, un sourire aux lèvres, et m'effleure le cou pour vérifier la longueur de mes pointes. « Elle l'avait volé à ma mère, ajoute-t-elle. Sauf qu'elle ne savait pas qu'il fallait le rembourrer, alors on aurait dit qu'elle portait deux ballons dégonflés. Sans compter qu'il était trop grand pour elle et qu'il n'arrêtait pas de remonter vers son cou. »

On éclate de rire tous les deux ; la vision d'une Anika encore plus petite que maintenant avec deux ballons dégonflés autour du cou est si saisissante qu'il nous faut un petit moment pour reprendre notre souffle. Magdalen se met à fredonner en souriant et s'accroupit pour continuer sa mission. Elle est si près que je sens son haleine sucrée et fleurie sur mon visage. Je devrais détourner les yeux, mais c'est impossible. Je suis fasciné.

« Tu étais comment au CM2 ? » me demande-t-elle. Des taches de rousseur saupoudrent son nez de manière parfaitement symétrique, et le soleil illumine ses pommettes, ce qui lui donne un éclat doré. *Nom de Dieu.*

« J'ai intégré l'école à Turin dès le CE2. » Encore une fois, j'ai répondu un peu trop brusquement parce que j'ai du mal à m'arracher à sa douceur pour revivre ces souvenirs. Magdalen prend un air choqué, et je me trahis en jetant un coup d'œil à sa bouche. Sa lèvre supérieure est légèrement plus épaisse que sa lèvre inférieure. Je m'empresse de détourner les yeux avant que la vision de sa bouche gonflée et luisante autour de moi menace de rendre la situation absolument insupportable. *Arrête ça tout de suite, Theo !* Je serre la chaise encore plus fort.

« Oh, on m'a dit qu'on ne pouvait pas y entrer avant la sixième. »

Elle m'arrache à l'indécence pour me replonger dans l'enfance. C'est à ce moment-là que je me souviens d'un détail. Comment ai-je pu l'oublier ?

« Attends, tu as intégré cette école toi aussi, n'est-ce pas ? »

Magdalen me sourit timidement. « Oui. Je suis surprise que tu t'en souviennes, vu que… tu avais toujours l'air occupé. » Pendant qu'elle lisait des romans pour enfants dans la bibliothèque, je faisais Dieu sait quoi dans les toilettes des profs.

« J'étais vraiment un sale con à l'époque, pas vrai ? » La brise semble avoir disparu ; je n'entends plus que sa respiration mêlée à la mienne.

« Pourquoi, tu t'es amélioré ?

— Hé ! » Je lui chatouille le nombril, ce qui la fait rire. C'est le son le plus mignon que j'ai jamais entendu. « Je te voyais à la récré, Magdalen.

— Tu devais bien être le seul. » Son sourire vacille, mais elle semble réaliser ce qu'elle vient de dire et passe derrière moi pour vérifier l'arrière de mon crâne. « J'ai toujours eu du mal à me faire des amis dans cette école. Tout le monde était si sérieux tout le temps, ajoute-t-elle calmement.

— Ouais, ça aidait de savoir où acheter de la beuh.

— Sérieusement, comment as-tu pu y entrer aussi jeune ? Je n'aurais jamais supporté d'y faire mon CE2. Tu n'étais qu'un bébé.

— Mon père arrive toujours à obtenir ce qu'il veut. » Je ne vois plus son visage, mais je sens qu'elle enregistre ce que je dis et je deviens nerveux à l'idée qu'elle pense à mon père plus longtemps que nécessaire. Alors, j'ajoute rapidement un autre facteur. « En plus, j'avais un prof privé à l'école, ça m'a permis de sauter la sixième, donc ça en valait la peine, au bout du compte. »

Elle s'immobilise. « Waouh. C'était intense, même pour toi. Comment tu arrivais à faire autre chose qu'étudier ? »

J'essaie de balayer son inquiétude, mais l'idée qu'elle se fasse du souci pour moi me plaît tant que j'ai du mal à trouver les mots pour la rassurer. « Tu connais Dante.

— Donc, sans Dante, tu crois que tu serais quand même devenu…

— Tu peux le dire, Magdalen.

— Je ne sais pas comment le formuler.

— Est-ce que je serais quand même venu à l'école bourré et est-ce que j'aurais quand même baisé la moindre fille qui me regardait ? »

Sa main reste en suspens au-dessus de mes cheveux, mais j'entends un sourire dans sa voix quand elle répond : « Ce n'est pas exactement comme ça que je l'aurais formulé, mais ouais. »

Je me frotte les yeux. Je me sens las, tout à coup. C'est nul d'attribuer ma rébellion adolescente à l'influence de Dante. J'ai pris toutes ces décisions tout seul. Il aurait été très facile de dire non.

« Comment tu aurais dit ça, toi ? » Ma voix ressemble à du gravier qui crisse. Le souvenir de toute cette colère m'épuise, sans compter que j'ai peur de la facilité avec laquelle elle refait surface.

Magdalen pose les ciseaux sur la table. « Je n'en suis pas sûre. » Elle passe de nouveau devant moi, les bras croisés. Je lève les yeux vers elle et, l'espace d'un instant, il n'y a plus rien d'autre que son inquiétude mélangée à ma colère. Une certaine confusion, et autre chose encore. « Je dirais qu'il s'agit de tes années perdues. »

Je passe ma main dans mes cheveux et souris en me rendant compte qu'elle n'a coupé qu'un ou deux centimètres sous les oreilles.

« Tu es sexy avec les cheveux longs, explique-t-elle avec un petit haussement d'épaules. On s'en fout de ce que pense ton père.

— Tu me trouves beau *et* sexy. »

Elle cligne des yeux d'un air innocent avant de répondre : « Oui, Theo. Je te trouve beau et sexy. »

Mon ventre se noue. J'adore comment le mot *oui* sonne dans sa bouche. Je suis tellement absorbé par elle que je ne sais plus quoi dire. « Oh.

— C'est tout ce que le grand méchant Sinclair trouve à répondre ? "Oh" ? »

Je sais que je vais le regretter, mais je ne peux pas m'empêcher de lâcher : « Toi aussi, tu es très belle, Magdalen. »

Elle se fige en haussant les sourcils comme si elle attendait un « Nan, je rigole ». Comme je ne dis rien, elle recule d'un pas en levant les yeux au ciel.

« Tu veux aller voir à quoi tu ressembles ? Il y a un miroir plus grand dans la salle de bains. »

Ça ne me plaît pas qu'elle me repousse comme ça. Mais je n'insiste pas parce que je sais que le compliment l'a mise mal à l'aise. Je me lève en étirant mes bras au-dessus de la tête pour réveiller mes muscles engourdis, puis je me frotte la nuque pour enlever les cheveux coupés. « Je te fais confiance. »

Magdalen rigole et me lance mon t-shirt. « Tu ne devrais pas. » Elle me fait un clin d'œil et récupère le balai posé contre l'abri de jardin. Putain, elle recommence avec ses clins d'œil ! « Maintenant, va-t'en avant que Dante me demande de lui couper les cheveux, lui aussi.

— Merci, Magdalen.

— Mais de rien, Sinclair. On se voit tout à l'heure ?

— Ouais, je serai le type avec la nouvelle coupe. »

En franchissant le portail, je réalise que je ne me suis pas senti aussi léger depuis longtemps.

23

MAGDALEN

Mes mains tremblent le long de mon corps tandis que le portail se referme derrière moi. Je me laisse tomber sur la chaise qu'occupait encore Theo quelques instants plus tôt. Mais qu'est-ce qu'il vient de se passer, bordel ?

J'ai coupé les cheveux de Theo Sinclair torse nu ?

Je ne suis pas du genre à tomber en adoration devant les mecs qui gardent la forme, mais quand même, *mamma mia !* Pourtant, ce n'est pas comme si je ne l'avais jamais vu à moitié à poil. J'ai passé énormément de temps au tennis club avec les Sinclair, à nager dans la piscine ou à regarder nos deux familles jouer au foot, alors des ados torse nu, j'en ai vu ! Mais Theo Sinclair n'est plus un gamin. C'est presque insultant de le décrire ainsi. Il a changé. A-t-il toujours été aussi large d'épaules et musclé de partout ? Je revois sa peau bronzée marquée à l'encre noire de ses tatouages et ses abdos douloureusement sculptés.

Je me presse les tempes en essayant de chasser les images des dessins gravés sur sa poitrine et ses omoplates. Il m'a parlé de l'ânkh, mais il n'a rien dit à propos du scarabée dans son dos. Celui-ci lui correspond étrangement bien. Sa carapace paraît menaçante et hostile, comme si elle le protégeait.

Mais ce sont les ailes qui ont retenu mon attention, car elles s'étendent au-delà de ses omoplates et se referment autour de ses biceps. Elles font partie de lui et semblent s'animer au moindre mouvement de ses muscles. Quant à l'ânkh qui décore sa clavicule, elle aussi paraît inquiétante, alors qu'il s'agit d'un symbole de vie. On dirait qu'elle essaie de repousser quiconque s'approche d'un peu trop près. *Reste loin de lui !* semble-t-elle hurler. Mes doigts meurent d'envie de suivre son tracé. Le parallèle entre les deux symboles m'attire irrésistiblement. La clé de la vie devant et le symbole de la résurrection derrière. Encore un mystère. J'ai l'impression qu'on me rappelle constamment que je ne sais rien de lui. Derrière moi, la porte coulissante s'ouvre, et le bruit me sort de ma rêverie.

Anika pousse un cri perçant en me voyant encore en short et en bikini. « Qu'est-ce que tu fous ? On doit être au resto dans deux heures et demie, Mag ! Il faut que tu te douches et…

— Anika, j'aurais le temps de me préparer trois fois ! » J'essaie de contenir mon rire face à son air horrifié.

« Mais… mais il pourrait y avoir des hommes là-bas, Mag ! Des hommes de la ville, puisque nous serons à Turin. Des hommes prêts à nous payer un verre et à sortir avec nous, des hommes qui n'auront pas l'air de ne pas savoir faire leur propre lessive ! » Elle me saisit le poignet, m'oblige à me lever et m'entraîne vers la maison. Je jette un dernier coup d'œil à la chaise en me demandant si je n'ai pas rêvé.

La vapeur de la douche flotte dans la salle de bains et sur le plancher de ma chambre. Je me suis fait un gommage, je me suis rasée et je suis toute propre. Je passe en revue les robes que Marta a choisies pour moi en poussant un grognement. Ce soir, les familles Savoy et Sinclair seront réunies au grand complet pour la première fois en sept ans. *Sept ans, bon sang !* À une époque, je ne pensais pas pouvoir vivre sans eux. La gorge nouée, je sélectionne une robe rose pâle à fines bretelles.

Anika a choisi le restaurant. Sur ses conseils, nous allons dîner au bord du Pô, le plus long fleuve d'Italie. À l'université, je me suis contentée de soirées quizz au pub ou de virées au McDo. Ça fait un moment que je n'ai pas activement réfléchi à la manière dont je voulais me présenter au monde. L'angoisse envahit ma poitrine à l'idée de ces retrouvailles. Autrefois, je puisais du réconfort dans le patchwork que formaient nos familles unies par notre musée. On jouait à la scopa près de la cheminée en buvant la limonade au romarin de Cinzia. Mais aujourd'hui ?

Je laisse tomber ma serviette pour enfiler la robe, puis je vais me regarder dans le miroir en marchant sur la pointe des pieds.

J'ai grandi en regardant Theo Sinclair flirter. Je connais sa routine par cœur, le sourire paresseux, le clin d'œil appuyé, la façon dont sa voix devient rauque quand il en veut plus. C'était fascinant de l'observer de loin. Il avait l'art de faire croire à toutes les filles de Chivasso qu'elles étaient de vraies femmes. Il savait où poser les yeux, comment les faire rougir, comment leur arracher un rire nerveux. Pas une seule fois je ne me suis imaginée à leur place. Je n'en ai jamais eu envie. Parce que ces filles avaient beau rougir, glousser, battre des cils d'un air fasciné et se sentir spéciales pendant quelques heures, je savais aussi qu'après, elles souffriraient pendant des jours. Une partie de vous ne guérit pas tout à fait après avoir été oubliée par Theo Sinclair. Aucun homme ne devrait posséder un tel pouvoir. C'est rageant et anti-féministe au possible que notre genre tout entier puisse se brûler à la même flamme splendide.

Je n'ai pas envie de souffrir. Et je ne veux surtout pas qu'il apprenne que je n'ai jamais vraiment embrassé quelqu'un. J'ai honte parce que ces premières fois auraient dû avoir lieu avec un inconnu bourré dans un pub d'Oxford, un endroit où personne n'a besoin de savoir qui je suis. J'ai toujours envisagé l'intimité comme une expérience, un cap à franchir, comme décrocher son permis de conduire ou aller chez le gynéco. L'idée que Theo subisse la maladresse de mes premières fois me donne des remontées acides. Je suis juste la dernière fille de Chivasso disponible.

Malgré tout, j'ai envie qu'il me désire, au moins pendant une minute. Il pourrait m'apprendre des trucs que j'utiliserais ensuite avec quelqu'un d'autre, quelqu'un avec qui je resterais. Je m'arrête un instant sur cette idée. Oui, il pourrait être mon « professeur ».

Est-ce égoïste ? Non, non. Je serais mortifiée de le lui demander. Je secoue la tête pour chasser cette pensée ridicule.

J'essuie la vapeur sur le miroir et lâche une exclamation de stupeur en découvrant mon reflet. La robe est incroyable. La soie rose poudré tombe délicatement sur mon corps, souligne les courbes de mes hanches, mon ventre plat et l'arrondi de mes seins. Elle met en valeur la façade complète de la féminité. Je souris en remerciant silencieusement Marta pour sa magie.

Brusquement, la perspective de voir Theo ce soir m'intimide moins. Est-ce que je trahis la cause féministe en me sentant plus sûre de moi dans une petite robe rose ? Je brosse mes cheveux mouillés et j'applique sur les pointes l'huile qu'Anika m'a rapportée d'un voyage à Nice il y a quelques années. Puis je secoue la tête de gauche à droite pour me débarrasser de l'excès d'eau. Il fait trop chaud pour utiliser le sèche-cheveux. Dès que mon sang recommence à circuler normalement dans mon cerveau, je regarde, à côté de moi sur le meuble de la salle de bains, la boîte qui contient mon maquillage. Je l'ai reçue en cadeau de ma mère pour mes 15 ans. Un rite de passage symbolique, de la petite fille à la femme, représenté par une boîte chromée avec les lettres MAG en strass rose collées sur le couvercle. Je jette un coup d'œil à l'intérieur. C'est la première fois que je me sens excitée devant son contenu. Ce n'est pas tant l'envie de changer qui je suis, mais l'occasion de montrer comment je me sens à l'intérieur. Je prends un blush couleur pêche et l'étale sur mes joues et l'arête de mon nez. J'en mets aussi une couche plus légère sur mes paupières.

« Pas mal. » Je penche la tête de côté. La curiosité et un étonnant sentiment de puissance m'envahissent ; ce soir, je peux choisir d'être ce que je veux, qui je veux. Les possibilités sont infinies. Je plonge de nouveau la main dans la boîte écornée.

Voyons voir ce que je peux faire.

24

THEO

« Pas de veste ? » demande mon père après avoir coupé le moteur.

Il me scrute dans le rétroviseur en tournant les boutons de manchette sur sa propre veste jusqu'à ce que ses initiales soient vers le haut.

« Nan.

— Tu aurais dû en mettre une. » Il ouvre la portière, sort de la voiture et part vers le restaurant sans prendre la peine d'attendre sa famille. Nous restons tous les trois assis en silence dans l'habitacle, où sa présence est encore perceptible.

« Je te trouve très beau, Theo. » Ma mère se tourne vers moi et tente de croiser mon regard, mais je fixe le levier de vitesse pour éviter l'inquiétude qui tente de me happer. *Tu n'as pas besoin de te faire du souci,* ai-je envie de lui dire.

Anika secoue la tête et ajuste les bracelets à son poignet. « Connard un jour… » Elle ouvre la portière sur sa gauche et sort en tirant sur sa robe orange vif pour ne pas montrer sa culotte aux passants. « Venez. » Elle passe la tête par la portière ouverte et nous adresse un grand sourire. « Allons nous bourrer la gueule et raconter des conneries. »

Notre mère rit et la rejoint à l'extérieur. Anika lui prend la main et la fait tournoyer sur elle-même. Combien de temps va-t-il falloir jouer ce rôle à la place de notre père ? Anika serre maman contre elle sans lui laisser le temps de se rappeler qu'elle devrait se trouver dans les bras d'un autre. La colère s'installe dans mes entrailles.

Je les suis dans un vieil escalier dissimulé par des vignes et des haies épaisses. Les marches sont si étroites que je dois tourner le pied de côté. L'humidité nous encercle dès qu'on arrive en bas, près du fleuve. Anika écrase un moustique et jure tout bas tandis qu'on se dirige vers la table où le Dr Savoy et Vittoria sont assis à côté de Lucia et de son fiancé, la raison pour laquelle nous sommes tous rentrés cet été.

Lucia et Dante sont presque identiques ; ils ont tous les deux les cheveux noirs avec de grands yeux bruns. Ils ressemblent énormément à Vittoria. Lucia secoue énergiquement son genou sous la table, ce qui me fait sourire. Depuis le temps que je la connais, elle n'a jamais pu arrêter de bouger. Son fiancé, Maio, la regarde avec tellement d'amour que ça me donne envie de gerber. Elle utilise ses mains pour exprimer un truc complètement fou. Maio éclate de rire. Il n'est qu'admiration pour elle.

Il n'y a qu'une douzaine de tables au bord du fleuve, si bien qu'on entend les conversations assourdies qui s'élèvent de chacune d'elles. Les éclats de rire, le tintement des verres pendant un toast. *Imbarco Perosino* n'est éclairé que par des bougies qui baignent le passage d'une lueur chaleureuse. Des lanternes sont disséminées sur les bords ou accrochées aux branches des arbres. Chaque table s'orne de fleurs fraîches disposées dans des bouteilles de vin vides décorées de coulées de cire. C'est joli. Anika a bien choisi.

Le Dr Savoy se lève et joint les mains en nous voyant. « Ah ! Dexter ! Theo ! » Il danse sur place et tend les bras pour nous serrer les mains. « Vous êtes trop beaux ! » Il fait mine de se protéger les yeux et rit de si bon cœur de sa propre blague que tout le monde se joint à lui.

« Parle pour toi, vieil homme », je lui réponds. Il recouvre ma main avec les siennes et me fait un clin d'œil avant de me lâcher. C'est donc de lui que Magdalen tient cette foutue manie ?

J'écarte une chaise pour m'asseoir quand une autre voix s'élève.

« *Ciao,* tout le monde. »

J'ai l'impression qu'on vient de me plonger la tête sous l'eau. Tout devient flou et je perds mon sens de l'orientation.

Magdalen se faufile entre les tables pour venir s'asseoir près d'Anika. Putain, dites-moi que c'est une blague ! Les joues brillantes, elle sourit à ma mère avec une telle adoration que ça compense presque la muflerie de mon père. « Cinzia, tu ressembles à un ange ! »

Mes doigts ne cessent d'agripper et de relâcher les accoudoirs de la chaise. Je compte combien de fois je fléchis la jambe sous la table jusqu'à ce que mon genou craque. Une, deux, trois, quatre. De petits gestes insignifiants pour prétendre que je ne suis pas en train de penser à la petite sœur de mon meilleur ami.

« Maggie ! Tu es ravissante, dit ma mère en la détaillant de la tête aux pieds.

— Merci, répond-elle d'une voix essoufflée, comme si elle avait couru pour arriver jusqu'ici. Tout ce que vous voyez, je le dois à Marta.

— Tu me donnes l'impression d'être vieille, *amore*. J'ai l'impression que c'était hier que tu jetais tes biberons vides à la tête de ton père, et regarde-toi maintenant... » Ses mains esquissent des gestes comme pour essayer de montrer le passage du temps. « Tu es devenue une vraie femme ! »

Nan, je ne peux pas. Je n'y arrive pas. Je me tourne vers Dante et me force à parler pour me distraire. « Alors,

Dante, qu'est-ce que tu racontes de beau ? » Cette question innocente suffit à déclencher une litanie de complaintes. Je m'installe confortablement sur ma chaise et laisse sa voix noyer les autres conversations.

« Je me suis fait complètement plumer à la banque aujourd'hui, nom de Dieu ! » Il repose son verre sur la table. « La salope de conseillère qui, soyons francs, veut coucher avec moi depuis la troisième, a décidé de...

— Dante, surveille ton langage, intervient sèchement Vittoria.

— J'ai 25 ans, mamma ! Tu ne peux plus m'interdire quoi que ce soit. »

Vittoria secoue la tête comme si elle s'attendait à cette réponse. « Rappelle-moi sous quel toit tu vis ? Tu manges les repas préparés par qui ? Jusqu'à ma mort, je serai en droit de te dire que le ciel est vert, Donnie. Si je t'entends encore blasphémer, tu rentreras à la maison à pied. »

À l'autre bout de la table, Anika éclate de rire. « Oui, *Donnie*, écoute ta mamma. »

Les joues rosies, Dante se penche vers ma sœur. « Petite question pour toi, Anika. Ça t'arrive d'arrêter de parler ? Je ne sais pas si tu es au courant, mais c'est pas parce que tu as une grande bouche que tu es obligée de l'ouvrir.

— Ah, tu n'aimes pas que j'ouvre la bouche. » Anika croise les bras, le geste défensif par excellence. « C'est parce que tu n'as jamais adressé la parole à une femme ?

— Non, tu te trompes, Anika. » J'éprouve le besoin d'intervenir à la fois en tant que grand frère et meilleur ami. « Dante parle souvent à sa mamma, bien sûr. »

Anika ricane et tape des mains sur la table en criant si fort que les gens à la table voisine nous lancent des regards agacés. « J'avais oublié à quel point c'est sympa d'avoir un frère ! »

Je fais un clin d'œil à Dante, qui marmonne des jurons dans un dialecte qu'Anika et lui sont les seuls à comprendre. Pendant que leur discussion vire à un mélange bizarre de français et d'italien, Jo, l'aîné des Savoy, prend place à côté de mon père. Il soupire bruyamment et salue nos deux paternels d'un signe de tête avant de passer la main dans ses cheveux, qu'il commence à perdre. D'après Dante, Jo ne vit pas la paternité aussi bien qu'il gère la communication du musée. J'essaie de me concentrer sur la conversation des hommes, mais ils parlent tout bas entre eux. Visiblement, ils n'ont pas envie que quelqu'un d'autre prenne part à cette discussion. N'ayant aucune envie d'adresser la parole à mon père, je me tourne vers ma mère et Vittoria, qui s'extasient sur Lucia. Sans cesser d'agiter les mains, elles les bombardent, elle et son fiancé, de questions à propos du mariage. Elles leur pincent les joues, et leurs yeux s'emplissent de larmes dès que quelqu'un mentionne les décorations qu'elles ont choisies pour le musée. Je contemple le fleuve en essayant de compter les ondulations que les canards créent à la surface.

Puis je la sens, *elle*.

Ne la regarde pas, Theo, putain. Tu sais comment ça va finir. Je me mords la lèvre jusqu'à faire couler le sang, mais ça ne sert à rien. *Juste un instant. Juste pour voir si elle a envie de me regarder, elle aussi.*

Je décroise les jambes et remue sur mon siège.

Je la regarde. Je la regarde et je le regrette aussitôt. Elle observe d'un air amusé l'échange entre Anika et Dante et elle éclate de rire lorsqu'Anika essaie de se relever. Elle s'empresse de tirer sur le poignet de ma sœur pour l'obliger à rester assise, mais ça ne sert à rien, Anika est trop forte quand elle se laisse emporter par la passion. Magdalen lève le bras pour l'attraper, si bien que sa robe se relève de quelques centimètres innocents. La soie rose se tend sur son corps et souligne la délicatesse de sa taille. C'est mal d'imaginer comme ce serait facile de faire glisser cette robe sur sa peau et de la regarder former un amas de soie autour de ses chevilles. Je m'entends tousser avant même de réaliser que j'avais besoin d'une réaction physique pour me sortir cette vision de la tête.

« Ça va, mon frère ? » s'inquiète Dante.

Toutes les têtes se tournent vers moi. J'ouvre la bouche parce que tout le monde attend une réponse, mais aucun mot n'en sort. Magdalen se décale sur son siège. Nos yeux se croisent. Je pourrais encore faire semblant, mais je sais que tant qu'elle me laissera faire, je ne pourrai pas détourner les yeux. Une rougeur familière colore ses joues, mais elle ne cille pas. Au contraire, elle hausse les sourcils comme pour me défier. Je pose les coudes sur la table sans jamais la quitter du regard, en essayant de ne pas sourire de son adorable détermination. *Tu n'as aucune chance, Magdalen.*

« Ouais, je vais bien. » Aussitôt, tout le monde se désintéresse de moi. Je devrais me tourner vers Dante, mais je continue de soutenir le regard de Magdalen. Vittoria et maman reprennent leur discussion et nos pères secouent la tête à propos d'un sujet ancien et épineux, certainement. Chacun retrouve son comportement normal, mais Magdalen continue de m'observer, elle aussi, la tête penchée d'un air amusé, un sourire séducteur sur les lèvres. Je m'apprête à lui parler lorsque Dante utilise son couteau pour faire tinter son verre.

« J'aimerais dire quelque chose. » Il a les yeux rivés sur moi. L'espace d'un instant, je crains qu'il m'ait surpris en train de dévisager sa sœur. Mon sang se glace dans mes veines. Je me repasse le moment dans ma tête pour voir si c'était évident à ce point et je culpabilise parce qu'il m'a clairement fait savoir que Magdalen n'était pas pour moi. Je pivote de manière à ne plus la voir et attrape mon verre si brusquement qu'un peu de vin déborde et tache la nappe. Je me racle la gorge en attendant que Dante poursuive. Il me regarde encore, puis jette un coup d'œil à sa sœur et inspire avant de s'adresser au reste de l'assemblée. « Je crois que l'amour est une chose rare et que tout le monde n'a pas la chance de le rencontrer. »

Anika tente de se moquer, mais je vois bien que cette déclaration la surprend. Dante est rarement sérieux.

« Quand Lucia nous a appris qu'elle allait se marier, je crois que ça n'a étonné personne. Elle a toujours été la plus courageuse d'entre nous, et l'amour est, il me semble, la plus effrayante des aventures », ajoute-t-il avec beaucoup d'autodérision. Anika sourit en regardant Lucia avec fierté.

« C'est courageux de savoir ce que l'on veut, ça l'est encore plus de le saisir au vol. Lucia, tu as parcouru le monde entier et tu as compris que ton cœur a toujours été au bout de la rue. » Il contemple les deux fiancés qui se tiennent la main sous la table. Sa voix se fissure. « Félicitations, enfoirés. » Il lève son verre et hausse les épaules avant de le vider d'un trait. « Désolé, mamma. » Dès qu'il se rassied, Lucia fait le tour de la table pour le prendre dans ses bras.

Mon père applaudit bruyamment et se frotte les yeux comme s'il était agacé. « Bon, finis les violons. Les gamins n'ont qu'à aller se servir les premiers. » Il montre le buffet en haut de l'escalier et s'intéresse de nouveau à son verre. Combien en a-t-il vidé depuis notre arrivée ?

Je secoue la tête et me lève en même temps que les autres *gamins*. Dante, Anika, Lucia, Maio et Jo se dirigent vers le buffet caché en haut d'un petit escalier en bois, derrière la vigne qui s'enroule sur la pergola. Mais, du coin de l'œil, je vois Magdalen passer rapidement devant tout le monde et gravir l'escalier quatre à quatre avant de disparaître derrière la verdure. Je fronce les sourcils. *Putain, tu vas où comme ça ?*

25

MAGDALEN

Je lisse ma robe, prends une grande respiration et entre dans la salle du buffet. L'intérieur d'*Imbarco Perosino* est faiblement éclairé par des chandelles disséminées dans toute la pièce. L'effet est très joli, mais c'est presque impossible de voir où on met les pieds. Au centre de la salle se dressent deux tables en chêne recouvertes de nappes épaisses et de plats en argent chargés de nourriture. Mais j'y fais à peine attention. Je frôle le couple devant moi en plissant les yeux pour trouver celui que je cherche parmi les serveurs, mais ils portent tous le même uniforme. Je m'éclaircis la voix. Il est parti, ce qui est compréhensible. Je ne peux pas lui en vouloir de ne pas m'avoir attendue puisque, de toute évidence, il travaille. Alors je me dirige vers l'une des tables, prends une assiette et examine sans vraiment le voir le contenu des plats. Je tends la main vers la cuiller de service quand je sens qu'on me tapote l'épaule.

« Je t'avais dit de m'attendre, me dit une voix grave qui me fait sursauter. Je peux t'apporter ce qu'il y a de mieux. » Je fais volte-face. Roberto, les mains jointes dans le dos, hausse un sourcil devant mon assiette vide.

Je m'empresse de la poser, mais on hésite tous les deux un instant avant d'éclater de rire à l'unisson. « Je t'ai cherché, je t'assure ! » Je ne reconnais pas le ton aigu de ma voix. Qui est cette fille qui part en douce rencontrer un garçon alors qu'elle participe à un dîner de famille ?

« Quoi, pendant trois minutes ? Il fallait que je m'occupe des serviettes dans l'arrière-salle. » Il continue de sourire, une lueur amusée au fond du regard. « Jamais je ne te laisserais tomber, Mags.

— Mais, les plats…

— Ah, j'aurais dû m'en douter. On ne s'est pas vus depuis combien de temps, deux ans ? Mais, oui, évidemment, les plats, c'est le plus important.

— Tu as fini de te moquer de moi, Roberto ?

— Seulement si je peux te serrer dans mes bras, ce que j'attends de faire depuis que j'ai appris que tu étais rentrée. »

Je soupire, contente de retrouver Roberto Almeno, le seul garçon à qui je parlais au collège. Passionné de théâtre, il avait la voix d'un jeune Ezio Pinza et se rendait à vélo au tennis club presque tous les jours après les cours. On ne se parlait pas beaucoup, mais on se voyait assez souvent pour que je me sente presque à l'aise en sa présence.

Pour toute réponse, j'écarte les bras.

« Enfin », commente Roberto en souriant. Il me soulève de terre, et mes pieds battent dans le vide un instant tandis qu'il me serre contre lui.

Mais lorsqu'il me repose par terre, une autre voix nous interrompt. Mon cœur se serre. Je déteste être à ce point consciente de la présence de Theo. Roberto rit à propos d'un truc, mais je n'entends plus rien, uniquement focalisée sur Theo derrière moi. Quand je me retourne sous prétexte de ramasser une serviette, je constate qu'il se trouve au bout du buffet. Il dit quelques mots à Dante, mais il a les yeux rivés sur moi, une assiette vide à la main. Je lui souris. Qu'est-ce que je suis censée faire d'autre ? Il soupire et contemple son assiette avant de m'adresser un sourire en coin. Je n'y trouve aucun sens caché, alors je me rappelle qu'il n'est pas jaloux et qu'il ne s'intéresse pas à ma discussion avec Roberto, parce qu'on est *juste des copains*. Il s'est montré curieux, mais maintenant que cette curiosité est satisfaite, il passe à autre chose. C'est ce que font les copains. Ils se sourient, se saluent et passent à autre chose.

« Ça te plairait ? » demande Roberto.

Embarrassée parce que je n'ai rien entendu de ce qu'il a dit, j'acquiesce sans savoir ce que je viens d'accepter. Comment est-ce possible ? Il y a deux minutes, c'est moi qui cherchais Roberto. Et maintenant, une étrange sensation de vide me creuse la poitrine, comme si quelqu'un passait un couteau émoussé sur mes côtes, encore et encore. Je veux que Theo s'intéresse à moi. Un fantasme stupide pour une fille qui lit trop de romans d'amour.

« Pourquoi pas jeudi soir ? Je peux venir à Castagneto Po ? Je n'y suis pas allé depuis une éternité. Est-ce que le petit café en bas de la colline existe toujours ? » Il esquisse la colline avec ses mains et fait de grands gestes pour décrire le café. Je regrette déjà de l'avoir serré dans mes bras.

Je ris même si ce n'est pas drôle. « Oui, il est encore là.

— Tant mieux. » Il joue avec la ceinture de son tablier. « On se retrouve là-bas jeudi soir ?

— OK. » J'essaie de sourire. Je n'en reviens pas à quel point j'ai envie que Theo se soucie de moi. Je suis atterrée. « 21 heures ? »

On s'écarte pour permettre à Dante de prendre une pince de crabe. Il ne se rend même pas compte que c'est moi qui suis devant lui.

« Parfait. » Ma réponse me semble forcée, mais Roberto ne paraît pas le remarquer. Quand j'étais petite et que j'avais envie de pleurer, ma mère me disait de penser à une télécommande. Je pouvais imaginer mon doigt appuyant sur avance rapide pour faire défiler rapidement la tristesse et m'arrêter sur une autre émotion. « *Tu peux revenir en arrière, me disait-elle, mais tu peux aussi aller de l'avant.* »

« Le devoir m'appelle, j'en ai peur. J'ai des pinces de crabe à servir. » Roberto me presse l'épaule et repart en cuisine.

Je connais les muscles de mon visage et je sais que si je serre les dents et que je soulève les coins de ma bouche, ça peut passer pour un sourire. Je regarde autour de moi ; les membres de ma famille sont éparpillés autour du buffet. D'un air dégoûté, Jo prend un morceau d'agneau saignant avec des pinces. Pendant ce temps, Anika lui parle avec animation d'un truc dont il n'a visiblement rien à faire. Lucia remplit une assiette pour Maio qui se trouve pourtant à côté d'elle. Dante, un immense sourire aux lèvres, parle à une serveuse. Elle me tourne le dos, donc je ne vois pas si elle lui porte le même intérêt.

« Tu n'es pas fan des pinces de crabe ? »

Je tourne la tête. De l'autre côté de la table, Theo me montre mon assiette vide. J'ai la gorge tellement serrée que je suis obligée de penser consciemment à respirer pour amener de l'air dans mes poumons. « Euh, oui. » J'essaie de m'ancrer dans le moment présent. « Je n'ai jamais aimé les crustacés.

— Dans ce cas, tu es probablement au mauvais endroit. »

Je baisse les yeux. Effectivement, ça fait un petit moment que je suis plantée devant les plateaux de fruits de mer. « Tu as raison. » Je m'apprête à tourner les talons. « Je crois que tout ce soleil commence à me monter à la tête.

— On ne peut pas tolérer ça. Ton cerveau vaut au moins soixante mille euros.

— Mon cerveau est loin d'être précieux, je ne suis qu'une étudiante en anglais.

— Je ne suis pas d'accord », répond-il d'une voix brusque en balançant quelques crevettes roses sur son assiette.

Je les contemple d'un œil flou en me disant qu'il faut vraiment que je m'éloigne de lui. « Bon, je ferais mieux de trouver une table dépourvue de créatures marines. »

J'essaie de nouveau de partir, mais je l'entends dire : « Au fait, c'était qui le type avec le tablier ? »

Je me crispe et décide de faire semblant de n'avoir rien entendu. C'est mieux ainsi. Mais mes doigts serrent si fort mon assiette que j'en ai mal aux articulations.

Le dîner s'éternise. Ça fait plus de trois heures, mais personne ne semble particulièrement pressé de s'en aller.

« Theo, tu n'as jamais eu la moindre responsabilité. N'essaie pas de donner ton avis sur un truc dont tu ignores tout. »

Dexter, les yeux injectés de sang et l'air mauvais, agite une main en direction de Theo. Sous son bras levé, sa chemise est trempée de sueur.

« Bravo, papa. Très malin. »

J'essaie de croiser le regard de Theo pour lui faire comprendre que je trouve Dexter absurde, moi aussi, mais son attention est rivée sur son père.

« Ose me dire que ce n'est pas vrai ! Qui t'a obtenu un boulot dans un musée de New York, hein ? Et ce stage en Grèce avant ça ? Quand tu comprendras la vraie vie, je serai prêt à écouter tes suggestions. »

Mon père soupire, comme s'il était habitué à ce genre de scènes. Brusquement, sa passivité m'énerve. J'ai l'impression qu'il est de son devoir de s'interposer ; peut-être qu'en secret je crois que c'est toujours le rôle d'un *papa* d'intervenir. Autour de moi, tout le monde observe cet échange en silence. Vittoria lisse des serviettes parfaitement pliées. Dante joue avec le pied de son verre à vin. J'ai envie d'arracher la nappe et de hurler en voyant Anika se racler la gorge et tourner les yeux vers le fleuve. *Tu as toujours quelque chose à dire ! Pourquoi tu le laisses parler à ton frère comme ça ?* Mais Anika a beau parler fort, ça ne veut pas forcément dire qu'elle est courageuse. Mes mains me démangent tellement j'ai envie de la gifler. J'aimerais lui crier : *MENTEUSE !*

« Je ne pense pas que tu aies envie de parler de la vraie vie », répond Theo d'une voix sourde et mesurée.

Dexter jette un coup d'œil à papa et soupire de façon théâtrale. « Tu n'en as pas marre d'être ce pauvre garçon brisé qui déteste son père ? Je te croyais plus intelligent que ça, c'est d'un cliché !

— Moi aussi, je te croyais intelligent avant, mais apparemment on s'est plantés tous les deux.

— Oh, bon sang, ça recommence. Pourquoi rester si tu nous hais, Theo ? Va-t'en. Ton cinéma ne manquait à personne, on s'en sortait très bien sans toi. »

Cinzia agrippe sa serviette, mais continue de se taire et laisse Dexter poursuivre.

« Je ne suis pas là pour toi ! crache Theo.

— Bien sûr que non. Il ne faudrait surtout pas que j'oublie une seconde que je suis le pire paternel de cette planète. »

Theo soupire, attrape la bouteille de vin et vide ce qu'il en reste dans son verre. « Juste par curiosité, tu te rends bien compte que tout le restaurant a arrêté de parler pour te regarder te baver dessus ? »

Dexter renifle et se passe la main sur le visage comme s'il essayait de briser un sort. Est-ce qu'il est défoncé ? Une boule d'angoisse se forme dans ma gorge.

« Ah, va te faire foutre ! » Il se renfonce sur sa chaise d'un air boudeur qui conviendrait mieux à un ado. Puis il agite la main comme s'il se noyait et fait signe à un serveur qui passe. « On peut avoir l'addition ? »

Anika s'éclaircit la voix dans le silence épais qui menace de s'installer. « Bon, c'était censé être la grande surprise pour Lucia et Maio, dit-elle calmement. Mamma et moi, on a réservé un séjour à Alassio le week-end prochain pour faire la fête avant le mariage. » Sa voix est trop aiguë parce qu'elle se force à raviver un peu de joie. « Juste nous les gamins », ajoute-t-elle en jetant un coup d'œil à son père. Hagard et transpirant, il tapote sa poche de poitrine à la recherche de ses lunettes de lecture. Il est si vieux qu'il ne voit plus ce qu'il a sous le nez. Il ne voit même pas Theo.

« Oh, Anika, c'est merveilleux ! » Lucia se jette au cou de Maio et l'embrasse sur la joue. « C'est exactement ce dont on a besoin ! »

Maio rougit en se penchant vers sa fiancée. « C'est vraiment adorable. Merci, Anika, renchérit-il timidement.

— Bah, fait Anika en esquivant ces remerciements d'un geste. Ce n'est pas totalement altruiste. Moi aussi, j'y gagne des mini-vacances. »

Sa plaisanterie tombe à plat parce que tout le monde est trop occupé à regarder Dexter, qui plisse les yeux devant l'addition.

« Mon Dieu, Anika, tu as enfin fait quelque chose de bien. » Dante lève les mains jointes en prière pour se moquer.

« Toi, ne m'adresse plus jamais la parole.

— OK, bébé. » Il se lève en s'étirant et regarde les autres familles assises autour de nous. Après avoir observé un peu trop longtemps un enfant dans une chaise haute, il frémit. « Bon, vu qu'on est à Turin, est-ce que quelqu'un a envie de poursuivre les festivités dans un endroit un peu plus enthousiasmant ? »

Papa fait le tour de la table pour rejoindre notre mère et pose sur ses épaules le châle qu'elle avait drapé sur sa chaise. Elle lève les yeux vers lui et serre affectueusement la main qu'il a posée sur son bras. Je me sens gênée pour Cinzia, dont le mari vient de gâcher la soirée. De fait, elle se lève, lisse sa jupe et s'éloigne rapidement. Seule.

Je jette un coup d'œil à Theo. Figé sur son siège, il contemple une tache de vin sur la nappe. N'ayant aucune influence ou importance dans sa vie, je quitte le restaurant sans me retourner.

Lucia et Maio décident qu'ils sont fatigués et s'en vont avec Jo. Mon père raccompagne Dexter à sa voiture et s'installe au volant. Cinzia, docile, esquisse un geste d'impuissance à l'intention d'Anika et décide de rentrer seule avec ma mère. Dante, Anika et moi restons au milieu du parking obscur à écouter les bavardages étouffés des gens le long du fleuve. Dante cherche une cigarette à tâtons. Ces trois minutes de silence sont beaucoup trop intenses pour lui. Au bout d'une minute supplémentaire, la tête de Theo apparaît au-dessus des marches. Il sourit d'un air embarrassé en nous rejoignant.

« Putain, c'était horrible. » Son coude effleure le mien quand il passe devant moi pour s'arrêter à côté de Dante.

Ce dernier le regarde d'un air hésitant. « Je suis désolé, Dexter est vraiment con quand il est bourré. »

Theo interroge Anika du regard, comme s'il lui demandait la permission de répondre. Elle lève les yeux au ciel et chipe la cigarette que Dante avait aux lèvres.

« Il n'est pas bourré, il est défoncé, rectifie-t-il en haussant les épaules comme si le fait que son père se drogue n'avait pas beaucoup d'importance.

— Nan, tu déconnes ! » Dante en reste bouche bée. Il se tourne vers Anika. S'il avait bu davantage, il aurait peut-être le courage de lui dire un truc réconfortant.

Anika renifle. « Chaque fois qu'il a "un truc à fêter", il commence presque toujours par sniffer de la poudre.

— Putain. » Dante secoue la tête d'un air incrédule. « Moi qui croyais tout savoir de vous ! »

Ne sachant pas quoi dire, je me contente de hocher la tête. Je suis triste et mal à l'aise pour Theo et Anika. Pendant quelques instants, on n'entend rien d'autre que le bruit de la clope volée d'Anika qui se consume. Je ferme les yeux en inhalant l'odeur de la fumée.

« Est-ce que ton copain veut se joindre à nous ? » demande Theo. Il me faut un moment pour comprendre que c'est à moi que la question s'adresse.

« Qui ? » J'utilise mon pied gauche pour me gratter la cheville droite en me raccrochant à l'épaule de Dante pour garder l'équilibre.

« Celui qui t'a pris dans ses bras à côté des pinces de crabe. » Il plisse les yeux comme s'il n'en revenait pas que je ne m'en souvienne pas.

« Qui a pris Magdalen dans ses bras ? s'enquiert aussitôt Dante d'un air intéressé. Est-ce que je dois le tuer ?

— Non, Dante, ce ne sera pas nécessaire. » Je cligne des yeux, j'ai l'impression que ma conversation avec Roberto a eu lieu il y a trois ans plutôt qu'il y a trois heures. « Oh, Roberto, oui, c'est vrai. » Je hoche la tête. C'est déjà bien, à ce stade, que je réussisse à me souvenir de son prénom.

« Si c'est son prénom, alors oui, c'est bien de lui que je parle, Magdalen », répond froidement Theo.

Je le fusille du regard, mais il prend un air impassible. Je m'apprête à lui répondre quand Anika s'exclame : « Roberto était au resto ? Maggie, pourquoi tu ne m'as rien dit ? Tu sais que je serais allée lui dire bonjour ! »

Je m'agite, mal à l'aise. « Désolée, tout s'est passé si vite, ça m'est sorti de la tête. » C'est un mensonge. Je me sens égoïste parce que j'ai apprécié ma discussion avec Roberto et que je n'avais pas envie qu'Anika l'éblouisse… *Est-ce que ça fait de moi une garce ?* Cette idée me vrille le cerveau. *Est-ce que je suis une salope égoïste et sans cœur parce que je ne savais même pas que le père de ma meilleure amie prenait de la coke et que j'avais peur qu'elle m'éclipse si un garçon nous voyait toutes les deux côte à côte ?*

« Alors, *Maggie*, est-ce que ton copain veut venir avec nous ? » insiste Theo en prononçant mon prénom comme si c'était du poison. En attendant ma réponse, il frotte les pavés du bout de son mocassin.

« Il, euh, ne termine son service qu'après la fermeture du restaurant. » *Menteuse. Comme si tu étais capable d'y retourner pour l'inviter !*

« Dommage, soupire Theo. Il a l'air sympa.

— Il l'est.

— Plus que moi ? » Theo jette un coup d'œil à Dante et se reprend aussitôt. « Plus que nous, je veux dire ? »

Anika rit bruyamment. « Mon très cher frère, notre père était complètement défoncé au dîner et tu parles moins qu'un putain de pigeon. Évidemment que Roberto est plus sympa et plus marrant !

— T'as raison, Anika ! s'exclame Dante en sautillant d'excitation. Accable ton frère. Détruis sa confiance en lui ! Dis-lui qu'il est moche, par-dessus le marché !

— Roberto est sympa, je conclus sans laisser le temps à Anika de trouver une autre insulte. On a prévu de se voir jeudi, donc il ne sera pas trop triste d'avoir raté ça. » J'évite soigneusement de regarder Theo en leur livrant cette information.

« Rien que tous les deux ? » Anika hausse tellement les sourcils qu'au moins cinq plis se forment sur son front.

« Oui, rien que nous deux. On a rendez-vous à *L'Anguilla* à 21 heures, si tu veux tout savoir. » Je sens le regard brûlant de Theo sur moi. Mes joues s'enflamment, mais je reste focalisée sur Anika en faisant semblant de ne rien remarquer.

« Bon, j'adorerais continuer à parler de la vie amoureuse de ma sœur, mais on ne pourrait pas bouger ? » Dante part en direction de la ville.

Gênée et furieuse, je réponds : « Excellente idée, je suis prête à me bourrer la gueule. »

Anika rit en passant son bras sous le mien. « Mon Dieu, mais qu'est-ce que l'Angleterre a fait de toi ? »

26

THEO

Une petite pendule est accrochée sur le mur en miroir du bar. Pour éviter mon reflet, je me focalise sur la petite aiguille qui fait le tour du cadran à toute vitesse. Il est déjà 1 h 30, et nous sommes les quatre derniers clients. Je balaie du regard l'endroit faiblement éclairé. Penché sur le jukebox, Dante secoue la tête comme s'il était en pleine dispute avec la machine. Anika et Magdalen jouent très mal au billard, mais leurs rires résonnent de manière adorable par-dessus les accords feutrés d'Elvis Costello. Dante a dû appuyer sur le mauvais bouton. Anika essaie de faire tournoyer sa queue de billard comme un bâton de majorette, mais elle heurte le chandelier étincelant au-dessus de leurs têtes, ce qui les fait glousser comme des gamines.

Comment Anika fait-elle pour passer à autre chose aussi vite ? Comment peut-elle se désolidariser de lui aussi facilement, comme si ce n'était pas son père à elle aussi à ce putain de dîner ? Je vide mon cinquième verre en broyant les glaçons entre mes dents. Les images du visage agité de mon père me paraissent moins intenses qu'après ma première bière. Quelqu'un me serre fermement les épaules. En tournant la tête, je me retrouve face au large sourire de Dante.

« Qui veut de la beuh ? » Son haleine envahit le petit recoin dans lequel je me suis retiré. Il empeste la cigarette et les cacahuètes rances.

Je ricane en redressant les épaules pour qu'il me lâche. Ce n'est pas très délicat de sa part de me proposer de la drogue alors qu'on a tous vu dans quel état était mon père ce soir. Puis je repense à toutes les fois où on a plané ensemble tous les deux et je me dis que je ne suis pas rationnel. C'est juste de la beuh, bon sang.

Je mords d'autres glaçons en jetant un nouveau coup d'œil au miroir. J'ai peur de ne pas y voir celui que je crois être, mais quelqu'un qui se cache dans ce bar comme mon père se planque certainement dans son bureau en ce moment même. Un homme faible. Prévisible.

« Alors, t'es partant ? » Dante joue des sourcils d'un air taquin. Je serre les dents sur la glace et sur ma colère, et tente désespérément de rester sympa et marrant avec mon meilleur ami. Je ne veux pas faire de faux pas.

« Nan, mec, je crois que je vais rentrer.

— T'es qu'une mauviette, *mon pote* », répond-il d'un air moqueur. Il appuie une dernière fois sur mes épaules, puis reste debout à côté de mon tabouret. « Mais on se voit demain, pas vrai ? »

Dans la pénombre, son visage luisant me rappelle ces masques effrayants exposés au musée qui servaient à faire fuir les démons au cours de prières particulièrement intenses.

« Ouais, on se voit demain, Dante. »

Malgré les ombres profondes, je vois qu'il fronce les sourcils. Je fais courir mon doigt sur le cercle de condensation qui entoure mon verre de bière et dessine un smiley triste.

« J'ai des problèmes non résolus avec mon père. » J'ai essayé de dire ça sur le ton de la plaisanterie, mais la vérité reste en suspens entre nous. Je prends une respiration tremblante et tente de lui faire un sourire encourageant, mais les muscles de ma mâchoire sont tellement crispés que j'ai peur que tout mon visage se brise. Dante hoche la tête sans s'appesantir sur cette confidence et siffle bruyamment.

Anika se tourne vers nous. « Alors, il est partant ? crie-t-elle.

— Non, pas ce soir. » Dante me jette un coup d'œil avant de pivoter vers Magdalen.

« On t'aura un de ces jours, prédit Anika qui sautille sur place en brandissant la queue de billard au-dessus de sa tête.

— Et moi, tu ne me demandes pas si j'en veux ? demande Magdalen à Dante en s'appuyant d'une main sur le billard.

— Certainement pas. » Dante se redresse en bombant le torse et je renifle, surpris de le voir si protecteur, tout à coup.

« Tu sais, si je voulais, je pourrais parfaitement fumer un joint avec vous. Mais il se trouve que je ne suis pas d'humeur, alors je ne vais pas insister.

— Ouais, si tu le dis, Maggie. Mais même si tu étais d'humeur, je ne t'y autoriserais pas. »

Magdalen lui fait un doigt d'honneur. Dante lui envoie un baiser et se tourne vers moi. « Vous êtes en état de rentrer tous les deux ? » Je sens que c'est un test. Il verra, en fonction de ma réponse, si ses soupçons se confirment.

« Veille sur Anika. » Je le serre dans mes bras et lui donne une tape sur l'épaule. On se comprend tacitement. Quoi qu'il arrive, nous sommes des grands frères avant tout.

« Toujours, mon frère. »

27

MAGDALEN

« Salut, ma petite salope. »

Anika dépose un baiser baveux sur ma joue et me donne une tape sur les fesses avant de rejoindre Dante en sautillant. Rien qu'à sa posture, je devine qu'elle est ravie de se retrouver seule avec lui. Comme s'il l'entraînait dans son sillage, elle met ses pas dans les siens. Je repense à notre amitié. J'espère que le problème que j'ai avec l'intimité ne les a pas empêchés de se mettre ensemble. Ce serait génial si elle devenait ma sœur pour de bon. Un jour, je lui poserai la question.

En soupirant, je raccroche la queue de billard sur le mur. Secrètement, je me réjouis de terminer la partie plus tôt que prévu parce que mon manque de coordination faisait peur à voir. Il règne une chaleur agréable dans le bar ; je prends le temps d'étirer mes bras au-dessus de ma tête en savourant l'agréable effervescence que me procurent les trois bières que j'ai bues. La sensation descend du bout de mes doigts jusqu'à la plante de mes pieds. Je me sens bien, presque insouciante. Pour me donner une raison de sourire, je tournoie sur moi-même. Soudain, une main m'attrape, un doigt s'enfonce dans mes côtes. Je fais volte-face. Theo me regarde en fronçant les sourcils.

« Ça suffit, petite folle, il est temps de te ramener à la maison. »

Les bières réagissent à ma place, le sourire radieux que je retenais se libère et je me moque ouvertement de Theo qui m'a enfoncé un doigt dans les côtes pour attirer mon attention. « Tu n'as pas honte ? dis-je en rigolant.

— Tu aurais préféré des chatouilles ?

— Non ! » Je pousse un cri aigu et recule de quelques pas jusqu'à ce que le haut de mes cuisses heurte le bois froid de la table de billard. Le regard de Theo change en me voyant appuyée comme ça contre la table. Il descend paresseusement jusqu'à mes lèvres puis, lentement, délibérément, glisse jusqu'à mes cuisses, là où s'arrête l'ourlet de ma robe rose.

« Il paraît que je suis très doué de mes mains. » Il se rapproche de moi avec la grâce d'un prédateur qui a tout son temps. « Pour ce qui est des chatouilles, bien sûr. » Il a les mains dans les poches, comme s'il était imperturbable. Mais, à travers le tissu, je devine ses doigts qui s'enfoncent dans ses jambes. Il se retient.

Mon souffle s'étrangle dans ma gorge. La peur et une autre émotion inconnue me font frissonner. Sa voix est tellement rauque ! Mon corps me paraît chaud et sensible quand j'imagine ce que feraient les mains de Theo sur ma peau, comment ses paumes effleureraient ma cage thoracique, comment ses doigts puissants agripperaient mes hanches pour m'asseoir sur la table…

« Hmm. » Je lève les yeux vers lui. « Je ne sais pas qui t'a dit ça, mais c'était exagéré. »

Il est si proche que je peux sentir le coton propre de sa chemise et le vent qui l'a séchée sur la corde à linge. Sa peau semble contenir le soleil même dans la pénombre du bar. Sa présence me submerge totalement.

« Toutes mes excuses. » Son genou effleure le mien, et la chaleur envahit mes joues. « Et si j'essayais de m'améliorer ? » murmure-t-il en penchant la tête. Ses cheveux basculent vers la gauche. Sans réfléchir, j'y passe mes doigts pour vérifier que j'ai bien travaillé tout à l'heure. Sans le vouloir, je lui racle le crâne avec mes ongles. Mais chaque mèche s'enroule autour de mes doigts comme pour m'inciter à rester dans sa chaleur et à m'enfouir dans ses pensées. Theo ferme brièvement les yeux en poussant un petit soupir et se laisse aller sous mes mains.

« Rien à redire du côté de tes cheveux. » J'avale difficilement ma salive et suis obligée de m'appuyer des deux mains à la table de billard derrière moi.

Theo rouvre les yeux. Je lui rends son regard dans le silence qui s'installe entre nous. Difficile de me sentir gênée quand je me noie à ce point dans ses iris qui ont la couleur de l'orage avant une grosse averse.

Il grogne pour montrer qu'il est d'accord et pose une main sur le creux de mon ventre, juste sous mes côtes. Il semble fasciné par ce point précis et le caresse avec le pouce, encore et encore, pendant ce qui me paraît être une éternité. Je retiens mon souffle. Je n'ose plus bouger, de peur de rompre le charme.

Depuis notre arrivée dans ce bar, Theo a passé la majeure partie du temps assis sur le tabouret au bout du comptoir comme si ce dernier l'hypnotisait. Je ne sais pas s'il est bourré. Peut-être qu'il ne se rend même pas compte que c'est moi qu'il caresse, peut-être qu'il pense que je suis quelqu'un d'autre, une autre fille aux cheveux auburn et aux yeux verts. Cette idée me plaît et me soulage, comme si cela m'autorisait à faire ce que je voulais sans risquer de me mettre dans l'embarras. Je ferme les yeux en savourant avec gratitude la pression de ses doigts sous mon cœur qui bat. Son pouce appuie plus fort au creux de mon ventre et m'offre un massage délicieusement lent. Je respire malgré moi et lâche un « oh », à moins que ce ne soit un gémissement, tandis qu'une vague de chaleur descend doucement de mon nombril à mes orteils.

« C'est mieux ? » me demande-t-il d'une voix dangereusement langoureuse. Ses pieds se glissent entre les miens, nos cuisses se pressent contre celles de l'autre.

« Je crois que je dois des excuses à la personne que je viens de dénigrer », je reconnais, le nez tourné vers le plafond parce que regarder Theo à cet instant serait comme regarder le soleil sans protection.

Il laisse échapper un petit rire que je trouve somptueux, chaud et décadent comme les *struffoli*[6] que Nonna faisait pour le réveillon de Noël. Il fait mine de poser sa main droite de l'autre côté de ma taille, mais il hésite à mi-chemin. Ah, il vient de se rappeler qu'il n'a affaire qu'à moi.

« Ce n'est rien, dis-je avant qu'il puisse marmonner des excuses maladroites. Je comprends. »

C'est plus facile de prétendre que ce n'est pas moi le problème si je parle la première. Il fait la moue comme s'il voulait protester, mais finalement il garde le silence et se contente de me regarder. Je cligne des yeux pour essayer de contenir les larmes qui me brûlent et je commence à m'écarter. Peu importe mon âge, je crois que je me sentirai toujours aussi nulle que quand j'étais petite. Brusquement, Emily et l'Angleterre me manquent, tout comme l'odeur du vin rouge et des vieux livres. J'ai envie de réconfort et de fauteuils en cuir usés. Je ne veux plus jamais avoir à essayer de nouveaux trucs.

« Magdalen », murmure-t-il d'une voix éraillée, mais je suis trop embarrassée pour écouter son raisonnement.

---

6. Petites boules de pâte sucrée frites que l'on déguste principalement à Noël. (N.D.É.)

Je préférerais la colère, alors je tente de la trouver en moi tout en continuant de m'écarter. Mais, soudain, ses mains se posent de nouveau sur mon corps et me retiennent.

« Merde », dit-il en les contemplant comme si elles étaient animées d'une volonté propre. Puis il me regarde, les sourcils froncés, comme s'il allait dire quelque chose. Finalement, il secoue la tête en serrant plus fort mes hanches.

« Je comprends. » Ce sont les deux seuls mots que je suis capable de marmonner sans me mettre à pleurer.

Ses doigts s'enfoncent presque douloureusement dans ma peau tandis qu'il me plaque contre lui. « Non, pas du tout », murmure-t-il en effleurant mon cou de ses lèvres, si vite que je n'ai pas le temps de réaliser ce qu'il m'arrive. Mon corps se réchauffe contre le sien, je me sens toute bousculée et déboussolée.

« Ben, maintenant, c'est sûr, je comprends plus rien », je souffle. Ses doigts remontent jusqu'à mon cou et l'inclinent en arrière. Il se penche de nouveau sur moi, et son nez frôle ma gorge. Je l'entends prendre une grande inspiration.

Puis il me libère, rapidement et efficacement, comme s'il ne venait pas de me faire vivre un moment torride sur une table de billard.

Il pousse un soupir furieux. « Désolé, euh, je vais t'attendre dehors. Prends ton temps. »

Sur ce, il s'en va.

28

THEO

Mes mains tremblent légèrement en sortant une cigarette du paquet. Je fais les cent pas devant le bar en attendant Magdalen. Je repense à ses jambes pressées contre les miennes, à son cou qui sent la lavande et l'été, à la douceur de son ventre à travers sa robe.

« Fait chier ! » je m'exclame dans la rue déserte. Ma voix éraillée résonne entre les arches. Juste au moment où je m'apprête à revivre le souvenir de Magdalen contre moi, une autre vision refait surface. Elle me prend par surprise, comme toujours. Mon cœur bat plus vite tandis que mon cerveau me remontre les images du grenier en infrarouge et m'oblige à me rappeler tous les détails. La poussière sur les cartons. Leurs corps emmêlés de manière peu naturelle, tout en coudes et en vêtements froissés. Sa jupe déchirée. Putain de merde, j'ai besoin d'un autre verre.

« C'est bon, on peut y aller. » Magdalen apparaît derrière moi, et le souvenir replonge dans l'obscurité.

La tête tournée vers la petite ruelle remplie de bars et de cafés fermés, elle fait exprès d'éviter mon regard. J'allume une autre clope. Ses cheveux se soulèvent dans la brise matinale, des mèches roux foncé flottent autour de son visage. J'essaie de me calmer et de tout oublier. Mais j'ai l'impression de sentir sa peau imprimée contre la mienne, comme une brûlure au fer rouge. On reste comme ça un moment, elle qui détourne les yeux, moi qui la dévisage, sans autre son que celui du papier filtre qui brûle à chaque inspiration. Je jette mon mégot qui roule dans l'une des fentes entre les pavés. Peut-être qu'un jour, je reviendrai là et ce vieux mégot me rappellera à quel point la vie était belle, putain, avec Magdalen collée contre moi sur une table de billard.

« Génial, ce sera plus facile de trouver un taxi près du Pô. » Je passe devant en faisant semblant de ne pas faire attention à elle.

Magdalen reste en retrait, mais je l'aperçois du coin de l'œil. Les bras croisés, elle regarde partout sauf dans ma direction. Évidemment, elle est en colère. Je me gratte la nuque. Je meurs d'envie d'allumer une autre cigarette, je ne sais pas quoi faire de mes mains. Devrais-je m'excuser de l'avoir caressée ? D'avoir rendu les choses bizarres entre nous ? Non, impossible de présenter des excuses pour un geste dont j'aurais aimé qu'il ne se termine jamais.

On marche pendant dix minutes l'un derrière l'autre, comme deux canards qui se suivent sur l'eau, jusqu'à ce que je l'entende soupirer. Comme je ne réagis pas, elle tousse pour essayer d'attirer mon attention.

« Qu'y a-t-il, Magdalen ?

— Arrête-toi », m'ordonne-t-elle. J'obéis. Mes talons s'enfoncent entre les pavés, mais je garde les yeux fixés sur le fleuve devant nous. Au fond de moi, je sais ce qu'il va se passer. Je le sens.

Pendant toutes ces années loin de Chivasso, j'ai cru devenir une meilleure personne, persuadé que l'éloignement d'avec mon père faisait ressortir mes meilleurs côtés. Mais depuis que je suis rentré, je n'arrête pas de reproduire les mêmes putains d'erreurs qu'il y a sept ans. J'ai l'impression d'être revenu au point de départ et ça m'emmerde. Je reste figé, incapable de la regarder, parce que sinon je sais exactement ce que je ferai, à quel point je la dévorerai tout entière.

J'entends le bruit de ses chaussures sur les pavés et le bruissement de sa robe sur ses cuisses. Puis je perçois la chaleur et la douceur de son corps derrière moi, sans même qu'elle me touche. Je me crispe. J'ai tellement envie de me laisser aller contre elle, afin que sa chaleur devienne la mienne et qu'on partage sa douceur. Mais je refuse de bouger. Ses doigts effleurent mon épaule, puis l'agrippent pour m'obliger à me retourner.

Les sourcils froncés, Magdalen plonge son regard au fond du mien. Elle ne comprend pas pourquoi je suis aussi fermé.

« Qu'est-ce qu'il t'est arrivé ? Tu étais là, avec moi, et puis tout d'un coup… » Elle secoue la tête. « Tu as changé, comme si tu avais vu un fantôme. »

Sa main délaisse mon épaule pour écarter délicatement une mèche de cheveux tombée devant mon visage. Elle agit avec tant de légèreté, tant de précaution.

Je ravale un gémissement. « Ça va être difficile de trouver un taxi à cette heure. » Ma voix me fait penser aux petits graviers tout durs dans notre allée. J'essaie de fixer mon attention au-delà de Magdalen, mais je ne peux pas ne pas la voir. Brusquement, elle me prend le menton pour m'obliger à la regarder.

« Je me considère comme une femme dotée d'une certaine intelligence. J'étudie à Oxford, tu sais, ajoute-t-elle sans me lâcher.

— Oui, je sais, je réponds dans un murmure.

— Je comprends ce qu'est l'attirance entre deux personnes, ou, du moins, je sais à quoi ça ressemble », poursuit-elle en admettant sa vulnérabilité. Mais elle continue de se rapprocher, et je sens la distance se réduire entre nous. Une force tangible nous attire l'un contre l'autre jusqu'à ce que ses seins frôlent presque les boutons de ma chemise. Je devrais reculer. Je devrais lui tourner le dos et mettre ce flirt sur le compte de l'alcool.

« Qu'est-ce que tu veux que je te dise, Magdalen ? » je lui demande un peu trop sèchement. La belle Magdalen Savoy s'enfuirait immédiatement en Angleterre si elle connaissait les secrets que j'ai si bien enfermés au fond de moi.

« Ce ne sont pas des paroles que je veux. » Elle soupire en fronçant les sourcils. Lentement, sa main libère mon menton. Un feu brûle au fond de ses yeux. « C'est un baiser. »

Je cligne des paupières en ayant l'impression que mes poumons viennent de se vider de tout leur air. Je recule en titubant. Je voudrais en rire, mais je ne réussis à émettre qu'un grognement bizarre. « Pardon ? » Peut-être que j'ai mal compris. Peut-être qu'elle veut un beignet.

« Je veux que tu m'embrasses, Theo. » Bon, eh bien, au moins, c'est clair. Ses yeux brillent dans l'obscurité de l'arche.

« Pourquoi moi ? » J'ajoute précipitamment : « Magdalen, tu pourrais demander à n'importe quel mec en ville, il te dévorerait sans hésiter. »

J'essaie de me rappeler pourquoi je devrais de nouveau chercher le taxi qui me paraissait si important il y a trois minutes.

« Je veux que ce soit *toi* qui me dévores, chuchote-t-elle comme si c'était une évidence. J'ai envie d'embrasser quelqu'un ce soir et je veux que ce soit toi. »

Je laisse mes yeux se poser sur sa bouche et je gémis en contemplant le contour parfait de ses lèvres, même si je sais d'instinct que c'est une erreur. *Oh, et puis merde*. J'oublie tout ce que je me suis promis de ne pas faire et je me rapproche. Juste une minute. Je vais rester là rien qu'une minute et après je m'en irai. Je me perds dans la contemplation de son nez et des ombres que forment ses cils. Soixante secondes passent. Fasciné, je continue de dévisager Magdalen. Elle bat des paupières ; brusquement, elle essaie de reculer.

« OK, ce silence en dit long. » Elle rougit si violemment que je suis surpris de ne pas ressentir la chaleur de ses joues. « Désolée, je croyais… »

Alors seulement, je me rends compte que je l'ai regardée fixement sans rien dire. Lorsqu'elle essaie de faire encore un pas en arrière, je l'empoigne par la nuque et l'attire contre moi. « Magdalen, ne t'avise même pas de t'éloigner. » De mon autre main, je caresse lentement sa joue, en admirant les taches de rousseur qui saupoudrent son visage, notamment celle au-dessus de son sourcil. Puis je nous plaque tous les deux contre l'arche. « Tu me tues, putain. J'en peux plus.

— Ce n'est pas moi qui me suis acculée toute seule dans une ruelle, répond-elle avec humour.

— Ce n'est pas moi qui ai demandé un foutu baiser », je réplique.

Elle rit d'un air exaspéré. « C'est juste un baiser. Je ne te demande pas de me sauter au beau milieu de Turin.

— En voilà une idée. » Quand elle emploie ces mots-là, le peu de retenue qu'il me reste disparaît.

Mes hanches s'écrasent contre elle. Je sais qu'elle va sentir à quel point je bande, mais je m'en fous, ma volonté s'est envolée. Rien qu'un instant égoïste, je veux qu'elle sache que je pourrais remonter sa robe et glisser mes doigts dans sa culotte pour découvrir à quel point elle mouille pour moi. C'est elle qui a commencé.

« Tu ne devrais pas dire ces choses-là devant moi. » Je penche la tête vers elle, mes lèvres effleurent les siennes, et aussitôt un incendie m'envahit et se niche au creux de mon ventre. La faim me submerge. Enivré par la chaleur humide et son foutu parfum de lavande, je me retiens d'enfoncer mes dents dans son cou pour découvrir à quel point elle est délicieuse. « J'ai une imagination incroyable. »

Elle gémit doucement, et il ne m'en faut pas plus. Ma langue lèche sa lèvre inférieure et mes mains se referment sur ses cheveux pour l'amener le plus près possible tandis que je continue d'explorer sa bouche de toutes les manières qu'elle m'autorise. Nos corps sont collés l'un contre l'autre et pourtant, on aimerait se rapprocher encore. Comme si elle lisait dans mes pensées, Magdalen se cambre pour presser son bassin contre mon érection. Elle se frotte contre moi comme ma bouche descend le long de son cou et mordille sa peau douce.

« Oh, waouh, souffle-t-elle.

— Comme tu dis. » Je change de position et glisse ma cuisse entre ses jambes pour lui donner accès à la friction qu'elle désire pendant que je continue de goûter ses lèvres. Elle inspire vivement lorsque sa robe remonte sur ses cuisses ; les seuls tissus qui séparent son sexe de ma jambe, c'est le coton fin de sa culotte et mon pantalon trop étroit. « Laisse-moi te faire du bien, bébé. » Je jette un coup d'œil entre nous deux et grogne bruyamment en voyant ses hanches s'écraser contre moi. Ça devrait être illégal, putain.

« "Bébé" ? » Magdalen éclate de rire, mais je glisse ma main entre ses cuisses pour la caresser avec mon doigt. Elle se mord la lèvre, violemment, en fermant les yeux.

« Alors, tu te moques de moi ? » lui dis-je en la caressant plus fort. Je suis tellement dur que j'ai du mal à me tenir droit.

Compte tenu de mon expérience en matière de sexe, se frotter l'un contre l'autre sur un trottoir reste relativement sage, mais la voir s'abandonner comme ça suffit à me faire basculer. L'espace d'un instant, je pense sincèrement que je suis venu au monde pour lui faire du bien.

« Jamais, *bébé*. » Elle ouvre les yeux pour me défier. Je suis tellement excité que ma vision commence à se couvrir de points noirs.

« Ne m'appelle pas comme ça si tu ne veux pas me faire jouir sur-le-champ. »

Je suçote sa peau à l'endroit où elle est si fine, juste sous l'oreille, et grogne sans réfléchir : « Utilise-moi, Mag, je t'en prie. » Mes mains se referment sur son cul pour l'aider à trouver un rythme. Elle pousse un petit cri parce que je fais pression sur ses fesses tout en écrasant encore plus ma cuisse contre elle.

« Putain, c'est magnifique », dis-je en haletant. Je la regarde chercher du plaisir sur ma jambe et je songe que je vais jouir sans même qu'elle me touche. Est-ce qu'elle mesure l'effet que provoque sa robe retroussée sur ses hanches ? Je repense au moment où je lui ai suggéré de trouver quelqu'un d'autre pour la dévorer et je la serre plus fort. Je veux son plaisir et ses premières fois. Ses cuisses bronzées brillent autour de sa culotte blanche. L'envie de glisser mes doigts sous l'élastique et de les enfoncer en elle est trop tentante.

« Theo, gémit-elle, je crois que… »

Alors qu'elle est sur le point de m'avouer son amour ou le fait qu'elle va jouir, une alarme de voiture se déclenche quelque part, suivie par le vacarme de quelques ados qui s'amusent à donner des coups de pied dans les poubelles. Je sursaute et m'écarte ; mon genou glisse d'entre ses jambes, créant une distance douloureuse entre nous. Mon corps a réagi avant mon esprit, je suis pris dans l'entre-deux trouble de mon désir, je me noie dans une partie profonde et complètement froide de mon être. Il me faut un moment pour la regarder sans regretter de ne pas être en elle, mes doigts l'aidant à atteindre la jouissance. Gémirait-elle tout bas en essayant de se maîtriser, ou serait-ce si bon qu'elle crierait sans prêter attention à autre chose que le long orgasme que je lui aurais donné ? Mais je cligne des yeux, étourdi par l'obscurité de la nuit derrière le feu des joues de Magdalen. Elle me regarde, à bout de souffle, éperdue.

Bordel, mais qu'est-ce que je fous ?

Je me rajuste sous mon pantalon en sachant pertinemment que mon érection est visible. Elle baisse les yeux et la remarque. Puis je prends conscience de tous ces petits détails moches que la nuit essaie de masquer. Les fissures noires dans les piliers de marbre. Le graffiti sale sur le mur contre lequel j'ai plaqué Magdalen, ce qui a taché le satin rose de sa robe. La laideur de mon être n'est jamais facile à affronter, d'autant que ça me fait mal d'avoir entraîné Magdalen dans ma chute. Putain, mais pour qui je me prends ? Je lui ai sauté dessus sur un trottoir comme un dégénéré qui rôde dans les rues en quête d'un coup rapide ? Les rayons argentés du clair de lune soulignent les creux où je l'ai mordue au niveau de la clavicule. La terreur me noue le ventre et s'enroule autour de moi comme du fil barbelé qui déchire jusqu'aux plus petites particules de mon être.

« Qu'est-ce qui ne va pas ? » Gênée, Magdalen baisse sa robe et regarde autour de nous pour comprendre la raison de mon éloignement. Je soupire. La vision de ses cuisses autour de la mienne me manque déjà. Je me mords l'intérieur de la joue jusqu'à ce que le goût métallique du sang m'emplisse la bouche, puis je plonge ma langue dans le trou pour aviver la douleur jusqu'à en avoir les larmes aux yeux.

« Qu'est-ce qui ne va pas ? » je répète malgré ma gorge engourdie qui me démange. Je me sens sale parce que j'ai volé sa première fois pour quelques instants de plaisir égoïste. « Tout ça est incroyablement stupide, voilà ce qui ne va pas. »

Une fissure s'est ouverte entre nous. De la lave chaude s'y engouffre et m'éclabousse. Je me sens prêt à tout faire brûler avec moi. Le visage de Magdalen passe de la confusion à une froideur glaciale en une seconde.

« Tu as voulu m'embrasser uniquement parce que tu as la trouille de parler à quelqu'un d'autre. » Je dégouline de mépris parce que je veux que l'incendie ravage tout. Je regrette aussitôt ces paroles, mais je suis fier d'avoir trouvé un truc aussi dégoûtant à lui dire alors que je n'ai qu'une envie, mieux l'embrasser. Je me souviens que personne n'a eu l'air de faire attention à elle au dîner ou au club. La lave fait apparaître des lésions profondes à l'intérieur de ma gorge et me supplie de déverser encore plus de cruauté.

« Tu es venue me voir en rampant pour laisser libre cours à tous les fantasmes que tu réprimais parce que je suis le seul homme de ton entourage qui n'a pas besoin de parler pour baiser. » J'entends quelqu'un au loin qui relève le volet roulant de son magasin. « Tu t'es frottée contre ma jambe comme une ado. Pour l'amour du ciel, Magdalen, à quel moment tu as cru que j'y prendrais du plaisir ? »

Elle me dévisage calmement et respire profondément avant de pencher la tête de côté. « Tu as fini ? » Sa voix tremble un peu, mais en dehors de ça, elle paraît indifférente. Ses yeux me transpercent la peau.

« Tu devrais prendre un taxi. » Mon regard à moi reste au niveau de sa clavicule. Il ne peut pas monter plus haut.

« Tu n'es qu'un lâche. Tu me balances quelques méchancetés pour ne pas te sentir coupable d'avoir embrassé la meilleure amie de ta sœur, et après ? Tu crois que je vais oublier comment ta bite s'est enfoncée dans mon estomac après un seul baiser ? »

Elle croit que je réagis comme ça à cause d'Anika. Tant mieux.

« Ce n'est pas parce que je ne peux pas contrôler les réactions naturelles de mon corps que j'en pince pour toi, Magdalen », je lui crache à la figure.

Elle ouvre la bouche puis la referme et cligne plusieurs fois des yeux avant de regarder le sol.

De la bile remonte dans ma gorge. « Tu le saurais peut-être si tu avais une vraie conversation avec un homme. » C'est le coup de grâce.

J'ai l'impression de voir sa blessure se transformer en barrière tangible entre nous ; je vois sa force se muer enfin en une haine irréversible pour moi. *Je fais ça pour son bien,* me dis-je en mon for intérieur. Comme je ne me crois pas, j'insiste : *Parce qu'elle mérite mieux.*

« Oh, d'accord, répond-elle tout bas. Je, euh... Je n'avais pas réalisé que... que tu n'avais pas besoin d'être attiré... » Elle bégaie, une profonde souffrance dans le regard. De la souffrance et du regret. Sa robe se cimente sur son corps, elle ne bouge plus avec la brise. « J'oublie à quel point l'esprit masculin se laisse facilement convaincre. » Elle feint d'en rire. Elle s'adresse aux pavés, puis se tourne vers l'endroit où les taxis se réunissent.

« Ouais, très facilement », je renchéris.

Magdalen frémit, puis tente d'effacer les bleus que mes lèvres ont laissés sur sa peau. Je me sens désolé pour le reflet qu'elle verra demain dans le miroir.

« Bon, je n'ai plus qu'à aller prendre un taxi. » Elle sourit et part en direction du fleuve. Mais elle prend son temps, les bras serrés autour d'elle comme si elle avait froid, comme si je lui avais volé la chaleur de son été.

« Magdalen ! » je crie. *Juste une minute.* Il m'en faut juste encore une. C'est le truc le plus égoïste que j'ai jamais fait, mais je ne peux pas m'empêcher. Une putain de minute en plus.

Elle se retourne, le visage neutre. « Oui ? » Elle a l'air à la fois fragile et délicieuse.

J'esquisse un sourire en coin pour masquer la douleur et je lui demande d'une voix brusque : « Pas un mot à Anika, d'accord ? »

29

MAGDALEN

« C'était comment hier soir ? » me demande ma mère, perchée sur le rebord de la fenêtre, un mug de café à la main. Son alliance fait tinter la céramique comme si elle tapait le rythme d'une vieille chanson qu'elle est la seule à entendre. Assis à côté d'elle, papa est plongé dans un nouveau rapport sur le musée et ne prête pas attention à la conversation.

« Intéressant. » Je plonge mon regard dans mon propre mug ; j'aperçois mon reflet dans le liquide sombre.

« J'ai entendu Anika et Dante rentrer à la maison », soupire-t-elle avec un mélange d'accusation et de curiosité. Sous-entendu : *Depuis quand es-tu plus téméraire que Dante ?*

« Cinzia n'a pas entendu Theo rentrer », ajoute-t-elle. Je me fige, incapable de trouver une excuse assez rapidement.

« Et toi, tu es rentrée bien tard », insiste-t-elle. Cette fois, je m'intéresse à la table en chêne tachée. Je ne suis pas encore prête à lever les yeux vers ma mère. L'alcool de la nuit dernière et les regrets de ce matin tourbillonnent dans mon ventre et me donnent la nausée. Putain, depuis quand Dante rentre à la maison avant moi ?

« Je n'arrivais pas à dormir. »

Ma mère pose son mug. Son alliance tape le banc désormais. C'est un signe d'impatience, je le sais. *Dis-moi tout ou bien…* Ou bien quoi ? Avant, c'était une menace terrifiante, mais maintenant ? Gifle-moi. Prive-moi de sorties. Enterre-moi au fond du jardin pour que je me décompose et que je me transforme en quelque chose de beau. J'ai envie de ressentir autre chose que cette honte poisseuse qui grandit à chaque seconde. *Vas-y, punis-moi.*

Je pleure mon innocence. Je voudrais la récupérer. Une larme me brûle le coin de l'œil. *Utilise-moi, Mag.*

« Tu portais une robe moulante, hier soir, poursuit-elle sans attendre ma réponse. Les filles en robe moulante sont dangereuses pour les hommes. Même Dexter l'a remarquée, pas vrai, *amore* ? J'ai vu qu'il la regardait. »

Mon père marmonne un truc inintelligible. Il est très doué pour ne pas l'entendre quand ça l'arrange.

Ma mère a le don de sentir quand je ne vais pas bien. Elle sonde ma douleur parce qu'elle veut en voir plus, toujours. Je me demande ce que j'ai fait pour déclencher son intolérance. Étais-je trop silencieuse quand elle était bruyante ? Trop maigrichonne aux endroits où elle se sentait trop lourde ? Elle pose son mug dans l'évier. La larme roule sur ma joue et tombe dans mon café. Je bois une longue gorgée en avalant ma propre faiblesse.

Ma mère se lève en grognant. « Sois prudente, *amore.* » Cette fois, elle le dit d'un air condescendant, en passant sa main dans mes cheveux. Son alliance s'accroche à mes mèches, elle fait mine de ne pas le remarquer et tire dessus jusqu'à m'arracher une grimace. Je me rends compte qu'elle a dévoilé mes suçons. Je voudrais dire quelque chose, mais elle n'est déjà plus là, j'entends ses chaussons qui traînent sur le carrelage. Je retiens mon souffle jusqu'à ce qu'elle soit sortie de la pièce.

Quand je l'entends refermer le verrou de sa chambre, l'air reste coincé dans ma gorge, incapable de fuir. Papa lève les yeux vers moi et me sourit. J'espère que je souris en retour.

30

THEO

De la musique hurle quelque part en bas. Une voix haut perchée se lamente à propos de l'amour et du désir sur des accords de guitare mélodieux, et Anika l'accompagne à pleins poumons. Elle y met tellement de passion qu'on dirait qu'elle a mal quelque part.

« Bordel de merde, Anika ! » je crie en plaquant mes paumes sur mes oreilles. Moins fort, parce que je sais qu'elle ne m'entend pas, j'ajoute : « Je me demande bien pour qui tu chantes ça. »

J'essaie de continuer d'écrire. Je me suis dit que, cet été, j'allais finir cette putain de thèse. « Les origines de l'apothéose dans l'Égypte ancienne » me paraissait être un sujet relativement intéressant tant que j'étais sur place, mais écrire sur des hommes qui croyaient en leur propre importance me rappelle trop mon père. La divinité qui nie les péchés, remplace les erreurs et pardonne les fautes. Cependant, je voudrais finir ma thèse sans rien dire à personne et devenir docteur, ce que lui n'a jamais réussi à faire. Quand j'aurai ce foutu diplôme, je pourrai dire que je suis devenu docteur sans me plaindre, que j'ai réussi là où il a échoué et que je suis meilleur qu'il ne le sera jamais. En feuilletant les pages, le mot *abîmé* me saute aux yeux.

Il est question d'un vase en argile, mais c'est Magdalen qui me vient à l'esprit.

Je la revois plaquée contre le mur sale. J'imagine ce qu'elle voit quand elle se regarde dans le miroir. Mon souffle vacille et je ferme les yeux. *Inspire, expire. Inspire, expire.*

Mais le phénomène s'enclenche comme il le fait toujours. Le même souvenir brumeux vient remplacer la vision de Magdalen. L'image est de moins en moins claire au fil des ans. Le bois fendu de la charpente du grenier. Était-ce le matin ou le soir ? La scène se déroule malgré les détails qui s'effacent…

J'essaie de respirer par le nez, mais j'ai l'impression qu'on m'a enfoncé du coton dans la gorge. Je me souviens d'une jupe sale et déchirée. Quelque chose de brûlant coule sur ma joue. Je me donne une gifle pour revenir à la réalité. Putain, ne me dites pas que je suis en train de pleurer !

Ça fait dix-sept ans, espèce de mauviette. Dix-sept ans que tu ressasses toujours le même truc. Ressaisis-toi, Theo. Rappelle-toi qui tu es. Pense à respirer. Tout va bien. Tu vas bien. Ça va passer, gros tas de merde. Tout le monde a tourné la page. Fais-en autant, bordel. Putain, t'es qu'un monstre. Tu aurais dû réagir. Tu pleures maintenant, mais t'as rien fait à l'époque. T'aurais dû en parler à quelqu'un. L'écrire pour que les détails ne disparaissent pas comme ça. Est-ce qu'elle pleurait ? Ne lui a-t-il pas maintenu la tête baissée, alors qu'elle voulait se redresser ? Rappelle-toi comme il a bavé sur elle, comme il lui a tiré les cheveux. Tu t'en souviens ? Tu l'as laissé souffrir pendant de longues minutes. Tu t'es contenté de regarder. Même s'il y avait des larmes dans tes yeux et des frissons le long de ta colonne vertébrale, tu n'es pas intervenu.

J'ai besoin d'aide. Au secours. Rappelle-toi comme elle était muette après. Tu te souviens du bruit de la fermeture Éclair ? Ça a résonné si fort dans son silence à elle.

Les oiseaux se sont arrêtés de chanter, je sais que tu t'en souviens. J'ai tellement mal, putain, et j'ai besoin d'aide.

Je ne supporte plus mon t-shirt qui me serre le cou à tel point que j'en ai des haut-le-cœur. Je me lève et tire sur le col. J'entends vaguement le bruit du tissu qui se déchire, mais il continue de me coller à la peau, je ne peux pas respirer. À tâtons, j'attrape une paire de ciseaux et tente de trouver mon col, mais je n'y vois plus rien, merde ! Je prends les ciseaux par les lames en me disant que je vais taillader le t-shirt, mais tout est flou. Brièvement, je pense à ma mère. Je la revois applaudir sur les gradins pendant un match de tennis. Je sens toujours le sang palpiter au bout de mes doigts, mais ce sont ses doigts à elle maintenant, pressés les uns contre les autres pour exprimer une joie sans retenue. Ce match, je l'ai perdu. Mais elle est tellement contente. *Amore, amore, amore.* OK, je repose les ciseaux. *Amore, viens. Tu as été excellent, oh, oui, vraiment !* J'ai perdu, mamma. *Stai zitto, ton swing ! J'ai failli pleurer tellement c'était beau.* OK, mamma. *Tu as faim ?* Oui, mamma. *D'accord, allons prendre quelque chose à manger.* OK, mamma. *Gelato, oui, j'ai envie d'une bonne grosse glace. Au chocolat ! Miam, j'aime le chocolat en été.* Oui, mamma. Moi aussi, j'aime le chocolat.

Je me réveille sur le sol de la salle de bains. Quelqu'un frappe violemment à la porte.

« Putain, Theo, t'es mort ou quoi ? J'ai besoin de faire pipi et mamma se sèche les cheveux dans la salle de bains du bas.

— Un instant », je réponds d'une voix lointaine, encore perdu dans mes souvenirs.

La musique s'est arrêtée. Je lève les yeux et compte le nombre d'anneaux sur le rideau de douche. Trente-deux. Je me sens tout petit ici.

Anika se racle la gorge. « Tu… » Elle hésite. « Ça va ? » Je vois ses pieds s'agiter derrière la porte. Je me redresse brusquement et me cogne le genou contre la cuvette des toilettes.

« Euh, ouais. Une seconde. » Je tire la chasse d'eau. L'inquiétude dans la voix d'Anika me fait comprendre avec effroi que je suis resté trop longtemps dans la salle de bains. Comment je me suis retrouvé là ? Mon cerveau me renvoie des images floues, teintées de gris. Du sang et du chocolat. Des doigts engourdis. J'ai l'impression d'avoir la tête toute gonflée, comme si on m'avait rempli d'eau. « Si je te disais que je me suis chié dessus, tu me croirais ? » Ma voix n'est pas totalement revenue à la normale, mais Anika ne semble pas le remarquer.

« Nan, pas possible ! » Elle se met à glousser, et je vois son ombre se balancer d'un pied sur l'autre. Je prends une grande inspiration par la bouche. Quel soulagement. Le temps se remet en marche.

« Essaie de ne pas avoir l'air trop excitée, surtout ! » J'ouvre le robinet et relâche mon souffle brûlant.

Le rire d'Anika se faufile sous la porte et illumine la salle de bains. « Qu'est-ce que vous avez foutu, Magdalen et toi ? Ça fait des jours que vous n'êtes pas dans votre assiette ! » Son hilarité redouble et devient incontrôlable. « Tu crois que Maggie est en train de se chier dessus elle aussi ? »

Anika tape du pied. Sa propre compagnie l'amuse tellement qu'elle en oublie que je suis là. « Attends, je vais lui demander.

— Je croyais que tu devais faire pipi ? » je crie à travers la porte en refermant le robinet après un laps de temps qui me paraît approprié. Je tire le verrou, puis je m'immobilise, la main sur la poignée, l'inquiétude au cœur. « Comment ça, tu veux demander à Mag… »

En ouvrant la porte, je trouve Anika penchée par-dessus la rambarde du palier. « Magdalen Savoy, tu ne serais pas en train de te chier dessus, par hasard ? hurle-t-elle.

— Je vais devoir te demander de répéter ça ! » crie une voix depuis le rez-de-chaussée. Oh, putain, je crois que je vais vraiment avoir la courante, maintenant.

Magdalen semble légèrement essoufflée. J'essaie de ne pas me représenter de quoi elle a l'air avec les joues rouges. Je ne le sais que trop bien. Ça fait près d'une semaine que nous nous évitons soigneusement.

Anika continue de s'agiter. « Je t'ai demandé si tu étais en train de te chier dessus, comme mon frère vient de le faire.

— Putain, Anika ! » J'enfouis mon visage dans mes mains, et ma sœur se tourne brusquement vers moi en s'écartant de la rambarde. « Ne sois pas gêné, je suis sûre que Maggie est victime du même mal que toi.

— Non, Anika, je te promets que ce n'est pas le cas.

— Magdalen, si tu ne me réponds pas immédiatement, je vais en déduire qu'il y a actuellement de la merde qui coule de ton cul.

— T'as vraiment besoin d'être aussi grossière ? » Je râle, mais, secrètement, je me réjouis de cette diversion.

« Absolument. »

Je contemple mes mains qui tremblent et serre les poings. Les vertiges se sont dissipés et je n'ai plus besoin de me concentrer sur les battements de mon cœur, ma respiration ou les trente-deux anneaux du rideau. Mais cette sensation de petitesse demeure ; l'ombre du souvenir continue de m'oppresser et de nouer tous mes muscles. Anika passe en coup de vent devant moi et claque la porte de la salle de bains.

Celle de ma chambre est entrebâillée. J'aperçois le manuel ouvert sur mon bureau. L'Égypte ancienne me paraît terriblement loin, alors je passe mon chemin en détournant les yeux pour ne pas voir les ciseaux abandonnés par terre. Tout ça me paraît presque ridicule à présent. Je devrais rire de ma propre bêtise et me promettre que cela n'arrivera plus jamais.

31

MAGDALEN

Des bruits de pas résonnent dans l'escalier tandis que je me précipite vers l'armoire à pharmacie des Sinclair en quête d'antalgiques. Je fais une pause devant le placard rempli d'alcools forts en me demandant s'il est trop tôt pour me bourrer la gueule. Comme je l'ai promis à Anika, ce soir, je vais sortir avec un garçon. Quelqu'un de bien réel qui, je l'espère, supportera de me toucher pendant plus de quatorze secondes sans avoir envie de se jeter dans le fleuve pour s'y noyer. Bon, d'accord, il ne sait peut-être pas que c'est un rencard, mais pour moi c'en est un. Je décide de miser sur l'ibuprofène plutôt que sur la vodka. Je me bats pour ouvrir le flacon quand j'entends des pieds nus sur le carrelage qui s'immobilisent brusquement à l'entrée de la cuisine. Je devine de qui il s'agit avant même de me retourner.

Theo.

Je ferme les yeux. *Si tu m'avais laissé faire, je t'aurais donné toute une partie de mon esprit.*

Ma poitrine se vide de tout son air et mon cœur se met à battre au rythme de mon anxiété. Pourtant, je n'arrive pas à me sentir embarrassée par ce qui s'est passé la semaine dernière. Non, c'est une impulsion bien plus déprimante qui s'empare de moi. J'ai envie de reculer jusqu'à ce que je le sente derrière moi, jusqu'à ce que sa chaleur submerge la mienne. J'ai aussi envie de me retourner pour contempler son beau visage. C'est grisant de le regarder. Ces yeux. J'aimerais tellement qu'ils me voient. Qu'ils remarquent les petits détails. Qu'ils comprennent que je souffre uniquement parce que je continue à me *languir* de lui.

Mais je préférerais boire du ciment plutôt que d'avouer mon désir masochiste de me faire de nouveau rejeter. Alors j'invoque la force de mon Emily et de mon Anika et je me focalise de nouveau sur ce foutu flacon d'ibuprofène.

« Magdalen. »

Je fais volte-face. Il n'a pas bougé. Il hoche brusquement la tête en balayant la pièce du regard, comme s'il cherchait inconsciemment les emplacements les plus éloignés de moi et comment s'y rendre sans éveiller les soupçons. *Moi, je vois tout ce que tu fais, Theo. Si tu clignes des yeux trop rapidement, si tu te balances en arrière sur les talons, si tu te grattes le coude, je le vois.* Mais je me contente de lui adresser un sourire poli, quoiqu'embarrassé, et je me tourne de nouveau vers l'armoire à pharmacie. S'il y a bien un art dans lequel j'excelle, c'est le silence. J'entends Theo réfléchir à une façon polie de s'en aller.

« Tu peux partir, tu sais. Je n'en pleurerai pas. »

Il rit de façon condescendante. Je m'autorise à lever les yeux au ciel parce qu'il ne me voit pas.

« Je ne te croyais pas capable de pleurer », rétorque-t-il.

Je frémis, étonnamment blessée par cette pique. Il ne me comprend absolument pas, et ça me met en colère. C'est ainsi qu'il me voit ? Trop timide pour pleurer ? Je suis prête à lui répondre un truc méchant, mais quand je me retourne, j'hésite en découvrant son apparence. Pour une fois, il paraît peu soigné. Il reste beau, mais il y a une fatigue en lui que je n'avais encore jamais remarquée. Pourtant, elle semble profonde. Ses cheveux sont en bataille, et j'ai l'impression qu'il a le cou trempé de sueur, comme s'il venait de s'éveiller d'un cauchemar. Mais j'en ai marre de me sentir incomprise, alors je l'attaque quand même.

« Tu crois que ça ne m'a rien fait quand tu m'as sauté dessus dans une ruelle avant de décider que je ne te plaisais pas assez pour aller jusqu'au bout ? »

Le sang bat furieusement dans mes tempes.

« Oh, je t'en prie. » Il se rapproche, réalise aussitôt son erreur et bat en retraite. « Tu n'as aucune affection pour moi. J'étais juste le corps le plus proche sur lequel te frotter, ne prétends pas le contraire. »

La chaleur envahit mes joues avec une violence telle que j'ai peur de m'embraser spontanément. « Nous sommes de parfaits étrangers. Tu ne sais rien du tout de moi. » Je masse le point entre mes sourcils. Curieusement, ma colère a fait place à une fatigue accablante. Je remarque que je tiens toujours le flacon d'ibuprofène. Je retente de l'ouvrir, mais mon pouce glisse sur la protection enfant.

« Comme si tu savais quoi que ce soit de moi ! » Il s'interrompt en entendant les tongs d'Anika résonner à l'étage. Il jette un coup d'œil en direction du couloir pour évaluer le temps dont il dispose avant de devoir se montrer poli de nouveau.

« Maintenant, j'en sais suffisamment », je murmure au flacon qui s'ouvre enfin dans un déclic. Je fais tomber cinq petits cachets dans ma main.

Anika nous offre une entrée si bruyante qu'elle fait littéralement chuter la pression. Loin de se douter de quelque chose, elle fredonne gaiement une chanson de Madonna.

« Pourquoi tu ne t'es pas encore changée ? » Elle abat sa paume sur le plan de travail de l'îlot de cuisine. Ses bracelets tintent contre le granit. « Magdalen, sans vouloir t'offenser, on ne va pas tomber juste du premier coup, compte tenu de tes choix limités en matière de fringues. » Elle jette un coup d'œil à Theo, puis aperçoit ma main remplie de cachets. « Qu'est-ce que tu fabriques encore ? Tu pousses Maggie à se droguer ?

— Non, j'ai essayé de lui dire que la dose est trop forte compte tenu de sa corpulence.

— Et moi, je lui ai répondu que je sais ce dont mon corps a besoin. » J'adresse un sourire radieux à Anika.

« Tant mieux. Bon, Theo, puisque tu es là, tu peux nous aider à choisir la meilleure tenue pour son rencard ! » Elle le guide vers le coin repas avec banquette. « Incroyable mais vrai, j'ai toujours tendance à porter des trucs trop courts, je le reconnais. Alors ce sera une bonne chose de profiter d'un point de vue masculin.

— Anika. » Theo s'immobilise, et sa sœur manque de le heurter de plein fouet.

« Oh, allez, gémit-elle. C'est amusant ! C'est ça d'avoir une sœur ! *S'il-te-plaît-s'il-te-plaît-s'il-te-plaît*, ça va prendre quinze minutes à tout casser, parole de scout ! »

Il garde les yeux rivés sur le carrelage. Il faut dire que le regard implorant d'Anika parviendrait à convertir un boucher au véganisme. « Je suis occupé, je dois aller à…

— Tu as passé la journée dans ta chambre. À quoi ça sert d'être revenu à la maison si c'est pour m'ignorer tout le temps ? »

Bien joué, Anika, tu viens de plier le game.

Theo ferme les yeux. Il cherche une excuse qui ne soit pas *Je ne veux pas rester dans la même pièce que Magdalen.*

« Assieds-toi. Je te paierai un café demain. » Anika sautille sur une jambe en battant des cils.

« Waouh, comment refuser une proposition pareille ? » raille-t-il. Mais il la laisse le pousser sur le banc.

« Magdalen. » Anika tourne brusquement la tête vers moi. « Va te changer. Vite. Je ne sais pas pour combien de temps on le tient.

— Je ne peux rester qu'un quart d'heure.

— Vingt minutes.

— Anika.

— Je vais me mettre à pleurer. Magdalen, bouge ton cul.

— Oui, cheffe. » J'attrape la pile de vêtements et constate qu'elle en a rajouté d'autres. Elle a aussi posé un gros tas de bijoux en argent par-dessus.

« Elle traîne », soupire Theo en passant les mains dans ses cheveux.

Je m'engage dans le couloir qui relie la cuisine au bureau de Dexter Sinclair. « Va te faire foutre, Theodore », je marmonne.

Le banc en bois grince. « Non, Theo, tu viens de dire que tu restais », chuchote Anika sur un ton furieux. Je m'immobilise.

« Mais c'est ridicule, putain !

— Pourquoi tu te conduis comme un connard ?

— Pourquoi tu m'obliges à faire ça ? proteste-t-il, non pas dans un murmure cette fois, mais d'une voix forte et indignée, comme s'il était vraiment énervé.

— T'inquiète, je vais l'immobiliser ! » me crie Anika en réalisant sûrement que sa manière de chuchoter ne lui permet absolument pas de garder un secret.

Je prends tout mon temps pour aller jusqu'au bureau. Avec un peu de chance, il va s'impatienter et partir avant que j'en ressorte.

« Aïe ! Salope ! »

Le banc grince de nouveau, mais, cette fois, je les entends rire tous les deux avant de fermer la porte.

32

THEO

« Il lui faut combien de temps pour se changer ? »

Je tape du pied sur le carrelage. Mais je n'ai qu'une envie, m'engouffrer dans le bureau. Fermer la porte. Tomber à genoux devant Magdalen et supplier. *Pitié, dis-moi que ce n'est pas pour sortir avec un autre mec. Je suis désolé d'être aussi impoli avec toi, mais c'est mieux comme ça. Simplement, oublie ton rencard. Va au ciné avec Anika. Bien habillée avec les vêtements qu'elle te prête. Je me glisserai dans la salle au milieu de la séance et je m'assiérai derrière vous pour te contempler pendant que tu regardes le film. Je te promets que je ne dirai pas un mot. Je veux juste te voir illuminée par l'écran.*

« Anika. » Magdalen appelle ma sœur d'une voix calme, mais ferme.

Le petit diablotin à côté de moi renifle. « Oui, Votre Majesté ? » Vu comme elle est tout excitée, elle a encore manigancé un truc.

« Tu ne te serais pas débarrassée de mes vêtements, par hasard ? Pourquoi ce ne sont que des t-shirts pour bébé, Anika ? » ajoute Magdalen d'une voix étouffée. Je parviens presque à la visualiser en train d'essayer ces fringues. *Presque.*

« Oh, arrête, t'es pas plus lourde qu'une miche de pain. Montre-nous, je m'ennuie.

— Tu es une garce ! » grogne Magdalen, ce qui manque de m'arracher un sourire. Heureusement, je me rappelle juste à temps pourquoi je suis là.

Magdalen se déplace sans bruit, si bien que lorsque je l'aperçois sous l'arche du couloir, je sursaute.

« *Fantasma* », je souffle tout bas. Mais Magdalen plisse les yeux comme si je venais de la traiter de pute. Évidemment, elle m'en veut encore.

« Oh, putain, ouais ! » Anika tourne deux fois autour de Magdalen avant d'attraper son jean et de le faire descendre un peu plus sur ses hanches. « Encore un peu… oh, ouais, parfait ! Maintenant, juste un détail. Magnifique. Je mouille pour toi, bébé.

— Tu me dégoûtes », proteste Magdalen, mais elle renverse la tête pour rire, ce qui dévoile la peau délicate de son cou. Je vois le mouvement de sa gorge quand elle déglutit, et c'est tellement sexy que je suis obligé d'attraper le banc pour me retenir de me lever.

« Honnêtement, je ne sais pas ce que Theo fout là. Je suis tellement douée ! »

Anika s'écarte pour me laisser admirer son œuvre, et je cherche en vain quelque chose à dire.

Magdalen porte un jean taille basse de couleur sombre qui s'arrête juste en dessous du nombril. Ma bouche s'assèche. Je me focalise sur son estomac qui gonfle quand elle inspire. Elle arbore un t-shirt blanc avec une petite croix rose brodée au milieu du col. C'est un *crop top*. Son ventre se contracte lorsqu'elle expire. *Bordel de merde*. Une fois de plus, elle ne porte pas de soutif, et je ne vois que trop bien l'arrondi de ses seins. Je tente de me distraire. Je regarde le crucifix accroché au-dessus de la gazinière. Ma mère l'a rapporté d'une fouille effectuée à Miglionico avant ma naissance. La poussière liée à des années de négligence s'est accumulée sur la tête du Christ. Magdalen vient d'enfiler les petits talons d'Anika, je n'en reviens pas comme elle est grande. Je passe ma main sur ma bouche pour arrêter de la mater comme ça.

« Relevés ou détachés ?

— Pardon ? »

Anika lève les yeux au ciel. « Ses cheveux. Relevés ou détachés ? »

Si elle les attache, le type pourrait refermer ses mains sur sa queue de cheval et l'attirer vers lui pour l'embrasser. Je le sais, je l'ai déjà fait. Et je recommencerais volontiers si je pouvais. Mais si elle les relève en chignon, il pourra observer à loisir ce joli petit cou.

« J'en sais rien. Honnêtement, je m'en fiche. » Avant même de terminer ma phrase, je comprends que j'ai commis une erreur. Magdalen cligne des yeux pendant plusieurs secondes, puis baisse la tête.

« Désolé, je voulais simplement dire… »

Mais elle ne me laisse pas aller au bout de mes excuses.

« Je suis désolée qu'Anika t'ait obligé à supporter tout ça pendant cinq minutes, c'était tellement horrible. Je te promets que ça ne se reproduira plus. » Elle parvient à laisser échapper un petit rire forcé, puis part en direction de l'escalier. « Anika, ton maquillage est dans la salle de bains à l'étage ? »

Anika me dévisage longuement – beaucoup trop longuement. Je sens sa déception. Je sais déjà ce qu'elle va dire.

« Ouais ! crie-t-elle à Magdalen sans me lâcher du regard. T'as besoin d'une ceinture. Il y en a une accrochée derrière ma porte. »

Connard. Ah non, elle me parle lentement. Désespérément. « Bordel, mais qu'est-ce qui t'est arrivé ?

— Je t'ai dit que…

— Je t'ai laissé partir, pas vrai ? C'est vrai, c'est moi qui t'ai dit que si tu restais, il finirait par te tuer. Ou tu le tuerais avant. Vous vous seriez entretués. » Elle tire l'une des chaises glissées sous l'îlot et s'assied maladroitement. « Je t'ai mis ce foutu formulaire d'inscription dans les mains et je suis restée avec toi quand tu as pleuré. Je t'ai traîné jusqu'au bureau de poste. Quand ils t'ont dit "Félicitations, bienvenue à Yale", j'ai volé la carte de crédit du paternel, je t'ai acheté ce putain de billet d'avion et je t'ai dit de fuir. Je suis restée debout avec toi toute la nuit avant ton départ. J'ai mis ta taie d'oreiller préférée dans la valise et ton stylo plume avec des cartouches d'encre en rab dans la poche latérale. Alors ne t'avise pas de revenir au bout de sept ans pour semer la merde comme ça. Magdalen, ma Magdalen, ne mérite pas ça. Sérieusement, tu te prends pour qui ? »

Elle abat ses deux mains sur l'îlot, si bien que les verres qui sèchent sur l'égouttoir s'entrechoquent. Pendant un moment, elle ressemble tellement à mamma que c'en est troublant. Féroce, mais bienveillante. Trop d'amour pour ceux qui ne le méritent pas.

« Je refuse de te regarder prendre le même chemin que papa », murmure-t-elle d'un air triste. Ses coudes glissent sur le plan de travail comme si elle croulait sous le poids de ma stupidité.

J'ai l'impression qu'elle vient de me poignarder avec un des couteaux sales dans l'évier. La culpabilité me transperce. « Tu ne comprends pas, Ani…

— Foutaises. Je comprends parfaitement.

— Ouais, ben désolé de ne pas avoir fait semblant de m'amuser à choisir la tenue de Maggie comme si c'était une putain de soirée pyjama. Je ne vois pas en quoi ça fait de moi un mec comme lui. »

Je force mes genoux à bouger pour me lever. Ma voix me paraît molle comme de la pâte à modeler. Je glisse un doigt dans ma boucle de ceinture et tire jusqu'à en avoir mal au doigt.

Anika se redresse et remue sur sa chaise de manière à la faire glisser devant l'entrée de la cuisine pour me bloquer le passage.

« Je sais tout, Theo.

— OK. J'ai compris.

— Demande-moi pour quoi elle se prépare.

— Franchement, je m'en fous. Je ne suis pas une fille et je ne suis pas votre pote. C'est pour ça que je n'avais aucune envie de donner mon avis. Et maintenant… » Je soupire. Je ne suis même pas sûr de ce que je dis. « Et maintenant, tu me fais passer pour un connard devant elle.

— Tu n'as pas besoin de moi pour ça, tu te débrouilles très bien tout seul.

— Très drôle. » J'essaie de la contourner pour passer dans le couloir, mais elle me retient.

« Tu n'as même pas besoin de me demander de quoi je parle, pas vrai ? Parce que tu sais déjà. De toute évidence, t'as pas oublié. » Ses yeux brillants me dévisagent si intensément que j'ai l'impression d'être un ado surpris en train de fumer. Sous sa question s'en cache une autre. Elle sait ce qui s'est passé. Mon cœur se serre, la terreur m'emplit les poumons, les oreilles et les creux de la colonne vertébrale. Putain, comment elle l'a découvert ? J'essaie d'imaginer Magdalen se confiant à elle, mais je l'imagine mal raconter que je lui ai pratiquement mis un doigt dans une ruelle de Turin.

« Laisse tomber, Anika. S'il te plaît. » Parler à Magdalen, c'est une chose. Mais devoir parler d'elle à quelqu'un d'autre rend tout cela bien trop réel… Le fantasme que je me repasse en boucle sous la douche depuis quelques jours ne m'appartient plus.

« Pourquoi tu ne m'as rien dit ? J'en aurais rien eu à battre.

— Je suppose qu'elle t'a tout raconté. » Bonne stratégie. Après avoir essayé de nier, je rejette la faute sur Magdalen. Au moins, ça me permet de gagner du temps.

« Tu sais bien qu'elle préférerait se couper le bras plutôt que de parler de sexe, surtout si tu es impliqué. Putain, c'est tellement tordu. » Anika marque un temps d'arrêt en regardant par la fenêtre. Puis elle tourne brusquement la tête vers moi. « Ne me dis pas que tu l'as menacée pour qu'elle ne m'en parle pas ?

— Tu veux bien arrêter d'exagérer pour une fois dans ta vie ? Évidemment que je ne l'ai pas menacée !

— Tu n'as encore rien vu, crétin ! Tu sais que dalle sur Magdalen. Si vous avez baisé, je m'en contrefous, au contraire, je m'en réjouis, elle est rigide comme une planche ! Mais je te préviens, elle ne rebondit pas facilement après un coup dur. Ça la marque, elle souffre plus que les autres. Mais elle ne l'avouera jamais, ni à moi, ni à toi, ni même à Dieu. Et maintenant que tu lui as fait un sale coup, je ne peux vous aider ni l'un ni l'autre. Sans parler du fait que tu l'as poussée à se rendre à ce stupide rencard ! »

Je ressasse ce qu'elle vient de dire. *Elle souffre plus que les autres. Elle ne l'avouera jamais.* Qu'est-ce que ça peut bien vouloir dire ? J'ai envie de me glisser dans le cerveau de Magdalen pour voir comment elle pense.

« C'est quoi le problème ? Elle a un rencard, et alors ? » Le mensonge reste en suspens entre nous. On se dévisage en continuant de se disputer avec les yeux.

Anika secoue la tête. « Tu as raison. De toute évidence, tu t'en fous. Alors vas-y, barre-toi. » Elle tend la main en direction du couloir pour m'indiquer la sortie, mais j'ai un nœud à l'estomac et il se resserre. Comme je ne bouge pas, elle baisse la main.

« Qu'est-ce que tu veux que je te dise ? Évidemment, ça ne me plaît pas, je confesse d'une voix tendue et geignarde, où transparaît clairement la douleur d'avoir perdu quelque chose.

— Qu'est-ce qui ne te plaît pas ?

— Quelle importance ?

— Tout ce que tu fais a de l'importance pour moi.

— Je pense à elle. » Je baisse la tête. « J'aimerais que ce soit pour moi qu'elle se prépare. Si seulement je n'avais pas…

— Tu regrettes ? » demande Anika.

Je réponds trop vite. « Pour elle, oui. Je n'avais pas trouvé ça aussi bien depuis… un moment.

— Alors elle n'est pas aussi frigide qu'il y paraît, hein ? » Anika semble amusée, et j'ai presque envie de sourire.

« Elle est incroyable. »

Anika mâchonne sa lèvre inférieure. « Tu veux bien me raconter ce qu'il s'est passé la semaine dernière ? Je ne peux pas vous aider si je ne sais rien.

— Je ne crois pas que Magdalen apprécierait.

— Dante non plus. »

Je m'empresse de protester. « Anika, tu ne peux rien lui dire ! Il ne comprendrait pas.

— Évidemment que je ne lui dirai rien. Mais il n'est pas con, tu sais. Il va finir par l'apprendre.

— Avec un peu de chance, je serai déjà de retour à New York. » Je fais la grimace en pensant à cette ville trépidante où il est si facile pour moi de me perdre. J'ai l'impression que, désormais, je vais passer ma vie à chercher dans la foule un visage qui ne s'y trouvera jamais.

« Putain, ça te tuerait de ne pas te comporter comme un connard pendant deux minutes ?

— Qu'est-ce que j'ai encore fait ? » Je secoue la tête, impatient d'en finir avec cette discussion.

« Je ne t'ai que pour quelques semaines et tu es déjà impatient de m'abandonner à nouveau !

— Tu sais que ce n'est pas le cas. Mais je… Les choses ont changé. J'ai merdé. »

Anika soupire et jette un coup d'œil dans l'escalier où Magdalen a disparu. Puis elle se tourne vers moi. « Tu l'as vraiment blessée.

— Moi, j'ai l'impression qu'elle va bien.

— Ce qui prouve que tu ne la connais pas du tout. »

33

MAGDALEN

Il fait frisquet à l'extérieur du petit bar où Roberto a proposé de me retrouver. C'est l'été pour le reste de l'Italie, mais les montagnes escarpées de Castagneto Po retiennent la moindre brume résiduelle et plongent le village dans une humidité perpétuelle. Roberto a choisi un établissement connu uniquement des gens du coin, même si lui n'en fait pas partie. Je prends note de l'interroger à ce sujet. J'espère que ce n'est pas parce que le bar se situe à dix minutes à pied de ma maison. Il se cache derrière un rideau de chênes verts qui tapisse le flanc de la colline ; seule une minuscule porte rouge est visible à travers toute cette verdure. J'aurais sans doute dû prendre une veste. Je ne porte que le *crop top* choisi par Anika. Avec un peu de chance, Roberto remarquera que je n'ai pas de veste et pensera que je cherche à le séduire ; je n'aurai pas besoin de réellement flirter avec lui, et tant mieux, parce que ça s'annonce particulièrement difficile.

Quelqu'un sort du bar, et l'air chaud qui s'en échappe s'enroule autour de mes bras. Un rire rauque de fumeur résonne à l'intérieur.

Je pense à Theo et j'ai envie de pleurer. *Tu as voulu m'embrasser uniquement parce que tu as la trouille de parler à quelqu'un d'autre.* Mais au lieu de m'apitoyer sur mon sort comme je l'ai fait un million de fois cette semaine, je fais craquer mes jointures, je glisse mon pied dans l'entrebâillement de la porte avant qu'elle se referme et je me force à entrer. L'air chaud charrie une faible odeur de transpiration et de bière rance, et la lumière me fait cligner des yeux. Je ne sais pas trop pourquoi, mais je me sens terriblement timide et je n'arrive pas à regarder autre chose que les pieds des gens. Je vois des chaussures racler le sol et des baskets taper machinalement du talon. Juste au-dessus d'une paire de mocassins, j'aperçois des chevilles croisées. J'essaie de porter mon regard au niveau des mollets, mais un nerf se met à tressauter dans mes yeux, alors je me fraie un chemin au milieu de cet océan de pieds dans l'espoir de trouver un espace vide.

Au moment où j'arrive à l'angle du comptoir, j'entends Roberto m'appeler. « Magdalen, par ici ! »

Je m'immobilise et oblige mes yeux à remonter au-dessus des mollets, puis des tables, pour s'intéresser enfin aux visages.

Il a une voix plus aiguë que Theo. Ce n'est pas forcément une mauvaise chose, mais je le remarque immédiatement.

« Salut.

— Salut. Tu es superbe. »

Je hausse les épaules parce que je ne sais pas comment répondre à son compliment avec un trait d'esprit. Du coup, je finis par ne rien dire du tout.

« Qu'est-ce que tu veux boire ? » Roberto comble immédiatement le vide que je viens de creuser. Je lui en suis reconnaissante, mais je me sens déjà épuisée.

« Une bière, s'il te plaît.

— Ça marche. Va t'asseoir. » Il m'effleure le bras pour me montrer la table qu'il nous a réservée. Je m'y rends, contente d'avoir reçu un ordre.

Tout en m'installant, j'observe Roberto au comptoir. Objectivement, il est très séduisant. Je suis flattée qu'il m'ait demandé de sortir avec lui – s'il s'agit bien d'un rencard. Cheveux châtains coupés court et disciplinés par le gel avec une précision militaire. Yeux bleu vif. Je pense aussitôt à mes propres cheveux que le vent a complètement décoiffés. Je me demande si cette différence entre nous indique quelque chose de fondamental. Quand le barman lui tend nos boissons, il frappe gaiement le comptoir. Puis il revient vers moi en souriant, et je remarque qu'il n'a pas peur de me regarder pendant tout le trajet qui sépare le comptoir de notre table. Si c'était moi, j'aurais eu le nez dans les verres.

« Et voilà ! s'exclame Roberto d'un air excité.

— Et voilà ! je répète parce que je n'ai réellement rien d'autre à dire.

— Tu as trouvé sans problème ? »

J'essaie de ne pas lever les yeux au ciel. Comme s'il ignorait que je connais parfaitement cet endroit.

« Ouais. Par chance, c'est juste à côté de chez moi.

— Ah oui, vraiment ? » Il lèche sa lèvre supérieure où quelques gouttes de vin blanc se sont attardées. Sa langue ressemble à un tentacule amputé qui s'agite une dernière fois avant de réaliser qu'il a été séparé du reste de la pieuvre. Je trouve cette vision grotesque et tente d'imaginer sa langue à proximité de mon visage, mais ça me fait frémir. J'essaie de ne pas penser à Theo. Mais, au bout du compte, cette résistance me fait penser à lui plus intensément que si j'avais laissé le champ libre à mon cerveau. La langue de Theo. Comme je la trouve sexy quand elle vient humecter ses lèvres pendant qu'il parle. Je ne savais pas qu'une langue pouvait être sexy. Je l'aurais voulue partout sur moi. J'essaie d'envisager la langue de Roberto de la même manière, mais je la trouve toujours répugnante.

« Ouais, je croyais que tu le savais. »

Roberto s'étrangle de rire dans son verre. Il faut croire que je suis drôle.

« D'accord, tu m'as eu, reconnaît-il d'un air penaud. Je me suis dit que tu accepterais plus facilement de me voir si tu n'avais pas besoin de demander qu'on t'emmène et qu'on te ramène. »

Je suis surprise. « Comment tu sais que je ne conduis pas ? »

Il me regarde comme s'il s'agissait d'une question bête. « Magdalen, *tout le monde* sait que tu n'as pas le permis, répond-il en accentuant ce *tout le monde* comme si même les gens vivant en bordure de Pise étaient conscients de mon incapacité à conduire une voiture.

— Oh.

— Ouais, je tenais à m'assurer que tu sois à l'aise, explique-t-il en énonçant lentement ses mots, pensant probablement me séduire par la phonétique.

— C'est très généreux de ta part, Roberto.

— Je t'en prie, ce n'est rien du tout. »

Un silence gêné s'installe entre nous. C'est à mon tour de dire quelque chose, mais je n'ai rien à ajouter.

« Tu étais vraiment discrète au collège, tu ne parlais pas beaucoup », reprend Roberto d'un air nonchalant.

Je soupire. Ça m'agace, mais je comprends que les gens ne se souviennent pas de moi en dehors de cette caractéristique. « Ouais, je suppose que c'est toujours le cas. »

Je commence à avoir la chair de poule. Si seulement j'avais pris un pull. Une veste en laine. Une putain de parka.

« Pourquoi ? Tu es si jolie ! »

Mon visage s'enflamme. Je suis profondément vexée par cette corrélation obtuse entre la beauté et la confiance en soi.

Mais peut-être que j'ai mal entendu. J'avale une énorme gorgée de bière en essayant de reformuler cette déclaration. Est-ce que j'ai loupé un mot à cause du brouhaha autour de moi ?

S'il ne me trouvait pas jolie, est-ce que ma timidité aurait du sens pour lui ? Mon cerveau cherche un moyen de comprendre, mais je suis juste dégoûtée par nos différences qui sont déjà si évidentes. Je repense à Theo. Lui saurait que l'une n'exclut pas l'autre. Il rigolerait, lèverait les yeux au ciel et dirait un truc intelligent. Il partagerait une anecdote qui appuierait parfaitement son propos. Pour l'instant, je ne trouve rien à dire et ça me frustre. Mon propre intellect me déçoit.

« Peut-être que je suis timide parce que je sais que je suis magnifique. »

Roberto me dévisage sans répondre.

« Et vu que je suis *magnifique*, je n'ai pas besoin d'essayer de parler aux gens qui me sont inférieurs. »

Il y a des années, quand Anika m'a obligée à l'accompagner à une fête en journée à Turin, je lui ai demandé comment elle faisait pour parler à de parfaits inconnus avec une telle aisance. *« C'est simple, je ne les considère pas comme de vrais gens »*, m'a-t-elle répondu. J'y ai beaucoup repensé par la suite. Je n'ai jamais pu me résoudre à agir avec la même indifférence, mais l'idée m'a beaucoup plu. *« Ils font juste partie de mon histoire »*, a-t-elle ajouté d'un air résolu en ramenant ses cheveux en arrière avant de rejoindre les garçons avec leurs spritz.

J'observe Roberto et je commence à ressentir cette indifférence dont Anika m'a parlé. Que je me mette à poil devant lui ou que je lui jette mon verre à la figure, ça n'aura aucune importance. Il n'est pas réel dans mon histoire. Je le sais avec certitude. Dans une semaine, deux mois, dix ans, Roberto ne sera plus qu'un visage anonyme, un type aux cheveux courts avec qui je suis sortie un jour dans un bar.

« Ah, ouais, j'imagine que ça pourrait être ça », répond Roberto sans conviction. Il n'a pas préparé de réplique, ce qui ne me réjouit pas plus que s'il en avait eu une. Mon tout premier rencard, gâché par quelqu'un qui n'est même pas présent.

« Quand es-tu rentrée chez toi ? me demande-t-il.

— Il y a quelques semaines.

— Je pensais que tu ferais partie de ces gens qui ne reviennent jamais à Chivasso.

— J'aurais bien aimé, mais ma sœur est tombée amoureuse. »

Il fronce les sourcils et se focalise d'abord sur mon œil gauche, puis sur le droit, comme s'il cherchait à lire dans mes pensées et qu'il voulait me le faire savoir. « Pourquoi tu n'aimes pas ton foyer ? »

Mon Dieu, il parle comme un psychiatre.

« C'est compliqué. » Je bois ma bière qui a déjà tiédi, bizarrement. La douleur confuse que je ressens chaque fois que je pense à mon enfance réapparaît, même après dix ans. « Je suppose que je me sentais un peu exclue de ma propre vie. »

Je n'ai pas l'intention de révéler la vérité. Je cligne des paupières pour chasser des larmes brûlantes et j'essaie de sourire, mais je dois avoir l'air cinglée. Roberto m'offre un sourire crispé, et je me sens mal de lui avoir gâché sa soirée.

« C'est drôle que tu dises ça. » Il prend une gorgée de vin encore plus grosse que ma gorgée de bière, comme s'il se préparait à prononcer un discours. Est-ce une compétition ? Je reprends un peu de bière au cas où.

« Moi aussi, je me débats avec des questions d'identité. Ma dernière petite amie, eh bien, disons qu'elle n'avait pas de place pour la cognition sociale, tu vois ? »

J'analyse ses mots dans ma tête et je me rends compte que non, en fait, je ne vois pas. C'est super bizarre, j'ai tout de suite accepté ce rencard parce que je pensais connaître Roberto, alors qu'en vrai, je ne sais absolument pas qui il est devenu.

« Totalement.

— Ah, merci ! J'ai un cercle d'amis proches que j'ai besoin de voir régulièrement ; au bout du compte, elle et moi avons convenu tous les deux que nous n'étions pas compatibles sur le plan de la personnalité. »

Le visage de Roberto est devenu légèrement moite, et une veine bleutée est brusquement apparue au milieu de son front où elle palpite furieusement. Ce n'est pas sa faute. Nous avons tous des veines. Si je ne passais pas mon temps à mémoriser le visage de Theo, je n'aurais sans doute jamais remarqué ce détail chez Roberto.

« Alors, qu'est-ce que tu étudies à la fac ? » J'essaie de changer de sujet. Surprise, surprise, il veut devenir psychiatre. Cependant, la conversation ne tarde pas à revenir sur son ex.

Au bout d'une heure, je suis persuadée que je suis en train de faire un AVC. J'essaie de transformer les paroles de Roberto en phrases compréhensibles, en vain. Mais je marmonne sûrement les bonnes réponses puisqu'il poursuit son monologue à propos de son ex, Camille. Elle étudie à Milan pour devenir infirmière pédiatrique. Elle a un chat baptisé Sylvia parce que *La Dolce Vita* est son film préféré de Fellini. C'est une Gémeaux qui prend plus de kétamine que Roberto. Mais il l'aime. Je me sens triste pour nous deux, qui passons notre jeudi soir avec la mauvaise personne.

Après la première bière, je me cale plus confortablement sur la chaise dure et grinçante. Il me parle sans s'intéresser à moi. C'est une sensation que je connais bien.

Mon regard se pose sur ses mains. L'ongle de son majeur droit est plus long que les autres. Il y a de la saleté coincée dessous. Ses cuticules poussent comme des fleurs sauvages. Après ça, j'arrête de prêter attention à ce qu'il dit.

34

THEO

« Je sais que tu m'en veux, mais si on ne part pas maintenant, Anika, on va arriver là-bas à minuit. »

Elle allume le sèche-cheveux alors qu'elle ne l'utilise jamais en été. Je ne peux que soupirer et retourner attendre dans ma chambre.

Un week-end à Alassio avec Anika, Magdalen, Dante, Lucia et Maio. Normalement, je serais ravi d'y aller, mais j'angoisse depuis hier à l'idée de revoir Magdalen. Dois-je commencer par m'excuser ? Est-ce que je lui demande comment s'est passée sa soirée ? Je la revois dans ce jean fabuleux et je me demande si son rencard lui a caressé la jambe sous la table, s'il a remonté sa main le long de sa cuisse. Puis je me rappelle fermement que je n'ai pas le droit de me demander comment leur soirée s'est terminée ou si elle se poursuit alors que je suis assis là, avec les genoux qui tressaillent nerveusement parce que je guette le bon moment pour me précipiter en bas et guetter qui sera le prochain membre de la famille Savoy à sortir de chez lui.

Roberto Almeno. D'après mes déductions, c'est lui l'homme mystérieux que Magdalen devait voir – mystérieux, mon cul. Ils étaient ensemble en primaire *et* au collège. Mais ce n'est qu'aujourd'hui qu'il insiste pour sortir avec elle dès son retour à la maison. Ouais, ben va falloir faire la queue, mon pote.

Un coup lourd frappé à la porte me tire de mes pensées. Ce bref instant consacré à Magdalen se dissipe.

« T'es occupé ? » Mon père s'appuie contre le chambranle comme s'il était physiquement incapable d'entrer dans ma chambre.

« Qu'est-ce qu'il y a ?

— Vous partez bientôt ? » Il regarde sa montre pour bien me montrer que je le déçois. « Il va y avoir des bouchons si vous tardez trop. »

Je soupire. « Je sais, j'attends juste qu'Anika sorte de la salle de bains.

— Tu aurais dû la réveiller plus tôt, Theo. » Je me pince l'arête du nez et j'effectue un décompte à partir de dix pour ne pas exploser.

Alors même que le cadre de la porte le dissimule en partie, j'arrive à me voir en lui. Son impatience. Omniprésente. Le creux sur son nez. C'est douloureux d'observer comment je vais tourner.

« J'ai vu ta thèse. » De la tête, il désigne mon bureau jonché de manuels ouverts, au milieu desquels se trouve un premier jet de mon document.

« Putain, je t'avais dit…

— Je sais.

— Je t'avais dit de ne pas…

— Alors ne la laisse pas là à la vue de tout le monde. » Il se redresse. « Quand tu vivais sous ce toit, je te disais tout le temps de ranger cette chambre !

— Désolé, je pensais que l'accord verbal auquel nous étions parvenus la dernière fois que tu as essayé de la lire prouvait clairement que je voulais que tu restes loin de mes affaires !

— Et c'est reparti. » Il joint les mains en soupirant et lève un pied pour entrer dans ma chambre, mais son mocassin reste en suspens au-dessus du seuil, entre son monde et le mien. Finalement, il repose le pied de son côté et pousse un soupir de soulagement. « Tu n'en as pas marre d'être tout le temps furieux ? »

Je sens un nerf battre au niveau de ma tempe. Je m'imagine en train de hurler à m'en faire péter les veines, jusqu'à ce que je me noie dans mon propre sang.

« Où est mamma ? » je lui demande sur un ton mordant.

Ses yeux lancent des éclairs. Il est prêt à se battre. « Chez les Savoy.

— Trois personnes, c'est une de trop ? »

Il jette un coup d'œil en direction de la salle de bains, puis, sans crier gare, se précipite sur moi. Je cligne des paupières sans comprendre comment j'ai pu louper le moment où il a commencé à bouger dans ma direction. Mais c'est trop tard, sa tête se trouve à quelques centimètres de la mienne, nos nez se frôlent.

« Pardon ? » Il me souffle son haleine chaude au visage. De près, je me demande distraitement si mon nez a cet aspect-là pour les autres. « Si tu as un truc à dire, dis-le. »

Il en faut très peu pour lui faire perdre son calme. J'y parviens depuis que je suis gamin et ça me fout toujours autant la trouille.

« Combien de fois te l'ai-je répété ? » Il attrape mon menton entre le pouce et l'index et serre si fort que ma mâchoire commence à protester.

« Et combien de fois l'as-tu baisée avant que je vous voie ? » je réponds entre mes dents serrées. J'ai du mal à respirer, mais je le regarde droit dans les yeux parce que je veux qu'il sache que je n'oublierai jamais. Même à l'autre bout du monde et dix-sept ans après, je ne peux pas oublier.

Il me dévisage un moment, puis me libère en levant les yeux au ciel. Machinalement, je me frotte le menton. Je sens encore ses doigts s'enfoncer dans ma peau, mais je suis trop épuisé pour riposter. Il se penche sur mon bureau et consulte de nouveau mes notes de thèse. Il sait très bien que je ne protesterai pas cette fois.

« Tu fais toujours tout un cinéma. » Il recule et rajuste sa chemise dans son pantalon, puis vérifie l'heure à sa montre. « Fais le plein en rentrant. »

35

MAGDALEN

Theo est dehors en train de fumer quand j'arrive dans l'allée des Sinclair. Il porte un nouveau t-shirt blanc légèrement transparent, si bien que je distingue son ventre et les contours de son tatouage sur ses côtes. Ça n'en est que plus douloureux de le regarder. J'essaie de faire rouler ma valise le plus discrètement possible, mais j'ai à peine avancé de quelques pas qu'il tourne la tête dans ma direction.

Un bras croisé sur la poitrine, il tire sur sa cigarette et disparaît dans un nuage de fumée. Puis il secoue la tête avant de laisser tomber le mégot par terre. « Magdalen. »

Il s'avance à ma rencontre, et je réalise que je me suis arrêtée. Je rougis, gênée qu'il puisse encore me faire tout oublier même quand il se conduit comme un parfait connard. Je pense à toutes ces filles à Oxford qui pleuraient toutes les larmes de leur corps avant de se remettre avec le garçon qui leur avait brisé le cœur. Leur bêtise me faisait lever les yeux au ciel. Je m'étais toujours dit que, lorsqu'un homme entrerait dans ma vie, jamais je ne le laisserais me changer. Mais je ne vaux pas mieux. Je serai prête à ramper dans cette allée pour que Theo m'embrasse encore, juste une fois.

« Bonjour. » Il coince ses cheveux derrière son oreille. J'ai tellement envie de faire ce geste pour lui que je serre la poignée de ma valise pour me retenir. « Je pensais justement à toi, et tu es apparue. J'ai cru que je rêvais encore. Mon *fantasma*.

— Pardon ? » Je regarde derrière moi pour voir si ce n'est pas un mauvais tour qu'il a décidé de me jouer avec la complicité d'un Dante planqué derrière les rosiers.

« Je disais que justement je…

— Non, non, je t'ai bien entendu la première fois. Mais qu'est-ce qui est arrivé à *"Magdalen, sans vouloir t'offenser, je préférerais me noyer dans un bain d'essence plutôt que de passer plus de dix secondes avec toi."* ? » J'essaie d'imiter sa voix, mais ça ressemble plus à un crapaud-buffle qui fume cigarette sur cigarette.

Theo éclate de rire en se tenant le ventre. C'est un son si merveilleux que j'inspire inconsciemment pour le capturer, toute contente d'avoir déclenché une telle joie chez lui. *N'oublie pas Roberto !* me hurle mon cerveau. Lui au moins s'est intéressé à moi. Il m'a emmenée boire un verre et il m'a dit que j'étais jolie. Mais Theo place sa grande main sur la mienne, au-dessus de la poignée de mon bagage, et Roberto devient poussière. Ma peau me picote à ce contact, et je lutte contre l'envie de fermer les yeux pour savourer cette sensation.

« Tu es drôle. » Theo regarde nos deux mains et referme ses doigts sur mon poignet. « Laisse-moi faire, bébé. »

Mon ventre se noue. *Bébé*. Il a trop bu ? Je vérifie ses yeux, mais n'y trouve aucune trace de dérèglement chimique. Aurais-je oublié qu'on s'est déjà embrassés et réconciliés ? Impossible.

« C'est bon, t'inquiète, dis-je en tirant ma valise vers moi.

— Tu devrais savoir que j'obtiens généralement ce que je veux.

— Tu as perdu le droit de vouloir quoi que ce soit de ma part après…

— Après ce que je t'ai fait sous cette arche, répond-il avec le plus grand sérieux. Je sais.

— Et ton impatience pendant mes essayages était très impolie.

— Je sais.

— Écoute, réserve tes plus plates excuses pour une autre. Il est évident qu'on ne se connaît pas vraiment, et je ne suis pas d'humeur à te convaincre que je suis digne de ton attention. »

Il se rapproche. Son odeur de coton propre me submerge. Ses cheveux noirs comme de l'encre brillent au soleil.

« Je commence à en avoir vraiment marre des gens qui me disent que je ne sais rien de toi. » Sa voix se fait plus grave. « Laisse-moi apprendre à te connaître. » Le soleil se reflète sur sa chaîne, à laquelle est suspendu, je ne m'en rends compte que maintenant, un simple anneau en or. Ses yeux se posent sur ma bouche. Il soupire. « Tu n'imagines pas à quel point j'en meurs d'envie.

— Non, mais qu'est-ce qui ne va pas chez toi ? Tu ne viens me voir que quand tu en as assez du reste du monde.

— Ce n'est pas vrai.

— C'est pourtant l'impression que j'ai. »

Il fronce les sourcils et lâche un instant mon poignet. Si j'étais plus audacieuse, je lui dirais : *Quand tu m'as laissée cette nuit-là au bord du fleuve, j'ai cru que tu m'avais arraché un bout de moi.* Je laisse les mots s'installer à l'entrée de ma gorge jusqu'à ce que je puisse dire quoi que ce soit.

Il baisse les yeux, rien qu'un instant, mais c'est suffisant pour que le masque tombe. Je vois alors toute la terreur et la douleur qu'il essaie de dissimuler derrière la délicatesse avec laquelle il me tient le poignet. Mais ça ne dure pas. Il esquisse un petit sourire en coin. La façade réapparaît. Que je suis bête ! J'ai envie de mourir. Je ne suis pas l'objet de son affection, simplement un moyen de le distraire de sa souffrance.

« J'en suis désolé. »

J'arrache mon poignet à son étreinte. Il en profite pour saisir la poignée de ma valise.

« Tant mieux, maintenant laisse-moi tranquille. »

Il hausse un sourcil. Il ressemble tellement à son père quand il fait ça, si condescendant et sûr de son bon droit, que je dois cligner des yeux plusieurs fois pour chasser cette image. « Tu me manques, Maggie. »

Je blêmis et tourne brusquement la tête vers lui. J'ai la bouche sèche et la mâchoire crispée. « Comme c'est romantique ! » je me moque.

Derrière Theo, j'aperçois Dante qui essaie de sauter par-dessus la clôture séparant nos deux maisons. Je tente de nouveau de me rendre jusqu'à la voiture.

« Est-ce vraiment nécessaire ? » Il jette un coup d'œil à Dante, lui aussi, puis attrape de nouveau mon poignet. « Je veux dire, faut-il vraiment que cela soit romantique ? » Il tente de paraître nonchalant, mais je vois passer une lueur de désespoir et d'urgence dans ses yeux. Ça me surprend. Peut-être que je ne veux pas mourir, après tout.

« On pourrait juste s'amuser », suggère-t-il.

Je me mords les lèvres pour ne pas rire parce qu'il se comporte vraiment comme un idiot. « C'est sûrement la conversation la moins amusante que j'ai jamais eue.

— Je pourrais être plus drôle pour toi, douce Magdalen.

— Tu peux être ce que quiconque veut que tu sois, pas vrai ? » Je m'immobilise, envahie par une colère affamée et violente. « Tant que ça te permet d'obtenir ce que tu désires. »

Theo s'arrête à son tour. Les muscles de sa mâchoire se crispent puis se détendent comme s'il ravalait les répliques qui lui viennent aux lèvres. « Tu sais que dalle à propos de moi.

— Et il montre de nouveau son vrai visage ! » J'applaudis avec ironie et je repars en direction de la voiture en pressant le pas.

« Putain, Magdalen, je suis vraiment pas doué pour ça.

— Pour quoi ? Pour discuter plus de cinq minutes avec moi sans me dire que je suis une connasse refoulée ? » Je lève les yeux au ciel, furieuse d'avoir toléré cette conversation aussi longtemps. Rien n'a changé depuis le tennis club, mes seins ensanglantés, sa stupide coupe de cheveux… et mon premier vrai baiser.

Il jette un nouveau coup d'œil à Dante, qui nous observe en fronçant les sourcils avant de mettre dans le coffre le pain et les conserves que ma mère a achetés pour nous. Theo se tourne de nouveau vers moi. Dans la lumière matinale, ses yeux paraissent presque jaunes. Mais, tout aussi rapidement, cette lueur disparaît, remplacée par une fatigue qui me rappelle à quel point ce n'est encore qu'un gamin.

« Je ne pensais rien de tout ça, lâche-t-il maladroitement. Je suis désolé.

— Tu t'es déjà excusé avant, *bébé*. »

Il trébuche. Ah, lui aussi se souvient de l'arche et du moment où il a chuchoté « bébé » à mon oreille pendant que je me frottais contre lui.

« Comment puis-je te faire confiance ? je lui demande. Je sais *que dalle* à propos de toi, tu te rappelles ?

— Ouais, ben peut-être que j'ai envie que quelqu'un apprenne à me connaître. » Il soulève la main comme pour me toucher, mais la laisse retomber et reprend la poignée de mon bagage. « Peut-être que j'ai envie que ce quelqu'un, ce soit toi.

— Pourquoi ce revirement ? Je croyais que j'étais agaçante et inexpérimentée. Tu as détesté m'aider à prendre mon pied. *"À quel moment tu as cru que j'y prendrais du plaisir"*, c'est bien ce que tu as dit ?

— Ah, comme si je ne savourais pas ce souvenir chaque jour depuis que c'est arrivé. » Il donne un coup de pied dans un caillou.

Mon cerveau est en ébullition. Putain, mais à quoi il joue, là ?

« Écoute, je suis vraiment désolé pour les conneries que je dis. Je… je ne peux pas t'offrir plus que ça. Je ne peux pas te donner la romance que tu mérites. » Il fait une pause, cherche ses mots. Sa voix se fait plus pressante, désespérée. « Je n'ai pas le droit d'avoir besoin de toi, je le sais bien, bordel ! Mais, si tu es d'accord, je peux te montrer comment ça devrait être, ce qu'on peut ressentir. Encore une fois, pardon pour tout ce que je t'ai dit. J'ai très envie que tu apprennes à me connaître, Magdalen, mais… » Il tire sur ses cheveux comme s'il essayait d'arracher les mots de sa tête. « Je déteste qui je suis la plupart du temps, sans pour autant essayer d'y remédier. »

Moi aussi, aimerais-je lui avouer. Mais je choisis plutôt la colère.

« Theo, je ne sais vraiment pas ce que tu attends de moi. Tu m'as laissé tomber. Tu m'as embrassée et puis tu m'as plantée là. En plus, je ne sais pas si tu es bourré, là. » Une fois de plus, je tente de voir s'il a les yeux voilés.

Il renifle. « Je ne suis pas bourré. Je me laisse trop facilement séduire par toi quand je bois.

— Je n'aurais donc eu aucune chance si tu avais été sobre ?

— Ce n'est pas ce que je voulais dire.

— Qu'est-ce que tu voulais dire, alors ? »

Theo inspire profondément. « J'aurais été plus délicat avec toi. J'aurais pris mon temps. J'aurais commencé par te séduire.

— Pas besoin de délicatesse. En revanche, j'aurais apprécié du respect.

— Pour notre prochain baiser, j'y penserai.

— Qu'est-ce qui te fait croire que je te laisserai m'embrasser de nouveau ? Si je me souviens bien, j'ai pratiquement dû te supplier la première fois.

— Ça me plaît. Mais c'est moi qui supplierai la prochaine fois. À genoux. »

Je lève de nouveau les yeux au ciel, mais en souriant cette fois. Je ne suis pas plus résolue que les autres filles. « On se retrouve à Alassio. »

Il soupire et passe la main dans ses boucles épaisses. « Dis à Anika de faire attention sur la route, s'il te plaît. Tu me dois un baiser.

— Je ne te dois rien du tout !

— D'accord, c'est moi qui t'en dois un. » Il m'adresse un sourire éblouissant. « Sérieusement, dis-lui qu'elle a intérêt à faire gaffe. Je veux que tu arrives en un seul morceau. »

36

THEO

Dante et moi arrivons avant tout le monde. La villa que ma sœur a louée pour le week-end est immense, tout en murs de pierre et fenêtres aux volets verts.

« Bien joué, Anika ! » Dante frappe le volant des deux mains en s'arrêtant devant. « Il y a combien de chambres, à ton avis ? » On se penche pour contempler la maison à deux étages à travers le pare-brise, mais elle est si haute qu'on ne voit que le rez-de-chaussée.

« Merde, j'en sais rien. Six ou sept ?

— De toute évidence, il va falloir en profiter. »

Il se gare près du jardin et se tourne vers moi en haussant un sourcil d'un air stupide. J'essaie de sourire, mais j'y renonce et me contente d'ouvrir la portière. Le dos tourné, je contemple le soleil, cette demeure, et je m'émerveille de la permanence de ce type de bâtiment.

« Comment ça ? »

Dante frappe le toit de la voiture de mon père. « Tu rigoles, pas vrai ?

— Nos sœurs seront juste à côté de nous. » Je commence à décharger les provisions et les bagages afin d'entraîner cette conversation dans une autre direction.

« Hellooo ? » Il agite les bras. « Grande maison. Plein de chambres. Discrétion. Mystère. Sexy ! Tant qu'on rentre quand tout le monde dort, personne ne se doutera de rien.

— Mon Dieu, est-ce qu'on peut au moins visiter la maison avant d'envisager de sauter sur les filles du coin ? »

Selon les instructions d'Anika, Dante renverse l'urne en ciment à côté de la porte d'entrée pour récupérer la clé. « New York t'a rendu tellement chiant.

— Je crois que le mot que tu cherches est “mature”.

— Différent », marmonne-t-il, mais suffisamment fort pour que je l'entende. Je m'empare des bagages de Lucia en faisant exprès de l'ignorer.

Dante secoue la clé d'un air frustré, mais réussit finalement à ouvrir la porte. « Mon Dieu, Anika ! s'exclame-t-il aussitôt. Je t'embrasserais si tu étais là !

— Contrairement à ce que tu pourrais croire, je déteste quand tu parles de ma sœur comme ça, enfoiré. »

Il fait claquer sa langue. « Comme si tu ne baisais pas ma sœur avec les yeux à chaque fois que tu la regardes », lance-t-il par-dessus son épaule en entrant dans la maison. La baguette que je tiens s'échappe de son papier et finit par terre. Dante ressort et cherche une clope dans sa poche. « T'as du feu ? » Il glisse la cigarette dans sa bouche et lève les mains au-dessus de la tête pour s'étirer nonchalamment.

« Euh, ouais. » J'ai l'impression que mon cerveau a fondu. Mes mains se déplacent toutes seules à la recherche du briquet.

« Tu ne vas même pas le nier ? » insiste-t-il en pinçant les lèvres autour de sa clope.

Je trouve le briquet. Mon pouce rate le mécanisme une première fois. Je réessaie. Dante se penche, la flamme embrase l'extrémité de la cigarette.

« Dante. » J'ai la voix rauque. Je tente de trouver une excuse, n'importe quoi pour combler le silence. Mais rien ne me vient.

« Oui ?

— Je suis vraiment désolé.

— De quoi ? » Il souffle la fumée, attend ma réponse avec intérêt.

« J'aurais dû te le dire.

— Oui, tu aurais dû. » Il passe devant moi pour récupérer d'autres sacs dans le coffre.

« Il ne s'est rien passé. » Je mens parce que je me sens obligé de couvrir mes arrières.

« Foutaises.

— Pardon ?

— Elle ne sort pas avec des mecs. Normalement, ça n'arrive jamais.

— C'est quoi le rapport avec moi ? » Je me tourne vers lui en oubliant la baguette dans ma main. Une fois de plus, elle tombe.

Dante me regarde comme si j'étais le mec le plus con de la terre. « Voyons voir. » Il saisit la valise de Magdalen et la lance à mes pieds. « Tu baves chaque fois que tu la vois. Tu la raccompagnes après cette soirée au club, et le lendemain tu sautes Chiara – *tu crois que je n'ai pas compris pourquoi ?* Tu passes toute une nuit dehors avec elle. La semaine d'après, elle sort avec ce connard de Roberto Almeno. Putain, mais vous croyez que je suis aveugle, ou quoi ?

— Écoute, je ne voulais pas…

— Bordel, tu aurais dû me le dire ! »

J'ouvre la bouche pour me défendre. Pour prétexter que si je désire sa sœur, c'est la faute des dieux et du pouvoir mystérieux du vin rouge.

« C'est toi qui m'as dit que je n'avais pas le droit de l'approcher. » Mon cerveau fonctionne au ralenti, les mots de Dante et les miens se mélangent en un brouillard épais dont je n'arrive à extraire que des lettres, une par une.

Dante lève les yeux au ciel en fermant le coffre. « *Cazzo*, t'es vraiment trop con ! Je t'ai dit de FAIRE ATTENTION. Je t'ai demandé de ne pas faire les mêmes conneries qu'au lycée. C'est ma petite sœur ! J'ai pas le droit de jouer les grands frères protecteurs ? Je savais pas que ce rôle n'était réservé qu'à toi ! »

Je me penche pour ramasser la baguette malmenée en marmonnant un truc du style « Si, bien sûr », mais je suis tellement sonné que je ne suis pas certain de ce que je dis.

« Avant, tu m'aurais tout raconté. » Il pose la main sur mon épaule en m'obligeant à rester accroupi, si bien que je ne peux que garder les yeux rivés sur la valise de Magdalen. Il semble très sérieux. « Avant, ça t'aurait tué de me cacher un truc pareil. » Il me serre l'épaule, puis jette son mégot près de la roue de la voiture et me libère en me poussant gentiment.

37

MAGDALEN

Quand on arrive à la villa, Dante et Theo sont introuvables. Lucia et Maio se sont garés dans la rue voisine. On les surprend dans la cuisine où ils se font goûter des olives par-dessus l'îlot.

« Beurk, c'est dégueu, décrète Anika. Vous pouvez pas garder ça pour la lune de miel ? »

Je renchéris. « Dire qu'on pensait inaugurer cet endroit. Ils nous ont devancées.

— À ton avis, dans quelle chambre ils viennent de s'envoyer en l'air ?

— Hé, je vous entends ! » Lucia essuie sa bouche pleine d'huile d'olive et nous adresse un petit sourire en coin.

« Et ?

— Premier étage, la chambre du fond à droite. »

Je pousse une petite exclamation choquée tandis qu'Anika explose de rire. Très vite, je glousse aussi en voyant Maio se cacher le visage dans les mains.

« Maio, tu vas devoir t'habituer à son côté cash, dis-je entre deux éclats de rire.

— Oh, c'est déjà fait », répond Lucia avec un grand sourire. Maio se redresse brusquement et tente de lui faire passer avec les yeux un message qu'elle ignore délibérément.

« Quand est-ce que cette famille est devenue aussi libérée sexuellement ? Je regrette l'époque où tout le monde refoulait ses émotions. » Je soupire en me rapprochant du plan de travail pour piquer une olive.

« Bon, c'est bien sympa, mais... » Maio tapote sa chemise. De toute évidence, il cherche à occuper ses mains le temps de surmonter son embarras. « Je n'ai pas encore eu l'occasion de visiter le jardin.

— C'est drôle, chéri... » Lucia referme le bocal d'olives au moment où je tente d'en attraper une. « Moi non plus ! » Elle lui donne une tape sur les fesses comme ils se dirigent vers le jardin. Je dissimule un sourire derrière mes mains.

« Les garçons ont déposé vos bagages dans les chambres à l'étage », lance Lucia en prenant Maio par la main.

On monte l'escalier dont le marbre refroidit l'atmosphère estivale humide qui tente de réchauffer la maison.

Je jette un coup d'œil dans les chambres. Les ceintures et les maillots de bain de Dante sont étalés sur le lit de la chambre décorée sur le thème du safari. J'aperçois un coussin imprimé zèbre sur les draps blancs et une fresque représentant un éléphant sur le mur de droite. Le mobilier est sombre et élégant : tabourets en osier, tapis tissés main. Cette atmosphère chaotique et ouvertement masculine correspond bien à Dante, comme si elle avait été pensée pour lui.

La valise d'Anika se trouve dans la chambre voisine, qui possède des murs roses, des rideaux à froufrous marrants et un cache-sommier en vichy tufté. Anika s'allonge dessus et fouille sa valise à l'aveugle en fredonnant un air quelconque. Je remonte le couloir sur la pointe des pieds jusqu'à ce que je découvre mon propre bagage dans le coin de la chambre située en diagonale par rapport à celle d'Anika. Je ne peux m'empêcher de me sentir déçue et jugée par la personne qui l'a choisie pour moi. L'espace se décline dans différentes nuances de bleu. Un lit simple avec une couette couleur bleuet. Pas de coussins ni de vase rempli de fleurs. La seule liberté créative consiste en un tableau terne représentant l'océan au-dessus de la tête de lit beige. Cette chambre semble incomplète et dépourvue de vie, comme si elle avait été aménagée en dernier, après que tous les efforts de décoration ont été concentrés sur les autres. Je jette mon sac à main sur la couette. Il y a un lit, c'est déjà ça.

En ouvrant ma valise, je me rends compte qu'un t-shirt blanc est coincé dans la poignée. Je le récupère en fronçant les sourcils, mais je n'ai pas besoin de vérifier la taille pour savoir qu'il ne m'appartient pas. Puis l'odeur de Theo, invasive et délicieusement toxique, envahit mes narines. Rien ne peut m'empêcher d'enfouir mon nez dans le tissu pour inspirer à pleins poumons. L'odeur se transforme en illusion ; j'imagine Theo agenouillé à côté de moi, son aura solaire réchauffant cette triste chambre bleue. Je déplie le t-shirt, et un morceau de papier tombe sur mes genoux.

On dirait que tu as oublié ton pyjama.
Heureusement que je suis là !

Je plaque ma main sur ma bouche pour étouffer mon rire. Puis je secoue la tête, à la fois honteuse, ravie, perplexe et angoissée. J'en veux encore, j'en veux plus !

Quelques mots griffonnés à la hâte sur un bout de papier réussissent à dissiper la colère que je gardais depuis cette horrible soirée à Turin. Je soupire. Il repartira bientôt à New York. Pourquoi ne pas s'amuser un peu en attendant ?

J'ouvre ma valise, et ma propre exclamation de stupeur me fait sursauter. Quelqu'un a complètement réorganisé son contenu.

« Theo, c'est une atteinte majeure à ma vie privée », je râle en souriant. Mon pyjama a bel et bien disparu. En revanche, la lingerie fournie par Marta repose, soigneusement pliée, sur mes vêtements. String et soutien-gorge lavande. Chaussettes blanches bordées de dentelle. Un uniforme pour les personnes sexuellement refoulées.

« Oh, mon Dieu. » Ma tête bascule dans la valise ouverte quand j'imagine Theo m'admirant dans cette tenue. « Oh, mon Dieu », je répète, parce que, franchement, que dire d'autre ?

« Ai-je envie de savoir ce qu'il se passe ? »

Je relève brusquement la tête. Anika, vêtue de son bikini orange vif et d'un paréo minuscule, se tient sur le seuil de ma chambre.

« Oh, ce n'est rien. » Je referme ma valise et m'empresse de me relever. Mais, comme au ralenti, le papier tombe par terre, et Anika pose les yeux dessus, puis sur le t-shirt blanc dans ma main.

Je proteste. « N'y pense mê… » Mais Anika plonge la première.

« C'est de Roberto ? » Tout en serrant le mot dans sa main, elle fait une roulade sur la moquette de manière à m'échapper.

« Non ! Tu sais bien comment ça s'est passé avec lui.

— C'est de qui, alors ? » Elle respire un peu trop vite et continue de brandir le papier dans son poing.

« Anika, ne l'ouvre pas. » Je rampe vers elle, mais elle bat des pieds pour m'obliger à m'arrêter.

« Dis-moi ! » Elle remue les orteils et réussit presque à toucher mon front avant que je recule.

« Je ne peux pas.

— Pourquoi ? Ne me dis pas que tu couches avec un prêtre !

— Anika !

— Un rabbin ?

— D'accord, t'as gagné », je râle en m'allongeant sur le dos. Pendant un petit moment, on n'entend plus que le bourdonnement du ventilo accroché au plafond. Je reprends mon souffle.

« C'est de mon frère ? » me demande-t-elle avec une drôle de voix. Je tourne la tête vers elle. Je ne sais pas si elle plaisante. Mon cœur rate plusieurs battements. Un million de dénégations, de justifications et de confessions se bousculent dans ma tête, mais je garde le silence. Je n'ai pas oublié ce que Theo m'a demandé. *Pas un mot à Anika, d'accord ?*

« Tu veux bien être sérieuse deux minutes ? » Ma voix se fissure à la fin de ma phrase. J'essaie de sourire, mais mes lèvres sont tout engourdies et je ne suis pas sûre d'avoir réellement ouvert la bouche, au final.

« Je le suis. » Elle me lance la boule de papier qui rebondit sur ma hanche et atterrit entre nous, plus près d'Anika que de moi. « Je sais qu'il s'est passé un truc entre vous. »

Je me redresse sur les coudes en continuant de la dévisager. Cette fois, je suis à court d'excuses. Mais je n'en ai pas besoin puisqu'elle ajoute aussitôt : « Je le sais parce que Theo me l'a dit. »

Pas un mot à Anika, d'accord ? Ai-je mal compris ses paroles ce soir-là ?

« Comment ça ?

— Il m'a dit qu'il s'était passé un truc entre vous après le dîner de fiançailles de Lucia.

— Oh. » Je me sens à la fois blessée et soulagée. Les derniers mots de Theo n'étaient donc rien de plus qu'un mensonge pour se débarrasser de moi. A-t-il parlé de moi avec Anika autour d'un verre ? Peut-être qu'il est allé la retrouver, ainsi que Dante, juste après m'avoir jetée. Peut-être qu'ils en ont rigolé ensemble. Je revois son rictus et la manière dont sa canine dépassait quand il a été si odieux avec moi. Elle paraissait tellement pointue, digne d'un prédateur. Elle s'était retrouvée dans ma bouche. Je me rappelle avoir regretté qu'il ne m'ait pas fait saigner.

« Maggie, t'as pas besoin de me cacher des trucs comme ça.

— Oh. » Je renifle. « D'accord.

— Il ne m'a pas tout dit. » Elle croise les jambes et se rapproche de moi en me couvant d'un regard inquiet. « Le peu que je sais, j'ai pratiquement été obligée de le lui arracher.

— Il m'a demandé de ne rien te dire. » Comment ai-je pu lui obéir religieusement ? J'avais tellement peur qu'Anika découvre la vérité et qu'il pense que j'avais violé sa règle cardinale.

« Oh, allez, viens là. » Elle me rejoint à quatre pattes et s'allonge sur moi comme un épais manteau de vison, chaud et douillet. Elle colle légèrement à cause de la crème solaire dont elle a tartiné son corps. Mais elle me prend dans ses bras et me serre si fort que je me perds dans des senteurs vanillées d'ambre solaire.

« Je suis tellement désolée. » Je ne me rends pas compte que je pleure jusqu'à ce qu'elle me berce pour me consoler en murmurant d'une voix apaisante : « Tout va bien, Maggie. Crois-moi, tout ira toujours bien entre nous.

— Il a été tellement méchant », je m'entends dire dans un gros soupir, le visage couvert de morve et de larmes. Les mots sont coincés à l'intérieur de moi comme un hameçon dans la chair d'un poisson. Les dire à voix haute, c'est m'arracher des petits bouts de moi.

« Qu'il aille se faire foutre. » Anika s'enroule autour de moi et me serre fort, fort, fort en essayant sans le savoir de recoudre mes blessures.

« C'est ton frère ! » Je sanglote deux fois plus.

« Ça ne veut pas dire qu'il a toujours raison. Tu sais, Mag, Theo était bon à la naissance, ça, personne ne le conteste. Mais, merde. Il y a tellement de trucs que tu ignores sur lui. Il y a des trucs que même moi je ne connais pas et qui le rongent en permanence. La veille de son départ pour Yale, il a sangloté toute la nuit, tu le savais ? Il pleurait, et ça s'arrêtait pas, et j'ai cru qu'il allait s'évanouir. Je suis restée avec lui pendant tout ce temps et j'ai bien cru que ce magnifique visage allait rester éternellement marqué par les larmes. Mais à aucun moment, il ne m'a dit pourquoi il pleurait. Je l'ai supplié de me parler pendant des heures. Mais il n'a rien lâché, Maggie. Ce que j'essaie de dire, c'est que… bordel, je ne le sais même pas ! »

Je renifle en regardant Anika perdue dans ce souvenir avec Theo. « Je n'en savais rien.

— Évidemment. Personne n'est au courant. Il me tuerait s'il apprenait que je t'en ai parlé.

— Tu n'as pas la moindre idée de ce qui a pu lui arriver ? » Ma propre tristesse me semble très loin, tout à coup. Rangée dans la valise à l'autre bout de la pièce. Je meurs d'envie d'en savoir plus à propos de Theo.

« Non, vraiment pas, mais je parie que c'est la faute de mon père.

— Ouais, on ne parle pas beaucoup de lui, pas vrai ?

— On ne devrait pas avoir à en parler, répond vivement Anika. Ça ne fait jamais que vingt ans qu'il est ami avec ton saint de père. On pourrait croire… » Elle s'interrompt, perdue dans ses pensées. « On pourrait croire qu'un peu de ses qualités déteindrait sur lui.

— Mon père n'est pas parfait.

— Mag, voyons. Ton père est *absolument* parfait. »

Cette fois, je ne tente pas de nier. « Pourquoi tu ne m'as jamais dit à quel point Dexter avait sombré ? » Je lui prends les mains et les serre bien fort dans les miennes.

« Parce que, soupire-t-elle en posant la tête sur mon épaule, tout ira bien, et tout ira bien, et chaque chose sera pour le mieux. »

Nous restons assises là, sur la moquette de la chambre bleue, tandis que sa prière résonne dans mes oreilles. Je repense à Theo en train de pleurer et je ferme les yeux.

« Julienne de Norwich ? »

Je sens Anika hocher la tête contre moi. « Il y a quelques années, j'ai trouvé une carte postale avec cette citation dans l'une des corbeilles à un euro au marché. Elle m'a beaucoup plu. Ça m'aide quand la vie devient plus compliquée. »

J'ai la gorge nouée. Si j'essaie de l'interroger, Anika va se défiler, comme elle sait si bien le faire. Elle va balancer une blague ou allumer la radio et se mettre à danser.

Alors, je lui raconte une anecdote. « J'ai essayé de la choisir comme sainte pour ma confirmation.

— Sérieusement ? » Anika écarte sa tête de mon épaule, le regard pétillant.

« Absolument. Mais ma mère m'a dit qu'elle ne comptait pas, alors j'ai choisi Sainte Angèle.

— Je ne savais pas !

— Oui, tu ne trouves pas ça trop bizarre ? » Je ne peux pas m'empêcher d'en rire. Ça m'amuse qu'une mystique nous excite autant qu'une icône de la pop culture.

« J'adore être bizarre avec toi. » Elle repose sa tête sur mon épaule. « Ça me donne l'impression que ça va aller.

— Tu es ma nana bizarre préférée. Je t'aime tellement ! » Mes larmes menacent de se remettre à couler parce que j'ai souvent évité de l'appeler depuis mon arrivée à la fac. Je me suis rarement demandé si elle allait bien. En mon for intérieur, je m'engage à m'inquiéter davantage pour elle. Je tiens à me rappeler qu'elle peut danser et être triste en même temps.

« Moi, encore plus. Et c'est justement parce que je t'aime que je veux que tu saches que Theo... ressemble plus à notre père qu'il ne veut bien l'admettre.

— Anika...

— Ne le laisse pas profiter de toi. » Cette fois, c'est elle qui me prend la main, comme elle l'a toujours fait. « Ne le laisse pas s'en tirer à bon compte. »

Après ça, la conversation s'arrête. Anika ne me donne pas d'autres infos sur Theo, et moi non plus. On reste assises par terre tandis que la radio dans sa chambre envahit le silence dans la mienne. La voix de Raf susurre « *Sei la più bella del mondo. Sei la più bella per me.* » Inconsciemment, Anika fredonne la chanson en rythme.

Ça me perturbe de savoir que la bonté de Theo est éclipsée par des ténèbres qu'aucun de nous ne parvient à distinguer. Elles se dissimulent derrière ses larges épaules et ses remarques pleines d'esprit. *Ne le laisse pas profiter de toi.* Je me mordille la lèvre. Mais *j'adorerais* le laisser faire. Cette pensée me terrifie autant qu'elle m'excite. Oui, *j'adorerais* ça.

38

THEO

Dante raccroche brutalement le téléphone public. « Va te faire foutre, espèce de petite merde sicilienne ! » Bien qu'il soit à l'intérieur d'une cabine, sa voix porte loin, et le message est parfaitement clair.

« Bon sang. » Je me frotte la nuque tout en adressant un sourire d'excuse aux touristes qui se rendent à la plage et qui regardent Dante comme s'ils le trouvaient répugnant. Je hausse les épaules. *Passez votre chemin, vous ne voulez pas voir ça.*

Dante pousse la porte de la cabine en reniflant bruyamment. « Putain, c'est vraiment une connasse.

— Pas de bol ? »

On traverse la rue pour entrer dans *il budello di Alassio*[7]. Immédiatement, je souris. Des petites boutiques dans des tons corail, jaune et bleu sarcelle s'entassent dans les ruelles étroites. Toutes les portes sont grandes ouvertes. Des ballons de plage ornés du drapeau italien et des filets de pêche encombrent les trottoirs. Des mini-ventilateurs électriques bourdonnent dans la chaleur écrasante de l'été, mais ne font qu'ajouter du bruit blanc à un environnement sonore déjà

7. Rue commerçante principale d'Alassio. (N.D.É.)

particulièrement envahissant. On emprunte la première allée qui mène au marché. Aussitôt, l'odeur des *piadine*[8] chaudes m'assaille. *Putain, c'est divin.* Poivrons rôtis qui dégoulinent d'huile d'olive, *prosciutto di Parma* recouvert d'une couche de burrata savoureuse. J'en baverais presque. Je cherche une boutique pour en dévorer une.

« On pourrait croire qu'une orgie te garantirait une certaine forme de loyauté. Ce n'est pas comme si je demandais des amphés, bordel ! Je veux juste des champignons ! »

Je tends la main pour l'arrêter au beau milieu de la ruelle. J'en oublie complètement les *piadine*. « Tu as participé à une orgie ? »

Dante hésite deux secondes. « Qui ne l'a pas fait au moins une fois, tu vois ce que je veux dire ? » Il enfonce son coude dans mes côtes et fait mine de repartir, mais je l'immobilise de nouveau.

« C'est dingue, mais figure-toi que, pour une fois, non, je ne vois pas ce que tu veux dire. Je n'ai jamais participé à une orgie.

— Il faut croire que tous les Sinclair ne sont pas aussi amusants qu'Anika. »

Je serre les poings. « Espèce de salopard, tu es en train de me dire que tu as participé à une putain d'orgie avec ma petite sœur ?

— Ce qu'il se passe à Paris reste à Paris, mon frère. C'est tout ce que je peux dire à ce sujet. »

Je l'empoigne par sa chemise avec une violence telle que le tissu se déchire. Je l'entraîne dans un coin ombragé, à l'écart de la foule de touristes, et le plaque contre un mur de briques. « Tu me casses les couilles parce que j'ose penser à

---

8. Originaire de Romagne, la piadina est une pâte moelleuse et croustillante réalisée à base de farine et de saindoux traditionnellement garnie de jambon, de squacquerone (fromage épais) et de roquette. (N.D.É.)

Magdalen, mais toi tu vas à une orgie avec ma sœur ? » Ces derniers mots, je les prononce d'une voix plus forte que je ne le voulais ; je me retourne pour m'assurer que personne d'autre ne les a entendus. Un petit garçon avec du *gelato* qui dégouline sur son poignet me regarde avec de grands yeux ronds.

« De toute évidence, nos sœurs sont très différentes, murmure Dante en adressant un clin d'œil au petit garçon complètement hypnotisé.

— Je vais te frapper.

— Mais non. » Il se tortille pour m'échapper, mais je le presse contre le mur jusqu'à ce qu'il fasse la grimace.

« Je pourrais.

— Évidemment, tu es tellement fort et agile. » Dante tente de me tapoter l'épaule, mais je repousse sa main, qui s'en va heurter les briques derrière lui.

« Aïe ! Bon, OK. C'est arrivé il y a plusieurs années. Sept adultes consentants se sont réunis une nuit dans un bordel parisien très sélect et ont créé quelque chose de vraiment magique. Certains parleraient même de miracle.

— Sept ? » Mon cerveau essaie d'imaginer comment sept corps nus pourraient réussir à baiser ensemble, puis se vide brusquement en se rappelant que ma sœur faisait partie du lot.

« On s'en fout du nombre. Je n'aurais pas dû dire ça. Au temps pour moi. » Dante s'agite en s'attendant à recevoir un coup de poing.

« Putain, je vais sortir avec Magdalen !

— Theo… » Dante fait mine de parler, mais je le plaque de nouveau contre le mur parce que ça commence à me plaire. « OK, OK, dit-il d'une voix sifflante en grimaçant à chaque fois qu'il heurte les briques.

— Peut-être même que je vais l'embrasser ce soir pour lui dire bonne nuit », j'ajoute plus calmement. Je revois des images de Turin, l'heure tardive, mes doigts emmêlés dans ses cheveux et dans sa jupe. Je me souviens de ses lèvres, hésitantes au début. Son soupir quand nos bouches se sont effleurées. Je me mords la langue pour revenir au moment présent.

« Beurk. Arrête un peu, c'est ma sœur », proteste Dante. Puis il m'offre un sourire hésitant. Je ricane, prêt à répliquer, mais il me devance. « D'accord, très bien. Emmène-la au resto. Offre-lui des fleurs. Achète-lui un bout de terrain en Écosse pour faire d'elle une lady. »

Je le libère en le poussant une dernière fois, ce qui lui provoque une quinte de toux. « Je te déteste, putain. »

Dante lisse sa chemise et rajuste son col. Je fais demi-tour en quête d'une *piadina* à dévorer. « Mais non, tu m'adores », proteste-t-il.

Je fais volte-face, et il a un mouvement de recul. Incapable de dissimuler mon sourire, je me penche en imitant le bruit d'une poule.

« C'est pas drôle, murmure-t-il en passant la main dans ses cheveux durs comme une brique. Tu m'as bien dit que tu allais me frapper. Maintenant qu'on doit se débrouiller pour se procurer des champis à l'ancienne, il faut que je sois présentable.

— Tu aurais dû voir ta tête. Tu croyais vraiment que j'allais t'en mettre une !

— Ah, ah. "Regardez, j'ai fait trembler Dante." Elle est bien bonne. Est-ce qu'on va enfin sortir de ce coin humide où tu me séquestres, ou tu as l'intention de me donner une fessée, pendant que tu y es ? »

Je me redresse dans un soupir de satisfaction. Vais-je proposer un rencard à Magdalen ? Mon estomac se noue à cette idée. Je m'imagine embrasser son épaule à la table du dîner et j'ai ma réponse. Je nous vois en train de finir ce qu'on a commencé sous cette arche.

« Après vous, *signore*.

— D'accord, mais on va chercher des *piadine* avant d'aller à la plage. Cette bagarre m'a épuisé.

— Bouge, Dante !

— OK, OK. » Il ouvre la bouche pour ajouter quelque chose. Puis il se ravise et se contente de sourire en passant devant moi.

39

MAGDALEN

Au bout de notre cinquième tour d'*il budello,* je suis obligée de protester. Anika a déjà changé le haut de mon maillot de bain, nous a acheté des paréos ornés de perles assortis et s'est offert un pistolet pour percer les oreilles, un outil de professionnel.

« Tu aimes les livres, pas vrai ? Allons à la librairie », propose-t-elle gaiement à l'entrée d'une petite rue tranquille au bout de laquelle il n'y a qu'un seul lampadaire. J'aperçois une enseigne en bois au-dessus d'une porte vert vif. Elle se balance en grinçant dans la brise. *LIBRI USATI.*

« Anika, on ne porte pas de t-shirt. Ils ne vont jamais nous laisser entrer », je chuchote d'une voix pressante avant qu'elle ouvre la porte.

Elle lève les yeux au ciel et m'attrape le poignet avec la main qui ne tient pas une dizaine de sacs de shopping. « C'est Alassio, pas le Vatican, idiote. Tout le monde se balade en maillot de bain. »

Une clochette carillonne quand on entre. Aussitôt, l'odeur des vieux livres nous enveloppe. Puissante et nostalgique, elle m'évoque une paix si profonde que je manque de fermer les yeux. La porte se referme derrière nous, et le brouhaha qui monte des rues bondées d'Alassio disparaît. Une atmosphère feutrée règne dans la boutique. C'est comme tomber sur une grotte humide au milieu d'une averse. Le calme de cet endroit silencieux me submerge.

« *Buonasera* », nous dit une vieille femme assise derrière le comptoir. Seul le haut de son crâne dépasse au-dessus du plateau en bois. Il lui manque les dents de devant.

Je la salue d'un hochement de tête et m'enfonce parmi les rayonnages. On se sépare, Anika et moi, et je commence à déambuler dans la partie consacrée à la littérature du XIXe siècle. Il fait frais et sombre, car l'absence de fenêtre dans le fond de la boutique empêche le soleil de la réchauffer. Je pousse un soupir de contentement.

Le plancher grince derrière moi dans le rayon de la littérature russe. Je sursaute, tourne à droite et entends de nouveau des pas derrière moi. Ils sont trop bruyants et trop espacés pour être ceux d'Anika. *D'accord, ne t'emballe pas, Magdalen.* Je continue à avancer nonchalamment dans cette rangée, puis je tourne à gauche cette fois. Je suis au beau milieu de la rangée suivante quand les bruits de pas cessent.

Je lève les yeux pour voir dans quel rayon je me trouve. J'aperçois, sur l'étagère du haut, un bout de papier sur lequel sont griffonnés les mots MYTHOLOGIE ET FOLKLORE. Je reviens sur mes pas pour retourner dans la partie consacrée à la littérature du XIXe quand je me heurte brusquement à un obstacle. Deux mains me saisissent par les épaules pour m'empêcher de tomber.

« Hmm, murmure une voix grave à mon oreille. Je pourrais presque croire que tu cherches à me fuir. »

Je sais de qui il s'agit avant même de relever la tête. Je connais ce torse musclé.

« Tu me suis en douce, encore ? » Je n'arrive pas à le regarder en face. Je repense aux confidences d'Anika, à ses yeux rouges et gonflés par les larmes. Je repense aussi à ses paroles : *Tu as voulu m'embrasser uniquement parce que tu as la trouille de parler à quelqu'un d'autre.* Je grimace malgré moi et recule d'un pas. Theo perçoit mon changement d'humeur parce qu'il me lâche aussitôt les épaules.

« Désolé. » Il se masse la nuque. « Je ne voulais pas te faire peur, mais je n'ai rien trouvé à dire quand je t'ai vue entrer dans la librairie.

— Ce n'est pas grave. »

Il essaie de sourire, mais seul l'un des coins de sa bouche remonte, et il abandonne aussitôt.

Je réussis à articuler : « C'est gênant. Je me sens mal à l'aise.

— Magdalen, tu n'as pas à te sentir… » Il avance vers moi, et je bats en retraite dans le rayon.

« J'aimerais te pardonner. J'aimerais me marrer et flirter. » Curieusement, j'ai la gorge serrée, et les larmes de tout à l'heure réapparaissent au coin de mes yeux. J'essaie de les chasser, mais je vois flou, tout à coup.

Theo ouvre la bouche, mais je lui coupe la parole. Je me sens courageuse dans cette partie consacrée à la mythologie. Je formule les mots lentement, comme si je lisais un extrait d'un des livres qui nous entourent.

« *Tu as voulu m'embrasser uniquement parce que tu as la trouille de parler à quelqu'un d'autre.* » Je répète cette phrase qui me hante depuis cette nuit-là. C'est la première fois que je la prononce à voix haute. C'est au tour de Theo de faire la grimace. Mais au lieu de me repousser, il fait un pas de plus vers moi.

« Il faut que tu saches… » Ses mains se lèvent de nouveau vers mes épaules, mais il les laisse retomber au dernier moment. « Merde, je suis tellement désolé. Il faut que tu saches que j'ai dit ça uniquement parce que… » Il s'interrompt. Cette fois, c'est moi qui me rapproche.

« Parce que tu ne voulais pas qu'Anika l'apprenne ?

— Magdalen, j'en avais rien à foutre d'Anika.

— Mais alors… » Je scrute son visage en quête d'un indice, mais il ne laisse rien transparaître. « Si ce n'était pas à cause d'Anika, c'était à cause de Dante, peut-être ? »

Il soupire en secouant la tête. Je me rapproche encore et effleure son poignet avec mon petit doigt. C'est le mieux que je puisse lui offrir, mais il tourne aussitôt sa main afin que ses doigts frôlent les miens. Puis il enroule son petit doigt autour du mien.

« Tu crois que je laisserais Dante m'empêcher de t'avoir ? » Il semble complètement désemparé.

« Mais alors, pourquoi, Theo ? Qu'est-ce que j'ai fait de mal ? »

Il fronce les sourcils avec un mélange de perplexité et de colère. « Tu penses que tu as fait quelque chose de mal ?

— Évidemment. C'est ce que tu as laissé entendre, tu te rappelles ?

— Magdalen, je n'ai pas arrêté de repenser à ton corps entre mes mains depuis cette nuit-là. » Ses yeux s'assombrissent lorsqu'il libère mon petit doigt pour poser ses mains sur mes hanches, avant de les remonter le long de mon buste pour s'arrêter autour de mon cou. Distraitement, son pouce me caresse la gorge. « Je pense à tes lèvres et à ton goût délicieux. » Il laisse échapper un petit gémissement presque involontaire et presse son front contre le mien. « Mon Dieu, j'ai envie d'être en toi chaque matin depuis cette nuit-là, *amore*. »

Mon corps tout entier s'embrase à l'idée de Theo pensant à moi dans son lit. Pendant un instant, je m'autorise à le croire. À laisser ma blessure à Turin. Mais j'ai beau vouloir lui pardonner, j'ai beau le vouloir lui, je n'ai pas oublié à quel point je me suis sentie sale le lendemain matin. Souillée.

« Alors pourquoi ? » j'insiste.

Il se fige, perdu dans ses propres mots, le souvenir de ce qui s'est passé vivace dans nos mémoires. Je vois la réalité reprendre ses droits dans son regard. Il grimace de nouveau.

« Je ne peux pas. Je sais que ce n'est pas ce que tu veux entendre, mais je ne peux pas, je ne peux pas... » Il déglutit péniblement et lâche mon cou, mais son corps reste pratiquement pressé contre le mien.

« S'il te plaît. » Je lui prends la main. « J'ai besoin de savoir.

— Si ça voulait dire que je pourrais t'avoir à moi, je te le dirais sans hésiter. Mais fais-moi confiance, Magdalen. Je sais, je sais, tu ne devrais pas. Mais promets-moi qu'on passera l'été ensemble. Je ne te décevrai pas. »

« Promets-moi qu'on passera l'été ensemble. »

« OK. » Je soupire. « Je te donne ce week-end. » Je ne sais pas pourquoi j'accepte. Dans ma tête, Emily hurle, furieuse que je me laisse séduire par un type qui ne cache même pas qu'il a des secrets.

« Je t'ai demandé l'été.

— On verra si tu veux de moi aussi longtemps.

— Je te veux pour aussi longtemps que tu voudras bien de moi. »

Je ne peux pas m'empêcher de lever les yeux au ciel. Puis je tourne la tête parce que j'ai besoin d'un répit face à tant d'intensité.

« Je suis très sérieux. Je pense à toi beaucoup plus que je ne le devrais. » Il me caresse la joue avec le dos de la main. Je ferme les yeux. J'adore la sensation de sa peau contre la mienne.

« C'est vrai, ça ? À quelle fréquence ? » Je me frotte contre sa main.

« Va te faire voir, répond-il avec un sourire dans la voix. Ne m'oblige pas à le dire à voix haute.

— Moi aussi, je pense à toi. » Je rouvre les yeux. « Plus que je ne le devrais. »

Sa main s'immobilise, le temps pour lui de digérer ce que je viens de dire. Puis son visage s'illumine du sourire le plus éblouissant que j'ai jamais vu. Tant de beauté me coupe le souffle.

« Tu es chaude, fait-il remarquer en recommençant à me caresser la joue.

— C'est l'été. Ça arrive, en cette saison.

— Non, rétorque-t-il d'un air bourru, déstabilisé. C'est à cause de tes cheveux. Ils sont tellement épais ! Tourne-toi. » Je le regarde un instant, confuse, puis je me tourne vers les rangées de livres. Son torse effleure mon dos à chaque respiration.

« Le premier soir où je suis revenu à Chivasso, je n'ai pas bien vu ton visage dans le noir à cause de tous ces cheveux. Je n'ai pas vu cette adorable tache de rousseur au-dessus de ton sourcil. » Son haleine danse sur le côté de mon visage et me fait frissonner tandis que ses mains continuent d'explorer ma chevelure. Ses doigts peignent mes mèches avant de les séparer en trois.

« Je comptais justement les couper. » Je sens qu'il entrelace mes cheveux en un motif continu jusqu'à ce qu'il tire sur les pointes. Serait-il en train de me faire une tresse ?

« Ils sont magnifiques, commente-t-il d'une voix délicieusement grave en tirant sur la tresse pour incliner ma tête jusqu'à ce qu'il puisse avoir accès à mon cou. Mais j'ai eu envie de faire ça depuis le premier instant où je t'ai vue. » Il pose ses lèvres sur ma nuque et m'embrasse délicatement au début. Perdue dans son odeur de linge propre et d'ambre solaire, je réprime un gémissement.

« Anika est quelque part dans la boutique.

— Bébé, elle est ressortie presque tout de suite.

— Quoi ? » Il continue de m'embrasser dans le cou. Je fais mine de pencher ma tête en avant, mais il tire de nouveau sur ma tresse et continue de m'embrasser jusqu'à ce qu'il atteigne mon épaule.

« Dès que tu t'es enfoncée dans les rayons, elle a filé. »

J'éclate de rire. Sa grande main me couvre la bouche pour étouffer le son. Puis, sans prévenir, il me mord l'épaule.

« Hmm. » Je gémis sous sa paume en ressentant cette morsure jusque dans le bas de ma colonne vertébrale. Une chaleur exquise envahit mon corps. Je me tortille. J'en veux plus. Je veux tout de lui. Mais il reste à distance, de sorte que les seules parties de nous qui se touchent sont sa main sur ma bouche et mon dos pressé contre son torse.

« Magdalen, tu sais bien qu'il ne faut pas crier dans une librairie.

— La règle du silence ne s'applique qu'aux bibliothèques. » Ma voix est légèrement étouffée à cause de sa main, alors, tout doucement, je lui mords la paume. « Tu n'es pas le seul à pouvoir jouer à ce jeu-là.

— Merde alors. » Il pose délicatement sa main sur ma gorge, qu'il caresse de nouveau avec son pouce. « Tu n'aurais pas un élastique ? » Je mets quelques secondes à me rappeler qu'il m'a tressé les cheveux et qu'on ne faisait pas que se mordre l'un l'autre dans une librairie. Entre la chaleur de son corps, ce juron proféré à mon oreille et le fait qu'il me pose une question, je ne sais plus où donner de la tête.

« Si, à mon poignet.

— Brave petite. » Il glisse son index sous l'élastique et le fait glisser sur ma peau.

Pendant qu'il attache l'extrémité de mes cheveux, je me risque à lui demander : « Où as-tu appris à faire des tresses ? »

Il s'immobilise et ne répond pas tout de suite. Je m'apprête à lui dire que ce n'est pas grave, que je n'ai pas besoin de le savoir, quand il murmure : « J'étais obligé de coiffer Anika certains matins. »

J'analyse ses paroles pendant qu'il en termine avec l'élastique.

« Pourquoi ? Où était Cinzia ? » C'est certainement une question dangereuse, mais ma curiosité l'emporte. J'ai désespérément envie de toutes les informations qu'il voudra bien me donner.

« Elle a traversé une période difficile, explique-t-il doucement en enroulant mes pointes autour de son doigt. Le plus difficile, c'étaient les matins. Sans doute parce qu'après toutes ces heures d'obscurité, elle n'arrivait pas toujours à faire face à la lumière.

— Elle était dépressive ?

— Elle l'est encore, probablement. Je ne lui parle pas assez pour le savoir.

— Pourquoi ? »

Il plante un doux baiser sur mon épaule, puis appuie son front contre moi. « Parce que j'ai peur de l'entendre me dire que j'ai raison. Je n'aime pas penser qu'elle est triste.

— Je comprends. » C'est vrai. J'ai loupé plein de trucs chez les Sinclair.

« Donc, soit j'apprenais à faire des tresses, soit je laissais Anika partir à l'école avec une crinière de sauvage.

— Tu es un grand frère attentif », dis-je sans réfléchir.

Il se crispe et lâche mes cheveux. « Je pourrais faire mieux.

— Comme nous tous. Tu es meilleur que la plupart. »

Il pousse un gros soupir, si bien que je me retourne pour le dévisager. « Pourquoi ne peut-on pas être simplement jeunes et sexy tous les deux ? » Il récupère une mèche qui s'est échappée de ma tresse et la glisse derrière mon oreille.

« Ça, c'est le boulot d'Anika et de Dante, je réponds. Nous, on est obligés d'afficher une mine accablée et désespérée.

— Ça paraît tellement injuste.

— On ne choisit pas les cartes que la vie nous distribue. » Je hausse les épaules. « J'ai bien peur qu'on doive s'en contenter.

— Certainement pas. Je vais être tellement marrant que tu ne te rappelleras même pas comment broyer du noir. »

J'esquisse un sourire en coin. « Impossible. Je broyais déjà du noir avant même d'apprendre à marcher. »

Il me serre la main d'une manière rassurante, tandis que les mots se bousculent sur ses lèvres : « Ce premier soir, tu étais allongée dans l'herbe. Quand je t'ai vue, j'ai été incapable de bouger. J'ai dû regarder mes mains pour m'assurer que j'avais bien dix doigts. » Cette confession spontanée fait battre mon cœur plus vite. « Je continue de penser que tu as fait irruption dans mon été parce que je t'ai rêvée. » Je le regarde fixement, le souffle coupé, surprise. « J'attends toujours de me réveiller.

— Continue de dormir. » Je bats des cils, tout émue. « Je te réveillerai quand l'été sera fini. »

Une émotion inconnue passe sur le visage de Theo. « Marché conclu », répond-il doucement. Son haleine effleure mon visage et me fait frissonner de nouveau.

« C'est ça, ta version de marrant et sexy ? » Je le taquine, mais ses mots ont éveillé en moi des sensations délicieuses.

Sa main se détend dans la mienne. Il sourit paresseusement. « Désolé, peut-être que j'aurais dû dire que j'ai envie de te sauter depuis que je t'ai vue dans cette petite robe rose ?

— Theo ! je proteste d'une voix stridente en plaquant ma main sur sa bouche. Tu ne peux pas dire ça en public ! »

Il s'empare de ma main et fait courir sa langue au creux de ma paume en poussant un gémissement. « Est-ce que j'ai le droit de te dire à quel point j'ai envie de te voir jouir ?

— Oh, mon Dieu. » Le désir me noue l'estomac et je me liquéfie sur place. Je laisse retomber mon bras. J'ai besoin de prendre un peu de distance avec cette conversation osée si insouciante. Mais qui est cet homme ? « Non, tu ne peux vraiment pas.

— Ah bon ? » Son sourire se fait diabolique. « Tu ne veux pas que je te fasse jouir, Maggie ?

— On va se faire arrêter si quelqu'un t'entend. » Mais ma voix tremble et manque de conviction. Imaginer comment Theo me toucherait me paralyse d'envie. S'il me le demandait, je suis certaine que je le laisserais me déshabiller au milieu de ce rayon.

« Qu'ils écoutent. » Il se penche pour effleurer mes lèvres et me donner un baiser tout doux. « Je m'en fous.

— On peut y aller maintenant ? je demande contre ses lèvres, gênée par l'ampleur de mon désir et ne sachant pas trop quoi faire de toutes ces émotions. J'ai besoin d'air. »

Il rit et m'embrasse sur le front. « Très bien. Recommençons à broyer du noir. »

Theo me ramène vers l'entrée de la librairie. La vieille femme édentée est toujours là derrière son comptoir. Il la salue, puis ouvre la porte pour moi et s'incline quand je passe devant lui. À l'extérieur, le soleil, sur le point de se coucher, baigne toute la ville d'une lueur dorée. Theo me prend la main, j'ai des papillons dans le ventre et je résiste à l'envie de me moquer de mon propre bonheur.

Theo se tourne vers moi, éclairé à contre-jour par la lumière déclinante. « Je ne comptais pas revenir ici un jour. Et puis j'ai senti quelque chose. » Il pose nos deux mains jointes sur l'espace sous son cœur, suit sa côte, appuie dessus pour plus d'emphase. « J'ai senti quelque chose ici qui me poussait à revenir. » Il me fait un clin d'œil. Je crois mourir de nouveau. « Peut-être que c'était toi, qui tirais sur le fil du téléphone.

— Tu t'en souviens ? » Deux boîtes de conserve reliées par une ficelle entre nos deux maisons. La ficelle serpentant entre les rosiers et les hauts cyprès qui nous séparaient. Avec le recul, il est évident que nous imitions les appels téléphoniques de nos deux mères, curieux de voir ce que ça faisait de parler de tout et de rien pendant des heures, de parler à travers les silences, les respirations dans le combiné.

« C'est dur d'oublier quoi que ce soit à propos de cet endroit. » Nous marchons sur les pavés en direction de la plage. Les doigts de Theo, entrelacés avec les miens, se balancent au rythme de nos pas. J'analyse cette déclaration et ne peux m'empêcher de penser qu'il ne considère pas ça comme une bonne chose.

40

THEO

Une dispute a éclaté sur la plage. Anika et Dante dansent comme des démons autour de Lucia et de Maio, assis raides comme des piquets sur une couverture de pique-nique avec une bouteille de vin blanc entre eux. Trop occupés à secouer les épaules et à fumer, ils ne nous voient même pas arriver, Magdalen et moi. Lucia finit par nous remarquer et nous lance aussitôt un regard suppliant.

« Ah, Theo ! » Elle se met à genoux et serre les mains en prière. « Pour l'amour du ciel, débarrasse-nous de ces deux monstres. Ils dansent comme ça depuis vingt minutes.

— C'est pour bénir votre union ! » Anika passe la tête entre ses jambes, si bien que ses cheveux traînent dans le sable, puis remue les genoux de manière sporadique. « C'est un rituel important pour assurer la paix et la gratification sexuelle pour vous deux. Par pitié, laissez-nous faire !

— Dante ! » je proteste. Je comprends pourquoi Anika fait un truc pareil, mais ça m'étonne qu'il y participe.

Il tourne la tête et pose aussitôt les yeux sur nos mains jointes. Plusieurs émotions se succèdent sur son visage. La surprise, puis l'irritation. Il tire une longue taffe sur sa clope en hochant la tête. « Elle m'a promis d'acheter à dîner si je dansais avec elle, explique-t-il en continuant de tourner autour de Maio, qui semble sur le point de vomir.

— Cet espace a été parfaitement purifié, Anika. » Magdalen lâche ma main et court les chasser. « Allez, laissez nos tourtereaux tranquilles. »

Tout le monde cède, et Anika nous entraîne un peu plus loin sur la plage. Magdalen et elle marchent bras dessus, bras dessous en riant fort et en projetant du sable partout. De temps en temps, elles s'arrêtent pour ramasser un coquillage.

« Eh ben, t'as pas perdu de temps, commente Dante, les mains dans les poches.

— Désolé, mon frère. » Je hausse les épaules. « Je tente un truc nouveau. Il faut savoir braver sa peur, pas vrai ? » Je me mords la langue en regrettant instantanément ce que je viens de dire.

« Bordel, de quoi tu pourrais bien avoir peur ? ricane-t-il en comptant sur ses doigts. Trop d'opportunités qui se présentent sur un plateau ? Trop de filles qui se jettent à ton cou ? Trop d'amour de la part de tout le monde ?

— D'accord, d'accord. » Je proteste en riant pour l'empêcher de continuer, mais ça pique.

« Non, sérieusement, dis-moi de quoi tu as peur.

— Dante, c'est rien du tout. Je ne sais pas pourquoi j'ai dit ça. » En haussant les épaules, je remarque à quel point je suis tendu. Je suis tout bloqué au niveau du dos. Je me force à me détendre.

« De toute évidence, y a un truc qui te tracasse. Est-ce que c'est à cause de moi ?

— Bien sûr que non. Je t'assure, oublie ça. Je suis un crétin.

— T'es tout sauf un crétin ! C'est pour ça que tout le monde t'adore, *genio*.

— Tu veux bien me lâcher ? » J'élève un peu trop la voix, et mon ton est un peu trop sec. Magdalen et Anika se retournent, alors je leur souris en mode *c'est un truc de mecs, vous savez ce que c'est*. Anika nous regarde en fronçant les sourcils.

« Bien sûr. » Dante lève les mains d'un air innocent. « Te barre pas à New York tout de suite sous prétexte que je t'ai énervé. Puisque maintenant tu es là pour Maggie, tu réussiras peut-être à rester plus longtemps que deux mois, marmonne-t-il en passant devant moi.

— Dante. » Trop tard. Il court vers la mer à petites foulées tout en se déshabillant.

Anika secoue la tête quand on arrive au bord de l'eau. « Je ne veux rien savoir. » Elle court rejoindre Dante et plonge la tête la première dans la Méditerranée.

Je ferme les yeux et remplis mes poumons d'air iodé. Je revois Dante adolescent débarquer au volant d'un vieux Lambretta cabossé qu'il a volé sur le parking du musée. « Regarde ce tas de boue ! » Tout excité, il s'agite sur le siège déchiré. « Viens, il reste même un peu d'essence. Allons en bas de la colline. » Je me souviens du jour où je lui ai annoncé que je partais. J'espérais que ma présence ici cet été suffirait à me faire pardonner, mais je vois bien que le ressentiment bouillonne en lui.

« Tu veux nager ? » s'enquiert Magdalen. Je rouvre les yeux et les plisse face au soleil couchant. Chaque fois que je la regarde, une faim dévorante se réveille dans ma poitrine. J'ai tellement envie d'elle que ça me terrifie.

« Viens là, lui dis-je.

— Monsieur est exigeant. » Elle sourit et se rapproche.

J'effleure le nœud de son paréo. « Je peux l'enlever ? » Je me racle la gorge parce que ma voix semble particulièrement rauque à cause du désir.

« Oui, je t'en prie. » Mais elle hésite, et son sourire vacille.

Aussitôt, je retire ma main. « Magdalen, tu me le dirais si tu étais mal à l'aise ? » Encore une fois mon ton est trop dur, trop cassant.

« Ouais, bien sûr.

— Je suis sincère. Tu le sais, n'est-ce pas ? On n'a pas besoin de faire quoi que ce soit si tu n'en as pas envie. Je serais ravi de boire un café avec toi et de te regarder lire jusqu'au lever du soleil. Je n'éprouverais que de la gratitude.

— Theo. » Elle récupère ma main et la pose sur le nœud du paréo. « J'en ai envie. C'est juste que je n'ai pas forcément l'habitude de ce genre de choses. » Sa voix tremble, et je dois me retenir de ne pas la serrer dans mes bras jusqu'à ce que les doutes que j'ai égoïstement implantés en elle s'évaporent.

Je défais le nœud et glisse mon doigt sous le tissu pour le faire tomber sur le sable. « Ne t'excuse pas, je t'en prie. Tu ne me dois aucune explication.

— OK, c'est noté. Maintenant, enlève ton t-shirt.

— Pardon ? » J'essaie de dissimuler le sourire que m'inspire son audace. Elle pousse une exclamation indignée, les poings sur les hanches.

« Oh, je t'ai choqué ? Je te rappelle que je suis là, vulnérable, les fesses à l'air, alors que tu es tout habillé.

— Magdalen, bébé, c'est une plage. Regarde autour de toi. Tu es sûrement la personne la plus couverte.

— OK, *bébé*. » Magdalen se rapproche et fait courir ses ongles, timidement, sur le bandeau de peau que dévoile le bas de mon t-shirt. Je frissonne et bascule inconsciemment le bassin pour aller à la rencontre de ses mains. « Alors enlève ça. »

Je lève les bras au-dessus de la tête et j'attends. « J'ai besoin d'aide. » Ma voix est tendue, toujours à cause du désir. Mais je ne veux pas effaroucher Magdalen, alors je me racle la gorge, encore, dans l'espoir de rendre ce désir un peu moins flagrant. En vain.

Magdalen glousse, et ma faim grandit. *Oh oui, ris encore pour moi.*

« D'accord, je crois que je peux te donner un coup de main. » Ses doigts se faufilent sous mon t-shirt et explorent délicatement la ceinture de mon short. Je relâche ma respiration en me forçant à contrôler mon érection qui prend déjà forme. J'essaie de trouver en moi la volonté d'être gêné, mais Magdalen me fascine trop pour ça. Ses doigts restent au niveau de ma taille ; au bout d'un moment, l'un d'eux descend dans mon short.

« Euh. » Je me force à garder les yeux sur elle plutôt que sur ses mains car, sinon, Magdalen risque de se rendre compte à quel point je suis déjà dur. « Mon t-shirt est de l'autre côté, j'explique en essayant de me rajuster discrètement.

— Oups, désolée. » J'entends le sourire dans sa voix et je ne peux pas m'empêcher de sourire à mon tour. « C'est pour ça que je ne conduis pas. J'ai un sens de l'orientation tout pourri.

— C'est une erreur très répandue. Le haut, le bas… Ça pourrait arriver à tout le monde. »

Ses mains sont partout. D'abord, elles empoignent le tissu de mon t-shirt, puis elles remontent sur mon ventre et mes côtes. J'expire lentement. Je n'ai jamais réagi aussi fort à de simples effleurements. Mais tout semble différent avec elle, comme si c'était nouveau. Ses caresses ont plus d'importance. Magdalen se rapproche, nos orteils se chevauchent dans le sable, nos hanches se frôlent brièvement, et je pince les lèvres pour retenir un gémissement.

« Tu es trop large », proteste-t-elle en essayant de faire passer le t-shirt au-dessus de mes épaules. Un pic d'adrénaline descend le long de ma colonne vertébrale et part directement dans ma bite. *Doux Jésus.*

« Tu le fais exprès », je marmonne à travers le tissu plaqué sur ma bouche. Je suis certain que, cette fois, mon érection est parfaitement visible à travers mon short.

« Non ! proteste-t-elle en riant, c'est vraiment coincé. » Son ventre se colle contre le mien tandis qu'elle continue de tirer sur le vêtement.

« Mon Dieu, Magdalen. Arrête de parler. » Surtout, ne pas l'imaginer se tortillant sous moi entièrement nue en prononçant ces mots-là pour une raison tout à fait différente.

« OK, ça y est, j'y suis. » Le t-shirt glisse sur mon crâne, et je profite du fait qu'elle le remette à l'endroit pour me rajuster de nouveau. Bon sang, on dirait que j'ai 15 ans.

Quand elle relève la tête après la débâcle du t-shirt, ses yeux se posent sur mes mains qui essaient de cacher à quel point je suis dur. Elle se mord les lèvres.

« Désolé. » Je me sens coupable d'exhibition flagrante d'excitation sur une plage publique.

« C'est moi qui ai fait ça ? demande-t-elle en examinant mon corps comme si c'était l'une des statues du musée.

— Euh, oui, Magdalen. Voilà ce qui arrive quand la fille que j'apprécie glisse un doigt près de ma bite.

— Hum, dit-elle d'un air songeur. Je n'aurais jamais cru être capable de séduire quelqu'un.

— Tu ne devrais pas te sous-estimer, tu me fais cet effet-là tout le temps.

— Tu as raison. » Elle sourit joyeusement, comme si elle était magique. « Je devrais me faire un peu plus confiance. »

Elle balance mon t-shirt sur son paréo et commence à courir vers l'eau. Je renonce à essayer de me cacher en voyant comment ses fesses remuent quand elle court.

« Et merde ! » je m'exclame en prenant une grande respiration avant de m'élancer à sa poursuite.

41

MAGDALEN

Je plonge la tête dans l'eau chaude pour écouter les sons constants de la mer. J'essaie de ne pas penser au corps de Theo – personne ne devrait avoir le droit d'être aussi beau – et à la facilité avec laquelle je lui ai pardonné et cédé. J'essaie aussi de ne pas penser au fait que je vais coucher avec lui, mais c'est peine perdue. Je croyais que ma première fois se produirait par nécessité puisque j'ai atteint l'âge où il est inacceptable d'être encore vierge. Je comptais finir le gin qu'Emily planque dans son tiroir à sous-vêtements et lui demander de me présenter à un type ne cherchant qu'un coup d'un soir. J'aurais fermé les yeux et écarté les jambes en me résignant à la douleur et à l'inconfort, inévitables, ainsi qu'aux regrets ultimes le lendemain matin.

Mais tout a changé. La douleur à laquelle je me préparais s'est muée en impatience mêlée d'excitation. Et en curiosité, aussi. Mon côté sombre se dit que si c'est Theo qui me fait mal, j'y trouverai plus de plaisir que de souffrance. En remontant à la surface, je réalise que j'ai nagé plus loin que je ne le pensais. Anika et Dante ne sont plus que deux petits points qui flottent au milieu des vagues. Je cherche Theo en plissant mes yeux qui ruissellent d'eau salée. Il n'est pas loin. La mer souligne ses biceps de manière intimidante tandis qu'il me rejoint. J'avale une grande bouffée d'air, la nervosité me clouant sur place.

« Tu essaies de t'enfuir à la nage ? » me demande-t-il entre deux mouvements de bras. Comment fait-il pour parler sans effort alors qu'il est en pleine activité physique ? Dieu a vraiment ses chouchous.

« Honnêtement, je ne crois pas que j'arriverais à te distancer.

— Je te laisserais faire si c'était ce que tu voulais. » Il n'est plus qu'à quelques mètres de moi. S'il tendait la main, il pourrait me toucher. Mais il fait du sur-place, calmement.

Je réponds d'une voix tremblante : « Non, ce n'est pas ce que je veux. » Il semble avoir du mal à déglutir, mais il esquisse un petit sourire en coin.

« Tant mieux, parce que je suis content de nager avec toi. » Lentement, il se rapproche. Ses doigts s'enroulent autour de mon coude et m'attirent doucement vers lui. Son autre main trouve ma taille, puis descend pour empoigner l'arrière de ma cuisse. « Ouvre », dit-il d'une voix rauque. Oh, il veut parler de mes jambes. Mon cœur bat beaucoup trop vite, alors je le force à ralentir. Puis j'obéis à Theo et passe mes jambes autour de sa taille. Sans hésiter, il pose les mains sur mes fesses et me plaque contre lui.

« Les poissons vont jaser. » Je glisse mes doigts dans ses cheveux et tire légèrement dessus au niveau de la nuque.

Il ferme les yeux un instant et répond d'une voix étranglée : « Laisse, ils sont jaloux. »

Je pose mes mains sur ses épaules. Puis, timidement, je commence à explorer son corps. Je garde une main près de sa clavicule tandis que l'autre caresse l'intégralité de son torse. Theo prend une brusque inspiration et remue sous moi en écrasant son sexe dur contre ma jambe.

« Ça te va ? » je murmure. Les vagues clapotent sur nos deux corps et nous bercent doucement.

« Oui, oui. » Il penche la tête vers moi, et sa bouche effleure la mienne. « Et toi, ça te va ? » Je lève le menton pour lui donner accès à mes lèvres. Le souvenir de notre dernier baiser me donne chaud.

« Oui, je souffle, trop heureuse de sa présence pour me sentir embarrassée. Oui. »

Theo pousse un petit gémissement et capture mes lèvres entre les siennes dans une attitude dominante. Ses mains remontent pour tenir ma tête, son pouce me caresse la joue tandis que sa langue s'enfonce dans ma bouche. J'ai l'impression que nous nous noyons l'un dans l'autre, sa respiration devient la mienne, mes mains deviennent les siennes. Je lèche sa lèvre supérieure avec curiosité. Son souffle s'étrangle dans sa gorge, et il plonge pour me mordre la lèvre inférieure.

« Ah », je soupire. Il pose son front contre le mien. On halète tous les deux. Ses pupilles sont tellement dilatées que les iris sont presque entièrement noirs. Je suis incapable de détourner le regard.

Alors, je tente un truc.

J'avais la main au creux de son dos. Je la déplace sur son ventre plat et musclé et je suis du bout des doigts la ceinture de son short de bain.

Theo se fige mais ne dit rien, aussi je continue mon exploration et passe ma main sous l'élastique. « Est-ce que ça te v… »

Il penche la tête en arrière et répond d'une voix rauque et urgente : « Putain, ouais, Mag, ça me va. »

Je souris. Ça m'enhardit de le voir perdre le contrôle comme ça. J'ai moins peur de faire une erreur. Délicatement, je referme ma main sur son membre et commence par le caresser sur toute sa longueur. *Waouh.* Theo me regarde droit dans les yeux tandis que je le caresse de nouveau, un peu plus fermement cette fois.

« Je veux que tu te sentes bien, lâche Theo en serrant les dents. Tu ne devrais pas avoir à faire ça pour moi.

— Mais j'en ai envie. Je veux voir si j'arrive à te séduire encore plus.

— Comme si tu n'étais pas déjà consciente de l'effet que tu as sur moi », grogne-t-il.

En fait, non, je ne sais rien de toi, j'ai envie de lui dire. *Mais je veux tout savoir.* Je le caresse toujours, et il ne détourne pas les yeux, au contraire, on dirait qu'il cherche désespérément mon regard. Son attention passe de mes lèvres à mes seins, mais il finit toujours par revenir à mes yeux, comme s'il voulait graver cette vision dans sa mémoire. Fascinée de le voir s'abandonner ainsi, je ne peux m'empêcher non plus de contempler ses iris gris, ou la mèche de cheveux humide qui retombe sur son visage, ou les gouttes d'eau de mer qui roulent sur sa tempe. Il commence à remuer les hanches au rythme de ma main. Soudain, j'ai du mal à respirer. Il maîtrise tellement bien l'art du sexe, ce salaud ! Il semble décomplexé et infatigable, même au milieu des vagues. Il n'est plus que respiration haletante et émerveillement et me chuchote des éloges grisants. *Oh oui, comme ça, oui. Je ne savais pas que ça pouvait…* Cette phrase-là, il ne parvient pas à la terminer. *Oh, Magdalen, tu vas m'humilier.* Je me rends compte que je retiens mon souffle depuis si longtemps qu'une douleur brûlante palpite dans mes poumons. C'est terrifiant de se sentir désirée à ce point par quelqu'un, surtout si ce quelqu'un est Theo. Je passe délicatement mon pouce sur son gland, et il sursaute en agrippant mes cuisses pour ne pas partir à la renverse. Ses cheveux mouillés enfouis au creux de mon cou, il soupire vivement.

« Magdalen, tu ne peux pas faire ça. »

Je m'immobilise, honteuse. Évidemment, j'ai réussi à merder, alors que je ne faisais que le branler. « Oh, d'accord, désolée. » Ma main se desserre aussitôt.

Theo rit doucement et attrape mes doigts sous l'eau pour les guider. Sentir son sexe sous ma paume et sa main calleuse qui me montre comment il aime être caressé me bouleverse ; j'ai l'impression de me noyer hors de l'eau. « Oh, bébé, ce n'est pas ce que je voulais dire. » *Bébé.* Il dit ça comme si j'étais sa meuf depuis des années. Je n'aurais jamais cru appartenir à quelqu'un un jour, mais Theo a su prendre possession de moi en quelques minutes à peine. Il serre fort ma main et, quand je passe de nouveau mon pouce au même endroit, il grogne de nouveau. « Oh oui, comme ça. Oh, putain.

— Alors, quand tu dis que je ne peux pas faire ça, en fait, tu veux dire…

— Tu n'étais pas censée me voir vaincu à ce point aussi rapidement.

— J'aime te voir t'abandonner comme ça. » Je le pense vraiment. « C'est sexy. » Ai-je vraiment dit ça à voix haute ? Je sens son corps se crisper sous moi ; ses mouvements se font plus irréguliers, moins précautionneux vis-à-vis de moi. L'une de ses mains se referme sur ma nuque et m'immobilise pendant qu'il bouge dans ma main.

« Je vais, halète-t-il en soufflant brusquement, ah oui, je vais… » Mon ventre papillonne et la chaleur envahit mon corps comme si son plaisir était le mien. Theo gémit toutes les expressions les plus crues qui soient en allant et venant une dernière fois dans ma main. Puis il me mord l'épaule, et son corps tout entier frémit pendant une éternité. Il fond contre moi, son ventre pressé contre le mien. Sa morsure se fait léchouille, puis baiser. Il soupire de nouveau, alors je soupire aussi. « Eh ben. » Il rit. « Je me sens tout timide. » De fait, ses joues sont teintées de rose. Il se passe de l'eau sur le visage.

« Ça, c'est mon boulot », dis-je en souriant. Je détache mes jambes de son corps et me mets à flotter sur le dos, les bras écartés comme une étoile de mer sous sédatif. Je sens son regard sur moi tandis que je me balance sur l'eau en retenant un nouveau sourire.

« Tu n'es pas timide, tu es sélective.

— Tu crois ? » Je suis sincèrement curieuse ; j'aimerais savoir comment il me voit.

« Parfois, j'ai l'impression qu'il me suffit de te regarder pour savoir ce que tu penses. Mais, par moments, je ne te comprends pas du tout. »

Je tourne la tête vers lui. L'eau s'engouffre dans mon oreille, si bien que j'entends à la fois les bruits de la mer et la respiration de Theo.

« Et moi donc. » Je scrute le ciel qui s'assombrit. « Il y a tellement de choses que je ne connais pas de moi, ça me terrifie. C'est une source de tension constante entre ma mère et moi.

— Qui es-tu, d'après elle ? »

Je pousse un soupir agacé. « C'est normal d'avoir ce genre de discussion après une branlette ? »

Theo éclate de rire et m'éclabousse. Je regrette de ne pas avoir de coquillage sous la main pour capturer ce son magnifique ; chaque fois que je le porterais à mon oreille, j'entendrais son rire plutôt que la mer.

« Je ne peux pas te dire, on ne m'avait encore jamais branlé au milieu de la Méditerranée.

— Vraiment ? Moi, c'est la cinquième fois que je branle quelqu'un. C'est un art très populaire à Oxford. » Il ne répond pas, alors je lui lance un regard prudent.

« Oh, tu n'aurais pas dû dire ça. » Il s'enfonce dans l'eau de manière que seule sa tête soit visible, puis il s'élance vers moi.

Je pousse un petit cri mi-affolé, mi-amusé. « Theo ! »

J'essaie de m'éloigner, mais il m'attrape par le pied et me tire vers lui. Ça ne sert à rien de me débattre, mais je le fais quand même, en agitant les bras, tant qu'à y être.

« Hum, tu veux retirer ce que tu viens de dire, Magdalen ? » Il pose sa main sur mon ventre et fait courir le bout de ses doigts sur ma peau. Je me tortille inconsciemment et soulève mes hanches hors de l'eau pour mieux profiter de ses caresses.

« D'accord, il n'y en a eu que quatre », je souffle, parce que j'adore qu'il soit jaloux. Sa bouche dessine un sourire de prédateur.

« Très drôle », répond-il d'une voix sourde en imitant mon geste de tout à l'heure. Il effleure l'élastique de mon bas de maillot et, la bouche légèrement entrouverte, observe mon estomac se contracter. « Très drôle et très belle. » Puis, sans prévenir, il m'attrape sous l'eau et me lance dans les airs. Je pousse un cri et atterris de nouveau dans la mer dans une grande gerbe d'éclaboussures. Theo rit si fort que je l'entends même sous l'eau, et je m'en réjouis secrètement. Qui aurait cru que j'étais si drôle ? Alors que je suis sur le point de remonter à la surface, je sens que les doigts de Theo suivent les contours des cicatrices dispersées dans mon dos. Je me crispe et reste sous l'eau quelques instants de plus avant de sortir la tête. Je prends tout mon temps pour me frotter les yeux. Quand je les rouvre, je vois que Theo me regarde d'un drôle d'air.

« Qu'est-ce qui ne va pas ? je lui demande, même si je le sais parfaitement.

— Tu ne m'as jamais dit comment tu t'étais fait ces cicatrices. » Il désigne mon dos d'un mouvement du menton, mais je lis une certaine tension dans son regard.

« Oh. » Je me concentre sur l'eau que je recueille dans mes mains avant de la faire ruisseler entre mes doigts. « Ça fait un bail. C'était un accident. »

Theo ne dit rien. Je vois bien qu'il essaie d'accepter ma réponse, mais il passe sa langue sur ses gencives et fronce de nouveau les sourcils. « Comment est-ce arrivé ? »

L'euphorie d'avoir branlé un mec pour la première fois s'évapore lentement. Je n'aime pas la façon dont il me regarde, comme s'il connaissait déjà la réponse et qu'il voulait vérifier que je suis assez brave pour la dire à voix haute. Une émotion qui ressemble beaucoup à de l'agacement menace de s'insinuer dans ma réponse. *Tu ne sais rien de moi.*

« Vraiment, c'est arrivé il y a si longtemps, je m'en souviens à peine.

— D'accord, mais tu dois bien te rappeler deux trois trucs. Où étais-tu quand c'est arrivé ? »

Je me mords l'intérieur de la joue en me tournant vers le croissant de lune. Des nuages se baladent tranquillement dans le ciel. Je cherche une étoile ; peut-être que si j'en trouve une rapidement, je ferai le vœu que ce moment n'ait jamais eu lieu.

« Theo, pourquoi tu insistes ? C'était un accident stupide et je ne m'en souviens pas.

— Tu l'as déjà dit. » Sa voix a changé. Nos regards se croisent et se défient. Finies les taquineries et la rigolade, fini le flirt. Il tente de toucher mon dos, mais je m'écarte de lui.

« Oui, alors accepte ma réponse. »

Theo laisse retomber sa main et me lance un regard douloureux. « Bordel, Magdalen, qui peut bien avoir le dos plein de cicatrices et ne pas se rappeler comment il les a obtenues ?

— Moi, j'imagine. » Je soupire et repars à la nage vers le rivage. Je suis déçue par la rapidité avec laquelle la situation a tourné au vinaigre. Ce doit être ma faute. C'est sans doute moi qui exsude cette mélancolie. Moi et ma putain de chambre bleue de dépressive ! Sous l'eau, je ramène mes genoux contre ma poitrine et incline le menton vers mon cou pour essayer de dissimuler un frisson. Mais Theo observe mon manège et se rapproche aussitôt. Je fais mine de réprimer un autre frisson, puis je me mets à nager plus vite. Je ne suis plus qu'à quelques mètres de la plage. Theo contracte la mâchoire et hoche pensivement la tête. *Donne-moi un peu de temps,* j'ai envie de lui dire. *Comment pourrais-je te montrer ce qu'il y a de plus laid en moi alors que je viens juste de t'avoir ?*

« Il fait noir, commente-t-il. Et tu as froid.

— Ça va. » Je hausse les épaules en continuant à mettre de la distance entre nous. *Donne-moi du temps, putain !*

« Non, ce n'est pas vrai. » Il passe à côté de moi et veille à ne pas me toucher en sortant de l'eau.

Quand je le rejoins, il me tend mon paréo. On se sèche tous les deux en silence. Ce qui semblait romantique il y a quelques minutes me paraît sale à présent. Le sable et l'eau de mer me collent à la peau. Theo n'a visiblement pas l'intention de reprendre la parole le premier, mais il ne cesse de me regarder pendant tout le temps où je m'essuie.

« Je sens ton regard sur moi, je lui fais remarquer en nouant mon paréo.

— D'où je suis, je vois bien que tu as la chair de poule. Tiens, prends ça. » Il me tend son t-shirt. Comme je ne le prends pas, il se rapproche. Je ne bouge pas. Je le dévisage, si sérieux, si sombre. Si inquiet à propos de la température de mon corps. Tout à coup, je trouve ça très drôle. J'essaie de me contenir, je mets ma main sur mon front pour essayer de reprendre mes esprits, en vain.

« Quoi ? proteste-t-il, irrité.

— Tu m'offres ton t-shirt après m'avoir fait le coup du "non, tu ne vas pas bien ?" » Je n'en reviens pas.

« Je ne te fais le coup de rien du tout, mais c'est évident que tu ne vas pas bien.

— Oh, merci beaucoup pour cette remarque pertinente. Comme tu es perspicace ! *Spoiler alert,* personne ne va bien, Theo, ça s'appelle la condition humaine. Toi non plus, tu ne vas pas bien. Alors lâche-moi un peu. Ne me demande pas de te donner plus que ce que toi tu es prêt à me donner. »

Theo fait un nouveau pas vers moi. Cette fois, je ne recule pas. Au contraire, je relève le menton et le défie du regard jusqu'à ce qu'il s'arrête devant moi en serrant son t-shirt dans son poing.

« Qu'est-ce que... » Je n'ai pas le temps de terminer ma phrase ; Theo passe le vêtement sur ma tête et m'aveugle un instant avant de le descendre jusqu'à mon cou. Au lieu de le lâcher, il continue de le tenir au niveau du col.

« Tu as froid. » Il est si proche que je sens l'eau salée sur sa peau et que je vois ses boucles commencer à sécher. « Et tu ne vas pas bien. Moi non plus, c'est sûr. » Même dans l'obscurité, son regard me transperce. Il n'est que tension et inquiétude, et ma gorge s'assèche alors que je suis sur le point de dire un truc, n'importe quoi, pour le garder là, tout près de moi. *Theo, comment pourrais-je avoir froid alors que tu as avalé le soleil ?* Soudain, une voix s'élève derrière nous sur la plage, et cette pensée disparaît.

« Niente cazzo modo. Theo, sei tu ? » Theo, c'est toi ? J'y crois pas !

Je mets un moment à comprendre qu'il ne s'agit pas d'Anika, ni d'aucune fille que je connais. Il n'y a qu'un seul lampadaire sur la jetée. Je plisse les yeux pour mieux distinguer l'inconnue. Elle est petite, avec des cheveux qui lui arrivent au menton. Theo jure tout bas quand il la reconnaît et lâche le t-shirt qui reste suspendu à mon cou. L'espace d'un instant, il écarquille les yeux comme s'il avait peur. Sa bouche tressaute, un tic nerveux. Puis il reprend son air détaché habituel. Mais on dirait un masque ou un vernis qu'il utilise pour couvrir les fissures. Je garde les yeux rivés sur lui en oubliant momentanément la fille. Comment arrive-t-il à faire un truc pareil, à choisir ses émotions comme une pièce de puzzle qu'il a besoin d'emboîter à la bonne place ?

Il y a une seconde, c'était la fin du monde pour lui. Je l'ai vu. On aurait dit que ses yeux crachaient le feu et le soufre. Mais là, il donne l'impression qu'il ne connaît pas la souffrance. Il gratte le tatouage sur sa poitrine en attendant que la fille se rapproche. On dirait presque qu'il s'ennuie.

« Theo ! Incroyable ! » Elle jette la serviette suspendue à son avant-bras et saute au cou de Theo qui, au début, ne réagit pas. Puis il finit par passer les bras autour d'elle, qui est si menue, en lui caressant gentiment le haut du dos. Est-ce que je devrais m'en aller ? Je jette un coup d'œil autour de moi. Il y a plein de cafés et de restaurants éclairés à quelques centaines de mètres. Je pourrais m'éclipser discrètement pour les laisser à leurs retrouvailles.

« Qu'est-ce que tu fais là ? » demande Theo en reposant la fille par terre. J'essaie de ne pas m'attarder sur le fait qu'il n'a pas lâché sa taille, mais je ne vois rien d'autre.

« Je suis venue passer le week-end avec des potes ! On est à l'hôtel Regina, au bout de la rue, répond-elle avec une gaieté qui fait osciller ses cheveux noirs au carré.

— Ah, tu me suis ou quoi ? » plaisante Theo. Je hausse les sourcils avant de penser à garder un air neutre.

« Ne t'inquiète pas, il y a plein de jolis garçons pour me distraire.

— Ah ouais, qui par exemple ?

— L'équipe habituelle. Carmine, Jacobo. Samuel doit arriver ce soir. »

J'enfonce mes pieds dans le sable froid. J'ai besoin de me cimenter sur place pour supporter cette conversation. Suis-je trop susceptible ? Je repense à notre discussion à Turin, à ma joie d'avoir Theo rien que pour moi pendant quelques minutes. *Tu me suis ou quoi ?* Je lui en veux de m'avoir volé ma réplique, mais j'ai honte aussi parce que ça sonne tellement mieux dans sa bouche. Il est taquin et sûr de l'effet qu'il a sur cette fille. Je sens que je deviens trop consciente de mon corps, de ma respiration et de son t-shirt autour de mon cou alors que je me tiens, mal à l'aise, à côté d'eux.

« On va tous prendre un verre ce soir, vous devriez venir tous les deux. »

En entendant cela, je m'autorise à lever les yeux vers elle. Aussitôt, la terreur me noue l'estomac, et je me sens super mal dans ma peau, comme à l'adolescence. Cette fille est magnifique. Délicate et terriblement féminine. Ses cheveux forment un halo autour de son visage comme s'ils étaient immunisés contre la brise implacable qui souffle sur la plage. Je n'avais encore jamais été jalouse de la beauté de quelqu'un. Mais là, plus je la regarde et plus je perçois l'absence de ma propre beauté. Je dresse la liste de toutes les parties de mon corps qui ne se voient pas assez et de celles qui sont trop proéminentes. J'en louperais presque la réponse de Theo.

« Maggie est très fatiguée, je pense qu'elle va aller se coucher. » Il ne me regarde même pas en disant ça. Je tente de croiser son regard, mais il ne bouge pas. Mon visage doit trahir ma surprise parce que l'inconnue laisse échapper un petit rire. Putain, mais qu'est-ce qu'il se passe, là ? Elle doit lui plaire. Et puis, brusquement, je comprends, et le monde bascule sur son axe.

Je ne l'avais pas reconnue après tout ce temps. Ses cheveux sont plus courts, mais, bien sûr, c'est évident. C'est Chiara, la nana qu'il a sautée peu après son arrivée. Il ne m'était pas venu à l'esprit qu'il était allé s'amuser avec d'autres et qu'il revenait maintenant vers moi comme si je représentais un nouveau défi. J'essaie de ne pas en faire tout un plat, mais l'idée persiste dans ma tête pendant que je joue avec le nœud de mon paréo. Oui, bon, il l'aime bien. On n'a pas conclu de pacte d'exclusivité en mode *tu me prends ma virginité et tu ne dragues que moi*. C'est de bonne guerre.

« Ouais, nager pendant vingt minutes, ça fatigue. » Je m'exprime d'une voix morne. Theo refuse toujours de me regarder. Il n'a d'yeux que pour Chiara et sa coiffure parfaite. Une bonne manière de me tenir à l'écart de leur conversation.

« À quelle heure ? » demande-t-il. Je me mords l'intérieur de la joue pour réprimer les larmes brûlantes qui menacent de couler.

Elle jette un coup d'œil à sa montre. « Vers 21 heures ? Mag, tu peux peut-être te reposer avant et nous retrouver ensuite, si tu te sens ? Je ne te mets pas la pression. »

Parce qu'elle est gentille en plus d'être jolie ? C'est injuste. Je déterre mes pieds du sable en clignant des paupières parce que mes larmes, ces traîtresses, refusent de m'obéir.

« Theo a raison », je m'entends dire. Je n'en reviens pas à quel point ma voix semble parfaitement normale. Voire joyeuse. « Je suis vraiment fatiguée. »

Voilà qui retient l'attention de Theo. Il regarde dans ma direction mais, dès que nos yeux se croisent, il détourne la tête. « Je vais te déposer à la maison.

— Non, non, reste avec… » Je me rends brusquement compte que je ne peux pas lui avouer que je sais qui elle est. C'est drôle, non, à quel point le prénom d'une nana peut me gâcher la vie ?

« Ah, Chiara ! s'exclame-t-elle avec un sourire rayonnant en me tendant la main. Ravie de te rencontrer, *Mag*. »

Mon cœur sombre, à tel point que j'ai peur de marcher dessus si je bouge.

« Moi aussi. J'adore ton prénom. » Elle m'offre un nouveau sourire éblouissant, à vous en broyer l'âme.

« Merci. » Elle guide notre poignée de main avec chaleur et fermeté. Je me demande si elle remarque à quel point la mienne est froide et molle. Je lui adresse un petit sourire, puis je fais mine d'enlever le t-shirt de Theo.

« Qu'est-ce que tu fous ? » proteste-t-il en se tournant vers moi. *Oh, c'est maintenant que tu me remarques, Theo ? Il suffisait que je te donne ma chemise, ou plutôt ton t-shirt.*

« Je te rends ton t-shirt. » Ma réponse est un peu trop enjouée compte tenu de la simplicité du geste, mais je ne peux parler que comme ça si je veux éviter de me mettre à pleurer. Je préfère avoir l'air un peu trop joyeuse plutôt que de faire une scène devant les deux tourtereaux.

« Mais je te l'ai donné.

— Tu ne peux pas aller boire un verre torse nu. Imagine le scandale. »

Je lui tends son vêtement. Il me dévisage durement.

Ne me teste pas, me dit-il en silence.

S'il te plaît, laisse-moi partir, je lui réponds.

Il refuse de le récupérer et laisse ma main en suspens entre nous. « On est à Alassio, Magdalen. Ça ne devrait pas poser de problème. »

Soudain, Chiara pousse un petit cri et se tape le front, ce qui me fait sursauter. « Ah, Magdalen ! J'aurais dû deviner ! Tu es la petite sœur de Dante, pas vrai ? Je n'avais pas compris ! Tu as tellement grandi ! »

Theo se crispe, et je ne parviens pas à dissimuler mon étonnement.

« Tu sais qui je suis ?

— *Certo.* Dante m'a beaucoup parlé de toi, à une époque. Mon Dieu, tu es devenue magnifique. »

En dépit de ma tristesse, je suis agréablement surprise d'apprendre que Dante a parlé de moi à quelqu'un.

« Je comprends mieux », ajoute-t-elle en nous montrant tous les deux. Je hausse les épaules.

« Oui, Theo accomplit juste son devoir de grand frère. » Je lui tapote l'épaule en collant le t-shirt contre sa poitrine. Il pose sa main sur la mienne pour le récupérer. Soudain, je nous revois dans l'eau, nos doigts emmêlés sous la surface, notre respiration haletante et nos battements de cils. *Oui, ça me va.* Son cœur bat de manière égale et mesurée. Il semble si peu affecté par tout ça – et par moi – que je retire brusquement ma main pour me préserver. La mâchoire de Theo se durcit, mais il ne dit rien. Au moins, il a récupéré son foutu t-shirt. *Tant mieux.* Si Chiara remarque la tension entre nous, elle ne fait aucun commentaire et change habilement de sujet.

« Oh, je pense que tu t'entendras très bien avec mes copains. Tu devrais nous accompagner et inviter Dante, évidemment. Je t'en prie ! Ce sera amusant, je te le promets. S'il y a bien un truc pour lequel je suis douée, c'est faire la fête.

— On croirait entendre Anika », je réponds bêtement, tandis que Theo gronde au même moment : « Elle ne va pas pouvoir se joindre à nous ce soir.

— Magdalen peut prendre ses propres décisions », réplique Chiara. J'ouvre bêtement la bouche, choquée par sa rapidité à me défendre. Elle ne sait rien de moi, et pourtant, d'instinct, elle prend mon parti face à Theo. Je me demande si c'est parce qu'elle le connaît bien.

Je devrais parler, mais j'ai peur de me mettre à sangloter. Alors, je garde le silence, même si je sens le regard de Chiara sur moi. Je comprends, avant même de croiser son regard, qu'elle perçoit qu'il y a un truc qui ne va pas entre Theo et moi. Appelez ça l'intuition féminine. Cette fois, le sourire qu'elle m'adresse est forcé.

« Magdalen, tu veux qu'il te raccompagne ?

— Non, je peux rentrer toute seule. J'ai été ravie de te rencontrer. Vraiment. Amusez-vous bien.

— Ouais, toi aussi. Rentre bien. » Theo ouvre la bouche, mais Chiara lui donne une tape sur l'épaule et le pousse en direction du centre-ville.

Tandis que je me dirige vers les maisons qui bordent la plage, j'entends Chiara et Theo chuchoter derrière moi. « Qu'est-ce que tu as encore fait ? » proteste-t-elle en ne plaisantant qu'à moitié. Je suis déjà trop loin pour entendre la réponse de Theo, ce dont je me réjouis. Les sanglots s'échappent de ma gorge malgré moi, et le son de mes propres pleurs m'effraie. Je plaque mes mains sur la bouche, mais je ne parviens pas à étouffer le bruit, alors j'appuie si fort sur mes lèvres que je sens mes dents de devant s'enfoncer dans ma paume.

Il est gentil avec moi pendant dix minutes et j'oublie tout ce qu'il m'a fait.

Quand j'arrive à la villa, j'ai laissé une rivière de larmes dans mon sillage. Ma main tremblante trouve la poignée, mais elle refuse de bouger. *C'est une blague !* J'essaie de nouveau, mais la porte doit avoir 200 ans et a certainement été taillée dans du bois elfique parce qu'elle refuse de bouger. Je me rends en titubant dans le jardin pour voir si Lucia a laissé la porte de derrière ouverte, mais non, tout est fermé. Je grogne. *Évidemment, c'est aujourd'hui qu'elle décide de se comporter en adulte.* Après avoir fouillé partout pendant trente minutes, je suis de retour devant la porte d'entrée. Mes larmes ont séché sur mes joues. Je frissonne et je m'en veux d'avoir rendu son t-shirt à Theo. Je m'assieds dans le petit fauteuil près de la porte. Anika et Dante ne vont pas tarder à rentrer. Je drape mon paréo autour de mes épaules et me fais aussi petite que possible. La fatigue m'envahit brutalement. Je ferme les yeux. L'eau de mer et des iris gris dédaigneux me poussent vers l'inconscience, et je m'endors.

42

THEO

« C'est quoi ce délire ? »

J'échappe à l'étreinte de Chiara et m'arrête près de l'entrée du *budello*.

« Quoi ? proteste-t-elle en riant. T'es pas sérieux, là ?

— Tu déboules de nulle part et tu l'obliges pratiquement à rentrer toute seule. C'est la petite sœur de Dante. Je suis censé veiller sur elle.

— Oh, c'est la *petite sœur* de Dante ? glousse Chiara. Arrête tes conneries. Elle était au bord des larmes. Je suis venue à son secours.

— Putain, mais tu te prends pour qui, Chiara ? Tu fais toujours comme si tu savais tout sur tout », je réponds froidement.

Chiara écarquille les yeux et rétorque sèchement : « Je suis une femme et je sais ce que ça fait de se faire entuber par toi. »

Je retiens mon souffle tandis que le visage de Magdalen s'impose à mon esprit. Je contemple la jetée. Comme j'aimerais l'y voir apparaître ! Comment en est-on arrivés là ? J'essaie de comprendre ce retournement de situation. Je l'ai interrogée. Je lui ai réclamé des confidences que moi je ne suis pas prêt à faire. Et puis Chiara a surgi de nulle part.

Parmi toutes les personnes qu'on aurait pu croiser, il a fallu qu'on tombe sur elle.

« Je suis désolé, je... je ne sais pas pourquoi j'ai réagi comme ça. » Je ferme les yeux et me passe la main dans les cheveux jusqu'à ce que j'aie l'impression d'avoir le cuir chevelu en feu. « Vraiment, je ne sais pas.

— Mais si, tu sais. » Chiara hausse les épaules. « Tu ne veux pas qu'elle apprenne qu'on a couché ensemble. » Elle s'exprime avec légèreté, mais je vois bien qu'elle est déçue.

« Non, ce n'est pas... Chiara, je n'ai pas honte d'avoir couché avec toi.

— Mais c'est à elle que tu pensais. C'est à cause d'elle que tu m'as appelée.

— Ce n'est pas ce que tu crois... » Mais je n'ai pas d'excuse toute prête à lui fournir, parce qu'elle a raison, évidemment.

« Et pourtant, tu as failli faire un AVC quand j'ai mentionné Carmine, Jacob et Samuel. » Chiara renifle et fouille son sac à main pour en sortir une cigarette et un briquet.

« Je suis vraiment désolé. » Je me laisse glisser contre le mur d'une des maisons et m'assieds sur le trottoir en fermant les yeux. « Je n'arrête pas de merder. »

Chiara inspire longuement. Ses talons claquent sur le bitume tandis qu'elle fait les cent pas devant moi. « Elle te pardonnera.

— Ce n'est pas la première fois que... » J'ai du mal à trouver les mots capables de décrire ce que je fais. Le cycle infernal dans lequel je me suis enfermé depuis que je l'ai vue allongée dans l'herbe par cette chaude soirée d'été.

« Que tu te comportes comme un connard ? » suggère Chiara. Je rouvre les yeux en grognant. Elle inspire de nouveau puis me tend sa clope.

« Oui, je suppose qu'on peut dire ça comme ça. » Je prends une taffe en repensant à Magdalen dans l'eau. Intérieurement, je gémis. Je revois ses mains glisser sur mon ventre, puis plus bas encore, jusqu'à ce que…

« Viens boire un verre avec moi. » Chiara interrompt mon flashback. « Laisse-lui un peu de temps. On va réfléchir ensemble à ce que tu pourras lui dire. »

La colère enfle dans mon estomac et m'enflamme jusqu'à ce que je remarque que je suis en train de tirer sur le col de mon t-shirt. Je me force à baisser la main et à prendre une profonde inspiration. « Chiara, j'ai 25 ans. Je ne devrais pas avoir besoin d'aide pour dire à une nana qu'elle me plaît. » Putain, mais qu'est-ce que je fous ?

« Hé ! » Chiara tape dans ses mains juste devant mon visage. Ma tête heurte le mur derrière moi.

« Aïe ! Pourquoi t'as fait ça ?

— Est-ce que tu serais vénère si elle couchait avec un autre ? Ou est-ce qu'il n'y a rien de sérieux entre vous ? » Elle s'accroupit devant moi.

« Pourquoi tu poses une question pareille ? » C'est déjà difficile d'imaginer Magdalen en train de désirer quelqu'un d'autre, alors coucher avec, n'en parlons pas. Je pense à Roberto posant les mains sur elle et lui offrant un verre. Je pince le mégot entre mes doigts.

Chiara fait claquer ses lèvres et le récupère. « Ce n'est pas une réponse. »

Je soupire, agacé par son insistance et la tournure qu'a prise cette soirée. « Oui, évidemment que je serais vénère.

— Eh bien, cette nana, sur la plage, elle ne le savait pas. » Elle montre vaguement l'endroit où on a laissé Magdalen, puis consulte sa montre.

« Peut-être que je ne sais pas si elle m'apprécie », je réplique. Huit cicatrices en forme de larmes, encore rouges sur sa peau olivâtre, me viennent à l'esprit.

« Oh, je t'en prie. Regarde-moi dans les yeux et dis-moi que tu ne sais pas qu'elle est amoureuse de toi. » Mon esprit ralentit. Elle m'aime ? J'ai envie de rire et de pleurer. J'ai envie de replonger dans la mer. Il ne sera jamais question d'amour.

Je me relève en époussetant mon short. « Bon, on va le prendre, ce verre ? »

Mon genou tressaute tellement que la table en plastique se soulève et nos verres manquent de se renverser. « Bon sang, Theo, tu veux bien te détendre deux minutes ?

— Ça fait deux heures qu'on est là. On a descendu quatre verres, mais tu ne m'aides absolument pas. » Je finis ma dernière bière et me lève brusquement en cherchant de la monnaie dans mes poches.

« Tu te fous de moi ? Je t'ai proposé au moins trente façons de t'excuser ! » Chiara secoue la tête au rythme de la musique disco qui résonne dans le restaurant et boit une gorgée sans se soucier de ma brusquerie.

« Tu m'as donné que dalle, que de la merde. » Je jette les billets sur la table et essuie la mousse sur mes lèvres. « Je me casse.

— Bye ! » Immédiatement, elle se lève et va s'asseoir avec d'autres gens à une table voisine. « N'oublie pas de lui dire que tu as eu une amnésie et que tu as oublié qui j'étais ! »

Je suis sur le point de m'engager dans une rue moins fréquentée quand j'entends quelqu'un d'autre m'appeler.

« Theo ! »

Je grogne intérieurement. Décidément, je hais cette putain de ville.

Je me retourne. Dante et Anika viennent à ma rencontre, bras dessus, bras dessous.

« Où est Mag ? demande ma sœur en constatant que je suis seul.

— Elle se sentait fatiguée. » Mais je suis incapable de la regarder dans les yeux. Je ne pense qu'à Magdalen et au gâchis que j'ai provoqué, une fois de plus.

« Elle se sentait fatiguée, vraiment ? » Dante lâche Anika et pose la main sur mon épaule. *Qu'est-ce que t'as foutu ?* semble-t-il vouloir dire. Je chasse sa main en ricanant parce que je repense à l'indifférence dont il a fait preuve envers Magdalen lors de la soirée au club.

« Parfaitement. Tu le saurais si t'avais pas la tête dans le cul de ma sœur.

— Theo ! » La voix d'Anika monte dans les aigus et réussit à couvrir la musique, pourtant très forte. Je ne sais pas si c'est à cause des bières, ou de ma colère, ou des horribles conseils de Chiara, mais je lève les yeux au ciel et fais mine de m'éloigner, en lançant par-dessus mon épaule : « Quoi ? T'en avais rien à foutre de Magdalen, avant. Et maintenant, parce que je m'intéresse à elle, tu commences à jouer les grands frères protecteurs ? »

Dante m'empoigne par le col de mon t-shirt et me tire en arrière en me faisant trébucher. « Tu veux vraiment qu'on examine qui est le meilleur grand frère de nous deux ? T'étais où, ces sept dernières années, hein ? Explique-moi. » Il me rapproche de lui jusqu'à ce que nos visages ne soient plus qu'à quelques centimètres l'un de l'autre et qu'il me postillonne dessus.

« On a toléré certains trucs parce que Dexter est un connard, OK. Mais sept ans ? Sept ans sans un seul putain de mot ? » Il hurle à présent. La veine sur son front pulse violemment, et des larmes commencent à apparaître dans ses yeux. Les miens ne tardent pas à faire pareil, et je ne me défends pas lorsqu'il me pousse brutalement contre le pupitre en bois d'un restaurant.

« Tu ne sais plus qui je suis. Tu ne sais plus qui est Anika. Et tu sais encore moins qui est Magdalen. Alors ne viens pas me faire la morale comme si tu étais le parfait grand frère. »

Une douleur cuisante me cisaille le dos à l'endroit où j'ai heurté le pupitre. Je me penche en avant en riant, parce que cette douleur est la bienvenue. Elle détourne mon attention.

« Pour être un bon grand frère, il faudrait déjà que tu lui parles de temps en temps, pas vrai ? »

Au moment où je relève la tête, une autre douleur, beaucoup plus vive celle-là, explose dans mon nez. Je titube légèrement, sonné. « Espèce de salopard », marmonne Dante sans grande conviction. Oh, ils n'ont pas idée.

Je porte les mains à mon visage, que je découvre inondé d'une substance chaude et humide. Je saigne. Le sang dégouline de mon nez et le long de mon cou jusqu'à ce que mon t-shirt devienne poisseux et me colle à la peau. Putain, il a bousillé mon haut !

« Dante, bordel, qu'est-ce que tu fous ? » Anika se précipite vers moi, mais je secoue la tête en levant la main pour l'empêcher d'approcher. Il a raison. Elle ne devrait pas avoir à mener les combats que je fuis depuis tout ce temps.

« Je vais bien », dis-je en regardant Dante, qui secoue la main. Il a l'air surpris de m'avoir frappé. Je ne peux pas m'empêcher de sourire. Il y a sept ans, Dante Savoy n'aurait jamais pris le risque de se blesser dans une bagarre de rue. C'est peut-être vrai que je ne le connais plus. « Ça le démangeait depuis un bout de temps », j'ajoute à l'intention d'Anika. Je fais jouer les muscles de mon cou en grognant doucement.

« Tu ne vas même pas le nier ?

— Nier quoi ? je réponds dans un soupir las en essayant d'essuyer le sang, sauf que j'en fous partout.

— Joue pas au con, OK ? T'es parti à cause de ton père, pas vrai ? Tu as laissé Anika ici toute seule parce que tu avais trop la trouille de dire quoi que ce soit à Dexter. Tu espérais que lorsque tu déciderais de rentrer, elle aurait arrangé les choses ! »

En l'entendant prononcer le nom d'Anika, quelque chose se rompt en moi. Je n'ai pas le temps de réaliser ce qu'il se passe que déjà, j'ai les mains autour du cou de Dante et je serre si fort que je sens ses veines palpiter sous mes paumes. Je suis conscient que des gens se sont arrêtés pour nous observer, sans doute parce qu'ils nous prennent pour deux crétins bourrés qui se battent pour rien. Mais je m'en fous. Je serre plus fort, et Dante s'étouffe de manière pathétique car je lui coupe l'arrivée d'air. En voyant son visage devenir rouge comme une tomate, j'accentue encore la pression.

« La raison de mon départ ne te regarde absolument pas, je murmure à son oreille pour que personne d'autre ne puisse m'entendre. Mais sache que je serai toujours un meilleur grand frère que toi. Je tuerais n'importe qui pour elle, toi y compris, espèce de connard égoïste. Peux-tu en dire autant ? As-tu déjà passé plus d'une minute à protéger ta sœur ? » Je le libère brusquement. Anika le rattrape pour lui éviter de tomber. Il tousse en marmonnant des propos incohérents.

« Anika, fais attention à toi ! je crie en passant entre les curieux rassemblés autour de nous. Je te laisserai la clé sous la fougère. »

J'entends Dante marmonner : « Il est cinglé, ce con. Complètement toqué.

— Putain, Theo, c'est quoi ce délire ! proteste Anika. Tu ne peux pas étrangler Dante et me dire de faire attention à moi, abruti ! »

Je me mets à rire doucement en pressant le pas parce que j'ai hâte de retrouver Magdalen. Rien n'a changé, et je vais avoir un mal fou à lui faire accepter mes excuses. Pourtant, je me sens mieux, plus proche du type que je veux vraiment être. Mon sang sèche sur mon visage le temps que j'arrive à la villa.

Je tâtonne avec la clé car la serrure, dans le noir, ne cesse de m'échapper. Pas une seule lampe ne brille à l'extérieur de cette foutue bâtisse. Autant dire que c'est un jeu de hasard que je perds lamentablement. La clé érafle le bois. Je jure à voix haute en donnant un coup de pied dans le battant. Aussitôt, je maudis ma propre stupidité. C'est pas vrai, putain ! Je me tape doucement la tête contre la porte.

« Theo ? murmure une voix sur ma gauche. Qu'est-ce que tu fais là ?

— *San Antonio !* » Je sursaute et plisse les yeux pour distinguer qui est là dans l'obscurité. En même temps, je reconnaîtrais cette voix n'importe où. « Magdalen, qu'est-ce que tu fous dehors ? »

Je ne me souviens de rien en tombant à genoux devant elle. Mes yeux finissent par s'habituer à la pénombre et je la vois, roulée en boule sur un fauteuil, son paréo drapé autour d'elle. Je pose la main sur sa cheville et découvre qu'elle est glacée.

« Putain, tu meurs de froid ! » Instinctivement, je vais pour la prendre dans mes bras. Puis je me rappelle qu'elle s'est écartée de moi la dernière fois, alors je recule en mettant mes mains dans mes poches pour m'empêcher de la toucher. « Tu as passé toute la soirée dehors ?

— Je n'ai pas la clé. » Elle claque des dents, un peu, ce qui m'emplit aussitôt d'effroi. Ça fait combien de temps qu'elle attend là, dans le froid, pendant que je buvais des coups avec une autre nana et que j'étranglais Dante contre un mur ?

« Magdalen, laisse-moi t'amener à l'intérieur. S'il te plaît, laisse-moi te conduire au chaud », je lui demande dans un murmure.

Dans le noir, je la vois hocher la tête. Il ne m'en faut pas plus pour me précipiter. Je la prends dans mes bras et la serre contre moi pour la réchauffer.

« On dirait que tu viens tout le temps à mon secours », dit-elle d'une voix embarrassée. Un bruit blanc envahit mon esprit, et je ravale la rage qui se fraie un chemin en moi à coups de griffes.

« Pas du tout, c'est toi qui me sauves rien qu'en existant. »

Magdalen se laisse aller contre moi. Déjà, sa peau me paraît un peu plus chaude. Par miracle, je trouve le trou de la serrure. « Tu m'as abandonnée. »

Mon cœur se brise. Je suis surpris d'arriver encore à marcher. « Je sais.

— Je croyais que les choses étaient différentes à présent.

— Elles le sont.

— Tu m'as abandonnée. Rien n'a changé. »

Incapable d'en supporter davantage, je ne peux rien faire d'autre que la serrer contre moi. « Accroche-toi à moi », dis-je en ouvrant la porte. Dans l'entrée, Magdalen frissonne à cause de la différence de température. Mais elle ne tarde pas à pousser un soupir de soulagement et se blottit inconsciemment contre moi.

Puis elle réalise ce qu'il se passe et se tortille dans mes bras. « OK, tu peux me poser maintenant. » Je la libère en me sentant désespérément nu sans elle. On reste debout dans le salon obscur pendant quelques instants. Magdalen s'éclaircit la voix.

« Laisse-moi allumer la lumière, dis-je pour gagner quelques minutes de plus avec elle à côté de moi. Tu n'as qu'à prendre la couverture qui se trouve sur le canapé. »

J'allume la lampe dans le coin de la pièce et je respire un bon coup avant de me retourner parce que j'ai peur de constater que Magdalen a déjà disparu. Une illusion d'optique. Je contemple l'ampoule en ajustant ma vision à cette chaude lueur orangée. *Magdalen. Je crois que j'ai rêvé dans le noir pendant très longtemps parce que j'étais censé me réveiller pour toi.* Je me retourne. Elle est bien là, enveloppée dans la couverture et pieds nus sur le plancher, tellement parfaite que je dois détourner les yeux un instant pour revenir à la réalité. Elle ne m'appartient pas, ce n'est pas à moi de la réchauffer.

« Putain, qu'est-ce qu'il t'est arrivé ? »

Le petit cri de Magdalen me fait sursauter. « Quoi ? » je lui demande, perplexe.

Horrifiée, elle laisse tomber la couverture à ses pieds. « On dirait que quelqu'un a essayé de te noyer dans ton propre sang. »

Elle fait mine de venir vers moi, mais je l'en empêche en secouant la tête. Je me rappelle, un peu trop tard, que je dois avoir la tête de l'acteur principal dans un film d'horreur.

« T'inquiète, je vais bien.

— Ça recommence, râle-t-elle, les poings sur les hanches. Tu vas bien, vraiment ? » C'est tellement mignon, ça lui ressemble tellement, que je dois me mordre la lèvre pour ne pas sourire.

« Si je me souviens bien, c'est toi qui allais bien tout à l'heure.

— Et c'est toi qui es parti avec une autre », réplique-t-elle avec beaucoup d'émotion. Je m'en veux aussitôt d'avoir essayé de faire de l'humour. Son regard me transperce, elle ne dissimule rien de sa souffrance. Ça me coupe en deux de voir à quel point je l'ai blessée. Je fais un pas vers elle. Je veux tout lui expliquer, mais je ne sais pas par où commencer.

Le silence de la maison amplifie le tremblement de ma respiration. « Je suis nul. Je n'arrête pas de te faire du mal. J'ai tellement besoin de toi que ça me terrifie. »

Magdalen hausse les sourcils d'un air perdu. « Tu m'as jetée, purement et simplement. Tu ne souhaitais pas que je reste avec toi.

— J'ai couché avec Chiara. Le jour où on s'est croisés quand tu faisais du shopping, je l'ai appelée juste après et j'ai couché avec elle ce soir-là. »

Magdalen tente de digérer cet aveu, mais elle semble toujours perplexe. « Oui, bien sûr que tu as couché avec elle.

— Tu le savais ?

— Ce n'est pas pour ça que tu m'as renvoyée à la maison ? Pour pouvoir reprendre là où vous vous étiez arrêtés ? »

Je blêmis. « Tu crois que j'avais envie de coucher avec elle juste après que tu m'as branlé au beau milieu de la mer ? »

Magdalen ouvre de grands yeux et regarde précipitamment en direction de la porte, au cas où quelqu'un viendrait à entrer dans la maison. « Theo ! Ne dis pas un truc pareil dans les parties communes ! » Elle montre le salon autour de nous.

« Tu as dit la même chose sur la plage, qui est la définition même d'un espace que l'on partage avec d'autres gens.

— Ah, c'est une question de sémantique. » Elle plisse les yeux en observant le sang séché autour de mon nez et sur mon menton. « Raconte-moi ce qu'il t'est vraiment arrivé », me demande-t-elle de nouveau. Mais le fait qu'elle puisse penser que j'étais en train de draguer Chiara pendant qu'elle gelait à l'extérieur de la villa m'est si douloureux que j'ai du mal à répondre.

« Je ne voulais pas que tu apprennes, par Chiara, que j'avais couché avec elle. Quand j'ai dit que tu étais fatiguée, c'était pour moi le moyen le plus rapide de te sortir de là avant qu'elle lâche quoi que ce soit.

— À cause de toi, je me suis sentie repoussante. » Magdalen se regarde, et la honte m'envahit. « Comme si j'étais une sangsue qui te prenait tout ton plaisir pendant que tu flirtais avec une autre.

— Arrête, Maggie, s'il te plaît, je supplie, la voix enrouée.

— Alors arrête de me faire du mal. »

Une puissante sensation de déjà-vu s'abat sur moi. Je me rappelle à quel point mon père semblait prendre la douleur de ma mère pour mieux l'ignorer, la piétiner et la fourrer au fond d'un placard afin d'oublier son existence. Je serre les poings pour m'empêcher de prendre Magdalen dans mes bras. Par où commencer ? Par la vérité, sous forme de mots, en espérant qu'elle comprendra.

« Je te vois partout, dans tout, je murmure. Je te cherche dans chaque recoin, j'espère t'apercevoir pour pouvoir supporter le reste de ma journée. » Ma voix se brise sur le dernier mot et je soupire en contemplant le sol pendant quelques instants avant d'oser croiser de nouveau son regard. « J'essaie de rester à l'écart, Magdalen, parce que tu es la meilleure amie d'Anika, la petite sœur de Dante, et parce que ton père compte énormément pour moi. En ce qui concerne mon père à moi… » Je déglutis et me force à respirer calmement. « Parfois, j'ai l'impression de lui ressembler beaucoup trop à mon goût. »

La vérité, ou en tout cas l'infime partie que je veux bien partager avec Magdalen, me vide de l'énergie qu'il me reste. Ce serait le bon moment pour tout lui avouer en priant pour que, plus tard, j'obtienne son pardon. Mais j'ai beau essayer, les mots refusent de sortir. Je m'agenouille devant elle, si près que mon nez pourrait toucher son genou si je me penchais d'un ou deux centimètres. La chaleur qui irradie de sa peau me réchauffe tandis que je passe les bras autour d'elle pour récupérer la couverture par terre.

« Tu ne lui ressembles absolument pas. » Sa voix se brise. « Mais il faut que tu arrêtes de me fuir. »

Je me relève en remontant la couverture sur ses mollets, ses cuisses, puis ses épaules. Je l'enveloppe dans cette douceur laineuse. « Je fuis pour essayer de te sauver, dis-je avec un sourire crispé.

— Je ne pensais pas que ce serait si difficile de te convaincre de coucher avec moi. »

On se regarde pendant quelques secondes, puis on éclate de rire.

« Arrête ! proteste-t-elle, hilare. J'ai vraiment cru que tu serais une proie facile !

— Mon Dieu, Magdalen ! » Je ferme les yeux et grogne d'un air malheureux. « Si tu veux vraiment que je te saute, tu ne peux pas employer cette expression-là. C'est tout sauf sexy. » Mon cœur ralentit parce qu'il savoure ces petits moments partagés. Elle pousse une petite exclamation en me bousculant d'un air taquin. C'est facile d'oublier ce qui nous attend à Chivasso quand il règne un tel calme autour de nous, uniquement troublé par son rire et le bruit des rosiers qui tapent doucement contre la fenêtre. Je formule une prière rapide.

« Oh, vraiment ? Parce que tu crois que ton visage ensanglanté est sexy ? »

Je touche mon nez et grimace en sentant le sang séché sous mes narines. J'appréhende réellement de me regarder dans la glace. « Touché. Tu ne me redemandes pas comment c'est arrivé ?

— Je suis prête à parier ma vie et le CD de George Michael d'Anika que c'est mon frère qui t'a fait ça.

— Comment tu… »

Magdalen soupire et me tend la main.

« Sérieusement, comment tu as su ?

— Votre *bromance* orageuse sur la plage ? Le fait que vous ne vous parlez presque plus ? Ça devait finir par arriver. Dante explore sa masculinité, il vient juste de la découvrir. » La couverture serrée autour d'elle, elle prend la direction de l'escalier. Par-dessus son épaule, elle m'adresse un sourire timide. « Tu viens ?

— Comment refuser une proposition pareille ? Je bande déjà.

— Ouh, pas sexy du tout. » Elle secoue la tête d'un air désapprobateur, mais ses yeux brillent d'une lueur chaleureuse. C'est incroyable comme ils sont verts à la lumière d'une seule lampe. J'ai tellement envie de la suivre que ça m'effraie. « À mon tour de nettoyer tes plaies, bourreau des cœurs. »

43

MAGDALEN

Dans le couloir de l'étage, sur le chemin de la salle de bains, Theo sur les talons, je pense à lui demander : « Au fait, c'est toi qui as fouillé ma valise ? » Je serre la couverture autour de moi en essayant de réprimer ma culpabilité. Malgré ce qu'il m'a fait et ce qu'il m'a dit, je lui ai pardonné. J'imagine la réaction de mon Emily si je lui racontais tout. Ça me donne légèrement la nausée. Je devrais résister davantage et être moins clémente. Mais je revois Theo sous moi, en train de murmurer d'un air désespéré : *« Je te cherche dans chaque recoin, j'espère t'apercevoir pour pouvoir supporter le reste de ma journée. »*

Mon cœur saigne. Personne ne m'avait encore jamais dit une chose pareille.

J'ouvre la porte de la salle de bains et m'écarte pour laisser passer Theo. Mais il s'arrête devant moi avec un sourire malicieux. « Il se peut que j'aie réorganisé tes affaires pour que ce soit plus pratique.

— Bien sûr, parce que le string est le truc le plus pratique qui soit, un incontournable de l'été !

— Figure-toi que c'est exactement ce que je me suis dit. » Il fait mine de poser les mains sur moi, puis il hésite et me demande avec les yeux si je suis d'accord. J'acquiesce timidement. Mesure-t-il à quel point j'apprécie de pouvoir donner mon consentement, à quel point je suis soulagée que ce soit moi qui décide ? Je ne savais pas que j'en avais besoin jusqu'à ce qu'il agisse ainsi.

« Mais je veux que tu ne le portes que pour moi. » Ses pouces me caressent doucement les pommettes, ses mains chaudes contre mon cou. Je trouve tellement naturel de m'abandonner en présence de Theo que je me demande si c'est tout le temps comme ça pour autrui. Avant, je me crispais à l'idée qu'on me voie sans que je me sois préparée. Même en classe, je me demandais de quoi j'avais l'air quand je réfléchissais. J'aurais bien aimé savoir à quoi je ressemblais, vue de profil, en train de prendre des notes. Parfois, je pensais tellement au regard des autres que j'en finissais par ne rien écrire du tout et je passais la soirée à récupérer le cours en rentrant à l'appart. Mais c'est différent avec lui. Je me sens courageuse. C'est grisant.

Theo se penche vers moi. Ses épaules paraissent incroyablement larges dans l'encadrement de la porte tandis qu'il me tient dans ses bras.

J'ai la gorge sèche. C'est difficile de parler alors qu'il dévore l'espace autour de moi.

« Oh. Faut-il que je rappelle Roberto pour lui dire de ne pas venir ? »

Theo émet un petit bruit désapprobateur en massant l'endroit sensible derrière mon oreille. Je lève mon visage vers lui et mon étreinte sur la couverture faiblit.

« Hmm, seulement si tu préfères éviter que je le noie dans la Méditerranée. » Son pouce caresse ma lèvre inférieure. Il contemple ma bouche d'un air si désespéré que mon cœur fait un bond.

Mais au moment où il incline la tête pour m'embrasser, je me souviens de son état et je couine : « Tu es couvert de sang !

— Quoi ? » Il a toujours les yeux rivés sur mes lèvres.

« Ton visage ! C'est dégoûtant. Gardons le sexe torride pour plus tard, quand tu ne ressembleras plus à un révolutionnaire sanglant. »

Il rit doucement et se contente d'un baiser sur mon front. « OK, *dottoressa*, murmure-t-il contre ma peau, en s'y attardant. Nettoie-moi. »

Après une douche rapide, Theo s'assied sur le bord de la baignoire et m'observe dans le miroir embué pendant que j'attends que l'eau du robinet se réchauffe pour remplir le lavabo. Je compte nettoyer au gant de toilette les dernières traces de sang que la douche n'a pas réussi à éliminer. J'ai troqué la couverture contre l'un des sweats de Dante et le vieux short de pyjama élimé que j'ai glissé dans ma valise sans qu'Anika le voie.

« Pourquoi as-tu choisi Oxford ? » s'enquiert Theo alors que j'observe son reflet dans le miroir, moi aussi.

Je fronce les sourcils car on ne m'a encore jamais demandé d'expliquer ou de justifier mon choix. « Je ne sais pas. C'est là que nos parents ont étudié. » Je les imagine tous les quatre dans la même ville, révisant dans la même bibliothèque que moi avant un examen important. « Mais ce n'est pas la seule raison. Bien sûr, je suis contente de voir que je suis aussi capable et aussi intelligente qu'eux. » Je passe mon doigt sous le jet, mais l'eau est encore trop froide. « Mais c'était mieux de pouvoir le faire à ma façon. Toute seule, je veux dire. Si je voulais, je pouvais ne pas parler ou ne pas sortir de mon lit pendant des jours, sans qu'ils n'en sachent rien, ce qui était marrant, au début. Ils ne prennent pas beaucoup de mes nouvelles parce qu'ils connaissent bien l'endroit où je suis. » Je vérifie de nouveau la température. Cette fois, elle est acceptable. Je plonge le gant sous le jet.

« Ça te plaît qu'ils ne prennent pas de nouvelles ? Tu ne te sens pas trop seule ? »

Je me tourne vers lui. Theo me regarde d'un air songeur. De toute évidence, il essaie de me comprendre, ce qui me met presque mal à l'aise.

« J'ai toujours préféré la solitude. » Sans un mot, Theo écarte les jambes pour que je me glisse entre ses genoux. Aussitôt, il commence à caresser mes mollets, l'arrière de mes cuisses. Je résiste à l'envie de m'abandonner à ses caresses. Je me concentre sur le fait d'ôter délicatement le sang de son menton.

« Intéressant. J'ai grandi au milieu du bruit. Quand je suis arrivé dans le Connecticut, mon camarade de chambre avait une semaine de retard, donc j'étais tout seul dans le dortoir. J'ai cru que j'allais devenir fou. »

J'effleure son menton du bout du doigt. Il lève la tête vers moi. Ses yeux semblent encore plus gris dans la lumière fluorescente. Ses cheveux bouclent davantage à cause du sel ; il est si parfait que je me force à me concentrer sur la moitié inférieure de son visage.

« Je suis comme ça depuis que je suis toute petite. » Theo baisse les yeux. « Qu'est-ce qui ne va pas ? » je lui demande.

Il garde la tête penchée, si bien que je ne vois que ses boucles qui forment une couronne indisciplinée. Je suis sur le point de répéter ma question lorsqu'il me regarde de nouveau, un petit sourire aux lèvres.

« Rien. C'est juste qu'on ne s'est jamais beaucoup parlé. Quand on était gamins, je veux dire. J'aurais aimé savoir ça de toi. » Il s'exprime sur un ton bizarre, et sa mâchoire se durcit légèrement.

« Tu me paraissais tellement plus vieux à l'époque. Je me cachais toujours dans un coin quand tu venais à la maison. » Theo frémit lorsque j'essaie de nettoyer son nez. « Désolée, dis-je en grimaçant. Dante n'y est pas allé de main morte. »

Pour toute réponse, Theo remonte ses doigts le long de mes jambes et joue avec l'ourlet de mon short. Mon estomac se noue. « Je peux supporter la douleur, Magdalen. Tu disais donc que tu avais peur de moi ?

— Peur ? » Avec le gant de toilette, je descends jusque dans son cou, puis je me concentre pour ôter le sang de sa clavicule. Sa voix semble de plus en plus sourde à chaque fois qu'il prend la parole. Je pince les lèvres en sentant l'un de ses ongles érafler gentiment l'intérieur de mes cuisses. J'ai envie d'agripper ses épaules pour ne pas céder au vertige. « Non, je dirais plutôt que tu m'intimidais. Même à l'adolescence, tu étais déjà… *imposant.* » Je le masse avec le gant en décrivant des cercles lents et je sens sa respiration s'accélérer.

« Pourquoi tu ne m'as jamais appelé grâce à notre ingénieux téléphone ? » Sa question semble empreinte d'une curiosité tellement sincère que ma main s'immobilise sur son torse. J'essaie de trouver le moyen d'expliquer à quel point je commençais à me sentir petite quand il est parti, mais tout me semble pitoyable.

« Tu m'intimidais même au bout du fil, de l'autre côté de la rue. »

Comment aurais-je pu imaginer que l'étoile la plus vive de Chivasso avait envie de me parler sur une ligne réservée aux secrets partagés et aux bavardages d'après l'école, ou aux soirées où on avait été privés de sortie ? On tirait légèrement sur la ficelle pour réveiller l'autre. *T'es au courant ? Oui. Mais raconte-moi quand même.*

« Dante a passé notre enfance à ignorer mon existence. » Je hausse les épaules, mais ça me fait encore mal, même après tout ce temps. « Je me suis dit que tu voulais la même chose. »

Theo change d'attitude en entendant le prénom de mon frère. « Nous sommes très différents.

— Tu aurais pu me parler, toi. » L'idée qu'il ait pu lancer une conversation avec mon moi de 7 ans me paraît risible. Déjà, à l'époque, il traînait autour des filles en buvant du *caffè*. Moi, je venais tout juste d'apprendre à utiliser des ciseaux pour couper les bandeaux de ma sœur en deux.

« J'avais peur de toi. »

Je lève les yeux au ciel, retourne près du lavabo et lance le gant désormais rouge dans la corbeille à linge. « Tu avais peur que je te demande de me lire une histoire ? » Je rouvre le robinet pour me laver les mains. J'essaie de ne pas trop mater Theo torse nu dans le miroir, mais il est si beau que je craque et le regarde étirer les bras au-dessus de la tête. Il est tout en biceps et en lignes nettes. Personne ne devrait avoir l'air aussi sexy après s'être pris une raclée.

Theo pose les poings sur les hanches et m'examine à son tour. Son regard remonte le long de mon corps avec une intensité telle que j'en ai la tête qui tourne.

« Peut-être que j'avais peur de ta jeunesse, peur de te bousiller sans le faire exprès, comme d'autres. »

Je ferme le robinet et m'appuie sur le lavabo. Theo vient se mettre derrière moi. Il est si proche que mon dos effleure sa poitrine.

« Tu n'as pas bousillé Anika. Certains diraient qu'elle a mieux tourné que moi », je réponds malgré ma gorge asséchée. Il se presse contre moi, lentement, et écarte mes cheveux avant de recouvrir mes mains avec les siennes. Il les serre délicatement alors même qu'il me plaque contre lui. Je réprime un frisson lorsqu'il pose son menton au creux de mon cou.

« Hmm, murmure-t-il en enfouissant son nez dans mes cheveux avant de chercher mon regard dans le miroir. J'adore. »

Il se mordille la lèvre, et je me cambre contre lui. Il inspire vivement lorsque mon cul fusionne avec son aine. Le miroir me montre que Theo contemple l'endroit où nos deux corps se touchent. Il gémit.

« Regarde comme on s'emboîte bien », dit-il distraitement. Cette fois, quand je me frotte contre lui, ses mains se referment sur mon ventre de manière possessive et ses doigts glissent jusqu'à l'endroit où ma cuisse rejoint mon pubis. Je ne peux plus bouger.

« Non, non. » Il serre plus fort en m'observant dans le miroir. « C'est mon tour. »

Theo me prend par la main et m'entraîne dans la chambre bleue. Il y règne une chaleur étouffante à cause de la fenêtre fermée, mais je suis si nerveuse que je me sens bien incapable de traverser la pièce pour l'ouvrir. Je me donnerais presque une tape dans le dos pour me féliciter de ne pas avoir vomi, mais la nuit est encore jeune, alors tout est possible. Une veilleuse en forme de coquillage, branchée dans le recoin gauche de la chambre, éclaire faiblement les lieux. Je mets quelques instants à m'habituer à la pénombre.

« Lavande », murmure Theo après avoir refermé la porte derrière nous. Je m'avance au centre de la pièce. Je me sens tellement empotée.

« Non, moi, c'est Magdalen. » Je lisse mon sweat parce que je ne sais pas quoi faire de mes mains.

« Petite maligne, va. » Il se rapproche. Cette fois, ça y est, je suis convaincue que je vais vomir, alors je garde la bouche fermée en essayant de ne pas respirer. Le clair de lune tente de percer à travers les rideaux et crée une lueur effervescente dans la pièce. Theo se tient torse nu devant moi, avec un sourire en coin. « Tu sens la lavande. » Il prend mes mains si nerveuses et les lève gentiment au-dessus de ma tête. « Et le chèvrefeuille », ajoute-t-il en faisant courir ses doigts sur l'ourlet de mon sweat. Je regarde ses mains qui s'apprêtent à soulever le vêtement. Mon cœur bat la chamade. Par anticipation, quand j'ai enfilé à la hâte ce sweat et mon vieux short, j'ai aussi mis les sous-vêtements choisis par Marta.

Heureuse coïncidence, ils sont couleur lavande et complètement transparents.

« Euh, merci », dis-je timidement. Ça me paraît étrangement intime d'être reconnue à mon odeur. Mon visage va changer, vieillir, s'affaisser. Mais, dans vingt ans, en sentant de la lavande dans un parc new-yorkais, Theo pourrait penser à moi.

« Ce n'est que la vérité », chuchote-t-il en soulevant le tissu épais. Ce faisant, ses mains remontent sur mon torse. Quand il arrive au niveau de mes seins, il s'y attarde et prend une brusque inspiration en découvrant ma brassière.

« Ce soir-là, quand je t'ai nettoyé le dos dans la cuisine, j'ai dû sortir de la pièce tellement je te trouvais belle. » Je suis fascinée par son visage pendant qu'il me raconte cette histoire. « Tu étais là, assise sur le plan de travail avec du sang partout, et moi, j'essayais de contrôler mon érection parce que ça m'excitait de te voir te toucher. » Il effleure mes tétons du dos des mains, et j'inspire malgré moi. « Hmm, merde alors, quand as-tu enfilé ça ? » me demande-t-il, captivé. Il m'effleure de nouveau et je laisse échapper un petit gémissement en sentant mes tétons durcir.

J'ai l'impression que je vais mourir, mais je réussis à répondre : « Je ne pouvais pas décevoir Marta.

— Qu'elle en soit remerciée. »

44

THEO

Les émotions que j'ai tenté d'enfouir en moi finissent par se libérer tandis que je contemple Magdalen. Je m'autorise à éprouver ce besoin douloureux que j'ai d'elle – et de ce moment.

Nos yeux se croisent, ce qui crée une intimité étourdissante. Magdalen s'humecte les lèvres. Elle semble à la fois impatiente et nerveuse.

Mes mains bougent toutes seules sur son ventre et sur ses seins. Puis je pousse sur ses épaules pour la faire tomber sur le lit. Ses tétons sont parfaitement visibles à travers le tissu transparent. Ils ne demandent qu'à être libérés. Quand je la vois assise là, les jambes légèrement écartées et les seins exposés à ma vue, il m'est impossible de ne pas vouloir la posséder.

Elle ferme les yeux et fait mine de resserrer les jambes, mais je m'assieds à côté d'elle et pose la main à l'intérieur de sa cuisse. Elle se crispe subtilement mais regarde ce que je fais, comme si ça la fascinait de voir que je la maintiens ouverte. Je serre plus fort en remontant le long de sa jambe. Je suis déjà si dur que je devrais en être embarrassé. Ses jambes sont plus pâles à ce niveau, et je me vois enfoncer mes dents dans sa douceur. Je m'imagine en train de lécher et d'aspirer sa peau intacte jusqu'à ce qu'elle gémisse mon nom.

« Tu as assez d'innocence pour tous nous sauver. » Je répète l'avertissement prononcé par Anika, cette première nuit à Chivasso, et desserre mon étreinte.

« Pardon ? » Magdalen se redresse brusquement, et je me maudis d'avoir dit ça à voix haute.

« Merde, désolé. » J'ai la tête qui tourne. « Anika, elle...

— Oh, je sais que c'est une phrase d'Anika, elle me la répète tous les matins. »

Elle presse sa paume contre son front et jette un coup d'œil à la fenêtre en se mordant la lèvre comme si elle hésitait à ajouter quelque chose. « Je ne suis pas aussi innocente qu'Anika le croit. »

Mon estomac se noue. Je dois faire une drôle de tête parce que Magdalen fronce les sourcils.

« Je ne voulais pas t'offenser. » Je me rapproche. J'aimerais pouvoir lui dire que l'innocence, c'est mieux que mes démons.

« Je ne suis pas vexée, je voulais juste clarifier la situation. » Elle hausse les épaules et écarte davantage les jambes.

Je repense alors à la première vision que j'ai eue d'elle en arrivant. Ses orteils dans la pelouse, son combishort qui lui couvrait à peine les fesses, l'étonnement de la découvrir si grande quand elle s'est levée.

Je m'autorise à penser ce que je refuse de m'avouer depuis ce moment-là.

J'ai envie d'être en elle.

Je me tourne de manière à m'agenouiller au-dessus d'elle. Nous faisons la même taille dans cette position, seuls quelques centimètres séparent nos visages. Elle ne porte plus que ce string minuscule et cette brassière transparente. Ses tétons m'excitent à travers le tissu lavande. Comment a-t-elle résisté aussi longtemps au fait de coucher avec quelqu'un ? Je l'imagine dans les bras de Roberto et grogne intérieurement.

J'essaie de respirer lentement, mais le cauchemar recommence. Le bruit de tissu qui se déchire est si fort que je ferme les yeux.

« Hé. » Elle glisse une mèche de mes cheveux derrière mon oreille, et j'appuie ma joue contre sa main. Le besoin de la caresser et d'être caressé en retour est si violent que mes mains tremblent.

Je rouvre les yeux. Ceux de Magdalen me dévisagent, leurs iris verts remplis d'inquiétude, comme si elle savait. Elle se rapproche de moi en hochant la tête et me murmure des paroles réconfortantes qui font monter mes larmes. Je me sens pathétique, alors je baisse les yeux. *Je devrais tout lui dire.* J'ai tellement honte que l'ombre de mon père me poursuive, même ici dans cette chambre avec Magdalen, à des kilomètres de la maison. Un instant, j'envisage de prendre la fuite.

Puis, les doigts de Magdalen frôlent ma joue sans vraiment s'y poser, comme pour voir si je vais fuir, justement. *Non, plus jamais, Magdalen. Au début, j'ai fui uniquement parce que j'avais tellement envie de rester que je craignais de t'effrayer.* Je hoche la tête en espérant qu'elle verra ce que j'ai trop peur de dire à voix haute. Elle soupire en continuant de me regarder avec ces grands yeux de biche. Son inquiétude se dissipe, ses doigts effleurent ma mâchoire. Je relâche ma respiration, blottis ma tête contre sa paume.

« Magdalen, je murmure.

— Tu me fais peur. » Mais elle le dit en souriant.

« Pourquoi ? » Je lui lèche la joue en savourant la chaleur de son corps.

« Je ne t'ai jamais vu comme ça.

— Tu ne m'as jamais vu tout court. Mais ça va. J'ai juste tendance à trop réfléchir parfois. » *Mais moi, je t'ai vue,* ai-je envie d'ajouter.

« Si, je t'ai vu dès l'instant où Titziana Benedetto m'a demandé si elle pouvait s'envoyer en l'air avec toi », me confie Magdalen. Le souvenir de cette étreinte inconfortable dans cette voiture pourrie me prend au dépourvu. Je tente de visualiser la scène. Ça me fait peur parce que je n'arrive pas à situer Magdalen dans cette histoire. Pourquoi Titziana lui a-t-elle posé une question pareille ? Ça me rend malade qu'elle soit au courant pour cette nuit-là.

« J'ai vomi après coup. » Cet aveu m'échappe avant que j'aie le temps de le rattraper.

Son sourire disparaît et fait de nouveau place à l'inquiétude. « Pourquoi ?

— Je… je n'ai jamais eu envie de… J'ai juste… » Je prends une grande respiration. J'essaie de contrebalancer les élancements dans ma bite en me remémorant l'odeur immonde de fast-food qui régnait dans cette voiture. Et le parfum de Titziana qui me rappelait ma grand-mère. « Je n'étais pas prêt et je l'ai fait quand même.

— Je suis désolée que tu te sois senti obligé de faire un truc pour lequel tu n'étais pas prêt. »

Chaque fois qu'elle parle, je le sens sur ma peau.

Je déglutis péniblement et plonge une fois de plus mon regard dans le sien. Une grande émotion tourbillonne dans ses iris, et je grimace à l'idée qu'elle me prenne en pitié parce que j'ai sauté une nana à l'âge de 16 ans. « Je ne veux pas parler de Titziana. » J'agrippe fermement ses hanches parce que j'ai besoin de la sentir le plus possible entre mes mains avant de devoir renoncer à ce fantasme. J'appuie ma tête contre la sienne. La sensation de ses cheveux dans mon cou suffit à…

N'est-ce pas évident, Magdalen ? j'ai envie de crier. *Tu ne vois donc pas que je me suis branlé en pensant à toi ?*

Mes doigts caressent son cou et la font soupirer. Cela suffit à me faire bander dix fois plus fort, au point que mon sexe se retrouve douloureusement à l'étroit dans mon short.

Mes lèvres effleurent la mâchoire de Magdalen, mes mains glissent sur son corps. J'attrape ses fesses pour la serrer contre moi. Un grognement monte dans ma gorge, la sensation de son corps contre le mien dépasse le fantasme. Elle se cambre jusqu'à ce que nos bassins soient collés l'un contre l'autre. Alors je plaque mes hanches contre les siennes parce que je veux qu'elle sente, je veux qu'elle sache qu'elle a le contrôle.

Mes mains remontent dans son dos pour attraper sa nuque et l'obliger à me regarder. Mes dents lui mordillent la pommette. Un râle de plaisir lui échappe. Je ferais n'importe quoi pour entendre de nouveau ce son.

Je m'écarte un instant pour la contempler. Les lèvres entrouvertes, elle écarquille les yeux.

Je dévore sa bouche dans un mouvement fluide. Au début, elle se fige parce qu'elle ne s'attendait pas à cette intrusion. Puis, au bout de quelques secondes, ses lèvres s'adoucissent et s'ouvrent pour moi. Elle me rend mes baisers. Mes doigts se referment sur ses cheveux et s'y agrippent. La plénitude de sa bouche m'enivre. Je ne peux pas m'empêcher de lui mordiller la lèvre inférieure en ravalant un gémissement. Mes jambes bougent sans que je m'en rende compte ; à l'aveuglette, je m'installe entre ses cuisses ouvertes.

« Theo », gémit-elle. Je manque de jouir en entendant mon prénom dans sa bouche.

« Depuis le moment où je t'ai vue allongée dans l'herbe. »

Elle rit de nouveau, et j'embrasse sa bouche ouverte parce que je veux que son rire devienne une partie de moi. Instinctivement, elle me laisse entrer cette fois, et sa langue effleure la mienne.

Bordel de merde. Je n'ai jamais ressenti ça auparavant.

Ses mains parcourent mon torse et caressent mon ventre nu. Je m'appuie davantage contre elle. J'ai besoin qu'elle me touche. Magdalen gémit, et ma peau s'embrase. J'engloutis ses baisers jusqu'à ce que sa bouche soit toute gonflée. Les baisers, pour moi, ne sont toujours que le point de départ de ce que je veux vraiment. Mais quand je prends son visage à deux mains pour la rapprocher de moi, je me rends compte que je veux la revendiquer et la marquer, exactement comme elle m'a marqué moi.

Un silence capiteux s'installe entre nous tandis que ma langue continue d'explorer sa bouche avec avidité. Il y a de la faim dans ce baiser, et Magdalen y réagit avec passion en agrippant la ceinture de mon short pour m'attirer contre elle. Je me frotte contre son bassin afin de soulager la pression qui commence à s'accumuler au creux de mon dos. Rougissante et essoufflée, elle interrompt notre baiser. Sa main passe de ma ceinture à l'avant de mon short et se referme sur mon membre dur. J'inspire brusquement. Cette infime caresse pourrait suffire à me faire basculer. Magdalen a les yeux qui brillent. Elle fait mine de me caresser de nouveau, mais je saisis son poignet et dépose un baiser dans sa paume. Si quelqu'un doit toucher l'autre en premier, ce soir, c'est bien moi.

45

MAGDALEN

Il est partout. Tout à l'heure, je dormais dehors, et maintenant, je suis pratiquement en train de m'envoyer en l'air avec Theo Sinclair. Alassio est une ville fantastique.

« Je veux te sentir », murmure-t-il en m'attrapant le poignet pour m'empêcher de le toucher. Il a le regard sombre et impénétrable ; rien de ce que je dirai ne le fera changer d'avis.

Je fais mine de bouder. « C'est pas juste, c'est moi qui ai commencé. » Je m'écrase contre son membre dur. Pour quelqu'un qui n'a encore jamais fait ça, mon corps semble savoir exactement ce qu'il veut.

Theo rougit, éclate de rire et pince affectueusement ma lèvre inférieure. « On a le temps, bébé. » Il me sourit tandis que ses yeux parcourent mon visage comme pour le mémoriser avant le lever du soleil. « Mais, pour l'instant, j'ai besoin de voir de quoi tu as l'air quand tu jouis. »

Juste au moment où je pensais maîtriser l'art de dire des trucs cochons, Theo énonce l'impensable.

« Dis-le, exige-t-il d'une voix légèrement tremblante en voyant que je ne réponds pas.

— Quoi donc ?

— Que je peux te voir jouir. »

Pour la première fois de ma vie, je réponds : « OK, Theo, tu peux me voir jouir. »

Ses traits s'illuminent d'un sourire si éclatant que j'arrête de respirer. Tout doucement, Theo prend mon sein droit au creux de sa main. J'inspire brusquement, peu habituée à cette sensation. Il ricane. Suis-je une fille facile ?

Presque comme s'il oubliait que chacun de ses gestes accentue mon désir douloureux, il me caresse et observe mon téton qui se durcit encore plus. Puis il le prend entre ses doigts et le pince légèrement. La sensation se réverbère dans tout mon corps, m'arrachant une petite exclamation.

« Tu trouves ça bon ? » Il sourit d'un air entendu. Incapable de parler, je ne peux que hocher la tête.

Il pose alors sa main sur mon autre sein et reproduit les mêmes gestes en décrivant des cercles lents et délibérés avec ses doigts. Ma respiration s'accélère, la douleur vive que provoquent ses doigts me donne envie de m'enfoncer dans le lit pour flotter sur cette sensation. Il me pince de nouveau et pétrit mon sein jusqu'à ce que, par réflexe, je me cambre sur le matelas.

Pendant tout ce temps, Theo ne me quitte pas des yeux. Il me regarde me tortiller pour essayer de soulager la sensation inconfortable qui grandit au creux de mon ventre.

« Alors, tu trouves ça bon ? » Il me nargue. Évidemment que c'est bon. Je suis pratiquement en train de fondre.

« Dis-moi à quel point c'est bon. » Il me pince de nouveau et je gémis. Plus il me touche et plus j'ai du mal à garder les yeux ouverts.

« C'est très, très bon », je murmure en capturant son regard pour lui faire comprendre qu'en réalité, ce que je pense, c'est : *« Tu es bon, Theo. Tu es tellement bon. »*

Il entrouvre les lèvres. Sa respiration se fait haletante, comme la mienne. « Ma Magdalen. »

Il me lâche. J'en pleurerais presque. J'ai besoin de me contenir.

« Maintenant, je vais vraiment te toucher, *zuccherina*[9] », souffle-t-il, un sourire aux coins des lèvres.

Mes genoux tremblent. Tout mon corps se languit, je me sens à la fois perdue et en demande. « S'il te plaît, j'ai envie de toi.

— Pas autant que moi. »

Ses doigts se glissent sous l'élastique du string, son ongle érafle mon pubis. « Brave fille. » Il sourit de nouveau, et ses doigts s'aventurent plus bas encore. Ils me touchent pleinement, et je gémis tout haut : « Oh, mon Dieu ! »

Toujours aussi délibérément, il caresse mon centre et referme son autre poing sur mes cheveux pour m'obliger à le regarder pendant que ses doigts explorent mon sexe de haut en bas. Sa lenteur me rend folle. Ses doigts sont tellement mouillés qu'ils glissent, ce qui prouve à quel point j'ai envie de ses caresses.

« Putain que c'est bon », lâche-t-il, les dents serrées, en contemplant ce que fait sa main. Mes hanches se cabrent sous l'intensité de ses caresses. Je suis son regard à mon tour. *Oh, waouh.* Observer ses doigts qui jouent avec moi dépasse tout ce que j'ai connu jusqu'ici. Je fais de nouveau onduler mon bassin en savourant le plaisir qu'ils font naître en moi.

« Regarde à quel point tu mouilles pour moi », chuchote-t-il si bas que je pourrais presque croire que j'ai rêvé.

Puis son majeur arrive à l'entrée de mon vagin et décrit de petits cercles tout autour, avant de plonger à moitié en moi pour explorer mes limites.

Même avec un doigt seulement, cette sensation de plénitude m'est inconnue.

---

9. Surnom affectueux pouvant être traduit par « ma douce ». (N.D.É.)

« Tu aimes m'avoir en toi, ma douce ? murmure Theo à mon oreille.

— Oui, oui, je halète, pas du tout habituée à ce besoin dans ma voix. Mais j'en veux plus, je te veux tout entier. »

Il soupire entre ses dents serrées en continuant d'aller et venir tout doucement avec son doigt. « Mon Dieu, Magdalen, tu es parfaite. » Il a les yeux rivés sur mon sexe, fasciné par la vision de son doigt à l'intérieur de moi. Il l'enfonce un peu plus, et je grimace à cause de la légère sensation de pincement.

Mais Theo capture mon regard. « Juste comme ça, oui. » Il plie le doigt pour caresser les parois de mon vagin. Cette fois, c'est pour une tout autre raison que je frémis. Mon corps se contracte autour de lui pour trouver le répit et tester le plaisir. Theo siffle légèrement, ressort son doigt et caresse de nouveau mon ouverture avant de replonger à l'intérieur en bougeant toujours aussi lentement. Mon Dieu, ça devrait être illégal. C'est donc ça que j'ai loupé pendant toutes ces années ? Cette façon de m'anéantir rien qu'avec un doigt ?

Juste au moment où je sens que je me contracte encore plus autour de lui, Theo retire son doigt, et j'ai l'impression d'être vide. « Tu jouiras quand je serai en toi, dit-il d'une voix rauque en arrachant mon string qu'il balance à l'autre bout de la pièce. Ça te va, Maggie ?

— Je crois, oui, je réponds d'une voix tremblante. Au fait, je prends la pilule.

— Vraiment ? » Theo m'attrape par l'arrière des genoux et m'amène au centre du lit. « Alors, je vais pouvoir te sentir tout autour de moi, sans rien entre nous ? »

Je tente de refermer les jambes pour contrôler le besoin qui grandit en moi, nourri par la façon dont Theo me regarde et par les mots qu'il vient de prononcer. Mais il se rend compte de mon manège et maintient mes jambes ouvertes. Il m'admire sous ses paupières mi-closes alors qu'il se lève du lit pour défaire sa ceinture d'un geste fluide. Son short tombe par terre.

« J'essaie de te savourer, explique-t-il en posant la main sur son sexe en érection, parfaitement visible à travers le tissu noir de son boxer désormais trop étroit.

— Tu as tout le week-end, tu te rappelles ?

— Tout l'été », rectifie-t-il d'un air sombre.

Je l'espère. Je le pense, mais je ne le dis pas à voix haute. Theo revient sur le lit, et j'en profite pour lui enlever son boxer.

« Et voilà, tu recommences à me déshabiller », glousse-t-il. Mais quand mes mains touchent son membre dur, son petit rire se transforme en soupir enivré. J'écarquille les yeux car, dans la mer, je n'ai fait que le toucher, je ne me suis pas rendu compte à quel point il est… *Waouh.* Nerveuse, j'essaie de l'imaginer tout entier à l'intérieur de moi. Ça ne rentrera jamais, si ?

Theo remarque mon appréhension, me soulève le menton et plante un baiser chaste sur mes lèvres en souriant. « Je vais prendre soin de toi. » Lentement, il nous rallonge sur le lit et se positionne de manière à ce que son gland effleure l'entrée de mon vagin. « Maintenant, dis-moi si c'est trop. » Tout doucement, il entre en moi. Il prend son temps et s'arrête régulièrement jusqu'à ce qu'il soit au fond de moi. Par réflexe, je ferme les yeux et agrippe ses biceps en attendant que la légère sensation de pincement diminue. Il reste immobile et me laisse m'y habituer en murmurant gentiment : « Tu t'en sors très bien, Magdalen. » Prudemment, j'essaie de bouger un peu en inclinant le bassin pour l'accueillir encore davantage en moi.

« Une seconde, je souffle en tremblant.

— Prends ton temps », répond Theo d'une voix crispée tandis que je continue d'explorer les limites de mon propre corps. Lorsque le pincement s'atténue, je me frotte légèrement plus vite contre lui. J'éprouve des sensations inconnues, mais au bout de quelques minutes, je n'ai presque plus mal. Ce doit être la *magic touch* de Theo. En gardant les yeux fermés, je fais onduler mon bassin. Immédiatement, une étincelle de plaisir m'envahit. « Oh ! »

Quand je rouvre enfin les yeux, Theo me regarde, les joues en feu, en se mordant la lèvre inférieure.

« Est-ce que je te fais du bien, maintenant ? » demande-t-il en posant ses mains sur mes hanches. Il bouge à l'intérieur de moi et me fait frissonner sans le vouloir. « Laisse-moi te donner du plaisir. »

J'acquiesce. C'est tout ce dont Theo a besoin pour recommencer à bouger et augmenter le rythme crescendo…

« C'est ça. » Ses yeux sombres et voilés ne quittent pas mon visage. Je perçois son désir à la manière dont il me tient la taille et à sa cadence qui s'accélère encore. Je ne peux pas m'empêcher de me cambrer pour aller à sa rencontre ; mon bassin ondule au même rythme que lui, de plus en plus vite. Son souffle se fait erratique, et un petit grognement lui échappe de temps en temps à mesure qu'il me voit fondre sur lui. « Chevauche-moi, Magdalen. Comme ça, oui. »

Je ne peux plus me contenir. Je gémis à voix haute en continuant à bouger avec lui. Son pouce tourne autour de mon clitoris et le tapote doucement tandis qu'il continue à aller et venir en moi.

« Je ne peux pas… » Mais je ne sais même pas ce que j'essaie de dire. En quête d'un semblant de stabilité, j'empoigne ses cheveux tout en m'écrasant contre lui. Il pousse un soupir rauque.

« Putain, Maggie, t'es tellement serrée. »

J'enfonce ma tête dans l'oreiller. Le sentir bouger en moi me permet de comprendre pourquoi Marie devait rester vierge. Comment aurait-elle pu faire quoi que ce soit d'autre ?

« Je ne vais pas tenir longtemps », chuchote-t-il, ses yeux rivés sur mes lèvres et mon cou. L'une de ses mains me lâche la taille pour s'emparer de mes cheveux et tirer dessus. La sensation est délicieuse.

« Theo. » C'est ma voix, ça ? Je ne savais même pas que je pouvais gémir comme ça.

« Jouis pour moi, m'ordonne-t-il. Je veux te sentir jouir autour de moi, Magdalen. »

Je me mords très fort la lèvre pour retenir le cri qui essaie de m'échapper tandis que ces sensations inconnues en moi se multiplient. Des vagues de plaisir brûlant font palpiter tout mon être jusqu'à me donner l'impression que je vais exploser.

« Ah, c'est ça, gronde Theo, dont les mouvements se font si rapides et si intenses que je ne peux plus retenir mon cri et que j'appuie mon front sur son épaule pour ne pas m'effondrer. Non, bébé, il faut que tu me regardes. » Une main remonte au creux de la vallée entre mes seins pour attraper mon cou et incliner ma tête. Au moment où son regard voilé par le désir plonge dans le mien, je comprends que je n'ai aucune chance de lui résister. Il s'enfonce profondément en moi tout en continuant de me caresser avec le pouce. Je ne peux plus me contenir. Je suis prise de tremblements incontrôlés et tout devient noir devant mes yeux ; un flot de plaisir me traverse pendant ce qui me paraît être une éternité tandis que mon vagin se contracte autour de son membre.

Theo continue de masser mon sexe et ralentit en grognant à mon oreille : « Oui, Magdalen. Putain, c'est bon ! » Alors, je le sens frémir au-dessus de moi. Ses mouvements se font désordonnés et une dernière secousse parcourt son corps avant qu'il s'immobilise en se déversant en moi. « C'est bon », répète-t-il, et je laisse échapper un petit rire parce que je me sens heureuse et au chaud dans ses bras.

Au bout de quelques instants, je tente de retrouver un semblant de normalité. Pas étonnant que les hommes déclenchent des guerres au nom de l'amour et du sexe.

Je comprends maintenant. Vraiment. Qu'est-ce qu'une vie entière de traumas en échange de dix minutes de bonheur absolu ? Theo rit doucement et je me rends compte que je n'ai pas encore prononcé un mot, trop occupée à redescendre de mon euphorie.

« Quoi ? » dis-je avec un sourire identique au sien. Theo se retire, ce qui m'arrache une légère grimace, car je regrette aussitôt de ne plus me sentir remplie de lui. Il secoue légèrement la tête et me fait frissonner en caressant doucement l'entrée de mon vagin avant de porter les doigts à sa bouche.

« Theo… » J'essaie de l'en empêcher, mais c'est trop tard, il se lèche les doigts sans me quitter des yeux.

« Tu es délicieuse, affirme-t-il avec le plus grand sérieux – son sourire s'est envolé. Je n'en reviens pas que personne ne t'avait encore jamais goûtée. »

Je rougis. « Je me sens toute timide. » Theo rit et s'allonge à côté de moi en appuyant sa tête sur sa main. « Touché. »

Je m'étire. Mon corps est incroyablement chaud et détendu.

« C'était quoi, ton livre préféré, quand tu étais petite ? » me demande Theo en me caressant le ventre du bout de l'index. J'incline la tête pour le regarder.

« Excuse-moi d'essayer de savourer ce moment après l'orgasme, c'est ma première fois. »

Theo me tapote le nez. « Tu es tellement adorable.

— Tu essaies de me faire du charme ? je lui demande en me tournant sur le côté pour le regarder. Je te rappelle que je suis déjà dans ton lit.

— Je veux tout savoir de toi.

— Fayot. » Mais ça me fait chaud au cœur, alors je réfléchis à la question. « J'aimais vraiment *L'Ombre*. » Je pose ma tête au creux de mon coude. « Ma mère m'a lu des livres tous les soirs jusqu'à l'âge de 10 ans.

— Tu lisais des histoires aussi effrayantes quand tu étais petite ?

— Il n'y avait pas beaucoup de livres en anglais, et ça ne me dérangeait pas ; quand ma mère me les lisait, ça ne faisait pas si peur. »

Theo soupire, me prend la main et la place sur son torse. « Ça ne te rend pas nerveuse, le fait que nos familles soient si liées ? » Il s'exprime d'une voix calme et pleine de curiosité, ce qui m'encourage presque à lui poser d'autres questions en retour.

« Au contraire, pendant longtemps, ça m'a donné l'impression d'être en sécurité, parce que je savais que j'avais deux familles qui veilleraient toujours sur moi. » Theo ne répond pas, mais je remarque qu'il est devenu blanc comme un linge.

« Pourquoi a-t-elle arrêté de te faire la lecture ? Après tes 10 ans ? demande-t-il, toujours aussi calmement.

— Je ne sais pas trop. » Je ne peux pas en dire plus, ma langue me semble engourdie. Je n'aime pas la tournure que prend cette conversation, alors j'essaie de m'éclaircir les idées pour ne pas penser à des trucs trop sérieux.

On reste allongés là, en silence, les yeux dans les yeux, bercés par le bruit des vagues au loin. De temps en temps, une mouette passe derrière la fenêtre.

Au bout d'une minute, Theo reprend la parole. « *Sire Gauvain et le Chevalier vert*. » Je lève les yeux au ciel. Non, mais quelle audace !

« Tu t'étonnes que je lise les contes d'Andersen alors que toi, tu te prélassais, le nez dans un poème en moyen anglais du XIVe siècle ? » Theo glisse sa cheville sous mon mollet. Ce geste hyper décontracté prouve qu'il se sent à l'aise, ce qui me fait chaud au cœur.

Nous passons les quelques heures qui suivent à nous poser des questions, chacun testant les limites érigées par l'autre.

La nuit se poursuit entre nos réponses et nos éclats de rire. Ton film préféré ? Ton premier baiser ? As-tu déjà vu un fantôme ? *Embrasse-moi, s'il te plaît. Avec plaisir.* Tu crois au destin ?

Vers minuit, on entend la porte d'entrée s'ouvrir et on se fige tous les deux.

« Il va vraiment me tuer », chuchote Theo en faisant mine de se lever. Au même moment, Maio se met à chanter fort dans l'escalier, ce qui ne lui ressemble pas du tout. Theo et moi sommes pris d'un fou rire. « Chut, chut. » Theo plaque sa main sur ma bouche et je fais pareil avec lui.

« Maio chante ! je parviens à dire entre deux éclats de rire et malgré sa paume contre mes lèvres.

— Il est amoureux, murmure Theo se penchant pour embrasser le dos de sa main. Tout le monde chante quand on est amoureux. »

Il me prend dans ses bras et me masse doucement le dos. La fatigue, celle que l'on doit au bonheur et à la plénitude, nous emporte. Je pose ma tête sur le torse nu de Theo et ferme les yeux en écoutant battre son cœur et en respirant l'odeur de sa peau. J'espère vraiment que ce bonheur peut durer.

46

THEO

Le jour qui suit s'écoule dans une espèce de brouillard doux et lumineux. Je me faufile dans la chambre de Magdalen après avoir passé la journée à la plage avec Dante et Anika. Nous rentrons à la maison vers 17 heures, ivres de soleil et de ces granités alcoolisés qu'Anika ne cesse de nous distribuer. Nous franchissons la porte d'entrée en titubant, nous tapons des pieds pour en faire tomber le sable, et les autres s'élancent pour voir qui atteindra la grande salle de bains en premier. Moi, je prends mon temps. Je veux bien laisser la luxueuse salle de bains à Dante si je peux rejoindre Magdalen à l'étage et me glisser sous la douche avec elle. Nue et couverte de savon, elle me parle de l'Angleterre et de son amie Emily. J'essaie de contrôler mon érection parce qu'elle est nue et couverte de savon et qu'elle croit que j'écoute ses histoires à propos de son amie. Mais j'aime tellement quand elle parle. Elle se masse avec une éponge végétale et moi je l'interroge à propos de sa théorie littéraire préférée.

Les cauchemars se sont arrêtés. Je ne veux pas dire que c'est grâce à elle, mais j'ai de plus en plus l'impression d'avoir gardé toutes mes vérités jusqu'à maintenant pour pouvoir les partager avec elle. Des trucs qui me faisaient paniquer avant ne me semblent plus aussi terribles. Jouer au tennis sur la plage. Parler de ma thèse. Magdalen peut discuter de Jane Austen pendant des heures. Au dîner, je lui jette un regard en coin et elle me caresse la cheville avec son orteil. Je lui remplis son verre quand je vois qu'il est vide. Je remarque qu'elle est particulièrement franche lorsqu'elle s'adresse à Anika, mais ça ne m'étonne pas, je suis pareil. Elle se faufile hors de ma chambre quand le soleil se lève ou quand on entend Dante et Anika rentrer après avoir passé la nuit dehors. Maintenant, chaque fois qu'elle a froid, c'est mon sweat qu'elle porte.

Nous ne nous sommes pas parlé seul à seul, Dante et moi, depuis notre bagarre. Mais, au bout d'une journée, nous commençons à nous radoucir. Nous discutons à travers les histoires des autres. Anika me demande comment va mon nez, et Dante pousse un gros soupir en jouant avec le sable. Je vois qu'il meurt d'envie de dire quelque chose. Quand j'interroge Magdalen à propos du rêve le plus effrayant qu'elle ait jamais fait, Dante nous interrompt pour raconter comment il a mis le doigt de son père dans un bol d'eau pour le faire pisser alors qu'il dormait. Mais ça n'a pas marché, et le docteur Savoy a attrapé un rhume.

Mes disputes avec Dante ne durent jamais bien longtemps. L'un de nous finit par poser une question neutre à l'autre. Du genre : « Quelle heure il est ? Ah, au fait, est-ce qu'on est encore fâchés ? Je meurs d'envie de te raconter un truc. »

C'est notre dernière soirée à Alassio. Le mariage a lieu dans deux semaines. Je regarde Magdalen revenir de la *gelateria* avec Anika. Elle porte un combishort et un foulard turquoise et elle a des coups de soleil sur le front et le nez. Mes rêves éveillés consistent désormais à lui mettre de la crème solaire sur les épaules et à rincer le sel de son incroyable chevelure sous la douche. Elle lèche la glace qui dégouline le long du cône, et je marmonne tout bas : « Oh, bon sang. »

J'essaie de regarder ailleurs pour me distraire. Deux types dont les cheveux se raréfient fument cigarette sur cigarette près de l'entrée de la *gelateria* et reluquent ouvertement Magdalen. Mais elle ne s'en rend même pas compte. Anika lance un regard mauvais à ces connards pour les remettre à leur place, mais ma Magdalen ne s'aperçoit de rien et continue à lécher sa glace. Ce manque de conscience me rend inexplicablement triste.

Pendant qu'Anika examine des porte-clés à l'extérieur d'une des boutiques, Magdalen me rejoint à ma table et se laisse tomber dans la chaise la plus éloignée de moi.

« Pardon ? je fais. Tu fais quoi, là ?

— Je dévore, répond-elle en refermant ses lèvres sur la boule de glace tout entière.

— Magdalen, je proteste d'une voix sourde.

— Oui ? » Elle bat des cils et, cette fois, quand elle lèche la glace qui fond, elle me regarde droit dans les yeux.

« Serais-tu en train de flirter avec moi ? » Je tourne légèrement ma chaise pour lui faire face.

« Ça dépend. » Avec son doigt, elle essuie la glace sur ses lèvres. Lentement, très lentement. C'est une vision si belle, si innocente et séduisante, que j'ai peur de ce que je serais capable de faire pour qu'elle continue à me regarder comme ça jusqu'à la fin des temps. « Ça marche ?

— Ça marche toujours avec toi. »

Incapable de supporter la distance, j'attrape le pied de sa chaise avec ma cheville et l'attire vers moi. Magdalen pousse un petit cri et manque de faire tomber son cône, mais elle se ressaisit assez vite quand mes mains remontent le long de ses cuisses pour la stabiliser.

« J'aimerais bien goûter. » Je me penche pour poser ma bouche à l'endroit où se trouvait la sienne juste avant. Je veux lécher sa glace alors qu'il y a encore son goût à elle dessus. Elle ouvre de grands yeux, et je remarque que les coups de soleil sur ses joues accentuent le vert de ses iris.

« Mais je t'en prie. » Elle met le cône entre nous. Je referme ma main sur la sienne, et elle inspire brusquement. « Déjà-vu », murmure-t-elle. Visiblement, elle se souvient de la mer, et de ma main qui la guidait pendant qu'elle me caressait.

J'amène la glace à mes lèvres. Je ne lâche pas Magdalen des yeux pendant que je fais tout le tour de la boule avec ma langue pour y goûter pleinement.

Magdalen se tortille. Je me mets aussitôt à bander à l'idée que je l'excite. « C'est comment ? » me demande-t-elle d'une voix tremblante, les yeux rivés sur ma bouche. Je recule sur mon siège pour me retenir de jeter la glace par terre et de lui arracher son foulard.

Je réfléchis à la question. « J'ai connu plus délicieux. »

Elle esquisse ce sourire où sa lèvre supérieure rejoint presque le bout de son nez, et j'agrippe ma chaise pour rester assis. « Là, c'est toi qui flirtes avec moi.

— Toujours, mon ange. »

Un sac en plastique atterrit sur la table et rompt notre transe. Anika tousse bruyamment. « Vous irradiez une tension sexuelle qui submerge toute cette putain de ville. » Elle prend une autre chaise et s'assied entre nous. « Je sais qu'on vous a donné notre bénédiction, Dante et moi, mais, pour l'amour du ciel, vous voulez bien arrêter de tailler une pipe à cette pauvre glace au beau milieu de la rue ?

— Anika ! » Magdalen recule brusquement sur sa chaise pour mettre un peu de distance entre nous et jette des regards inquiets à la ronde.

« T'inquiète, Dante est trop occupé à flirter avec la dame de la *tabaccheria*.

— Elle n'aurait pas dans les 70 ans ? je proteste en me demandant si c'est bien la personne à laquelle je pense.

— Si.

— C'est pas un peu bizarre qu'il flirte avec une septuagénaire ?

— Nan, répond Anika en mordant dans son cône. Il a fait bien pire. »

Magdalen et moi commentons d'une seule voix : « C'est vrai. »

Anika nous dévisage avant de lever les yeux au ciel en râlant, la bouche pleine de *gelato*. « Pitié, achevez-moi. Voilà qu'ils se mettent à parler en même temps. Écoutez, je sais bien que, par inadvertance, je vous ai poussés dans les bras l'un de l'autre, mais j'ai besoin que vous soyez moins écœurants. Vous êtes en train de vous transformer en Lucia et Maio.

— Désolée, ça ne se reproduira pas. Je le jure, ajoute Magdalen, la main sur le cœur.

— Tant que Dante n'est pas dans les parages, je ne peux rien promettre, je rétorque en haussant les épaules.

— Quoi ? proteste bruyamment Anika. Tu n'as donc pas peur de mon courroux ? Moi aussi, je pourrais te cogner, tu sais !

— Mon Dieu, Anika, je te supplie à genoux d'essayer de me cogner !

— Oh, vraiment ? Parce que t'es hyper grand et que tes biceps font la taille de mes mollets, tu crois que je n'y arriverai pas ?

— Ça n'a rien à voir avec mes gros biceps. Je te connais, tu es ravie ! »

D'un bond, je me lève et prends la dernière bouchée de sa glace avant qu'elle puisse m'en empêcher. Elle pousse un cri de rage.

« Non, tu n'as pas fait ça ! » Elle contemple sa main vide d'un air sonné.

« On dirait bien que si.

— Tu ferais mieux de foutre le camp, sinon je jure devant Dieu que je vais te cogner si fort que ton foie va ressortir par ta bouche. »

Je mâche bruyamment et fais claquer mes lèvres. « Hmm, seulement si Magdalen peut venir se faire foutre avec moi.

— Beurk, dégage, espèce de gros porc. »

Je mâche encore plus fort et engloutis la dernière bouchée de gaufrette sucrée avant de me lever d'un air moqueur, les poings sur les hanches. « Magdalen, aimerais-tu venir boire un verre avec moi ? J'ai particulièrement soif.

— Mais oui, ça me plairait beaucoup. Enfin, seulement si Anika ne veut pas se joindre à nous ? »

L'intéressée plaque ses mains sur sa bouche en nous dévisageant tous les deux d'un air horrifié. « Mon Dieu, qu'ai-je fait ?

— Donc, c'est non ? » Magdalen se lève gracieusement en ignorant la détresse d'Anika.

« C'est trop tard pour devenir la meilleure amie de Lucia plutôt que la tienne ?

— Espèce de petite garce ! » Magdalen proteste et fait mine de taper Anika, qui s'écarte au dernier moment. « Je comptais te laisser finir ma glace ! » Elle fait la moue en agitant le cône.

« Celle à qui tu as taillé une pipe ?

— Anika !

— D'accord, d'accord, donne-la-moi ! »

Toutes les deux commencent à se disputer gaiement, alors je m'éloigne en les laissant régler ça entre elles, comme deux sœurs. Mais c'est drôle, je suis tout aussi content de voir Magdalen heureuse avec Anika que quand c'est moi qui la fais sourire. Ça me rappelle ce qu'a dit le Dr Savoy ce matin-là au musée : on n'a pas l'impression de sacrifier quoi que ce soit lorsqu'on fait sourire la femme qu'on aime. Je pige parfaitement, maintenant.

Les deux types au regard lubrique me font un signe de tête quand je passe à côté d'eux.

« Allez vous faire mettre », je leur lance. L'un des deux relève brusquement la tête mais ne dit rien. Quelle surprise.

Je continue à m'enfoncer dans les ruelles d'Alassio. La faible lueur jaune des rares lampadaires éclaire mon chemin. En levant les yeux, j'aperçois un vieux couple qui boit du thé sur son balcon. L'un des deux remarque ma présence et me fait signe en souriant poliment. La balustrade en fer forgé est bordée de tulipes fraîches, et il y a beaucoup trop de pots en terre cuite éparpillés au sein du petit espace pour leur propre sécurité. Mais ce sont les petits bonheurs de la vie : des fleurs et du basilic. Le vacarme des touristes a fait place aux conversations discrètes entre les gens du coin et, même dans le noir, je vois comment le vieil homme tient la main de sa femme sur ses genoux. Un cardigan sur les épaules, elle se penche vers lui pour se blottir dans sa chaleur ; dans la pénombre, on dirait presque qu'ils sont liés l'un à l'autre.

Je m'assieds sur les marches en béton devant l'appartement du vieux couple et j'attends Magdalen. Livré à lui-même, mon cerveau se remémore aussitôt la nuit dans sa chambre, sous ce même clair de lune, et son corps qui réagit au mien. Mon genou se met à tressauter nerveusement et je cherche une cigarette à tâtons. Je n'ai pas l'habitude de ces périodes de désir brûlant pour quelqu'un. Ça paraît dingue d'avoir constamment besoin d'une seule personne.

« À quoi tu penses ? »

Une paire de sandales dont l'épaisse lanière s'orne de coquillages se tient devant moi. Bon sang, je la reconnais même à ses orteils.

« J'essaie de me rappeler comment être un gentleman. » Je soupire en levant les yeux vers elle.

« On a dit marrant et sexy, tu te rappelles ? » Magdalen s'accroupit entre mes jambes et se raccroche à mes genoux. J'arrête de remuer. « Pas besoin de te conduire en gentleman. Je suis une meuf cool. » Elle hausse les épaules.

« Oh, vraiment ? » Je décide de tester son pseudo-courage concernant le fait de parler de cul. Voyons ce qu'elle est capable d'encaisser.

« Oui, je t'assure. Dis-moi à quoi tu penses *vraiment*. » Elle soutient mon regard avec un sourire amusé. Elle croit que je bluffe. Je me demande quelles sont les probabilités que j'aille en enfer. Plutôt élevées, à ce stade. Ne serait-ce pas tellement plus amusant si elle chutait avec moi ?

« Je veux te goûter à nouveau, mon ange. »

Magdalen ne bronche pas, mais j'ai l'impression de voir tourner les rouages dans son cerveau pour essayer de comprendre mon intention. Elle ouvre la bouche, puis la referme. « Tu ne veux pas dire...

— Si, absolument.

— Comme c'est chevaleresque. » Ses longs cheveux effleurent mon genou, et je tends la main pour passer mes doigts dans ses mèches auburn.

« Je t'assure que c'est parfaitement égoïste.

— Tu veux faire ça ici ? »

Je la dévisage pendant une ou deux secondes avant d'éclater de rire, complètement pris au dépourvu. « Bien sûr, Magdalen, laisse-moi te faire un cunni pour que ce gentil vieux couple puisse nous regarder.

— Ben quoi ? Peut-être qu'ils nous jetteront un billet si on fait ça bien. » Elle s'étrangle de rire et se met à renifler, alors elle ferme les yeux et tente de couvrir sa bouche pour étouffer les bruits. Mais je lui prends le poignet pour l'asseoir à côté de moi.

Une fois qu'on est suffisamment calmés, je murmure : « J'ai menti l'autre fois. Tu as un rire incroyable.

— Hmm. » Elle se penche de manière à effleurer mon nez avec le sien. « Je sais. »

Je ricane. « Là, tu es censée me dire que moi aussi, j'ai un super rire. »

Elle continue de me caresser le visage du bout du nez, avec des mouvements doux et délicieux. Je sens ses cils frôler mon front, descendre le long de l'arête de mon nez et effleurer mes joues.

« Mais je ne sais pas mentir. » Elle pose un baiser sur ma joue, les lèvres encore fraîches et sucrées après la glace. Je souris, puis penche la tête pour l'embrasser. Elle entrouvre la bouche. Juste au moment d'y poser la mienne, je relève le menton et lui mordille le bout du nez.

Magdalen explose de rire et me prend par les épaules. « Mais pourquoi ?

— Parce que tu as insulté mon rire. Je suis horriblement vexé.

— Tu viens de croquer un bout de mon nez !

— Tu es tellement belle que tu peux bien te passer de nez. Personne ne verra rien.

— Tout le monde va se moquer de moi à Chivasso ! » Elle se lève en souriant, la main sur le nez. Je me lève aussi et m'avance vers elle en montrant les dents.

« Tu sais que je tuerai quiconque se moquera de toi », je gronde. Magdalen pousse un petit cri ravi et s'éloigne de moi à reculons.

« Theo… » me prévient-elle. Je continue d'avancer comme un fauve tapi dans la savane. Puis je m'élance sur elle. Elle crie de nouveau et court dans la ruelle bordée de bars. Ses sandales résonnent sur les pavés, et les gens qui sirotent leur spritz en terrasse lui lancent des regards curieux.

« Viens ici, *fantasma* ! je hurle en la pourchassant joyeusement. Tu sais que je finirai toujours par t'attraper. »

47

MAGDALEN

Il finit par me rattraper. Je tiens trois minutes derrière une fontaine rouillée avant que des mains puissantes ne m'agrippent par la taille et ne me plaquent contre un corps musclé.

« Grimpe sur mon dos, m'ordonne-t-il après m'avoir relâchée.

— Quoi ? » Mon cœur continue de battre la chamade après notre petite course-poursuite à travers la ville.

« Tu m'as bien entendu. Grimpe sur mon dos. »

Je passe derrière lui en soupirant, pose mes mains sur ses larges épaules et saute sur son dos en enroulant mes jambes autour de sa taille. « J'ai le droit de demander pourquoi ? »

Les mains refermées de manière protectrice autour de mes mollets, il prend la direction des maisons au bord de la plage. « Parce que j'aime t'avoir au-dessus de moi », répond-il, ce qui me laisse la gorge sèche. Même quand il me taquine, Theo rend tout ce qu'il dit outrageusement sexy. C'en est écœurant. Alors qu'il nous ramène à la villa, je sens les muscles puissants de son dos rouler sous mes cuisses. Régulièrement, il grogne en ajustant ma position sur lui. La chaleur irradie mon corps, qui se languit des sons que Theo produit. J'ai hâte de lui grimper dessus dans l'autre sens pour observer son plaisir du début à la fin.

Mon Dieu, mais qu'est-ce qu'il m'arrive ? Je passe beaucoup trop de temps avec Anika. J'accepte d'être portée ; je vais même jusqu'à blottir mon menton au creux de son cou, entre son épaule et sa tête. Mes cheveux se balancent sur nous deux tandis que Theo se déplace sur le trottoir inégal.

« Tu es grossier », je chuchote.

Il s'arrête et tourne légèrement la tête, si bien que ses lèvres effleurent ma joue quand il répond à voix basse : « Uniquement pour toi. »

Quand on arrive à la villa, Lucia et Maio boivent de la bière et mangent des olives dans le jardin.

« Les salauds, geint Theo. Ils ne devraient pas être en ville en train de faire ce que font les couples sur le point de se marier ?

— On pourrait essayer de se faufiler en douce le long de la baie vitrée. Je ne pense pas qu'ils nous ont vus. »

Theo entrelace ses doigts avec les miens. « Non, non, allons parler à ta grande sœur. C'est bientôt son mariage, après tout. »

On n'a pas fait un pas dans la cuisine que la tête de Lucia se tourne vers nous.

« Ah, les tourtereaux, nous lance-t-elle depuis la terrasse. Vous voulez bien rapporter le vin ? Il est dans le frigo.

— Comment tu savais qu'on comptait vous rejoindre ?

— Parce que je vous le demande ? » Elle agite la main comme si je venais de lui demander de quelle couleur est le ciel.

« Tu es insupportable. » Je lui tire la langue. Theo s'occupe du vin pendant que je fais coulisser la baie vitrée.

« La voilà », commente gaiement Lucia en tapotant la chaise vide à côté d'elle. Elle porte une robe d'été blanche qui traîne par terre même si elle croise les jambes.

« T'es bourrée ? » Je compte cinq bouteilles vides sur la table devant elle. Connaissant Lucia, elle en a probablement bu au moins trois à elle toute seule.

« Quoi ? Je n'ai pas le droit d'être contente de parler à ma petite sœur sans être bourrée ?

— Ben, t'es jamais contente de me voir. » C'était une blague, à la base, mais ça sonne comme une accusation, vu que ce n'est pas loin de la vérité.

« Tu crois que je ne t'aime pas ? » Lucia se tourne vers moi, prête à se disputer.

« Lucia… » Maio tente de la calmer, mais elle ne fait absolument pas attention à lui.

« Réponds à la question, Maggie.

— Évidemment que tu m'aimes, Lulu. C'est juste qu'on n'a jamais été proches.

— C'est toi qui as choisi de ne pas l'être, riposte-t-elle. Tu as toujours été bizarre. »

Mon cœur se serre face au jugement de ma propre sœur. « Désolée.

— Putain, non, ne t'excuse pas, dis-moi simplement pourquoi ?

— Comment suis-je censée savoir pourquoi j'agis comme ça ? » je riposte tandis que la pression que je ressens au niveau des tempes devient de plus en plus difficile à ignorer. Je perds toute sensation dans mon petit doigt gauche. J'essaie de le cogner discrètement sous la table, mais celle-ci se met à trembler et l'une des bouteilles de bière vides bascule.

« Je crois que tu sais pourquoi », insiste-t-elle.

C'est drôle, elle a déjà fait ça. Deux fois, d'ailleurs, toujours en présence de quelqu'un d'autre. La dernière fois, j'avais 18 ans. Elle m'a forcée à aller boire un verre avec Marta et elle. Je me suis toujours promis que j'allais trouver un truc cinglant à lui répondre, mais je n'ai jamais voulu y réfléchir assez longtemps pour trouver la réplique en question.

Je regarde Maio, qui contemple ses ongles en faisant comme s'il n'était pas là. Marta a essayé de me réconforter en me couvrant de mots doux et de citations inspirantes mal formulées. *Sois le produit que tu veux changer.* Je crois qu'elle voulait dire *Incarne le changement que tu veux voir en ce monde.*

« Je refuse d'avoir cette conversation maintenant. » C'est déjà ce que j'ai dit les deux autres fois.

« Tu l'as déjà dit.

— Désolée de ne pas apprécier que tu m'agresses, Lucia. Tu ne veux pas simplement me parler, n'est-ce pas ? Tu veux toujours me faire la morale. Ne crois pas que je sois dupe.

— Quoi, je n'ai pas le droit de me faire du souci pour ma petite sœur ?

— Tu veux juste savoir si tu as raison ! Si maman t'a dit la vérité ! Fais pas genre ! »

Elle ne répond pas et se tourne vers Maio, qui relève enfin la tête. Toute ma colère et mon adrénaline s'évaporent quand je les vois communiquer ainsi, avec les yeux. Elle l'a mis au courant.

Lucia me fait face de nouveau. « Comment tu sais que maman me l'a dit ?

— Parce que tu as commencé à faire attention à ce que tu disais devant moi. Avant, tu blaguais tout le temps, mais ça s'est arrêté du jour au lendemain. Tu avais tellement peur de dire un truc qu'il ne fallait pas que tu n'as plus rien dit du tout. » Ma gorge se noue alors même que j'essaie d'avaler la tristesse résiduelle liée à ces souvenirs. Je n'en avais encore jamais autant parlé. Mon cœur bat violemment et la glace pèse dans mon estomac. J'ai l'impression que quelqu'un me racle le cerveau avec un couteau et en détache de fines couches jusqu'à ce qu'il ne reste plus que l'odeur de l'huile crépitant sur la peau. *Calme-toi.*

La baie vitrée s'ouvre derrière nous. Je me fige. J'avais complètement oublié que Theo était dans la cuisine.

« J'ai eu un mal fou à déboucher cette foutue bouteille », explique-t-il en posant le vin et quatre verres sur la table.

Mais Lucia se lève. « Désolée », dit-elle en plaquant un immense sourire sur son visage. Mais il est tellement crispé qu'il semble sur le point de se fissurer. « J'ai sous-estimé la quantité d'alcool que j'ai déjà bue. » Elle commence à récupérer les bouteilles de bière vides. « N'hésitez pas à en profiter tous les deux. »

Maio se lève d'un air gêné. « Désolé, mec. On se verra demain matin. »

Il tapote l'épaule de Theo. Juste au moment où les futurs mariés sont sur le point de rentrer dans la maison, Theo les retient. « Lucia, attends. » Il fait glisser un verre devant moi et le remplit de vin.

« Oui ? » demande-t-elle sèchement, comme une enseignante s'attendant à une question stupide de la part d'un élève.

« Tu nous as appelés "les tourtereaux". » Le regard de Lucia passe du visage de Theo au mien. « Comment sais-tu que nous sommes... ? »

Son regard s'adoucit, et elle ajuste la position des bouteilles dans ses mains. En silence, Maio lui en prend trois et disparaît à l'intérieur. « Parce que je n'avais encore jamais vu ma petite sœur comme ça.

— Oh », fait Theo. Cette remarque me donne les mains moites. Suis-je différente de d'habitude ? Curieusement, je me retrouve sur la défensive, comme si j'avais besoin d'expliquer mes sourires, ou pourquoi je ris aussi souvent. Je suis surprise de découvrir que Lucia m'observe. J'ai toujours cru que je me situais juste en dehors de son champ de vision.

« Sans parler du fait que tu étais à deux doigts d'assassiner ce pauvre Roberto quand tu as vu Maggie lui parler à mon dîner de fiançailles. » Lucia fait un clin d'œil à Theo et se tourne vers moi. « Bonne nuit, dit-elle en hochant la tête.

— Bonne nuit. » Il n'y a rien d'autre à dire. Je lui en veux d'avoir essayé de dévoiler mes secrets, mais une partie de moi regrettera toujours ma grande sœur. *Si tu promets de ne plus me poser la question, tu peux rester avec nous un peu plus longtemps.* Ça me fait mal de savoir qu'elle porte ce fardeau depuis toutes ces années, qu'elle est enchaînée à ma souffrance simplement parce qu'elle est ma sœur.

« À demain, Lucia. »

Theo me regarde pendant qu'il remplit son verre de vin. Il me semble qu'il fronce les sourcils, mais cette expression disparaît avant que j'aie le temps de lui demander si tout va bien.

48

MAGDALEN

Le vin est une boisson bénie. Au bout de trois verres, l'angoisse générée par ma discussion avec Lucia se transforme en un malaise gérable que je peux cacher derrière l'étiquette qui se décolle sur la bouteille. Les cigales stridulent bruyamment dans les jacinthes derrière nous. Nous restons assis en silence à savourer le parfum du chèvrefeuille et des mufliers du jardin. La tête posée sur le dossier de la chaise en fer forgé et les pieds sur les genoux de Theo, je contemple paisiblement les étoiles.

« Est-ce qu'on voit aussi clairement les étoiles à Oxford ? »

Je relève la tête. Theo me regarde ou, plus exactement, il reluque ouvertement mon corps.

« Je n'ai pas le temps de regarder les étoiles là-bas, je réponds en étirant mes chevilles sur ses cuisses pour faire craquer mes articulations. Je suis trop occupée à essayer de ne pas être la personne la plus stupide de la ville.

— Même s'il te manquait la moitié du cerveau, tu serais plus maligne que la plupart des autres étudiants. »

Je ris amèrement. « C'est bien une réponse de génie, ça.

— Je ne suis pas un génie. » Il finit son verre de vin et le pose sur la table, puis me serre le pied pour me rassurer. « Par contre, je savais comment abuser du système.

— Tu as étudié à Yale ! Et à *Columbia*. Et dans un lycée pour surdoués. Tu as gagné tous les prix qu'un élève peut décrocher. Tu as participé à des fouilles avec mon père à l'âge de 17 ans. Tu étais aussi le seul élève de première année dans l'équipe de foot du lycée. Je continue ou je m'arrête là ?

— Tu m'avais à l'œil, Savoy ? » La main sur mon pied remonte sur ma cheville. Theo m'attire plus près de lui. Entre le vin et la sensation de ses mains sur moi, je me sens totalement grisée.

« Je n'étais pas immunisée contre le charme de Theo Sinclair. » C'est curieux qu'il ait même besoin de poser la question. Ses prouesses ont toujours fait le tour des collines escarpées de Chivasso plus rapidement qu'un feu de forêt. Avec son pied, il rapproche ma chaise de la sienne, si bien que je suis presque à califourchon sur lui à présent. Je jette un coup d'œil à la bouteille pour voir s'il reste quelques gouttes charitables à l'intérieur, mais elle est vide. Pourquoi suis-je encore si nerveuse ? Combien de temps avant qu'il ne se lasse de mon corps et qu'il ne se languisse de sentir d'autres jambes autour de lui ? Ce sont les pensées d'une gamine minable, je le sais.

Les mains de Theo remontent sur mes jambes, m'agrippent fermement, me caressent partout. Il fait courir ses ongles sur ma peau, ce qui déclenche un frisson le long de ma colonne vertébrale. Quand il commence à me masser les cuisses sous mon combishort, il gémit parce qu'il en veut plus, mais la chaise le gêne. Il lève la tête pour me regarder. Dans l'obscurité, ses yeux sont pratiquement noirs. Il me serre de nouveau, une sensation qui voyage jusqu'au creux de mon être, cette fois.

« Je regrette de ne pas t'avoir eue plus tôt. » Sa voix est à la fois douce et intense. Je soulève mon corps, si bien que je ne suis plus adossée à la chaise. Theo en profite pour m'asseoir carrément sur lui.

« Tu aurais dû rentrer l'été dernier. » Je noue mes bras autour de son cou et j'enfonce mes doigts dans ses cheveux qui ont déjà repoussé.

« Putain, ouais, j'aurais dû. » Il grogne et me prend le visage à deux mains en plongeant vers ma bouche d'un air affamé. J'ai la tête qui tourne, je flotte sur des vagues de vin et la sensation de ses cuisses musclées sous les miennes. « Viens là, s'il te plaît », me supplie-t-il avant de glisser sa langue entre mes lèvres. Je soupire aussitôt en retrouvant sa douceur caractéristique et le goût du vin blanc sec.

Un jour, Lucia, de retour d'un voyage de recherche au monastère Sainte-Catherine, a tenté de m'expliquer ce que devait être un baiser. Cette conversation précipitée et maladroite a brutalement mis en lumière la distance qui s'était installée entre nous sans même qu'on s'en rende compte. On était dans le musée et elle me racontait sa dernière aventure avec un autre participant de ce voyage.

« Il m'a dit que les humains avaient inventé le baiser pour essayer d'aspirer l'âme de l'autre, parce que les mots, les câlins et même le sexe n'étaient pas assez forts pour symboliser le fait d'avoir à ce point besoin d'une autre personne. D'avoir envie d'être meurtri par elle. De vouloir communiquer leur désespoir entre les courbes des lèvres de l'autre. »

Mon cerveau a essayé d'imaginer les traits de ce garçon mystérieux. Je me suis demandé quel genre de personne avait réussi à capter l'attention de Lucia suffisamment longtemps. J'espère que, depuis, il a trouvé une autre âme digne de sa quête.

La main de Theo délaisse ma joue pour défaire l'un des boutons de ma combi. Le métal froid entre en contact avec ma peau et je frissonne involontairement. La chaleur du souffle de Theo combinée à cette sensation de froid m'électrise. Je me cambre pour me rapprocher encore de lui.

« Tu essaies de me déshabiller au milieu du jardin ? » Je souris lorsqu'il réussit à ouvrir le bouton et fait glisser la bretelle sur mon épaule gauche.

Theo interrompt notre baiser, contemple mon épaule dénudée et se penche pour l'embrasser tout en effleurant le haut du foulard que j'ai noué en bandeau sur mes seins. « Je n'oserais pas. »

Il passe ses mains dans mon dos. Je sens un doigt se glisser au milieu du nœud et tirer dessus pour détendre le tissu. Il continue de tirer doucement, et le nœud se défait. Aussitôt, Theo pose la main sur ma poitrine pour empêcher mon foulard de tomber complètement.

« Ma sœur et son futur mari pourraient nous voir ! » je proteste tandis qu'il me caresse les seins. Seul le mince tissu sépare sa main de mes tétons durcis.

« Leur chambre donne sur le côté ouest de la plage. Et j'ai fermé les stores vénitiens de la baie vitrée. Tu crois que je laisserais quiconque à part moi contempler ce spectacle ? » Il referme ses doigts sur le foulard. Un proverbe féministe essaie de s'imposer à ma conscience, mais je le repousse car j'adore le côté possessif de Theo. Il m'enlève entièrement mon foulard, au point que je me retrouverais poitrine nue si la bretelle droite ne maintenait pas une partie de ma combi en place. Je pousse une petite exclamation en faisant mine de croiser les bras sur mes seins, mais il m'attrape le poignet.

« Non, non, je veux t'admirer. » Je lutte contre mon embarras. Je trouve plus intense de me retrouver à moitié nue dehors qu'entièrement à poil sous la douche avec lui. Mais la façon dont il me regarde atténue légèrement ma mortification. Il se mord la lèvre si fort que j'ai l'impression qu'il va se faire saigner. Il ajuste ma position sur ses cuisses, et je sens aussitôt son membre dur contre moi. Ma gêne disparaît tout à fait.

« Et si moi, je veux te regarder ? je rétorque en posant mes mains sur la boucle de sa ceinture et en effleurant son ventre avec mon ongle.

— Quel empressement, mon ange », répond-il en frottant, par réflexe, son bassin contre le mien, un contact qui m'arracherait presque un cri de plaisir. Il agrippe la combi en jean qui m'arrive désormais à la taille et remue de nouveau les hanches. Cette fois, je dois me raccrocher à ses épaules pour ne pas chavirer.

« Utilise-moi, Magdalen. » Oh, ces mots ! Je le regarde en me demandant s'il s'en souvient. Il esquisse un petit sourire. « Je n'ai pas eu l'occasion de te voir jouir de cette manière. »

Ses doigts s'enfoncent dans mes hanches et appuient au creux de mon dos pour m'encourager à me frotter sur lui, lentement. La friction du jean couplée à son érection est presque trop intense ; je ferme les yeux en agrippant son t-shirt tandis qu'il soulève de nouveau le bassin pour faire pression sur mon clito. Je gémis bruyamment.

« Oh putain », murmure-t-il. Je rouvre les yeux. Les lèvres entrouvertes, il me regarde de près.

« Encore… » Je ne reconnais plus ma propre voix, mais je suis trop en transe pour m'en soucier. Ma supplique semble éveiller un nouvel appétit en lui parce qu'il vient de nouveau à ma rencontre, mais, cette fois, il ne s'arrête pas ; au contraire, il me serre contre lui en me tenant fermement par la nuque et par la hanche. Nos deux corps sont collés l'un à l'autre pendant qu'il écrase son sexe contre moi.

« Fais-toi du bien sur moi, Mag. Tu sais comment faire », halète-t-il. Je respire de manière tout aussi saccadée en adoptant le même rythme que lui et en me frottant contre son membre sans plus me soucier de rien. Un autre gémissement franchit mes lèvres. Theo lâche ma nuque pour plaquer sa main sur ma bouche et étouffer les sons et les mots inintelligibles que je laisse échapper.

« Tu dois jouir en silence, chuchote-t-il à mon oreille sans arrêter de faire onduler ses hanches. Jouis sans bruit pour moi, oui, c'est ça. » Notre rythme s'accélère, et je mords la paume de Theo parce que je ne sais pas quoi faire de tout ce plaisir qui grandit en moi si je ne peux pas hurler.

« Bon Dieu, j'adore les sons que tu fais. » Theo change légèrement de position de manière à ce qu'on se retrouve sur le bord de la chaise. Je sens mes entrailles se contracter et je me balance de plus en plus brutalement sur lui, pratiquement ivre de plaisir.

« Oh, Theo. » Sa main étouffe ma voix. De toute façon, je ne sais même pas ce que j'essaie de dire.

« Tu te débrouilles très bien », lâche-t-il dans un grognement assez désespéré pour faire exploser tout ce plaisir à l'intérieur de moi. Je ferme les yeux, le corps parcouru de convulsions d'extase comme Theo continue de se frotter contre moi.

« Ah, oui », soupire-t-il. Je rouvre les yeux pour regarder l'endroit où nos corps se touchent. Son érection est visible à travers son short, et je prends son sexe dans ma main en coupe tandis que mon orgasme n'en finit plus de submerger mes sens.

« À toi de te faire du bien maintenant, je m'entends dire en le serrant doucement.

— Je suis tout près. » Il prend une grande inspiration et retient ma main. « Mais je te veux dans mon lit, maintenant. »

Sans prévenir, Theo se lève alors que j'ai encore les jambes enroulées autour de lui. Mon combishort tombe encore plus, l'une des boucles en métal heurte le pied de la chaise, et Theo nous emmène à l'intérieur de la maison.

49

THEO

Je ferme la porte de la chambre et laisse Magdalen, ses seins nus pressés contre mon torse, reposer les pieds par terre. Aussitôt, son combishort tombe autour de ses chevilles. Elle ne porte plus qu'une culotte bleu pâle. Je prends le temps de la regarder en m'adossant à la porte. Je veux graver cette vision dans ma mémoire. Ses longues jambes, ses cuisses qui se touchent. Le tissu si fin de sa culotte que je devine sa vulve en dessous. Ma vision s'obscurcit quand je m'imagine enfouir mon visage en elle jusqu'à ce que la seule chose dont elle se souvienne soit mon nom.

« Tu me regardes d'une drôle de façon, murmure-t-elle, la tête penchée de côté et les mains derrière le dos comme si elle observait une statue au musée.

— Toi aussi », je réponds d'une voix rauque. Je fais mine d'avancer, mais elle lève la main pour m'arrêter.

« C'est à mon tour de te goûter », explique-t-elle d'un air sévère, presque comme s'il s'agissait d'un ordre. Je pose la main sur mon sexe en érection et me masse brièvement pour soulager un peu la tension. Il y a peu de moments dans ma vie que je considère parfaits, mais la vision de Magdalen venant à ma rencontre, ses seins bougeant à chaque pas et les mains tendues pour empoigner mon t-shirt, est la définition même du péché, putain. Elle fait courir ses doigts sur mon ventre, et mon abdomen se contracte. Une lueur de curiosité dans le regard, elle les remonte jusqu'à effleurer mon téton droit. Elle me pince délicatement, et j'expire brusquement par le nez.

« Est-ce que c'est aussi bon pour toi que ça l'est pour moi quand tu me fais ça ? » Elle me pince de nouveau, et un frisson de plaisir aigu descend jusque dans mon aine.

« Hum, oui », je réussis à dire d'une voix étranglée. Visiblement fière d'elle, Magdalen esquisse un sourire malicieux. Ça me fait chaud au cœur, elle me plaît autant pour son esprit que pour son corps. J'ai du mal à expliquer à quel point je veux la comprendre.

« C'est bon à savoir. » Elle glisse ses pouces sous ma ceinture, rapproche sa tête de mes pectoraux et, avec sa langue, décrit timidement un cercle autour de mon téton gauche. « Et ça, est-ce que ça te fait du bien ? »

Aveuglé par le besoin d'être en elle, je presse mes mains contre la porte derrière moi. « Magdalen, je t'en prie. Je ne sais pas encore combien de temps je peux tenir. » Ma peau me brûle et je m'y sens à l'étroit. Je n'avais encore jamais éprouvé un tel désir pour quelqu'un. Magdalen fredonne contre moi, et le son résonne au creux de ma poitrine. Elle me lèche et me mordille tout au long de sa descente et je ferme les yeux jusqu'à ce qu'elle s'agenouille devant moi. Là, je la regarde, car ses yeux de biche, doux et innocents, me fascinent. Je ne peux pas m'empêcher de caresser sa joue du bout des doigts. Je commence à avoir vraiment besoin d'elle, et ça me fait peur. Ses longs doigts défont ma boucle de ceinture en tremblant. Elle se bat avec la pointe métallique à l'intérieur du trou, alors je lui prends la main pour essayer de l'aider, mais je m'aperçois que je tremble encore plus qu'elle.

« Merde, dis-je en riant. Tout ça est très nouveau pour moi. » Lentement, on arrive à sortir la pointe, et Magdalen m'enlève la ceinture et la jette sur le côté avant de me lancer un regard sceptique. « Ne me dis pas que personne ne t'a jamais sucé.

— C'est la première fois que je tiens à la personne en question », je réponds avec sincérité.

Elle en reste bouche bée, et je dois faire un énorme effort pour me retenir de tomber à genoux et l'embrasser. Mais je vois bien qu'elle est nerveuse. Je n'ai pas besoin de lui poser la question pour savoir qu'elle n'a encore jamais fait ça. Elle me fait un beau sourire et hoche la tête d'un air compréhensif tout en défaisant le bouton de mon short. Puis elle le fait glisser sur mes jambes et écarquille légèrement les yeux en découvrant comme je suis dur sous mon boxer. Je me mords la lèvre pour dissimuler mon sourire.

« Tu es tellement plus impressionnant vu d'ici », dit-elle, le nez au niveau de mon entrejambe. Elle prend une grande inspiration avant de glisser ses doigts sous le tissu pour me palper. Ma tête part en arrière et se cogne contre la porte tandis que Magdalen descend mon boxer. Mon sexe jaillit, gonflé et impatient.

« Tu n'es pas obligée de faire quoi que ce soit si ça te met mal à l'aise, je la préviens d'une voix rauque comme elle s'empare de mon membre et commence à me caresser lentement.

— Chut. » Je n'ai même pas le temps de rire que sa bouche se referme sur mon gland. Instinctivement, je prends sa tête entre mes mains. Au départ, Magdalen fait courir prudemment sa langue sur toute ma longueur en suivant les veines qui palpitent avidement. Je lâche une petite exclamation, ce qu'elle prend pour un encouragement puisqu'elle me serre plus fort et commence à me sucer fermement en testant jusqu'où elle peut aller. Quand je sens que j'arrive au fond de sa gorge, je ne peux pas m'empêcher de donner un coup de reins, impatient de retrouver cette sensation.

« Absolument parfait, putain. » Je penche la tête pour regarder Magdalen me prendre dans sa bouche. Ses lèvres sont incroyablement pleines, une vision qui me pousse à remuer de nouveau les hanches. Elle lève les yeux vers moi, ce qui est plus que je ne peux physiquement en supporter. Mes cuisses se mettent à trembler pendant qu'elle continue de me sucer et de me lécher en poussant de petits gémissements qui font douloureusement enfler mon gland. « Tu es tellement douée. » Ma respiration devient laborieuse tandis que la main de Magdalen caresse vigoureusement la partie qu'elle ne peut pas prendre dans sa bouche. « Hmm, oui, comme ça, oui. » Ma vision devient floue. Je referme mes doigts sur ses longs cheveux, pas pour la forcer à me prendre plus profond, mais parce que j'ai besoin d'être près d'elle et de sentir sa chaleur. Magdalen gémit de nouveau en faisant tourner sa langue autour de mon gland. Juste au moment où je me dis que je ne vais pas pouvoir tenir plus longtemps, je vois l'une de ses mains plonger dans sa culotte pour se caresser sans même y penser. Mon corps rugit, il a besoin d'aller au bout du plaisir, il a besoin de lui faire du bien à elle aussi. « Magdalen, je vais jouir, alors si tu ne veux pas que je le fasse dans ta bouche… » Mais elle creuse les joues, et la sensation est si intense que je m'enfonce profondément dans sa gorge. « Bon Dieu, je ne vais pas tenir. Putain. » Je regarde ses doigts tourner autour de son clito de plus en plus vite et je lâche prise. Un orgasme brûlant secoue tout mon corps, et Magdalen gémit comme je bouge maladroitement dans sa bouche, la vibration de sa gorge me faisant éjaculer encore plus que je ne le croyais possible. « Bon sang », je souffle. Mon sexe est encore à moitié dur quand elle me libère en s'essuyant la lèvre avec le majeur. Elle lève les yeux vers moi en déposant un baiser sur mon gland, et le son qui sort de ma bouche est presque inhumain.

« Ah, tu ne peux pas me regarder en embrassant ma bite, c'en est trop. »

Elle sourit d'un air heureux. Ses lèvres sont rouges et gonflées. Ce n'est qu'au bout de quelques secondes pendant lesquelles on se regarde, les yeux dans les yeux, qu'elle se rend compte qu'elle a toujours la main dans sa culotte.

« Oh, mon Dieu ! s'exclame-t-elle en ressortant sa main. Je suis devenue insatiable.

— Te voir te caresser m'a fait basculer », je lui avoue. D'ailleurs, je recommence à bander rien que d'y penser.

« Oh, vraiment ? C'est ça ton *kink* ? » Elle pose ses deux mains derrière elle de manière à exhiber ses seins, ses cheveux frôlant le sol. Je me mets à saliver.

« Mets-toi sur le lit », je lui ordonne d'une voix éraillée.

Magdalen fronce les sourcils. « Mais on a déjà…

— S'il te plaît, mets-toi sur le lit. »

Son regard s'assombrit, et elle hoche la tête. Elle se rend jusqu'au bord du lit et grimpe à quatre pattes sur le matelas en remontant vers la tête de lit. Je passe une main sur ma bouche ; je n'ai pas de mots pour décrire la vision de son petit cul tout rond qui s'offre à moi.

« Arrête », dis-je d'une voix encore plus rauque. Magdalen s'immobilise et tourne la tête vers moi. Je m'avance vers elle, parfaitement conscient que ma bite de nouveau en érection se dresse entre nous. Je ne peux pas m'empêcher d'effleurer son clitoris. Magdalen prend une brusque inspiration. Égoïstement, je me surprends à lui agripper les hanches et à me presser contre son vagin. Je fais courir mes doigts le long de son dos qui se cambre. « Je vais entrer en toi, d'accord ? » Magdalen acquiesce. « Ça risque d'être un peu plus intense comme ça, alors dis-moi si ça te fait mal.

— Ça va aller », s'empresse-t-elle de répondre, ce qui me fait sourire. Ma Magdalen. J'écarte ses lèvres avec mon pouce et la caresse avant de la pénétrer tout doucement.

Dès l'instant où je me retrouve en elle, je sais que je suis perdu. Elle est tellement serrée.

« Waouh », grogne-t-elle en se crispant légèrement tandis que j'instaure le rythme. Je la sens qui se resserre autour de moi.

« Putain… c'est… tellement… bon… Maggie. » La tête en arrière, je m'enfonce encore plus en elle en savourant à quel point on s'emboîte parfaitement.

« Tu es partout. » Elle écarte un peu plus les jambes, et je pose mes mains à l'endroit où son cul rejoint ses hanches en m'écrasant encore plus en elle.

« Tu peux le supporter, bébé. » Incapable de m'arrêter, je me penche pour trouver son clito et décris des cercles lents sur son sexe tout en continuant à lui donner des coups de reins.

« Mon Dieu. » Elle empoigne les draps et se cambre en remuant les hanches pour trouver son propre plaisir. « Oh oui, Theo. » Elle aussi a la voix rauque. Ses cuisses commencent à trembler contre moi. Je sais qu'elle y est presque.

« Tu vas bientôt jouir ? » J'accélère, mes mouvements se font plus brusques, je suis à nouveau au bord de l'orgasme, moi aussi. Merde, elle est vraiment trop douée. Mais je refuse de jouir le premier, je veux sentir son vagin se contracter autour de moi.

« Ah, oui », halète Maggie comme je me penche pour mieux avoir accès à son clito. Je veux atteindre ce point qui la fera hurler mon nom. Elle se tortille sous moi, son cul remue de manière hypnotique, elle accueille mon membre tout entier facilement.

« J'ai besoin que tu jouisses maintenant, OK ? » Je ravale un gémissement en la caressant plus vite.

« Oh, putain. » Sa tête tombe sur le matelas, et je dois me retenir de rire, heureux de lui avoir arraché un gros mot. *J'ai envie de chanter, c'est dingue. Oui, chaque fois que je te vois, j'ai envie de chanter.*

Après quelques nouveaux coups de reins, je sens qu'elle commence à se contracter. Son corps m'entraîne encore plus profondément que je ne l'aurais cru possible. « Lâche prise », je lui demande, les dents serrées, en sentant la pression familière commencer à monter. Mes mots semblent la vaincre, ses mouvements se font plus exigeants.

« C'est tellement bon ! » crie Magdalen. Alors, enfin, je la sens palpiter scandaleusement autour de ma bite et devenir si étroite qu'un seul mouvement du bassin me fait basculer à mon tour.

« Bon Dieu », je gronde en l'attirant contre moi. Elle se retrouve assise entre mes jambes, ma bite encore enfouie en elle tandis qu'elle se tortille pour m'aider à atteindre l'orgasme. Elle remue tout doucement ses hanches sur moi, si doucement que je n'ai aucune chance de lui résister. Je jouis bruyamment en faisant courir mes mains sur son ventre et ses seins. Je la serre délicatement contre moi pendant que je continue de surfer sur la vague. « Comment peux-tu être aussi douée ? »

Tout sourires, elle appuie sa nuque contre mon épaule. Je passe mes bras autour d'elle et la serre plus fort cette fois. Elle tourne la tête vers moi et m'embrasse sur la joue.

« J'ai un excellent prof qui adore les travaux pratiques, répond-elle en étouffant un bâillement.

— Je t'ennuie, belle endormie ? je glousse en fourrant mon nez dans ses cheveux. Je suis toujours en toi. Je pourrais me sentir insulté. »

Magdalen fredonne paisiblement. « Tu sais bien que je m'intéresse à tout ce que tu dis. Mais je crois que tu viens de me baiser jusqu'à l'épuisement. » Elle se retourne de nouveau pour me regarder, et on éclate de rire tous les deux. On s'écroule sur le lit, nos corps enlacés, et on sourit jusqu'à ce qu'on soit trop fatigués pour faire autre chose que se blottir l'un contre l'autre et dormir.

La nuit se poursuit ainsi.

50

MAGDALEN

Cette nuit, je ne rêve pas. Je suis trop détendue, trop heureuse. Vers 4 heures du matin, j'entends un grand fracas et j'ouvre brusquement les yeux. Désorientée, je regarde autour de moi dans l'obscurité. Je suis toujours dans le lit de Theo, mais lui n'est plus là. Le matelas n'a même pas conservé l'empreinte de son corps, ce qui veut dire qu'il est parti depuis un petit moment. Curieusement, mon bonheur tente de se faire la malle, mais je m'y raccroche désespérément en tentant de rationaliser mes craintes absurdes. *On s'est endormis en riant*, je me rappelle fermement. *On s'est endormis en riant*, je répète, comme un mantra.

Mais les minutes passent et Theo ne revient pas, alors je me lève pour retourner dans ma chambre, parce que plus je m'attarde et plus j'ai l'impression d'être une intruse au sein de son espace. J'enfile ma culotte et mon combishort, mais je m'immobilise devant la porte en entendant la voix de Lucia. Je jette un coup d'œil au réveil pour vérifier qu'il est bien 4 heures du matin. C'est le cas. Lucia parle de nouveau. À qui s'adresse-t-elle ? Je n'entends pas de réponse, mais, derrière moi, le lit est vide et froid. Mon ventre se noue.

« Tu es ridicule », je chuchote, parce que j'ai besoin de les entendre, ces mots. Peut-être qu'il a croisé Lucia en allant aux toilettes. Peut-être qu'ils échangent des amabilités en ce moment.

« Vas-y le premier, dit Lucia.

— Merci », répond Theo.

Je ne m'attarde pas sur le fait que la chambre de Lucia se trouve au rez-de-chaussée et possède sa propre salle de bains attenante, ou qu'il y a aussi des toilettes dans le couloir, en face de la cuisine. Ces choses-là arrivent. Peut-être qu'il y a un problème de plomberie en bas ou que les voisins ont piqué tout le papier toilette. Je reste derrière la porte pendant encore quelques minutes. Et là, je l'entends. Theo qui se racle la gorge. La porte est trop épaisse pour que je distingue des mots mais, quelques secondes plus tard, Lucia soupire. Je comprends alors tristement qu'ils n'ont jamais échangé d'amabilités ensommeillées. Je me concentre sur le fait de sortir de la chambre. Sur ma main qui fait tourner la poignée jusqu'à ce que le pêne sorte de la gâche. J'ouvre la porte et jette un coup d'œil dans le couloir. Personne. Je sors de la chambre en enfonçant mes pieds dans la moquette et m'arrête de nouveau pour vérifier s'ils se trouvent dans un endroit que je n'aurais pas vu depuis le seuil. Quelques minutes s'écoulent. Pas un bruit. La voie est libre, je peux retourner dans ma chambre bleue. Maintenant, je comprends pourquoi on m'a donné celle-là. C'était une mesure de précaution. Une manière, pour Theo, de me donner de l'espace pour quand tout finirait par s'écrouler, inévitablement. Il savait. Bien entendu. Un génie a toujours deux coups d'avance.

Je traverse le couloir en courant, silencieusement, et je viens juste d'ouvrir ma porte quand je vois bouger quelque chose du coin de l'œil. Mon cœur fait un bond. Je pourrais ne pas regarder. Je pourrais entrer dans la chambre, fermer la porte derrière moi et prétendre que j'avais besoin de commencer à faire mes bagages. Mais il se passe un truc pas net, je le sais, je le sens. Je tourne légèrement la tête. L'objet par terre ressemble à un coude. Je m'écarte de la porte avec précaution, en veillant à rester cachée derrière la table placée au milieu du couloir. Puis je jette un coup d'œil par-dessus. C'est là que je les vois. Theo et Lucia, assis sur la première marche de l'escalier. Il s'appuie sur un coude et serre délicatement le genou de Lucia avec son autre main. Il pourrait la lâcher, mais non, il laisse sa main posée là, dans une attitude à la fois tendre et intime. Mes lèvres se mettent à trembler, je suis au bord des larmes. Je n'ai pas le temps de réfléchir à ce qu'ils pourraient se dire, pas le temps de rationaliser. Je suis glacée, je me sens terriblement naïve. Dire que je pensais pouvoir retenir son attention ! Avant de les laisser là, je remarque, sur la marche où se trouvent leurs pieds, une bouteille de vin vide et cassée. Ah, je comprends. Theo s'est levé pour boire du vin avec Lucia, et l'un d'eux a laissé tomber la bouteille, qui s'est brisée dans l'escalier.

Je verrouille ma porte. J'ai toujours froid. Ma valise est ouverte dans un coin de la pièce, ma lingerie éparpillée sur le reste de mes affaires. Quelle cruauté. Est-ce que j'aime avoir mal ? Est-ce que je recherche la douleur ? Je devais bien me douter qu'un truc pareil arriverait. Je commence à claquer des dents. Je voudrais me ressaisir, mais le froid semble avoir envahi mon cerveau et mes mains. Le lit paraît beaucoup trop loin, et cette foutue odeur me revient aux narines. L'huile qui crépite sur ma peau. Je tente de couvrir mon nez et ma bouche, mais mes mains sont trop engourdies, alors je me laisse tomber par terre. J'appuie la tête contre le plancher et j'essaie de respirer, mais l'odeur me poursuit. Piégée à l'intérieur de la moquette, elle pénètre tous mes sens. Comme je ne peux pas bouger, je suis prise de haut-le-cœur. *Monstre !* Brusquement, une autre image s'impose à mon esprit. Maio prenant les bouteilles de bière vides des mains de Lucia. La nausée m'assaille de nouveau. J'envisage de lui dire pour Lucia et Theo.

Je n'avais plus eu de crise depuis l'année dernière. C'est étrange de sentir son esprit se dissocier de son corps au moment même où ça se produit. Alors je fais comme d'habitude. Je récite ma prière entre deux respirations étranglées. *Mon corps et mon âme.* J'ai un nouveau haut-le-cœur, mais, à mesure que les mots s'échappent de ma gorge, ma tête devient plus légère et je réussis à rouler sur le dos. *Mes biens intérieurs et extérieurs.* Ma main se pose sur mon visage ; alors seulement je sens la présence des larmes chaudes et humides sur mes joues. Je reprends mon souffle. L'odeur s'atténue. *Vous laissant un entier et plein droit de disposer de moi et de tout ce qui m'appartient.*

Comparé à ce vaste univers, je suis si petite, roulée en boule sur le sol d'une villa d'Alassio. L'odeur a disparu. *Amen.* Je devrais m'en réjouir, c'est bien pire pour certaines personnes. Je récite une autre prière pour eux, avant que tout devienne noir.

51

THEO

Ma valise m'attend dans le coin de ma chambre. Je l'ai remplie, je suis prêt à partir. Magdalen n'était plus là quand je suis revenu. Il ne restait plus aucune trace d'elle, à tel point que j'ai dû descendre dans le jardin pour m'assurer que son foulard s'y trouvait encore. Je joue avec les franges et vérifie l'heure pour la quatrième fois en dix minutes. Est-ce trop tôt pour retourner frapper à sa porte ? Elle était verrouillée la première fois. J'ai tapé doucement pour voir si elle était réveillée. Peut-être qu'elle se changeait et qu'elle voulait s'assurer que personne ne débarquerait à l'improviste. Quoi qu'il en soit, je n'ai pas eu de réponse. J'essaie de ne pas trop gamberger, mais entre sa mystérieuse disparition et la porte verrouillée, je commence à stresser.

Tu te fais du souci pour rien. Je me lève d'un bond et cherche une clope à tâtons au fond d'un des sacs de shopping de Dante. *Tout va bien.* Je la glisse dans ma bouche, attrape la poignée de ma valise et me dirige vers l'escalier. Mais mon corps me trahit et abandonne mon bagage devant ma chambre. Je me tiens à quelques centimètres de la porte de Magdalen. Je tourne la poignée, tout doucement. Mais elle refuse de bouger. Le soleil est levé, Magdalen. Tu te lèves toujours en même temps que lui.

Lucia et Maio partent avant tout le monde. Elle m'adresse un petit signe de tête en montant dans leur voiture. J'esquisse un petit salut en retour.

« Tu dois lui dire, m'a conseillé Lucia la nuit dernière. Elle sera anéantie, mortifiée, et elle se mettra à pleurer, ou elle refusera de parler. Mais si elle l'apprend autrement, ce sera la fin. Votre histoire n'y survivra pas. »

Dante descend juste après moi, sa valise à la main et un ballon de plage à moitié dégonflé sous le bras. « Tu es prêt ? demande-t-il en voyant notre coffre ouvert et mon bagage à l'intérieur.

— Les filles sont levées ?

— Dis ce que tu penses vraiment, s'agace Dante en jetant ses affaires dans le coffre. T'es pas croyable. Je t'ai mis une beigne, mais tu piges toujours pas ?

— Bon sang ! Très bien, est-ce que Magdalen est levée ? »

Dante ferme le coffre et pointe un index accusateur sur moi. « Ah ! Mauviette, va. Un coup de poing, et voilà, t'es mon esclave.

— Tu ferais mieux de changer de ton, Dante », je gronde en faisant un pas vers lui.

Dante frémit et se rend côté passager. « OK, désolé. C'était pour rire. »

On s'observe par-dessus le toit de la voiture. J'ai envie de sourire parce que je suis content que tout soit redevenu normal entre nous. Mais j'angoisse à cause de ce que je dois dire à Magdalen.

Dante hausse les épaules. « Sa porte était fermée quand je suis passé devant. » En voyant que je ne suis pas satisfait, il ajoute : « Tout va bien entre vous ? » Pour la première fois, il ne s'agit pas d'une critique ou d'un reproche. Il a presque l'air inquiet. J'ai l'impression de recevoir un coup de pied dans le ventre. Putain, la seule fois où j'ai envie de lui dire la vérité, je crache un mensonge.

« Ouais, je voulais juste lui dire au revoir.

— Cool. » Il ouvre la portière et s'installe en criant : « On les verra dans quelques heures, de toute façon ! Partons avant qu'il y ait trop de monde sur la route.

— Il faut qu'on fasse le plein avant de rentrer », je marmonne en démarrant le moteur.

52

MAGDALEN

« Papa ? » Je frappe à la porte de son bureau, au musée. « Tu es là ? »

J'entends des bruits suspects et un grognement inarticulé, ce qui veut certainement dire qu'il est en train de manger un truc qu'il ne devrait pas. Je pousse la porte et je le vois, avec ses cheveux gris clairsemés et ses lunettes à monture dorée. Il balaie énergiquement des miettes sur son chandail.

« *Cara mia !* » Il se lève, et d'autres miettes tombent de son torse. « Mon bébé est de retour ! »

Il sautille d'un pied sur l'autre pendant que je fais le tour du bureau. Je ne peux pas m'empêcher de rire de le voir excité comme un enfant alors que mon absence n'a duré que deux jours.

« Qu'est-ce que tu manges ? C'est louche. » Je lance un regard soupçonneux à la traînée de miettes qui va de son bureau à son chandail. Papa balaie ma question d'un geste et me serre sur son cœur. Je ferme les yeux et savoure la légère odeur d'eau de Cologne et de feu de bois qui s'accroche toujours à ses vêtements, même pendant le mois le plus chaud de l'année. J'enfouis mon visage dans son pull en laine qui gratte ; j'ai la gorge nouée en pensant à quel point je l'aime et j'ai honte d'accepter qu'un autre homme me traite si mal.

« C'était comment ce voyage ? » demande-t-il en me libérant.

Je fais mine de m'intéresser à ce qui se trouve sur son bureau et je joue avec la poignée en cuir gaufré d'un coupe-papier qu'il a rapporté d'un voyage à Madagascar. Je sais que si je croise son regard, je vais immédiatement me mettre à pleurer.

« Bien, bien, je réponds en m'adressant au bureau. Lucia… » Je revois la bouteille de vin cassée à ses pieds. La main de Theo, ce connard. Je serre la poignée du coupe-papier. Les coutures rigides du cuir s'enfoncent dans ma peau. « Lucia et Maio ont l'air très heureux.

— C'est merveilleux. » Mon père se rassied derrière son bureau et ouvre le tiroir dans lequel se trouve la moitié d'un *cornetto* sur une serviette. Cette fois, j'ose croiser son regard et je lui tends mon petit doigt. Il le crochète avec le sien. « Ton secret est en sécurité avec moi.

— Alors, ce voyage ? redemande-t-il sans me lâcher.

— Je viens de te le dire. » Je fronce les sourcils. Il ne s'en souvient déjà plus ?

« Tu m'as dit comment ça s'est passé pour Lucia. »

Je le dévisage, incapable de répondre. *Je suis amoureuse. Je lui ai donné tout ce que j'avais à offrir, mais ça n'était pas encore assez.*

« Très bien. Amusant. Tu sais comment est Anika ; avec elle, tout est toujours excitant.

— Tant mieux. Je suis content que tu aies Anika. » Il me tapote la main en souriant, puis reprend son *cornetto*.

« Comment ça va à la maison ? je demande. Mère a de nouveau banni les sucreries ?

— Ta mamma ne comprend pas que les sucreries sont la clé du succès de notre mariage depuis trente ans. Elle ne m'a jamais vu sans ! »

Contente qu'il ait trouvé le moyen de se faire plaisir, je ris. « Vous avez vu les Sinclair ? »

Il récupère un mouchoir sur son bureau pour enlever les miettes dans sa barbe et avale sa dernière bouchée.

« Nous voyons de moins en moins les Sinclair. » Mon père hausse les épaules. « Depuis que vous avez, pour la plupart, quitté le nid, nous n'avons plus de raison de nous réunir.

— Mais ce sont vos meilleurs amis. Comment peux-tu dire que vous n'avez pas de raison de vous voir ?

— Écoute, je respecte Dexter sur le plan professionnel. Il travaille dur et il est extrêmement intelligent. Mais il n'a jamais été mon ami, *amore*. Je n'ai jamais apprécié la façon dont il traite ses enfants, je n'ai jamais compris ses activités récréatives. Et… » Il me lance un regard entendu qui me donne des picotements. « Je connais les rumeurs à propos des femmes. Mais ta mère et Cinzia sont inséparables depuis l'université. Qui suis-je pour gâcher une amitié pareille ? »

Je n'en reviens pas. J'ai du mal à envisager mon père comme un individu distinct de ma mère, une personne avec un *passé*, des sentiments dissimulés et des trucs qui l'empêchent de dormir la nuit. A-t-il sacrifié ses propres amitiés et ses samedis soir pour le bien de notre famille ? J'ai l'impression qu'on a fouillé mes souvenirs et effacé les meilleurs moments. Toute ma vie, j'ai cru que nos familles étaient unies comme les doigts de la main et prêtes à me rattraper dès que je tombais. Il était impossible de dire où finissaient les Sinclair et où commençaient les Savoy, nous ne formions qu'une seule entité.

« Mais on faisait tout avec eux quand on était enfants. Vous, les adultes, vous discutiez de votre côté et vous buviez la *grappa* et… et le musée, alors ? » Je secoue la tête d'un air stupéfait. « Vous le dirigez ensemble ! »

Les yeux vert foncé de mon père me contemplent calmement. « Le destin a voulu que nous ayons les mêmes passions.

— Comment peux-tu dire que c'est le destin si ça t'a rendu malheureux ?

— Parce qu'elle le voyait ainsi, et c'est elle que j'écoute. »

Elle. Ma mère.

Je pince les lèvres, furieuse qu'elle ait trouvé le moyen de s'insinuer dans cette conversation alors qu'elle n'est même pas là.

« Tu ne peux pas toujours la traiter comme le bon Dieu, papa. Elle n'est pas parfaite.

— Ah, mais elle l'est pour moi. Tu comprendras quand tu trouveras la personne qui te correspond. »

La rage me brûle l'estomac face à la naïveté de mon père. Son génie illumine n'importe quelle partie du monde. Qu'on marche dans le désert, qu'on traverse un banc de nuages en avion ou qu'on patauge dans le Gange, il a toujours une anecdote pertinente à raconter. Mais dès qu'il est question de ma mère… Elle est la seule chose qu'il ne comprendra jamais pleinement. Par contre, qu'est-ce qu'il adore lui courir après, putain !

« Nous savons tous les deux que ça n'arrivera jamais. »

Il me lance un regard étonné. « Magdalen. » Le choc et la déception résonnent dans toutes les lettres de mon prénom.

« Tu le sais, papa. Mère aussi. Et Dante, et Lucia. Je vois bien comment vous me regardez. Comme si… » J'ai du mal à articuler ce que je ressens. « J'ai l'impression de passer ma vie à courir mais, quand je regarde autour de moi, je vois que je n'ai pas bougé. » Les larmes obscurcissent ma vision. J'essaie de les chasser sans qu'il les remarque. J'ai fui, mais au final, je suis de retour dans cette ville et quelqu'un s'est encore servi de moi.

« Ah. » Il se renfonce sur son siège et pose les bras sur les accoudoirs en hochant la tête. On dirait qu'il étudie mes problèmes pour formuler la réponse correcte. Même si j'ai 20 ans, mon papa peut démêler mes soucis et me les présenter entourés d'un joli paquet cadeau.

« Tu sembles avoir peur. » Il sourit. Il n'y a que lui pour oser sourire alors que j'ai l'impression qu'on m'a arraché le cœur.

« De quoi ?

— Ne le prends pas mal… » Il agite son index. J'accepte de me percher sur le coin de son bureau, les mains sous les cuisses pour ne pas me cacher derrière elles. Il sourit de nouveau et se caresse la barbe avant de reprendre. « Je crois que tu as trouvé la personne qui te correspond.

— Papa… »

Il me coupe la parole sans même me laisser le temps de rougir. « J'ai eu le privilège de te regarder grandir et déployer tes ailes malgré les crises de croissance. Je t'ai vue danser dans le couloir avec une frange affreuse sur le front, je t'ai observée avec fierté quand tu dévalais la colline sur un tricycle. Jo, Lucia, Dante, je les aime au-delà des mots. Évidemment. Mais le jour où tu es née, je le jure, tu étais un rayon de lumière. Comme si cette lumière était en toi et qu'elle brillait si fort qu'il fallait qu'elle sorte d'une manière ou d'une autre. J'ai dit à ta mamma, Dieu a pris la lumière des étoiles et t'a enveloppée dedans. J'étais comblé. *Je suis comblé.* » Ses yeux brillent de larmes. Les miens aussi. Papa prend une longue inspiration tremblante et fait rouler son fauteuil pour se rapprocher de moi.

« Mais, au fil des années, j'ai cru te perdre par moments. Ce beau visage, c'était encore toi, ma Magdalen trop grande, mais tu es devenue vide. »

J'ai le cœur serré. La douleur et l'embarras s'emparent de mon corps en pensant à mon père qui m'a regardée grandir. On tient tellement à devenir des adultes tout seuls dans notre coin qu'on en oublie que d'autres se font du souci pour nous. Les papas s'inquièteront toujours pour leurs filles.

Moi qui croyais que j'étais l'enfant sans problème, celle qui se faisait sa propre tresse et qui n'oubliait pas d'éteindre la lumière quand elle sortait d'une pièce.

« Je suis désolée. Je n'ai jamais voulu que tu t'inquiètes pour moi. »

Il secoue la tête. « Tu pourrais être enveloppée dans du papier bulle que je trouverais encore le moyen de m'inquiéter. Mais, cet été, tu rayonnes, comme si tu n'avais plus peur de rire, ni même de renifler ! »

Je souris et libère une de mes mains pour prendre la sienne.

« Devrais-je te dire de qui il s'agit ? me demande-t-il d'un air taquin.

— Ce n'est pas plutôt *moi* qui devrais te dire qui c'est ? »

J'ai le cœur plus léger grâce à notre discussion. Quelle importance si Theo ne m'apprécie plus ? Au moins, je l'ai eu pendant un week-end.

« Ah, mais tu sais que je suis très doué pour les devinettes.

— Très bien, devine, *il dottore*. »

Il sourit, et les petites rides autour de ses yeux se plissent en direction de ses tempes. « Je pense que c'est un garçon que j'ai bien connu.

— C'est une supposition intéressante.

— Je crois qu'il essaie de devenir un homme, mais qu'il ne peut même pas se regarder dans la glace sans broncher.

— Tu le défends ? Comment sais-tu qu'il a tout foutu en l'air ?

— Magdalen, n'oublie pas que tu es la moitié de moi. Mon cœur tout entier ressent la moitié de ta souffrance. Je sais quand tu es bouleversée, furieuse, effrayée, amoureuse. Ça me tiraille juste ici. » Il montre son cœur et se masse la poitrine comme s'il éprouvait ma souffrance en ce moment même. « Et je sais que tu l'aimes, alors n'essaie pas de le nier. Je suis docteur, n'oublie pas ! Mais je sais aussi que

Theo lutte pour éviter de ressentir quoi que ce soit, de peur que ses émotions le transforment en Dexter. »

Je me penche en pressant mes paumes sur mes yeux jusqu'à ce que mon envie de pleurer se fasse moins pressante.

« Et si je me retrouve blessée pendant qu'il se bat contre lui-même ? Est-ce que c'est juste, papa ?

— C'est à toi d'en décider. Tu peux lui apprendre qu'il existe d'autres moyens de soulager sa souffrance. Dis-lui qu'il a le droit d'avoir mal. De sangloter, de taper du pied et d'embrasser, oui ! Embrasser, c'est mieux. Mais dis-lui de le faire à deux. Asseyez-vous, genou contre genou, et souffre avec son cœur, tape du pied comme lui et embrasse-le. Montre-lui qu'il a le droit d'avoir mal avec toi. En retour, tu peux partager tes espoirs avec lui.

— Ça semble prometteur. Mais je crois qu'il est trop tard pour nous. Je… » Les mots ont du mal à monter à la surface.

Mon père me regarde avec tellement d'amour que je me sens tout de suite mieux. Je sais que j'ai fait un truc bien dans ma vie si Claudio Savoy m'aime. Il ajuste sa position au sein de son grand fauteuil en cuir, s'éclaircit la voix et caresse sa barbe une dernière fois avant de répondre. « Theo Sinclair a peur de l'intensité avec laquelle tu le consumes. »

Je croyais avoir passé l'été à apprendre tout ce que je pouvais au sujet de Theo. La manière dont ses cheveux bouclent à cause du sel. La douceur de sa peau sous son tatouage de l'ânkh. Le fait que *Sire Gauvain et le Chevalier vert* réconforte l'enfant en lui.

Mais j'ignorais qu'il se confiait à mon père, qu'il venait en douce le matin, au musée, pour lui parler de nous. De sa perplexité. De sa douleur. De son envie d'en apprendre un petit peu plus sur moi. Devrais-je être en colère ? Gênée ? Bouleversée qu'il ait passé des heures à parler de moi avec mon papa, l'homme qui m'a vue avec les dents du bonheur et qui sait tout des posters que j'accrochais sur mes murs quand j'étais ado ?

Loyal jusqu'au bout des ongles, mon père a refusé de lui livrer le moindre secret. Mais, dans le train qui me ramène à Chivasso, sa voix résonne dans ma tête.

Theo Sinclair a peur de l'intensité avec laquelle tu le consumes.

Le choix du mot « consumer » donne l'impression que les sentiments de Theo sont archaïques, comme si le fait de m'aimer s'inscrivait dans une tradition ancienne et immuable, comme si ça le dépassait. Je regarde les collines verdoyantes défiler derrière la vitre et repense à cette nuit à Alassio. La légère trace d'eau salée sur sa peau, son goût dans ma bouche, la façon dont il soupire juste avant de s'endormir. Le fait qu'un moment est parfait jusqu'à ce qu'on remarque un fil qui dépasse ; alors on ne pense plus qu'à tirer dessus. Le contrôleur annonce mon arrêt. Les souvenirs de Theo s'estompent au son du klaxon du train. Je me frotte les yeux d'un air las et sors de la gare en traînant des pieds, ce qui me vaudrait une réprimande de ma mère, mais je n'ai pas l'énergie de m'en soucier. Juste au moment où je m'apprête à entamer l'ascension de la colline, je me fige.

Theo est perché sur la clôture en bois d'une maison près de la gare. Il ne me voit pas, alors j'en profite pour le dévisager égoïstement pendant quelques secondes. J'en oublie Lucia et mon envie de réclamer des comptes à Theo ; je me déteste parce que je l'aime. Oui, je l'aime. Le nier m'épuise tellement. Mais l'admettre me fait me sentir pitoyable. Il m'a fait du mal et pourtant je me languis de lui. Désespérément.

Il porte encore un t-shirt blanc et son jean bleu clair déchiré à la cheville, ainsi que des baskets rouges Adidas. Il possède le genre de beauté à propos de laquelle on écrit des chansons. Son visage pourrait déclencher des guerres.

Un chien aboie dans un jardin derrière moi. Theo tourne la tête en direction du bruit et m'aperçoit. Aussitôt, il saute à bas de la clôture, passe ses mains sur son jean et me fait signe. Sérieusement ? Mais ma main me trahit en le saluant en retour. Il fourre alors les siennes dans ses poches et, de la tête, me propose de le rejoindre. Ce que je fais.

« Je ne t'ai pas vue ce matin, me dit-il quand j'arrive à sa hauteur.

— Qu'est-ce que tu fais là ? » J'essaie de passer mon chemin, mais il me prend par le bras pour me retenir. Ce n'est pas grand-chose, juste ses doigts sur mon poignet, mais j'ai envie de fermer les yeux et de savourer ce simple contact.

« Qu'est-ce qu'il se passe ?

— Vraiment ? » Ma voix exprime une colère qui me surprend moi-même. Mais tant mieux ! J'ai des raisons de crier ! « Tu n'as pas quelque chose à me dire ? »

Theo me dévisage d'un air perplexe. « Si j'ai fait quelque chose de mal, dis-le-moi, Magdalen », déclare-t-il sèchement en lâchant mon poignet. Comment ose-t-il se mettre en colère contre moi, alors qu'il n'a jamais cessé de souffler le chaud et le froid depuis le début ?

« Très bien, si tu veux la jouer comme ça. *Lucia ?* »

Il se fige, ce qui confirme mes soupçons. Je chasse mes larmes et prends une autre grande respiration. La voix de mon père me donne du courage.

« Tu étais avec elle au milieu de la nuit, tu buvais du vin dans l'escalier. » C'est tout ce que je réussis à dire avant que cette boule familière ne réapparaisse dans ma gorge. Incapable de le regarder, je repars à l'assaut de la colline en le plantant au milieu de la route. « Et tu as parlé à mon père », j'ajoute par-dessus mon épaule. Autant tout déballer, tant qu'on y est.

« Magdalen ! » J'accélère et je l'entends courir derrière moi. « Maggie, je te promets que je n'essayais pas de te cacher quoi que ce soit. »

Non mais franchement, les hommes, quelle audace ! Il avait ses mains partout sur ma sœur, fiancée à un autre qui plus est, et il ose me dire ça ? Je fais volte-face. « Donc, quand tu pelotais ma sœur juste après qu'on s'est envoyés en l'air toi et moi, tu pensais à moi ?

— Je ne *pelotais pas* ta sœur. » Il lève les yeux au ciel comme si j'avais tout inventé.

Je repars une nouvelle fois. « Je vous ai vus.

— Eh bien, tu as mal vu.

— Ne me dis pas ce que j'ai vu ou pas !

— On parlait de toi, Magdalen ! » Theo surgit devant moi, haletant, et me barre le passage. « Tu ne te rends pas compte que tu es la seule chose dont j'ai envie de parler ? Avec Lucia et ton père, il n'est question que de toi.

— Je suis censée croire que tu parlais de *moi* avec ma sœur, si belle, si éthérée, à 4 heures du mat', avec une bouteille de vin à la main ?

— Ouais, parce que c'est vrai, putain ! Je n'arrivais pas à dormir, mais tu avais l'air si paisible que je suis sorti prendre l'air pour être sûr de ne pas te déranger. » Il me regarde comme si j'étais la meuf la plus bête du monde. « En rentrant, je suis tombé sur ta sœur, dans l'escalier, avec le vin.

— Avec le vin, je répète.

— Elle s'en voulait à cause de la manière dont votre discussion avait pris fin.

— Oh. » Brusquement, je m'en veux d'avoir réagi ainsi. Encore une personne qui souffre d'insomnies à cause de moi.

« Elle n'arrêtait pas de dire qu'elle avait peur pour toi.

— Oh », je répète, incapable de digérer le fait que Lucia parlait à Theo de moi et de mes secrets. Ma peau se hérisse et une alarme se déclenche violemment dans ma tête. Elle me hurle de changer de sujet, maintenant, tout de suite.

« Pourquoi est-ce qu'elle a peur pour toi, Magdalen ?

— C'était quoi, ce grand bruit ? » je demande, parce que j'ai besoin de temps pour réfléchir à une réponse. Depuis que j'ai accepté de reconnaître que je suis amoureuse de ce foutu garçon, j'ai beaucoup plus de mal à lui cacher des choses. Peut-être que ce ne serait pas si terrible d'être vulnérable avec quelqu'un, *de souffrir ensemble*.

« Mon gros orteil maladroit a renversé la bouteille. » Theo tapote ma sandale avec sa basket. Je contemple nos pieds qui se touchent. Je suis toujours incapable de croiser son regard.

« Pourquoi tu n'arrivais pas à dormir ?

— Viens avec moi. » Il me prend la main, la porte à ses lèvres et l'embrasse avant de la glisser au creux de son coude. « J'ai quelque chose à te dire. »

53

MAGDALEN

Nous marchons en silence jusqu'à mon jardin. Le dos de ma main vibre encore là où Theo a posé ses lèvres.

« Qu'est-ce que tu dois me dire ? »

Il inspire profondément et me conduit sous la véranda, où le parfum des hortensias et du romarin nous enveloppe. Il s'assied sur la table. Je me tiens devant lui, je ne comprends pas ce qu'il se passe. Brusquement, Theo prend mon visage à deux mains et m'embrasse. Il dévore mes lèvres, me lèche, me suçote et masse ma langue avec la sienne jusqu'à ce que j'aie l'impression que ma tête va se détacher de mon corps. Puis il met fin à ce baiser et appuie son front contre le mien pour reprendre son souffle.

« C'est comme un orage, murmure-t-il en faisant courir ses lèvres sur l'arête de mon nez. Chaque fois que je t'embrasse, j'ai l'impression d'avaler la foudre. »

Soudain, il recule et se passe les mains dans les cheveux. Mon cœur se serre. Trop focalisée sur ma colère, je ne mesurais pas à quel point il semble bouleversé. Les cernes profonds sous ses yeux n'ont rien à voir avec l'hématome dû au coup de poing de Dante.

Sa fatigue est immense. Il se déplace et me fait signe de m'installer à côté de lui.

« Tu sais, un soir, je t'ai vue, aux alentours de 23 heures ; j'ai entendu la porte de derrière s'ouvrir, parce qu'elle grince toujours. » Plus il parle et plus son corps semble se recroqueviller. Alors je garde le silence, de peur de l'effaroucher si je prononce un mot. « J'étais toujours super content d'entendre ce bruit car ça voulait dire que, cette personne, où qu'elle aille, j'allais pouvoir l'accompagner. On ne me disait jamais non. N'importe quel membre de ta famille, je pouvais sortir en courant et partir avec vous. Ce soir-là, il était tard quand j'ai entendu la porte et j'ai trouvé ça bizarre parce que Dante m'aurait prévenu s'il sortait. Donc, j'étais sous la douche et j'ai regardé par la petite fenêtre au-dessus du porte-savon pour voir qui c'était. » Il me contemple d'un air extrêmement vulnérable, mais sans faillir. Il écarte une mèche de mes cheveux et poursuit son récit.

« C'était toi, et tu avais la main plaquée sur la bouche comme si tu essayais de ne pas faire de bruit. J'ai trouvé ça bizarre. Tu utilisais rarement cette porte. Et toi, la fille qui ne faisait jamais de bruit, tu essayais d'être encore plus silencieuse. Je t'ai observée en continuant de me rincer machinalement, longtemps après avoir éliminé toute trace de shampoing. Mes cheveux produisaient ce drôle de couinement dans ma paume, tu vois ce que je veux dire ? Et j'avais les doigts tout fripés, mais je ne m'en rendais pas compte, je ne sentais rien du tout, je continuais de me masser le cuir chevelu, parce que le lampadaire en face de chez nous éclairait ton visage et je voyais bien que tu pleurais. » Il se détourne de moi, tellement absorbé par ce souvenir qu'il en oublierait presque que je suis là.

« Tu sanglotais. C'était horrible. Quand j'y repense, je ne me souviens pas d'être sorti de la douche. L'instant d'avant, j'étais sous l'eau chaude, le suivant, j'avais la main sur la poignée de la porte, j'étais prêt à sortir pour voir si tu allais bien. Même si on ne se parlait jamais, même si tu penses que je ne faisais pas attention à toi, ça me faisait mal de te voir aussi bouleversée. J'avais l'impression qu'un rasoir me raclait la poitrine. J'étais sur le point de déverrouiller la porte quand j'ai baissé les yeux et… ben, j'étais tout nu. »

Il rit, ce qui me fait frissonner, car il a la voix enrouée par l'émotion et ce son a quelque chose de douloureux dans le contexte de son histoire.

« J'avais oublié d'enfiler des vêtements ou d'attraper une putain de serviette parce que, quand je t'ai vue dans cet état, je n'ai plus pensé à rien. Plus rien d'autre ne comptait. Tu… tu étais comme ma famille. » Il respire profondément et me fait face.

« Et maintenant, tu es mon orage, mon été. » Il a les yeux rougis. Doucement, il prend mon visage en coupe, puis glisse ses doigts dans mes cheveux emmêlés.

Il soupire brusquement, plonge son regard dans le mien et chuchote : « Je vais te confier un truc qui va mettre un terme à notre histoire, je le sais. »

Troublée par ce revirement, je cligne des yeux. « Tu veux rompre ? » J'essaie de reculer, mais il refuse de me lâcher. Ses pouces me caressent distraitement les joues.

« Je vais te dire pourquoi je suis parti. » Il me serre le visage si fort que, l'espace d'un instant, je n'entends et ne sens plus rien que la pression de ses paumes sur mes tempes. Des larmes coulent au coin de ses yeux et sa respiration se fait saccadée, pourtant il me regarde avec une sauvagerie que je ne lui avais encore jamais vue. Les mots se bousculent sur ses lèvres.

« Je suis désolé, tellement, tellement désolé. *Mi dispiace.* » Il me libère et se lève en se cognant contre le coin du banc.

« Theo, tu me fais peur. » Il me tourne le dos, les épaules basses, vaincu. Je voudrais le toucher, mais je crains d'interrompre le cours de sa réflexion. Je vois bien qu'il se pince l'arête du nez pour essayer de retrouver son calme.

« Je suis remonté dans ma chambre enfiler un jean. » Il me faut un moment pour trouver ma place dans son récit, pour me rappeler mes larmes ce soir-là. « Je voulais te rejoindre et te demander ce qui n'allait pas. » Le souvenir se faufile dans ma mémoire, et je commence à me sentir mal parce qu'il ne m'a pas trouvée. J'ai dormi dans l'herbe de son jardin cette nuit-là parce qu'Anika n'était pas à la maison. « Mais quand je suis sorti, tu avais disparu. J'ai regardé partout, j'ai même appelé Anika pour voir si tu l'avais rejointe.

— Mais ce n'était pas le cas », je murmure.

Il se retourne et hoche la tête en soupirant. « Effectivement. » Lentement, il revient vers moi et me lève le menton pour que je le regarde. « Alors, je suis allé chez toi. »

La finalité de ses paroles me donne des sueurs froides. Nous étions si près de nous croiser cette nuit-là. Ma vie aurait-elle été différente si Theo m'avait trouvée ?

« OK.

— Je suis entré dans ta maison en me disant que tu étais peut-être rentrée. Mais, de toute évidence, tu n'y étais pas. Et je ne sais pas ce qu'il m'a pris, mais je suis monté à l'étage. » Il ferme les yeux comme pour fuir ce souvenir. « Ta mamma s'y trouvait.

— Évidemment ; c'est elle qui… » Brusquement, le verrou saute dans ma mémoire et les images me reviennent avec une intensité telle que mon crâne semble s'agrandir pour accueillir les détails que j'avais oubliés. La chaise en plastique rouge. La conserve de tomates fermée sur l'îlot. L'odeur de l'huile. Même maintenant, après tout ce que j'ai partagé avec Theo, je n'arrive pas à en parler.

« Elle qui a fait quoi ? » demande-t-il froidement. Comme je ne réponds pas, il s'accroupit et écarte mes jambes pour se glisser entre elles. Mes joues s'embrasent, encore, sous l'intensité de son regard.

« Je ne peux pas. S'il te plaît », je chuchote en me concentrant sur ses lèvres. J'ai l'impression que mes bras et mes jambes pèsent une tonne et ne font plus partie de mon corps. J'essaie de bloquer ces images que je ne veux pas voir, mais c'est trop tard, je suis transportée là-bas, dans cette cuisine.

« Qu'est-ce qu'elle a fait, Magdalen ? » Theo pose les coudes sur mes cuisses, et ses doigts m'effleurent le menton, encore, pour que je le regarde. Quelle humiliation. Je ne devrais pas avoir à lui dire quoi que ce soit. Je devrais pouvoir garder ce secret et l'enterrer sous la véranda où je serais la seule à le regarder mourir. Mais Theo insiste. Il refuse de me lâcher le menton, si bien que je suis forcée de le dévisager. Je vois sa colère se dissiper et faire place à une inquiétude absolue. Alors, l'envie de l'apaiser surpasse le besoin de garder mon secret. Les mots jaillissent avant même que je réalise que j'ai toujours eu envie de me confier à quelqu'un.

« J'ai quelques brûlures. » Je ne sais pas trop par où commencer. « Sous les côtes et dans le dos, du côté droit. Il y en a six ou sept…

— Huit, m'interrompt Theo d'une voix éraillée. Il y en a huit.

— C'est vrai. Huit. » Je rougis parce que j'avais oublié que Theo m'a vue sous toutes les coutures. « J'étais dans la cuisine en train de lire. Je… je ne me souviens plus du titre du livre. » J'essaie de me rappeler la couverture, le nom d'un personnage. En vain. Curieusement, ça me bouleverse encore plus. Si j'ai oublié, alors ça ne valait sûrement pas la peine de briser le lien fragile entre une mère et sa fille.

« Ma mère m'a demandé de surveiller l'ail pour éviter qu'il brûle. Je jure que je ne me rappelle même pas avoir dit oui, j'étais obsédée par ce livre – quel qu'il soit. Mais j'imagine qu'au bout du compte, je n'ai rien surveillé du tout ; quand elle est revenue dans la cuisine avec les tomates en conserve, l'ail avait brûlé dans l'huile. Il était tout noir, comme des cendres. » Theo m'attire plus près de lui et pose ses mains sur mes cuisses pour m'ancrer dans la réalité, peut-être parce qu'il pressent que je n'ai pas envie d'entrer seule dans les replis de ce souvenir.

« Évidemment, elle s'est mise à hurler. Elle m'a dit que j'étais égoïste et que j'avais toujours la tête dans les nuages, un refrain qu'elle répète si souvent que je ne l'entends même plus. Et mon livre était tellement passionnant que je l'ai récupéré et je suis partie vers la table de la salle à manger pendant qu'elle m'engueulait. Oui, c'était impoli. J'aurais dû m'excuser, mais j'en avais tellement marre d'être celle sur laquelle elle criait tout le temps que je n'entendais plus rien. Mais j'ai dû faire un peu trop la sourde oreille parce que, tout d'un coup, je suis tombée. »

Le souvenir ne me rend pas triste, mais quand je me repasse cette scène dans ma tête – l'absence de temporalité, et le trou noir entre le moment où je contemple des mots dans un livre et celui où je me retrouve le nez dans les joints du carrelage – mon ventre se noue. De la bile remonte dans ma gorge.

« Tu es tombée ? répète-t-il en fronçant les sourcils.

— Ben, elle a lancé la casserole d'huile brûlante sur moi, alors, ouais, je suis tombée. »

Silence. Il inspire. Puis il expire. Ferme les yeux. Quand il les rouvre, je ne sens rien. J'essaie de me rappeler la douleur. Mais elle est si lointaine. Je revois seulement l'huile qui s'insinue dans le sol. Je me rappelle avoir pensé que ce serait super difficile à nettoyer. La colère crépite au bout des doigts de Theo. Sa pomme d'Adam tremble légèrement quand il déglutit. Je commence à m'inquiéter – pour ma mère, curieusement. Ça va complètement changer la manière dont il la voit.

« Putain, Magdalen ! » Theo me prend par la taille et presse son front contre mes côtes.

« La casserole a dû me cogner la tête et m'assommer. Je me suis réveillée seule et brûlée, avec cette horrible odeur dans le nez. Il n'y avait plus que moi et ma nouvelle chair brûlée. » Je ris doucement en passant mes doigts dans ses cheveux, mais il recule brusquement la tête et braque son regard noir sur moi.

« Bordel, mais comment tu peux en rire ? » Son dégoût est palpable et déclenche ma colère.

« Qu'est-ce que tu veux que je fasse d'autre ? Pleurer ? Lui jeter un truc à la tête pour qu'on soit quittes ? Ça s'est produit il y a des années. Je m'en fous, maintenant.

— C'est de la maltraitance.

— C'est la vie, je réponds d'une voix plus forte que je ne le voulais. Et elle s'est excusée le lendemain, évidemment. » Je me sens obligée de la défendre. C'est ma mère, ma *mamma*. Enfin, elle devrait l'être. « Ne fous pas tout en l'air, Theo. Ne viens pas me dire que ma mère me maltraite.

— T'as un sérieux problème si tu ne t'en rends pas compte.

— Tu n'as pas le droit de débarquer ici des années après et de me dire que ma mère me déteste.

— Merde, Magdalen, comment tu appelles quelqu'un qui marque sa fille à vie à cause d'une putain de sauce tomate ?

— Tu es ignoble.

— Et toi, tu te fourres le doigt dans l'œil. » Il se relève et s'éloigne, le menton dans la main, en se mordant l'index.

Je cherche un moyen de lui faire comprendre. Je m'en veux d'avoir trahi ma mamma à cause de ce garçon. « Elle a toujours été là pour moi. Elle a déconné juste une fois.

— Ces cicatrices sont permanentes, Magdalen. » Tout en lui a changé. Il est brusque, tout en dureté et en rigidité.

« Tu m'as obligée à te raconter cette histoire. Je ne t'ai pas demandé ton avis. Je pourrais dire bien des choses sur ton père. Tu n'as pas le droit de me faire la leçon sur l'art d'élever ses enfants.

— Ce n'est pas ce que… »

Je lui coupe la parole. « Qu'est-ce qu'il s'est passé quand tu es monté à l'étage ?

— Quoi ? » Il me regarde sans me voir, rongé par le souvenir d'un drame auquel il n'a même pas assisté.

« Je t'ai raconté mon histoire. À toi de terminer la tienne. Que s'est-il passé quand tu t'es retrouvé en haut ?

— C'était une erreur. Cette partie-là n'a aucune importance. C'est ce qu'il s'est passé avant qui compte. » Il sort de la véranda et fait les cent pas dans le jardin obscur. Même quand je le hais, je ne peux pas m'empêcher de vouloir le protéger.

Je lui tends la main, comme pour enterrer la hache de guerre. Je m'entends murmurer : « Nous ne sommes pas obligés de nous laisser conditionner par les erreurs de nos parents. » J'enroule mes doigts autour des siens en espérant que ça suffise, pour le moment. « S'il te plaît, raconte-moi. »

54

THEO

Autour de nous, dans le jardin, les petites statues de chérubins pointent leur nez hors de l'herbe comme si elles nous écoutaient. Je me maudis d'avoir déclenché cette confession ici, dans cet endroit sacré rempli de souvenirs heureux. Magdalen entrelace ses doigts avec les miens et m'attire contre elle.

Je commence par lui dire que je suis désolé. Pourquoi est-ce moi qui dois lui faire du mal ?

Tout mouvement, toute intention, toute direction m'est impossible parce que je suis paralysé par la possibilité soudaine de perdre Magdalen avant même qu'elle soit à moi.

« Arrête de t'excuser », répond-elle d'un ton léger. Mais la pression de sa main autour de la mienne trahit sa nervosité. Dans ma tête, je répète, *Je suis désolé*. Elle me serre la main. *Sens-tu à quel point j'ai peur de te perdre ?*

Je la lâche et tire sur le col de mon t-shirt. Pour la première fois depuis longtemps, j'incite ce foutu souvenir à remonter à la surface.

Je ne plaisantais pas. Monter l'escalier ce jour-là chez les Savoy, ce n'était rien comparé à ce qui s'était produit des années auparavant.

Le grenier, crasseux, empestait les oignons rances parce qu'il se situait juste au-dessus de la cuisine. Quand mamma cuisinait, l'odeur flottait jusqu'en haut de la maison et se retrouvait emprisonnée dans cette pièce poussiéreuse qui ne possédait qu'une petite fenêtre dans un coin. Il y avait toujours des araignées au-dessus de la porte, c'est pour ça que je n'aimais pas y monter, sauf, bien sûr, pour utiliser notre téléphone en boîtes de conserve et parler à Dante. Généralement, je franchissais la porte en courant. Je détestais ces araignées toutes fines. On aurait dit que quelqu'un les avait fabriquées avec les cheveux qu'Anika ou mamma perdaient dans la baignoire. Ça me foutait les jetons.

J'avais 8 ans. Mon film préféré, c'était *E.T., l'extraterrestre*. Je l'avais vu avec mes deux parents et on avait tous pleuré. Quand la lumière s'était rallumée dans le cinéma, j'avais regardé ma maman et mon papa, dont les coudes effleuraient les miens, et je m'étais senti tellement en sécurité. Nous étions connectés tous les trois grâce à un petit alien baptisé E.T.

Cette semaine-là, j'essayais d'économiser pour retourner voir le film avec Dante et j'ai suivi la piste de pièces en bronze jusqu'au grenier. J'aurais pu demander des sous à mon père, mais je voulais lui montrer que j'avais de la ressource. C'est comme ça que je me suis retrouvé là-haut. Normalement, on ne montait jamais au grenier ; les araignées, c'était vraiment quelque chose. Je me souviens de mon étonnement en découvrant très peu de poussière sur la poignée. D'habitude, chaque fois que je venais là, il y avait un tas de poussière près de l'entrée et encore plus sur la poignée. Mais là, elle avait disparu, comme si quelqu'un avait fait le ménage. Mamma se plaignait que les onze marches supplémentaires lui faisaient mal aux genoux, alors ça ne valait pas la peine de nettoyer le grenier sauf si mes grands-parents nous rendaient visite. Je me suis demandé, *Est-ce que nonna Gina et nonno Canio vont venir nous voir ?* Mamma me l'aurait sûrement dit ; d'habitude, elle nous hurlait de ranger nos chambres et elle sortait le coq doré que nonna Gina leur avait offert pour l'un de leurs anniversaires de mariage. Je me suis même dit que papa risquait de me dire non pour le cinéma parce qu'il faudrait que je range ma chambre.

J'ai entendu un bruit étouffé derrière la porte en bois. J'avais le cœur qui battait à tout rompre, mais la curiosité l'a emporté, et j'ai collé mon oreille contre le trou de la serrure pour écouter. Pendant un instant, j'ai cru qu'un animal était pris au piège de notre petit grenier, un oiseau peut-être, qui s'était faufilé entre les tuiles en terre cuite du toit et n'arrivait pas à ressortir. Mais les bruits sont devenus plus clairs. De toute évidence, ils provenaient d'un humain. On aurait dit des pleurs, mais pas tout à fait. J'avais la gorge nouée, mais j'ai forcé les muscles de mes doigts à pousser doucement la porte. Dans la pénombre, j'ai aperçu papa.

Il était tout rouge et se mordait si fort la lèvre qu'elle en était presque blanche. Je m'en rendais compte même depuis le seuil du grenier. Bouche bée, mon petit bras encore plaqué contre le battant en bois, je me suis senti vaciller. J'avais super mal à l'estomac et j'ai cru que j'allais vomir. Mon père avait le pantalon sur les chevilles, et la boucle métallique de sa ceinture heurtait le sol, encore et encore, tandis qu'une femme avec la jupe remontée sur les fesses était penchée devant lui. Une des mains de mon père la tenait étroitement par la taille et la plaquait contre lui, si violemment que sa jupe était déchirée jusqu'en bas et que je voyais l'arrondi de ses fesses. Elle disait « Oui, oui ! » et mon père riait gaiement. De son autre main, il maintenait la tête de la femme en bas, les doigts emmêlés dans ses boucles en bataille.

J'ai détourné les yeux. J'imagine que j'ai fait du bruit parce que, brusquement, il m'a regardé. Son corps continuait d'aller et venir derrière la femme, ses dents mordaient toujours sa lèvre, mais ses yeux ont trouvé les miens. Dans la pénombre, j'ai vu que la femme avait du noir étalé sous les yeux, mais ses cheveux lui recouvraient presque tout le visage, alors j'ai mis une seconde à réaliser que je la connaissais. Que je la voyais tous les jours.

« Tu es venu te rincer l'œil, Theodore ? » a articulé mon père en silence. Mme Savoy, elle, ne savait toujours pas que j'étais là. Elle a mis sa main sur celle de mon père et rejeté la tête en arrière en souriant.

« Dexter », a-t-elle soufflé. Il lui a tiré les cheveux encore plus pour exposer son cou et s'est penché en avant pour y planter un baiser bruyant et baveux. Un son horrible, indélébile.

« Dépêche-toi, Vittoria. » Il a continué de donner des coups dans son derrière, de plus en plus vite, et Mme Savoy a fermé les yeux et crié très fort. Elle a essayé de soulever la tête, mais il l'a forcée à la garder baissée.

« Dexter, a-t-elle dit entre deux respirations étranglées. Je t'aime, Dex.

— Ouais, moi aussi », a-t-il répondu. Un peu de bave a coulé sur son menton, jusque sur le crâne de Mme Savoy.

Je me suis entendu hurler « papa ! », les cils lourds et humides, mais il a interrompu mon cri. « Tu me remercieras plus tard, fils.

— Qu'est-ce que tu as dit ? » a demandé Mme Savoy, un peu hébétée.

Quelques instants plus tard, il l'a repoussée en soupirant brutalement et s'est passé la main dans les cheveux. Elle a titubé et perdu l'équilibre. Elle a essayé de se raccrocher à l'un des cartons, mais ça n'a pas marché, et elle est tombée contre le mur avec la fenêtre.

« Papa ? » j'ai demandé, perplexe. Que peut-on faire, quand on se sent perdu, sinon appeler son père ?

« On ne faisait que jouer, Theo. Ne dis rien à ta mère. C'est notre... » Il s'est penché pour ramasser son pantalon en soufflant bruyamment. « Notre petit jeu.

— Oh, mon Dieu ! » Mme Savoy m'a enfin remarqué et a tenté désespérément de baisser sa jupe, mais elle était déchirée.

« Un jeu », j'ai répété en regardant Mme Savoy, recroquevillée sous la fenêtre, la tête entre les jambes. Elle se massait le crâne en se balançant comme une mère bercerait son bébé. Sauf que, dans ce cas précis, elle était à la fois la mère et l'enfant.

Pour la première fois, un adulte m'apparaissait plus petit qu'un enfant.

« Mamma peut jouer aussi », ai-je dit en faisant un pas en arrière. Mais mon père m'est tombé dessus avant que j'aie le temps de comprendre ce qui m'arrivait. Sa main, celle avec laquelle il tenait les cheveux de Mme Savoy quelques instants plus tôt, s'est refermée sur mon cou, et il a serré si fort que je pouvais entendre mes pulsations dans ma gorge. Je me suis fait la réflexion qu'on était connectés maintenant, tous les trois, à travers ses doigts refermés sur moi. Un mois plus tôt, c'étaient mes coudes qui me donnaient le sentiment d'être bien à l'abri entre mon papa et ma maman au cinéma. Là, mon père se dressait au-dessus de moi, de la salive séchée au coin des lèvres et les yeux noirs d'un alien dépourvu de la gentillesse d'E.T. J'ai senti quelque chose se rompre entre nous. Il m'a serré encore plus fort, et j'ai vu tout noir. J'entendais vaguement Mme Savoy qui pleurait à côté de nous.

« Mamma ne joue pas avec nous, tu comprends ? » Son haleine était pesante et chargée. « Elle n'est pas douée.

— Oui, papa », j'ai réussi à articuler. Les mots me paraissaient pourris dans ma bouche. C'est ce que j'avais dit quand il m'avait appris à traverser une rue passante et quand il m'avait demandé si je voulais en savoir plus sur Héliopolis pendant les vacances de Noël. Mais, cette fois, ça ressemblait à une supplique.

C'est à ce moment-là que mon papa a cessé d'être mon papa. Il est devenu l'ombre d'une personne que je croyais autrefois remplie d'amour, mais qui était désormais vide et noire au centre. Si je tendais la main, j'étais sûr de la passer à travers lui.

Mon cou me faisait mal, et j'ai cru que j'allais vomir dans sa paume. Quand j'y repense, il était clairement sous l'influence d'une drogue quelconque. La coke, peut-être. Il a toujours eu un faible pour la poudre. Mme Savoy s'était relevée et faisait les cent pas. Elle a donné un coup de pied dans un truc sur lequel elle s'était assise après sa chute. Mon père m'a lâché et poussé contre la porte. J'ai essayé de reprendre mon souffle, j'avais de la bile plein la gorge. Je voulais m'enfuir. Mais pour aller où ? Devant moi se tenait l'homme vers lequel j'avais couru pendant toute mon enfance en aspirant à devenir comme lui, mais je découvrais que je m'étais trompé de direction.

« Bordel de merde, Vittoria, si tu ne sais faire que pleurer, tu peux t'en aller. » Il s'est étiré, langoureusement, puis a remonté sa braguette. Le bruit a déchiré le silence et m'a fait frémir.

Vittoria est passée devant nous en courant. « Je suis désolée », a-t-elle murmuré dans ma direction. J'ai regardé l'endroit où elle était tombée et j'ai vu la boîte de conserve, notre ligne téléphonique, écrasée sur le sol. La ficelle attachée au bout pendait mollement sur le rebord de la fenêtre. La connexion était rompue.

J'ai gardé ce secret très longtemps. Ça m'a fait mal. Ma découverte du sexe s'est faite par le biais de la force brutale de mon père. Je sens encore mon petit cou, mes os minuscules, écrasés sous le poids des mains avec lesquelles il me serrait contre lui autrefois. Aujourd'hui, mon cou, beaucoup plus gros, supporte le poids de ma tête, mais je sais que je sentirai la puissance de sa poigne jusqu'à la fin de mes jours. Alors, jusqu'à présent, j'ai gardé la tête baissée. Je suis incapable de me redresser, de prendre toute ma place, pour le moment. Mais j'espère qu'un jour, j'y arriverai. Pour moi. Pour mamma. Pour ma Magdalen. Pour mes rêves la nuit. Je l'espère vraiment.

55

THEO

Quand je termine mon récit, il fait nuit. Les grillons stridulent follement dans les herbes hautes autour de nous. Quelqu'un fait la fête dans son jardin. On entend un bouchon de champagne sauter et des gens applaudir. Magdalen m'a écouté en silence, mais je vois ses yeux papilloter frénétiquement, je la regarde digérer cette histoire en temps réel.

« Ma mère ? » Elle baisse la tête. « Ton père ? » Elle pince les lèvres. Des larmes roulent sur ses joues. Je m'en veux terriblement parce que c'est moi, encore une fois, qui la bouleverse à ce point.

« Tu avais 8 ans. » Elle plaque sa main sur sa bouche et laisse échapper un sanglot guttural qui couvre le bruit des grillons. Je sens mes yeux se remplir de larmes à leur tour.

« Mon père ? Comment ont-ils pu lui faire ça ? »

J'ai les genoux qui tremblent, alors je m'assieds sur le banc et j'essaie de ne pas remarquer que son corps s'éloigne légèrement du mien. *Tu savais que ça arriverait, Theo. Tu savais que ça finirait par l'éloigner de toi.* Je reste à côté d'elle en veillant à ne pas la toucher.

« Je pense… » Je suis épuisé d'avoir revécu ce souvenir et ça s'entend dans ma voix. « Je pense que ça dure depuis l'université. »

Curieusement, je sens que je me détends, soulagé que Magdalen soit enfin au courant et que ce fardeau repose désormais sur nos épaules à tous les deux. Merde, cette liaison dure peut-être encore aujourd'hui, mais j'évite de lui en faire la remarque. Je ne suis plus retourné dans le grenier depuis ce jour-là, je ne suis pas allé vérifier si la poussière était retombée.

« Oh, mon Dieu. » Magdalen passe ses mains dans ses cheveux et secoue la tête. Je vois bien qu'elle essaie d'assembler les pièces de ces dix-sept dernières années. Tous les regards. Toutes les sorties en famille, les repas partagés, les soirées film dans notre salon. Comment savoir ce qu'ils ont fait dans le noir autour de nous ? Je vois le secret souiller chaque période de vacances, chaque anniversaire, chaque célébration. Pendant un instant, c'était agréable d'avoir Magdalen avec moi sous cette véranda, mais savoir que j'ai perturbé les souvenirs qu'elle chérit me fait regretter chaque mot prononcé.

« Pourquoi tu n'as rien dit ? »

Pourquoi ? Pourquoi je ne parle pas à ma mère, pas plus que je ne parle à mon père ? Pourquoi ai-je abandonné tout le monde parce que je fuis un fantôme dans le grenier ?

« À cause de la manière dont il m'a étranglé, je pense. » Je hausse les épaules d'un air vaincu, les yeux humides devant la vérité. « Chaque fois que j'y pensais, je faisais une crise d'angoisse. J'avais l'impression de ne plus savoir respirer, comme si mes poumons se remplissaient de ciment. Merde, c'était plus facile d'enfouir tout ça. Même quand je suis seul, s'il m'arrive d'y penser, je reprends conscience dans un endroit où je ne me rappelle pas m'être rendu. C'est tellement tordu. » Je secoue la tête, mortifié que ce moment si court ait débouché sur des années d'isolation.

Magdalen continue de contempler le jardin plongé dans l'obscurité, puis se tourne vers moi, les yeux remplis de chagrin. « Un enfant aussi jeune ne devrait pas avoir à porter un secret aussi lourd », murmure-t-elle.

Un cri résonne dans la nuit. Il est sorti de ma bouche, mais je ne m'en rends compte que lorsque Magdalen me prend dans ses bras et me caresse tendrement le dos en comblant l'espace que j'ai laissé entre nous. Ma main vient recouvrir ma bouche pour essayer de contenir ma souffrance et renfermer le souvenir dans ma mémoire.

« C'est normal, Theo, pleure. » Elle me serre plus fort en pressant sa joue contre mon épaule tremblante.

« J'aurais dû le dire à quelqu'un. » Je sanglote. Des larmes salées roulent sur mes joues et mon cou ; je suis sûr qu'elles recouvrent aussi les bras de Magdalen.

« Oui, reconnaît-elle, la chaleur de son visage réchauffant le creux de mon épaule. Mais tu n'aurais pas dû y être obligé. Tu continues de faire des choses que tu ne devrais pas être obligé de faire. »

Pendant l'heure qui suit, on reste tous les deux assis sur ce banc jusqu'à ce que mes pleurs se transforment en hoquets. Bientôt, je ne peux même plus relever la tête. Alors, je la plonge dans mes mains et je raconte à Magdalen dans quel état j'ai trouvé sa mère la veille de mon départ, après qu'elle a brûlé sa fille. Elle pleurait sur le sol de sa chambre quand j'ai monté l'escalier et c'est elle que j'ai réconfortée, putain, la mauvaise Savoy. Mon visage est gonflé, ma peau est toute rouge et me démange.

La dernière fois que j'avais vu Vittoria pleurer, c'était dans le grenier. Je suppose qu'elle s'en souvenait aussi parce que ses larmes ont redoublé et qu'elle n'arrêtait pas de s'excuser auprès de moi entre deux sanglots bruyants.

« Bordel, si j'avais su qu'elle te maltraitait, je ne lui aurais jamais accordé mon pardon. »

Magdalen se fige. « Vraiment, tu lui as pardonné ?

— J'étais sur le point de partir. Je me disais que je pouvais au moins pardonner à l'un des deux. »

Les mains de Magdalen se détachent de moi. Une certaine froideur se drape autour de moi, et je me languis aussitôt de sa chaleur. « Comment as-tu pu faire une chose pareille ?

— J'avais le choix entre ta mère et mon père. C'était vite fait.

— Ma mère… » Elle s'interrompt et se lève brusquement.

« Quoi donc ? » Comme quand on était ensemble dans la mer à Alassio, je devine brusquement qu'elle me cache quelque chose. Je la visualise en train de brûler des photos avec une cigarette pour altérer ses propres souvenirs, par instinct de survie. Malgré tout, je n'insiste pas plus que ça.

« Tu as vu ton père sauter ma mère, tu pars pendant trois mois en Égypte avec mon père que tu idolâtres, où il te raconte que sa femme est parfaite, et tu ne dis rien, putain ? »

Que répondre ? Que cette partie de l'histoire ne m'appartient pas ? Que c'était douloureux d'écouter le Dr Savoy m'expliquer les origines de la monogamie et me parler de donner son âme à un autre être humain, y compris la femme qui m'a volé mon enfance ? Que je rêvais de l'interrompre pour lui dire : « Excuse-moi, mais ta femme donne son âme à mon père tout en te prenant la tienne » ?

Le Dr Savoy, en dépit de toutes les découvertes qu'il a faites et de tous les éloges qu'il a reçus, s'écroulerait s'il ne pouvait pas s'asseoir avec Vittoria à la table de la cuisine chaque soir quand il rentre chez lui. C'est aussi simple que cela, mais je ne suis pas sûr que Magdalen soit en mesure de le comprendre.

Sans conviction, je réponds : « Il faut bien pardonner un jour. C'est plus facile que de porter tout le temps le poids de cette merde. » Est-ce que j'y crois ? En théorie. Mais maintenant que je sais que Vittoria a maltraité Magdalen, j'ai plus de mal à tenir ma promesse de lui pardonner. Je serre les poings jusqu'à m'écorcher les jointures sur le bois du banc.

« Foutaises, rétorque Magdalen d'une voix ténue, mais lourde du secret que je lui ai confié. Je ne te vois pas pardonner un jour à ton père. Ce n'est pas parce que ma mère est capable de verser quelques larmes que ça la rachète davantage que lui.

— Mon père et ta mère sont très différents. »

Elle baisse la tête et tire sur ses cheveux. « Tu ne sais rien de ma saloperie de mère, réplique-t-elle sèchement. Pendant toutes ces années, on a prétendu qu'on était des familles heureuses, et regarde le résultat. L'égoïsme, la souffrance, la maltraitance. » Ce dernier mot semble lui échapper, et elle le regrette aussitôt, si j'en crois la façon dont son corps se crispe, comme s'il subissait le contrecoup de cet aveu.

« Je suis désolée que tu aies été témoin de cette chose affreuse, Theo. Mais savoir que mon père vit dans l'ombre des erreurs de ma mère depuis toutes ces années… » Elle secoue la tête. « Et toi, tu *savais*. » Furieuse, elle essuie les larmes qui recommencent à couler. Je sens qu'elle m'abandonne avant même qu'elle ne le dise. Moi, mes larmes, je ne les essuie pas, parce que c'est la fin. J'ai bien le droit de m'autoriser à pleurer, à la fin.

« Tu savais et tu as pris la fuite. » Dire que je croyais avoir trouvé l'amour de ma vie. J'aurais dû savoir que ça ne pouvait pas être aussi facile. Je lui dis adieu dans ma tête avant qu'elle le fasse. Cette fois, je sais qu'elle ne peut pas lire dans mes pensées. La connexion a été coupée. Une ficelle pend mollement entre nous.

« Tu le savais et tu m'as baisée.

— Oui. » À chaque fois que je l'ai embrassée, caressée, que j'ai soufflé son nom et imaginé être en elle, j'ai su que ça finirait ainsi parce que je portais ce secret et que, malgré tout, je continuais à la désirer.

« Je devrais rentrer. » Magdalen se lève. J'ai envie de hurler.

« Moi aussi. » Je reste assis. Mon corps est incapable d'encaisser une perte aussi dévastatrice. C'est arrivé si vite, sans me laisser le temps de faire mon deuil. J'essaie de me lever, mais j'ai l'impression qu'on a évidé mes os. Ils sont encore là, mais privés de toute substance.

« Tu devrais faire un gros câlin à ta mère, ajoute Magdalen.

— Tu vas en parler à quelqu'un ? » je demande bêtement.

Comment ai-je pu te perdre avant même de te dire que je t'aime ?

« Je ne sais pas, soupire-t-elle. Le mariage est dans deux semaines. Je ne veux pas gâcher la fête.

— Bien sûr. Je comprends.

— J'y vais.

— OK. » *Reste.*

« Je suis désolée pour toi, mais je dois y aller.

— Arrête de t'excuser, Magdalen.

— OK, répond-elle, vaincue. On se verra au mariage. »

Toutes ces crises d'angoisse, pendant toutes ces années, ne sont rien comparées au vide qui se creuse en moi en regardant Magdalen rentrer seule dans sa maison à cause d'un secret vieux de dix-sept ans. Si j'avais su que c'était ça dont parlait le Dr Savoy, je serais rentré chez moi tous les week-ends pour la retrouver. Je lui aurais lu ses livres préférés, je me serais assis à côté d'elle au dîner. Nous aurions pu avoir du temps. Avant, je croyais que plus le temps passerait entre moi et cet horrible souvenir, moins il me rongerait. Mais aujourd'hui ? Je serre les mains, les muscles tremblants d'épuisement. Dire que certains savourent cet amour une vie entière, et moi je n'ai eu droit qu'à quelques nuits d'été.

56

MAGDALEN

Le grand jour arrive. Deux semaines sans échanger un sourire – et encore moins une parole – avec Theo. Marta me livre ma robe. Vert pâle, me dit-elle, assortie à mes yeux.

Oxford m'envoie le programme du prochain semestre. Est-ce que j'ai hâte d'y retourner ? J'ai hâte d'être seule, ça oui. Hâte de m'enfermer dans la salle de bains pendant deux heures sans que personne frappe à la porte. Hâte de boire comme un trou sans qu'on me demande si je vais bien.

Le lundi, j'envisage de mourir. Anika me tapote l'épaule quand je me mets à pleurer au tennis club. Je lui ai dit que ça ne marchait pas entre Theo et moi et elle n'a pas insisté. Elle se doutait certainement que ça finirait vite. Je bois quatre bières le mercredi. Le vendredi, j'aperçois Theo au café à Turin avec Dante et deux autres types. Il se contente de me regarder à travers la vitre. Pas de sourire en coin, pas de froncement de sourcils, aucune expression. J'ai l'impression d'être au zoo et d'observer Theo à travers une cage transparente. J'ignore lequel de nous deux est l'animal. Moi, sans doute. Sauf que j'adorerais être enfermée, confinée.

Nous serions forcés de coexister avec l'odeur du café, son bel esprit et rien d'autre.

Je voudrais oublier que j'en sais autant que lui et me pelotonner autour de lui jusqu'à ce que nous puissions tous les deux chasser ce souvenir. Je lui rends son regard à travers la vitre et je continue mon chemin.

Le jour des noces, ma mère m'ignore, et je crache sur ses talons dès qu'elle a le dos tourné. Elle pleure quand Lucia descend dans la cuisine en tenant la soie blanche de sa robe dans les mains. Ma sœur rayonne. Je lui souris. Ma mère crie à mon père d'aller chercher l'appareil photo, et mon esprit s'emballe.

Je réalise que je me tiens à l'endroit où ma mère m'a agressée il y a sept ans. C'est drôle. Devrais-je le lui rappeler ? Et, tant que j'y suis, lui rappeler aussi comme elle se moquait de moi parce que j'étais timide avec les garçons ? Elle a levé les yeux au ciel quand je lui ai dit que j'avais peur d'embrasser Roméo sur scène. Je cours à la salle de bains sous prétexte que j'ai besoin de mon gloss. Je ferme la porte derrière moi et agrippe le lavabo. *Respire.* Les pas de mon père résonnent bruyamment sur le carrelage de la cuisine. Il a de nouvelles chaussures.

L'armoire à pharmacie est entrouverte, alors je jette un coup d'œil à l'intérieur. J'y trouve un luxueux pot de crème pour le visage, deux élastiques auxquels sont encore accrochés quelques cheveux et un rasoir à sourcils. Je tends la main pour le prendre et découvre que le bas de l'armoire est tout collant à cause de traces de dentifrice séché. Je fais la grimace. Ma mère fait très mal le ménage. Elle ne nettoie qu'en surface. J'examine la lame du rasoir, à l'endroit où le métal rejoint le support en plastique. Elle commence à rouiller. Ma mère doit le rincer sous l'eau et le remettre directement dans l'armoire.

J'ai encore du mal à respirer, alors je cherche quelque chose pour me distraire. Je prends le pot de crème, j'ouvre le couvercle et je contemple la texture blanche et moelleuse du produit. Je me remémore l'histoire de Theo et je crache dedans.

57

MAGDALEN

Le musée a été transformé en un magnifique lieu de réception pour Lucia et Maio. De longues tables recouvertes de nappes en dentelle sont élégamment dressées entre les statues de sphinx. Un marque-place en papyrus est posé devant la chaise de chaque invité, et des centaines de candélabres dégoulinants de cire complètent à merveille la décoration. Un violoncelliste joue à côté des momies dans la salle voisine, que l'on a vidée en partie pour créer une piste de danse. Lucia et Maio, rayonnants, prononcent leurs vœux, coupent le gâteau et ouvrent le bal en tant que jeunes mariés. Je suis si fière que ma sœur ait eu le courage de trouver l'amour de sa vie et je me réjouis d'accueillir Maio dans notre famille.

Je passe la soirée à parler à des gens que je suis censée connaître. Ils me posent un milliard de questions, mais je ne me souviens d'aucune de mes réponses. Lorsque je m'assieds enfin, une grande partie des invités est déjà partie. Dieu merci, je n'étais pas la demoiselle d'honneur. Mon estomac gronde, furieux que je n'aie rien avalé depuis hier et que le dîner de répétition se soit déroulé sans Theo. Évidemment, aujourd'hui, il était présent à la cérémonie, mais j'ai refusé de le regarder. Pour autant, ça ne veut pas dire que je ne l'ai pas vu. Il était habillé en noir et m'a ignorée tout du long. J'ai essayé de me sentir fière de l'avoir quitté. Il a attendu que je lui donne presque tout de moi mais, au moins, j'ai eu le courage de lui tenir tête avant qu'il s'empare du reste. Malgré tout, j'aurais aimé que lui aussi trouve le courage de s'affirmer et me murmure de rester.

Je chasse cette pensée. Il est trop tard pour les regrets. Dans une semaine, je serai de retour sous la pluie d'Oxford. Anika a pris son billet pour venir me voir en octobre. Mes deux sœurs vont enfin se rencontrer. Quand je suis arrivée à Chivasso, j'étais vierge et je ne croyais pas en l'amour. Je vais rentrer à Oxford en me languissant de tout mon être pour une personne que je ne verrais peut-être que dans mes rêves. Mon ventre gronde de nouveau, mais les plats proposés n'éveillent rien en moi. Je n'ai aucune envie de prendre ma fourchette. L'idée de mâcher m'épuise d'avance.

Ravie d'être seule un moment, je me réfugie sur l'une des chaises près de la piste de danse. J'aperçois Dexter qui transpire dans un coin de la salle et se tient tout près d'un type plus petit que lui, dans une attitude clairement agressive. Il a pris un truc, c'est évident. Je jette un coup d'œil à Cinzia Sinclair, qui bavarde avec une cousine de Maio de l'autre côté de la pièce. Je me demande si son esprit est focalisé sur Dexter. Ce doit être épuisant de ne pas faire confiance à l'être aimé et de se demander s'il continue de guetter les autres femmes, même après deux enfants et plusieurs décennies de mariage. Puis je regarde ma propre mère, debout sous les tombes recouvertes de mousse, un bras en travers des épaules de mon père qui montre avec animation les papyrus du *Livre des morts des anciens Égyptiens*. Je me souviendrai toujours d'eux ainsi, perdus dans leur monde, celui de l'Égypte ancienne et des éclats de rire bruyants. Mais un secret pend au-dessus de leur tête au milieu de la jolie mousse.

Je bois une gorgée de champagne et ferme les yeux tandis que le violoncelliste entame un nouveau morceau. Mes pensées m'entraînent vers Theo. Si j'avais su que le quitter cette nuit-là déboucherait sur des absences imprévues et la volonté de m'éviter, lui aurais-je demandé ce premier baiser ? Anika prétend qu'on ne le voit pas beaucoup parce qu'il ne se sent pas bien, mais même elle ne réussit pas à cacher sa déception. Je suis rentrée depuis moins de trois mois et pourtant, j'ai coupé nos liens familiaux comme du petit bois. Je les ai taillés en pièces jusqu'à ce qu'il n'en reste que des fragments minuscules qu'on ne peut même pas brûler. Cela étant, je pense au petit Theo obligé de supporter les humiliations de son père et je me sens égoïste en pensant au poids de ce secret qu'il a si longtemps porté seul. Si seulement j'étais montée à sa place dans ce grenier ! C'est donc ça l'amour ? Vouloir prendre la souffrance de l'autre ? Cette idée me fait peur. Je serais prête à m'entailler les veines et à me vider de mon sang si ça pouvait épargner à Theo toute nouvelle souffrance. Quelle révélation vertigineuse ! Ferais-je la même chose pour Dante ? Je connais la réponse, mais je la mets de côté avant même de la formuler.

Je vide ma coupe. J'entends un rire fabuleux. Anika vient d'attraper l'un des nombreux cousins de Maio et l'entraîne sur la piste de danse. Elle porte une robe rouge orangé brodée de perles roses et jaunes qui scintille à la lueur des bougies. Le cousin devient écarlate lorsqu'elle lui prend la main et la place au creux de son dos. Puis elle ajuste sa position de manière qu'il se retrouve avec sa fesse dans la main. J'éclate de rire toute seule. Entre le champagne et l'éternelle audace d'Anika, je ne peux pas rester morose.

« Bonsoir, Magdalen. »

Je ferme les yeux. Immédiatement, mon sourire vacille. Je le reconnais à la forme de son ombre et à l'écho de ses pas sur le sol en granit, mais je lève la tête pour être sûre. Nos regards se croisent, et mon souffle se coince dans ma gorge. Ses yeux gris me dévisagent intensément et s'attardent sur mon corps, mon visage, mes cheveux. Je sais que je fais pareil de mon côté en admirant son smoking. Oui, il est tout en noir, mais il sait dompter cette couleur, et sa veste ajustée souligne comme il est grand et large d'épaules. Je meurs d'envie de redresser son nœud papillon, mais je reste assise, les genoux tremblants sous ma robe.

Sa mâchoire crispée et ses poings fourrés dans ses poches démentent la nonchalance de son bonsoir. Ses lèvres semblent d'une douceur impossible. Je m'empare d'une autre coupe de champagne et la vide en trois gorgées en essayant de me rappeler à quoi je pensais avant Theo Sinclair.

« Salut.

— Tu es superbe. » Il soupire violemment. « Ça me frappe à chaque fois que je te vois, à quel point tu es belle. »

Complètement prise au dépourvu, je soupire à mon tour. J'ai envie de m'allonger sur la table pour pleurer. Je voudrais le supplier de retirer ce qu'il vient de dire. Ou de le répéter.

« Merci. Tu es très beau aussi.

— Anika m'a dit que tu retournais à Oxford la semaine prochaine, ajoute-t-il d'un air abattu.

— Notre Cupidon à nous. Elle m'a confié que tu avais acheté ton billet d'avion pour New York.

— Ouais, ils s'inquiètent de l'état de ma thèse.

— Qui donc ?

— Mon connard de père a appelé son pote à Columbia et lui a raconté que je n'avançais pas. Je pense que ma présence à la maison le rend nerveux.

— Tu dois être fatigué.

— J'ai eu sept ans pour me reposer. Ça ne devrait plus me surprendre.

— Vas-tu lui parler avant de partir ?

— Non. » Il pince les lèvres. « Il n'y a rien de plus à dire. Je préférerais passer mes derniers jours à te parler, ou à parler avec Anika et Dante. Qui a besoin d'un père de toute façon ?

— Tu auras toujours le mien. »

Theo tape du pied, impatient de laisser tomber ce sujet. Il jette un coup d'œil nerveux en direction de la piste. Je comprends avant qu'il me le demande. *Oui.*

« Tu veux bien danser avec moi ?

— Je n'ai jamais dansé de slow. Je risque de te marcher sur les pieds. »

Theo me prend la coupe de champagne des mains. Une mèche de cheveux tombe devant son visage. « Je suis désolé de te ravir toutes tes premières fois. » Je sens son souffle sur mon cou et lutte pour ne pas fermer les yeux et savourer sa proximité. Il sent la lessive, le bois de santal, et cette dernière nuit à Alassio. Si je me penchais un peu, ses cheveux effleureraient ma joue.

« Pourquoi es-tu désolé ? » *Pourquoi les as-tu laissé s'en tirer comme ça ? Raconte-moi encore, peut-être que, cette fois, je comprendrai.*

Il referme ses doigts sur les miens pour m'aider à me lever. Puis il pose ses mains sur mes hanches et me serre fermement. « Parce que je les veux toutes. »

Dès le premier instant de nos retrouvailles, j'ai compris que c'était lui que j'attendais depuis si longtemps, lui à qui je voulais donner toutes mes premières fois. Admettre la vérité est plus facile qu'essayer de nier ce que je ressens. « Je crois que tu as déjà pris tout ce que j'avais à offrir. »

Ses yeux interrogent les miens, douloureusement. Il se rapproche au point que nous sommes presque collés l'un contre l'autre et il effleure de ses lèvres le haut de ma pommette. Puis il soupire d'un air triste avant de murmurer : « Il est au courant. »

Je fronce les sourcils. Je ne comprends pas ce qu'il veut dire. Mais il secoue la tête et m'entraîne sur la piste.

« De quoi tu parles ? » Trois autres couples sont déjà en train de danser. Theo choisit un emplacement vide avant de me faire tourner sur moi-même. Puis il me prend par la taille et pose ma main sur sa nuque. « J'aurais dû te le dire dans le jardin.

— Quoi ? Dexter sait que je suis au courant ? »

Theo secoue la tête. « Non, non. Ton père. » Il tourne la tête en direction de mon papa. Assis à la table des mariés, il nous regarde en mangeant une part de gâteau. Quand il se rend compte qu'on l'observe, il laisse tomber sa fourchette et nous fait signe en souriant. Il a l'air heureux. « Ça fait un moment qu'il le sait. »

Sans le bras de Theo pour me guider dans la danse, je ne suis pas sûre que j'arriverais encore à tenir debout. Les flammes des bougies deviennent floues, et je prends conscience d'un bourdonnement dans mon oreille. *Il sait. Et depuis un moment.*

« Comment ça ?

— Je lui ai tout raconté la nuit où… Tu te souviens de la nuit où je me suis fait faire ces foutus tatouages en Égypte ? Je lui ai tout raconté, à propos du grenier, de Vittoria, d'*E.T.* La culpabilité me rongeait, et ce voyage, c'était la première fois que je m'éloignais de Chivasso. J'avais enfin l'impression de ne plus sentir cette main autour de ma gorge. »

Je ravale mes larmes en regardant mon père, qui continue de nous observer en souriant. « Quelle a été sa réaction ?

— Il m'a dit de ne pas m'inquiéter, qu'il était désolé. Il s'est excusé auprès de moi, tu te rends compte ? Son associé et sa propre femme couchaient ensemble dans son dos, et il s'excusait à leur place ! » Theo secoue la tête. À cet instant, il semble très loin d'ici. Je comprends qu'il est de nouveau en Égypte, à côté de papa.

« "C'est si beau que j'aime assez Vittoria pour leur pardonner à tous les deux. Tu ne comprendras pas. Mes enfants non plus. Mais tant que nous pouvons, elle et moi, nous asseoir côte à côte à la table de la cuisine, je suis heureux d'être aimé ainsi." »

La chanson se termine. Une autre commence.

« Ce n'est pas de l'amour, je proteste d'une voix rauque, anéantie.

— Pour lui, si.

— Alors, je suis censée ne rien dire ? » C'est terrible de savoir que mon principal exemple de grand amour était vicié dès le début. Je me revois enfant ; je les regardais s'embrasser lors de nos dimanches de farniente. Ça me donne envie de hurler. Au fond de moi, savais-je que ces baisers étaient empoisonnés ?

« Mon ange. » Theo me lâche la taille et me prend le visage à deux mains pour que je le regarde. « Les erreurs de nos parents n'ont pas à conditionner nos choix, tu ne crois pas ? »

Je renifle. « Tu ne serais pas en train de reprendre mes propres propos ? »

Il esquisse un sourire en coin et caresse ma lèvre supérieure avec son pouce. « Je passe la plupart de mes journées à penser à ce que tu as dit cet été. »

Si l'amour, c'est la table de la cuisine, un saladier de fruits qui mûrissent ou le fait de savoir quand prendre l'autre dans ses bras au lieu de l'embrasser, alors il est évident que je dois me confesser. Même s'il ne le dira jamais en retour. Le moment est venu d'être courageuse.

« Je t'aime, Theo. »

Il se décompose et tente de détourner les yeux, mais, cette fois, c'est moi qui lui prends le menton pour l'obliger à me regarder.

« Non. » Theo tente de ne pas pleurer, mais, dès qu'il me lâche, ses yeux se remplissent de larmes. Notre danse s'interrompt, il n'y a plus que nous maintenant sur la piste. « Magdalen, non. Putain, je n'ai fait que te blesser depuis le début. Je ne suis vraiment pas digne d'être aimé.

— Comment peux-tu dire ça ? » Je m'avance puisqu'il a reculé. Je suis bien décidée à lui montrer, à travers le tremblement de mes doigts dans ses cheveux, que *c'est ça l'amour*. « Tu as transformé l'été pour moi, je murmure. Au lieu de penser au soleil, c'est à toi que je pense, maintenant.

— Magdalen. » Il soupire mon nom et appuie son front contre le mien. « Depuis le moment où je t'ai vue dans l'herbe.

— Je sais. » Je souris. Le violoncelliste passe lentement son archet sur l'une des cordes, une dernière fois. Theo me regarde d'un air désespéré. Il n'ose plus bouger. Alors, je comprends qu'il m'aime aussi.

« Un jour, je reviendrai dans ce musée et je t'y verrai. » Sa voix vacille, alors il se racle la gorge. « Je saurai que c'est toi à cause de ton stupide combishort et de tes vieux t-shirts décolorés. J'espère que, d'ici là, j'aurai enfin parlé à mon père, que je lui aurai enfin dit à quel point ce jour-là m'a foutu en l'air. »

Je laisse couler mes larmes sans me soucier du fait que je pleure au mariage de ma sœur. Je sais que Theo m'aime, oui, mais je vois quand même la fin arriver.

« Mais peut-être qu'à ce moment-là, je me sentirai entier et j'aurai moins peur de lui. » Il rit, et une larme tombe sur la chemise blanche qu'il porte sous sa veste. Je la regarde imprégner le tissu. Je pose ma main sur sa joue, ses larmes roulent entre mes doigts. « Et il y aura tellement de place pour toi ici. » Il prend ma main et la presse contre son cœur. « Oui, il y aura tellement de place, juste pour toi.

— Un jour », je répète dans un murmure.

58

THEO

UNE SEMAINE PLUS TARD

« Nous sommes rassemblés ici pour célébrer l'Été du Retour. »

Dante, Anika, Magdalen et moi sommes assis sur les marches fraîches sous le campanile de Chivasso. Il est 3 heures du matin, et la ville dort. Seule la lune éclaire la *piazza*. Pour une fois, ces foutus grillons se taisent, on n'entend que le silence et la respiration bruyante de Dante.

« Le retour de ma petite sœur et du roi de Chivasso. » Il pointe une bouteille de vin sur Magdalen et moi avant de boire directement au goulot. « Qui baisent ensemble. »

Magdalen proteste. « Dante !

— La vérité te libèrera, petite sœur. Nous sommes devant une église, tiens-tu vraiment à nier ton péché alors que c'est la dernière nuit de Theo en Italie ? » Même s'il s'agit d'une blague, mon cœur fait un bond à l'idée de les quitter à nouveau.

« Objection. » Anika se penche devant Magdalen pour prendre la bouteille des mains de Dante. « Ils n'ont pas baisé. »

Si, et pas qu'un peu.

« C'est un cauchemar. » Magdalen enfouit son visage dans ses mains.

« Oui, brave petite Magdalen, couvre-toi les oreilles, reprend Dante. Theo, tu confirmes ?

— Je refuse d'avoir cette conversation.

— OK, tu me raconteras plus tard.

— Absolument pas. »

Anika se lève et pose la bouteille sur les genoux de Magdalen pour mieux brandir un petit sac en plastique noir. « Ça suffit. On s'en fout qu'ils aient consommé leur union ou pas. Consommons l'été. »

Sans nous laisser le temps de lui demander de quoi elle parle, Anika sort un petit pistolet bleu de son sac. Dante pousse un cri d'effroi.

« Putain, Anika, c'est quoi ces conneries ? Tu envisages un meurtre-suicide à la *Roméo et Juliette* ou quoi ? » Je laisse leurs chamailleries me remplir la tête pour m'éviter de penser à mon beau *fantasma,* qui se trouve à moins d'un mètre de moi. Je sens son parfum d'ici, chèvrefeuille et lavande, et je me penche pour respirer cette odeur à pleins poumons et la graver dans ma mémoire.

Anika dévisage Dante d'un air stupéfait. « J'ai vraiment peur de partir avec toi, tu sais. »

Magdalen se redresse aussitôt. Je réalise que j'avais les yeux fixés sur elle, alors je me racle la gorge et tente de me concentrer sur ce qu'il se passe autour de nous.

« Vous partez où ? » demande-t-elle.

Dante pousse un grognement agacé. « Bravo, Anika, tu as complètement gâché la surprise.

— Qu'est-ce que vous mijotez ? » insiste Magdalen, mais Anika et Dante n'ont d'yeux que l'un pour l'autre et se dévisagent d'un air anxieux.

Irrité et amoureux, je crie, pour soutenir Magdalen : « Crachez le morceau, putain !

— Ben, on comptait attendre que tout soit prêt. » Anika semble réellement nerveuse. « On a acheté un local.

— Un local ? répète Magdalen en battant des mains. *Le* local ?

— Nous sommes officiellement propriétaires d'un bar à vin ! » confirme Anika. Magdalen se lève en poussant un cri de joie et la prend dans ses bras. « Enfin, techniquement, c'est juste une ruine dans le Sud de la France, mais ce n'était pas cher et Dante et moi on fait des merveilles avec un budget serré. » Elle grogne quand Magdalen la serre fort contre elle.

« Oh mon Dieu, oh mon Dieu ! Comment avez-vous pu garder ce secret tout l'été ?

— On était *censés* attendre que tout soit prêt avant de vous l'annoncer », se plaint Dante. Mais je vois bien qu'il essaie de réprimer un sourire. La réaction de Magdalen le ravit. « Mais maintenant, c'est bien aussi, j'imagine.

— Je suis tellement fière de vous deux ! » Magdalen passe un bras autour des épaules d'Anika et serre le poignet de Dante. Moi, je lui tapote le crâne en essayant d'ébouriffer ses cheveux figés par le gel, mais ils refusent de bouger.

« Pendant que vous vous baviez dessus, Anika et moi, on montait une putain d'affaire. » Il hausse les épaules et me fait un clin d'œil.

« Je suis fier de toi, j'articule en silence.

— Moi aussi », répond-il avec un sourire en coin.

Anika renifle gaiement, et mon cœur se serre. Ma petite sœur et mon meilleur ami sont désormais propriétaires d'un commerce.

« Bon, ben voilà, dit-elle en s'essuyant les yeux. Bien entendu, votre présence à tous les deux est requise pour l'ouverture.

— Bien sûr, déclare Magdalen, les yeux brillants, en se tournant vers moi. On sera là.

— Tant mieux. » Anika plonge la main dans son sac et en sort une petite boîte transparente remplie de bouts de métal qu'elle secoue avec excitation. « Maintenant, perçons-nous les oreilles !

— Certainement pas. Non, non, non. » Dante chipe la bouteille de vin à Magdalen, qui vient de se rasseoir, et boit une longue gorgée. « Je ne sais pas à quel dealer louche tu as acheté ces trucs-là, Anika.

— C'est un pistolet à piercing, Dante, pas un kilo de cocaïne.

— T'as déjà entendu parler des infections dues aux piercings ? C'est qui l'idiote, maintenant, hein ? »

Je fais signe à Dante de me passer la bouteille. « Moi, je veux bien le faire. » Oh, j'ai une voix sinistre. Je bois longuement et ferme les yeux en sentant l'alcool me réchauffer la gorge. J'aimerais me réjouir pour eux, mais c'est dur de savoir que leur vie à deux commence alors que la nôtre...

« Mais seulement si c'est Magdalen qui me perce, je m'entends dire.

— Comme c'est poétique. Tu resteras un romantique jusqu'au bout. » Dante récupère la bouteille, prend un peu de vin et la fait passer. « C'est pour ça que les nanas t'adorent. »

Magdalen essaie de me regarder, mais j'ai de plus en plus de mal à ignorer le fait que c'est notre dernière nuit ensemble pour un bon moment.

« J'ai déjà eu du mal à te couper les cheveux, alors il n'est pas question de faire un trou dans ta chair.

— Ce serait un honneur d'être blessé par toi. » Le vin rend ma voix plus rauque et met à nu ma tristesse grandissante.

« Beurk, commente Dante derrière nous.

— Alors, d'accord, mais seulement si tu me perces les oreilles aussi. » Magdalen me rejoint. Sa chevelure balaie son dos tandis qu'elle s'installe sur la marche à côté de moi, sa jambe contre la mienne. Je lutte contre cette tristesse.

Je pense aux saisons qui vont et viennent. Les feuilles se racornissent, on achète des écharpes, on décore des sapins puis, au bout d'un certain temps, l'été revient. Le cycle est inévitable. J'essaie d'envisager Magdalen comme mon été, de me rappeler qu'elle peut revenir.

Elle appuie sa tête sur sa main, nos regards se croisent, et la douleur est si vive que j'ai peur de me mettre à pleurer devant tout le monde. Ça fait mal de ne pas être entier. Ma main écarte une mèche de cheveux de son visage avant même que je me rappelle que je ne devrais plus la toucher comme ça. Je passe mon pouce sur le lobe de son oreille. Magdalen frissonne.

« À ton avis, suis-je "perçable" ? demande-t-elle sur un ton léger tandis que son regard vert danse sur mon visage.

— Je ne veux pas te faire mal. »

Elle me lance un regard entendu. *Trop tard.* On se remémore tous les deux la soirée du mariage. Mes yeux me brûlent, je laisse retomber ma main, je voudrais tourner la tête, mais Magdalen glisse ses doigts dans mes cheveux et tire légèrement dessus pour m'obliger à la regarder. Elle caresse délicatement mon oreille, et je me penche pour savourer son geste en me demandant si ça peut suffire entre nous. Est-ce qu'en la laissant partir, je le laisse gagner, lui ? Difficile à dire.

« Tu sais, je te chercherai à jamais, je lui confie dans un murmure à peine audible.

— Je sais. » Magdalen sourit, récupère la bouteille sur mes genoux et la pose sur la marche derrière. Puis elle me prend la main, la porte à ses lèvres et embrasse doucement ma paume.

« Je serai la fille en combishort. »

REMERCIEMENTS

Écrire ces remerciements me donne le tournis. En tant que lectrice assidue et curieuse, j'ai toujours envie d'en savoir plus sur la manière d'écrire de l'auteur quand je termine un livre. Je sais qu'en écrivant ces mots, je termine mon premier livre, pour de vrai, mais ça me paraît presque irréel.

J'aimerais d'abord remercier ma maman. Elle m'a appris tout ce que je sais sur le pouvoir de l'imagination. Entre les CD de Madonna en aléatoire et les épisodes de *I Love Lucy* diffusés en toile de fond pendant tous les dîners de mon enfance, j'ai grandi dans une atmosphère pleine de bruits et de couleurs. Difficile de ne pas trouver sa propre créativité au contact d'une telle force de la nature. Je t'aime, mamma. Je suis si fière d'être ta fille.

J'aimerais remercier ma sœur, qui est aussi ma meilleure amie et qui a ouvert la voie en nous permettant de choisir ces carrières peu conventionnelles. J'ai passé la majeure partie de ma vie à essayer de trouver des similitudes entre nous dans le miroir. Tu es tellement intelligente que c'en est énervant. Tu es la seule personne à qui je confie mes plus grands secrets. Je t'aime, Juju, même à 9 957 kilomètres de toi. Au cas où je ne te le dirais pas assez : bonne nuit, je t'aime aussi. Ouaf.

À mon papa : ce n'est pas parce que je te cite dans les remerciements que tu as le droit de lire ce livre. Cet homme méthodique et hyper logique me laisse m'extasier sur mes célébrités préférées sans même faire la grimace, il est ce qui me relie à Chivasso, et ensemble nous roulons trop vite sur les routes tortueuses de Castagneto Po. Nos voyages en Italie comptent parmi les moments les plus heureux de ma vie.

À ma petite communauté sur TikTok et Instagram : je n'aurais jamais pu y arriver sans vous. Sans votre soutien inépuisable, ce livre serait encore dans mes brouillons, et je ne l'aurais jamais terminé. C'est le vôtre autant que le mien.

À Kinza, chez Pan Macmillan. Quelle était la probabilité qu'on se rencontre dans un café londonien bondé ? Tu as exaucé tous mes rêves et transformé mon texte en un livre que je suis fière d'avoir écrit. Ton talent est sans égal. J'ai une dette immense envers toi – merci de m'avoir suggéré d'écrire plus de scènes de sexe !

À Lauren, mon agent, qui a reçu un e-mail paniqué d'une parfaite inconnue et qui a eu la gentillesse d'y répondre. Tu es impressionnante. Merci de te battre pour moi.

À Bernadette et Gab – c'est super d'être une fille à vos côtés.

À Magdalen et Theo, qui se sont emparés de mes rêves une nuit d'été et m'ont poussée à écrire leur histoire. J'ai tant appris de moi à travers ces personnages de fiction. Je suis une personne différente après les avoir créés.